Jennifer Lauck

Der Sommer liegt noch vor dir

Jennifer Lauck

Der Sommer liegt noch vor dir

Meine verlorene Kindheit

Aus dem Amerikanischen
von Sabine Roth

Goldmann

DEUTSCHE ERSTVERÖFFENTLICHUNG

Die amerikanische Originalausgabe erschien
unter dem Titel »Blackbird« bei Pocket Books,
a division of Simon & Schuster Inc., New York.

Umwelthinweis:
Dieses Buch und der Schutzumschlag
wurden auf chlorfrei gebleichtem Papier gedruckt.
Die Einschrumpffolie (zum Schutz vor Verschmutzung)
ist aus umweltfreundlicher und recyclingfähiger
PE-Folie.

1. Auflage

Satz: DTP im Verlag
Druck und Bindung: Clausen & Bosse, Leck
Printed in Germany
ISBN 3-442-30945-X
www.goldmann-verlag.de

Für Janet Lee Ferrel Lauck
und Joseph Edward Lauck

Blackbird singing in the dead of night
Take these broken wings and learn to fly

aus »Blackbird«, The Beatles (1968)

UCLA Medical and Clinics
Patientenbericht: Lauck, Janet L.
Eingeliefert: 25.8.1971
Exitus: 19.9.1971

Anamnese: Dies ist für die 33-jährige weiße Patientin der sechste Klinikaufenthalt im UCLA Hospital. Die Patientin wurde in die Notaufnahme eingeliefert, nachdem sie seit fünf bis sieben Tagen an Schwäche, Erschöpfung, Husten und Schmerzen im vorderen linken Lungenflügel gelitten hatte. Ihre medizinisch relevante Vorgeschichte begann 1961 mit der Entfernung eines Neurinoms; 1968 Wiederauftreten des Neurinoms, gefolgt von einem weiteren neurochirurgischen Eingriff. Die Patientin entwickelte daraufhin eine Paraplegie, eine neurogene Blasenstörung und wiederholte Harnleiterinfektionen. Im Februar 1970 stationäre Behandlung wegen einer Medikamentenüberdosis, im Februar 1971 wegen eines Ulcus duodeni. Im Mai 1971 erneuter Krankenhausaufenthalt wegen eines septischen Schocks infolge einer linksseitigen Pneumonie und eines Harnblasenemphysems.

Stationärer Verlauf: Die Patientin wurde mit vielfältigen medizinischen Problemen eingeliefert: beidseitige Pneumonie, Sepsis sowie schwere metabolische Acidose und schwere Hypokaliämie. Der Patientin wurde ein Katheter in die linke Vena subclavia gelegt; in ihrer ersten Nacht in der Klinik kam es abrupt zum Atemstillstand, die Patientin konnte jedoch durch Intubation reanimiert werden. Nach der Reanimation gefertigte Röntgenbilder des Thorax zeigen einen stark ausgeprägten linksseitigen Pneumothorax. Zur Ausdehnung der Lunge wurde eine Thoraxdrainage gelegt. Die Patientin schien zunächst gut anzusprechen, allerdings verschlechterte sich die pulmonale Situation rapide infolge eines Atemnotsyndroms. Nach erfolgter Tracheotomie schien sich der Zustand der Patientin zu verbessern, allerdings traten immer wieder Probleme mit dem linksseitigen Pneumothorax auf; dazu wiederholte Dysfunktion und Erneuerung der Thoraxdrainage. Die Patientin starb überraschend am Morgen des 19.9.1971. Als unmittelbare Todesursache wird Atemstillstand angenommen, wobei eine Arrhythmie nicht ausgeschlossen werden kann.

Resident of Medicine, UCLA Hospital

Erster Teil

Carson City, Nevada
1969

I

Zuhause, das wird für mich immer das Haus in der Mary Street sein.

Die Mary Street liegt in Carson City, Nevada, und Carson City ist flach mit sanften Hügeln rundherum. Hinter den Hügeln fängt die Sierra Nevada an. Der Himmel über Carson City ist dunkelblau, immer blau, und Wolken gibt es fast nie. Die Wolken bleiben über der Sierra hängen, sie sehen aus wie zerknülltes Seidenpapier. Ab und zu reißt sich ein Stück Wolke los und kommt über den immerblauen Himmel gesegelt.

Die große Straße, die mitten durch die Stadt geht, heißt Carson Street. An der Carson Street steht das Kapitol, und seine Kuppel ist silbern angemalt, weil Nevada der Silberstaat ist. Über der silbernen Kuppel schlagen zwei Fahnen im Wind, eine blaue für Nevada, eine rot-weiß-blaue für Amerika.

Das *Golden Nugget* liegt auch an der Carson Street, aber es heißt bei allen einfach nur *Nugget*. Vom *Nugget* aus sind es noch zwei Kreuzungen, dann sieht man schon das Haus, in dem Tante Carol und Onkel Bob mit meinen vielen wilden Cousins und Cousinen wohnen, Steven, Bobbie Lou, Andy, Mark, Tracy und Faith Ann. Tante Carol ist Daddys älteste Schwester, und bei ihnen bin ich nur, wenn Ferien sind oder wenn Momma zu einem Spezialisten muss.

Von Tante Carols Haus geht man nach Westen, Iris Street, Angus Street, Mary Street. Unser Haus ist das mit dem weißen Zaun und der hohen Weide davor. Wenn man zur Tür hereinkommt, gibt es drei Möglichkeiten. Geradeaus ist das Wohnzimmer, rechts die Küche, und nach links führt ein langer Gang zu den anderen Zimmern. B. J.s Zimmer kommt als Erstes, dann das Bad und dann meins. Das Schlafzimmer von Momma und Daddy liegt ganz am Ende, und von ihrem Fenster aus kann man die hohe Weide sehen. Wenn die Sonne richtig steht, fällt der Baumschatten zu ihnen ins Zimmer und legt sich quer über das California-King-Bett. Momma sagt, King heißt es deshalb, weil der König immer das größte Bett braucht, und California, weil es schmaler als ein normales Königsbett ist und dafür ein Stück länger, wie Kalifornien.

Neben dem California King lehnt ein Paar silberne Krücken, solche, bei denen man die Höhe verstellen kann, wenn man den kleinen silbernen Knopf reindrückt. Momma kann ohne die Krücken aus dem Bett steigen, und ein paar Schritte kann sie auch machen. Sie braucht die Krücken aber noch, wenn sie aufs Klo geht oder im Haus herumläuft.

Früher konnte Momma gehen wie alle anderen Leute auch. Sie lag nur nachts im Bett, sie ist Auto gefahren und hat telefoniert und andere Damen zum Kartenspielen eingeladen, mit Kaffee und dicken Scheiben Bananenbrot. Sie war so stark, dass sie mich vom Boden hochschwingen, in die Luft werfen und wieder auffangen konnte.

Momma ist immer bei mir zu Hause. Daddy arbeitet, B. J. geht zur Schule, und Momma und ich sind alleine daheim, den ganzen Tag, jeden Tag.

In der Früh sitze ich vor ihrer Tür und horche. Das ist eine Regel bei uns. Moshe und Diana warten auch. Moshe ist eine von diesen blitzschnellen Sausekatzen. An Diana ist alles geschmeidig und abwartend. Ich streichle Dianas weichen, sandgelben Bauch und lehne den Kopf gegen die Wand. Moshe sitzt ein Stück von uns weg, sein brauner Kopf hoch erhoben, die blauen Augen schmale Schlitze.

Die Regel heißt, keine Katzen, keine Kinder, bevor die Klospülung geht.

Als die Spülung endlich rauscht, prescht Moshe zur Tür. Diana gleitet unter meiner Hand weg, und ich stehe vom Boden auf und gehe in die Küche. Von Mommas Schlafzimmertür bis zur Küche sind es achtzehn Schritte. Ich schiebe einen Stuhl vom Tisch zur Küchenzeile, klettere hinauf und hebe die Kaffeekanne mit beiden Händen hoch, damit ich nichts verschütte. Daddy kocht den Kaffee, bevor er zur Arbeit geht, und er stellt Mommas gute Tasse hin, damit ich sie voll gießen kann. Die Tasse ist weiß und hellgelb, mit Girlanden aus winzig kleinen lila und roten Blümchen auf dem Außenrand und einem Goldrand innen. Die Tasse und die Untertasse gehören zu unserem guten Porzellan, das für besondere Anlässe in der Vitrine aufbewahrt wird. Momma sagt, sie trinkt ihren Kaffee gern aus gutem Porzellan, dann kann sie sich so schön verwöhnt fühlen.

Vier Scheiben Toastbrot in den Toaster, Schalter heruntergedrückt. Ich schneide vier Vierecke richtige Butter ab und lege sie auf den Tellerrand. Der Toast springt heraus, und ich staple die vier Scheiben übereinander, schneide sie mit dem Buttermesser in Dreiecke und lege sie neben die Butter. Momma sagt, das Auge isst mit.

Ich stecke einen Löffel in den Marmeladentopf, klare Marmelade mit dünnen Orangenfitzeln, und häufe einen Löffel, zwei Löffel, drei Löffel neben den Toast und die Butter. Momma sagt, die Marmelade kommt aus Carmel in Kalifornien, und das ist ihr liebster Ort auf der ganzen Welt.

Ich stelle den Teller auf ein Tablett und daneben Mommas Kaffee in der guten Tasse. Ganz langsam, damit ich nichts verschütte, setze ich einen Fuß vor den anderen.

Wenn ich in ihrem Zimmer ankomme, liegen Moshe und Diana schon auf dem California-King-Bett, ihre Katzenkörper kringeln und kringeln sich, und Momma streichelt sie mit beiden Händen.

»Guten Morgen, Sunshine«, sagt Momma.

Das ist immer das Schönste am Morgen, wenn sie Sunshine zu mir sagt, mit diesem Blick in ihren dunkelbraunen Augen, so einem besonderen Blick für besondere Menschen. Bei Daddy hat sie diesen Blick auch, aber noch öfter bei mir, und wenn sie mich so anschaut, habe ich das Gefühl, dass nichts mir etwas anhaben kann.

Wenn Momma fertig gefrühstückt hat, lässt sie mich ihr dunkles, lockiges Haar bürsten, und es liegt fein und weich zwischen meinen Fingern. Irgendwann hat sie mir ein Foto von Mrs Kennedy im *Life*-Magazin gezeigt, Jackie, so nennt Momma sie, und sie sagt, die frühere First Lady hat Stil bis in die Zehenspitzen. Sie möchte ihr Haar genau wie auf diesem Bild, und ich mache ihr einen Seitenscheitel und bürste all ihre Locken zu einer einzigen Locke gleich unterm Kinn.

»Hat Mrs Kennedy auch Locken?«, frage ich.

»Eine gute Frage«, sagt Momma. »Ich glaube nicht.« Sie hält den Spiegel und schaut zu, wie ich die letzte Locke an ihren Platz streiche.

»Fertig?«, fragt sie.

Ich halte mir die Augen zu und den Atem an. »Ja.«

Momma sprüht eine Wolke Aqua Net, Haarspraygeruch überall, klebriger Nebel legt sich mir auf die Hände und Beine. Moshe schüttelt wie jedes Mal den Kopf bei dem Geruch, und er springt vom Bett und ist bis zum nächsten Morgen verschwunden. Diana macht das Haarspray nichts aus, sie rollt auf den Rücken und wälzt sich in dem Sonnenstreifen, den Moshe freigegeben hat.

»Die Reparaturen hören beim Haar nicht auf«, sagt Momma.

Das sagt sie immer, »Reparaturen«, als ob sie über Nacht kaputtgehen würde. Sie beugt sich zur Seite, zieht die oberste Schublade auf und holt ihr schwarz-weißes Kosmetiktäschchen mit dem Reißverschluss heraus.

Momma schüttet sich ihre Schminksachen in den Schoß und legt alles der Reihe nach hin: Puderdose, ein Töpfchen Rouge, Lidschatten und Lippenstift. Sie nimmt die Puderdose, lässt den Deckel aufschnappen, und heraus kommt ein weiches, rundes Schwämmchen. Momma drückt das Schwämmchen in den gepressten Puder und fährt sich damit unter den Augen entlang, über die Nase, die Backen, runter zum Kinn. Sie betupft ihr Gesicht so zart, fast denkt man, sie berührt es gar nicht.

»Nur ein Hauch von Puder, das ist der Trick«, sagt sie. »Zu viel, und du siehst aus wie ein Clown.« Momma gibt meiner Nase einen Stupser mit dem Puderkissen, und wenn sie das macht, muss ich jedes Mal lachen. Wenn ich lache, lacht Momma auch, und das höre ich lieber als jede Musik.

Nach dem Puder tupft Momma sich Rouge hoch auf die Backenknochen und verreibt es, bis nur ein ganz schwaches Rosa übrig bleibt. »Mit Rouge kannst du Mutter Natur überlisten«, sagt sie. »Es lässt dich frisch aussehen, auch wenn du es gar nicht bist.«

Das Schönste ist immer, wenn Momma sich die Augen schminkt. Ihre Augen sind so dunkel, dass sie das Licht aufschlucken und in Dunkelheit verwandeln. Momma sagt, Augen können nicht lügen, und wenn du den richtigen Blick hast, brauchst du einem Menschen nur lang genug in die Augen zu schauen, dann erfährst du die Wahrheit. Wenn ich Momma anschaue, sehe ich vor allem diesen besonderen Ausdruck, der sagt, sie ist froh, dass ich da bin. In Wirklichkeit hat sie natürlich noch alle möglichen anderen Gedanken, über die sie nicht redet, aber ich lerne den richtigen Blick ja auch erst.

Momma nimmt die Fläschchen mit dem Eyeliner und der Mascara und schüttelt sie wie ein Thermometer. Mit ruhiger Hand zieht sie das Bürstchen heraus und streicht damit über ihre Wimpern. Dann malt sie noch einen dünnen Strich unter jedes Auge. Wenn alles getrocknet ist, schaut

Momma mich starr an, und ihre Augen sind noch dunkler geworden, was eigentlich gar nicht geht.

»Hübsch?«, fragt sie.

»Perfekt«, sage ich.

Als Allerletztes kommt der Lippenstift, und den darf immer ich auftragen. Momma gibt mir das Röhrchen, ich hole tief Luft, halte meine Hand ganz ruhig und male ihre Lippen mit der roten Farbe aus. Wenn ich fertig bin, atme ich aus und gebe den Lippenstift zurück. Momma zupft zwei Papiertücher aus der Schachtel auf dem Nachttisch, faltet sie einmal in der Mitte und dann noch einmal. Sie presst ihre Lippen auf die Tücher, und ein bisschen von dem Rot drückt sich ab wie ein zweiter Mund.

»Hübsch?«, fragt Momma.

»Perfekt«, sage ich.

Wenn sie einen schlechten Tag hat, packt Momma die Schminksachen wieder ein und bleibt im Bett. Wenn sie einen guten Tag hat, schiebt sie die Decke weg und stellt die Füße auf den Boden. Heute ist ein guter Tag.

»Holst du mir meinen Morgenrock, Sunshine?«, fragt Momma.

Momma hat zu jedem Nachthemd den passenden Morgenrock. Die Morgenröcke heißen Negligé, und es gibt sie in allen Farben, Gelb und Rosa und Pfirsich. Heute ist die Farbe ein sahniges Zitronencremegelb, und ich halte den Morgenrock in beiden Händen, die Seide wie Wasser zwischen meinen Fingern.

Ein Ärmel, dann der zweite, ein Ruck, ein Schulterdrehen, dann steht Momma auf und zieht sich den Morgenrock um die Beine. Sie schwankt ein bisschen von ihrem eigenen Gewicht, und ich stelle mich ganz nah zu ihr hin und zupfe an der Seide, bis sie ordentlich um ihre Füße fällt. Sie setzt sich schwer auf der Bettkante nieder und holt tief Atem.

Wenn etwas nicht stimmt, merkt meine Haut es als Erstes.

Ein Prickeln, das im Nacken anfängt, mir über die Kopfhaut kriecht und die Stirn runter bis in meine Nase. Ein bisschen wie vor Nasenbluten.

»Geht's?«, frage ich.

Momma setzt sich kerzengerade hin, Brust raus, Bauch rein. Ganz Dame sein, nennt sie das. »Mir geht's gut«, sagt sie. »Nur ein bisschen schwindlig.«

Ich schaue ihr in die Augen und sehe die Wahrheit hinter ihren Worten. Heute ist doch kein so guter Tag.

Momma räuspert sich und zwinkert die Wahrheit fort. Sie schlägt die Beine übereinander, streicht ihren Morgenrock glatt. »Also dann«, sagt sie, »geh ein Stückchen zurück, damit du den Gesamteindruck siehst.«

Momma sitzt auf der Bettkante, seidig-zitronencremegelb, Mrs Kennedy, ihre dunklen Augen weit offen, mit diesem besonderen Blick nur für mich.

»Gelungen?«, fragt Momma.

»Perfekt.«

»Stilvoll?«

»Bis in die Zehenspitzen.«

Momma lacht, als ich »bis in die Zehenspitzen« sage, und ihr Lachen klingt schöner als alle Musik.

Es gibt keine feste Zeit für die Tabletten, Momma schraubt den ganzen Tag Fläschchen auf und zu. Vor allem Aspirin, aber auch andere Sachen, gelbe Pillen, rote Pillen. Die Pillen sind alle in braunen Flaschen mit weißen Verschlüssen, und vorne kleben Etiketten drauf. Momma hebt die Flaschen hoch und liest blinzelnd die Schrift. Ihre Lippen bewegen sich dabei. Neben den Pillen steht ein Wasserglas, und ich muss immer dafür sorgen, dass das Glas sauber und mit frischem Wasser gefüllt ist.

Momma schraubt die Verschlüsse ab, kippt Tabletten aus den Fläschchen, schraubt sie wieder zu. Sie hält alle Tabletten in einer Hand und macht eine Faust darum, aber ich biege ihre Finger auf, damit ich sie sehen kann. Ich zeige auf fünf gleich aussehende Tabletten, weiß mit einem roten A in der Mitte.

»Wofür sind die?«, frage ich.

»Für meine Rückenschmerzen«, sagt sie.

»Was für Schmerzen?«

»So eine Art Ziehen.«

»Wo kommt das her?«

»Von der Operation.«

»Die Operation wegen B. J.?«, frage ich. »Als B. J. geboren worden ist?«

»Nein, die danach«, sagt sie. »Wegen dem Krebs, der gar keiner war. Das weißt du doch alles.«

»Die Operation wegen dem Tumor, der so lang war wie mein Arm?«

»Das war Operation Nummer zwei.«

»Die Operation wegen dem Tumor, der nachgewachsen ist, weil die dussligen Ärzte es beim ersten Mal falsch gemacht haben?«

Sie lächelt, als ich »dusslige Ärzte« sage. Sie hält ihre freie Hand hoch, drei Finger ausgestreckt. »Operation Nummer drei. Ganz genau, Herzchen.«

»Wenn der Tumor jetzt weg ist«, sage ich, »warum hast du dann immer noch Schmerzen?«

Sie atmet tief ein, die Lippen zusammengepresst, schnauft die Luft durch die Nase aus. »Du fragst immer dasselbe.«

»Ich weiß. Aber sag, warum?«

»Die Schmerzen kommen von den beschädigten Nerven«, sagt sie, »von der Operation, als sie den Tumor rausgeholt und ein paar von den Nerven zu den Beinen und zum Bauch runter durchtrennt haben. Deshalb hab ich mit dem Laufen Mühe. In Ordnung?«

Mommas Hand will sich über den Tabletten schließen, aber ich halte ihre Finger fest und zeige auf die lila Kapsel mit dem weißen Ring um die Mitte.

»Wofür ist die?«, frage ich.

»Gegen die Schmerzen beim Pipimachen.«

»Macht die Tablette die Schmerzen weg?«

»Mal sehen«, sagt sie. »Hoffen wir's.«

Das sagt Momma immer: dass sie hofft, dass es besser wird.

»Und für was sind die da?« Ich zeige auf die roten Pillen, die kleinsten von allen.

Sie atmet tief durch und schließt die Hand. Ich lasse ihre Finger los.

»Das ist ein Abführmittel.«

»Was ist ein Abführmittel?«

»Wenn du so viel fragst, werde ich ganz müde«, sagt sie. »Komm, zieh deine Spielhose an, und wir gehen ins Wohnzimmer.«

Momma schluckt alle ihre Tabletten auf einmal, sie verzieht das Gesicht und kneift die Augen zu, als ob die Tabletten bei geschlossenen Augen besser rutschen.

Zum Wohnzimmer führen Stufen hinunter, und Momma sagt, ein Zimmer mit Stufen davor nennt man »versenkt«. Im versenkten Wohnzimmer steht der neue Farbfernseher, und direkt vor dem Fernseher Daddys brauner Ledersessel. Der Sessel lässt sich nach hinten klappen und nach vorne ausziehen, damit man die Füße hochlegen kann. Wenn Daddy nicht da ist, klettere ich auf seinen Sessel und stecke mein Gesicht unter das Nackenkissen. Es riecht nach Stoff und nach Leder, immer gleich, und Daddy findet diesen Geruch genauso herrlich wie ich.

Gegenüber vom Sessel stehen ein langes, grünes Sofa und ein Couchtisch aus Holz. Auf dem Tisch steht eine Schale mit Weintrauben, die aus hartem Plastik sind, und neben den Weintrauben eine Schale mit Strandkieseln, das sind Bonbons, die aussehen wie lauter verschiedene Kieselsteine. Das einzige andere Möbelstück ist ein rundes Sofa, das Momma Diwan nennt. Für mich ist es die Riesenpflaume, weil es so rund ist und genau die Farbe von Pflaumensaft hat. Die Riesenpflaume steht vor der gläsernen Schiebetür zur Terrasse, und von ihr aus hat man den besten Blick auf das Schaukelgerüst auf der Wiese, unsere hohen Bäume und die Rosen und die Pfefferminze, die am Terrassenrand wachsen.

Nach den Reparaturen und den Tabletten geht Momma auf Krücken ins Wohnzimmer und sitzt ein Weilchen auf der Riesenpflaume. Ich laufe hinaus und schaukle ein bisschen, pflücke Löwenzahn und zerreibe Pfefferminzblätter, da, wo sie am weichsten sind, damit ich den Geruch an den Fingern riechen kann. Ein Schritt nur, und ich sehe Momma, die auf der Riesenpflaume sitzt und in einer Modezeitschrift blättert. Sie lächelt jedes Mal, wenn ich näher komme, um zu sehen, ob sie noch da ist. Sie lächelt und blinzelt, die Hand über die Augen gehoben, als ob ich ganz weit weg wäre, dabei bin ich gleich hier vorm Haus.

Vor zehn Uhr vormittags kommt niemand zu Besuch. Das ist eine Regel bei uns. Momma sagt, Besuch vor zehn ist unchristlich.

An den meisten Tagen geht es ihr sowieso nicht gut genug für Besuch, aber heute, kurz nach zehn, kommen Tante Georgia, Carrie Sue und Jeff. Carrie Sue und Jeff sind beide blond, weißblond, und man kann gut mit ihnen spielen, auch wenn Carrie Sue eine Petze ist.

Ich bin nicht gern zu weit weg von Momma, wenn Besuch da ist. Sie wird oft müde oder sie braucht etwas. Ich komme aus dem Garten herein, stelle mich neben der Riesenpflaume auf und winke Carrie Sue und Jeff und Tante Georgia zu. Tante Georgia ist dünn, vogeldünn, und sie trägt dunkelblaue Shorts und ein blau-weiß gestreiftes Trägerhemd. Momma sagt, Tante Georgia trägt Kombimode, sportiv.

»So billig kommst du mir nicht davon, meine Süße«, sagt Tante Georgia. »Komm her und lass dich drücken.«

Momma lacht, und Tante Georgia breitet ihre braunen Arme aus. Tante Georgia drückt mich jedes Mal, wenn sie kommt. Ich mag ihren Geruch, nach Seife und Zahnpasta und derselben Mandelmilch, wie Momma sie benutzt.

Wenn sie fertig gedrückt hat, schiebt sie mich ein Stückchen von sich weg und schaut mir ins Gesicht. »So ist's schon besser«, sagt sie.

Sie holt sich einen Kaffee und setzt sich auf das lange, grüne Sofa. Ich packe meine Wachsmalkreiden aus und hocke mich mit Carrie Sue auf den Boden. Jeff klettert zu Tante Georgia auf den Schoß, mit Daumen im Mund, wie ein Kleinkind. Carrie Sue legt sich auf den Bauch, nimmt die braune Wachsmalkreide aus meiner Schachtel und fängt an, ein Pferd auszumalen. Ich habe keine Lust zum Malen, ich sitze einfach auf dem Boden und lehne mich an die Riesenpflaume, wo ich alle im Blick habe, Carrie Sue, Momma, Tante Georgia.

»Du siehst dünn aus, Janet«, sagt Tante Georgia. Sie lässt ihr Zigarettenetui aufschnappen, holt eine Zigarette heraus und hält sie Momma hin.

Momma nimmt die Zigarette. »Findest du?«

Tante Georgia holt noch eine Zigarette heraus, schiebt sie sich zwischen die Lippen und nickt. »Du hast wieder abgenommen.«

Sie zündet ihre Zigarette mit einer Hand an und reicht Momma das Feuerzeug. Momma braucht beide Hände, um ihre Zigarette anzuzünden. Sie reicht das Feuerzeug zurück. »Vielleicht«, sagt sie. »Aber ich glaube eigentlich nicht.«

Jeff steigt von Tante Georgias Schoß herunter, hockt sich neben Carrie Sue, nimmt einen blauen Wachsmalstift und bricht ihn mittendurch.

»Doch, du siehst dünn aus«, sagt Tante Georgia. »Ein bisschen zu dünn.«

Momma raucht, saugt die Backen nach innen, ganz tief, und dann bläst sie den Rauch zur Decke hoch. Sie räuspert sich und lächelt. »Kann man denn zu dünn sein?«, fragt sie.

Tante Georgia lächelt auch, und dann lachen sie beide wie über einen Witz, den nur sie verstehen.

Tante Georgia ist die Frau von Onkel Charles, aber sie sagt Chuck zu ihm. Onkel Charles ist Mommas Lieblingsbruder, und ich mag ihn auch am liebsten von allen meinen Onkeln. Er redet mit einer tiefen, dröhnenden Stimme, und seine Augen sind so blau, dass es aussieht, als ob hinter ihnen ein Licht scheint.

Tante Georgia fragt, ob Momma und Daddy mal wieder einen Ausflug nach Carmel planen, und Momma sagt, nein, im Augenblick nicht. Aber sie würde gern für einen Tag rauffahren zum Lake Tahoe, und Tante Georgia sagt, dafür hat sie im Moment zu viel zu tun, und außerdem ist es ihnen zu teuer, weil sie für ein Haus sparen.

Nach einer Weile redet nur noch Tante Georgia, und Momma ist ganz still. Sie lächelt und nickt, als wäre alles in Ordnung, aber ihre Augen sind müde.

Carrie Sue legt den braunen Wachsmalstift weg, und Jeff nimmt ihn und malt Zickzacklinien auf sein Papier.

»Komm, gehen wir in dein Zimmer«, sagt Carrie Sue.

»Ich bleibe lieber hier«, sage ich.

»Ach komm«, sagt sie.

»Nein, ich mag nicht.«

Tante Georgia räuspert sich und drückt ihre Zigarette im Aschenbecher aus. Mommas Zigarette ist beinahe heruntergebrannt, ein langer Aschenstängel. Ich rücke den Aschenbecher näher zu ihr, und sie zuckt leicht zusammen. Die Asche fällt in den Aschenbecher, und Momma guckt mich an und lächelt müde.

Tante Georgia räuspert sich noch einmal, und ich weiß, dass sie es endlich auch gemerkt hat. »Geht's dir nicht gut, Janet?«, fragt sie.

Momma hüstelt ein bisschen, schüttelt den Kopf, lächelt. »Nur etwas müde«, sagt sie.

Still, still ist es im Wohnzimmer. Carrie Sue kaut an ihren Nägeln und schaut Jeff zu, wie er das Papier von der braunen Wachsmalkreide abreißt. Tante Georgia sieht mich an, sieht Momma an, dann wieder mich.

Tante Georgias Augen wissen Dinge, die ich noch nicht verstehe. Sie bewegen sich flink, aber ganz im Innern ist eine Stille, als ob tief in ihr etwas wehtut. Sie blinzelt und streckt eine Hand zu Momma hin.

»Es geht mich ja nichts an, Janet«, sagt sie, »aber meinst du nicht, du solltest mal zu einem anderen Arzt gehen? Willst du's nicht doch mal mit diesen Ärzten in Palo Alto probieren?«

Momma legt den Kopf schräg und wirft mir einen Blick zu. Ihr Blick sagt, das hier ist eine Angelegenheit für Erwachsene, bei der Kinder nichts zu suchen haben. Ihr Blick sagt, sie wird mich sonst aus dem Zimmer schicken, ich soll rausgehen und spielen.

Carrie Sue, Jeff und ich gehen durch die Schiebetür in den Garten, und Carrie Sue und Jeff laufen gleich zur Schaukel. Ich bleibe auf der Terrasse stehen, zwischen dem Haus und der Schaukel, wo die Steine aufhören und das Gras anfängt. Was die Erwachsenen reden, kann ich nicht hören, aber Momma schüttelt den Kopf, und Tante Georgia geht zu ihr, setzt sich dicht neben sie und legt ihr den Arm um die Schultern. Jetzt, wo sie so nah beisammensitzen, sehe ich auch, wie klein und dünn Momma ist. Zu klein, zu dünn.

Carrie Sue schubst Jeff an, und Jeff ruft: »Mehr, mehr!« Carrie Sue rennt unter der Schaukel mit, sodass Jeff noch höher schwingt.

Der Himmel über uns ist blau, keine Wolke in Sicht, und das einzige Geräusch ist Jeffs vergnügtes Lachen.

Als Tante Georgia, Carrie Sue und Jeff gegangen sind, legt Momma sich hin, und ich schaue den Schatten zu, die durch die Fenster hereinfallen. Sie wandern so hübsch ums Haus, vormittags streifen sie an der Vorderseite entlang, mittags schrumpfen sie und verschwinden beinahe, aber wenn Dora kommt, sind sie wieder da und strecken sich lang und träge zu den hinteren Fenstern herein.

Dora kocht und macht sauber, und ihr Kleid ist rosa mit einer weißen Schürze, die sie sich fest um die Taille bindet. Sie hat dunkle Haut und kommt aus dem Reservat. Momma sagt, Dora ist eine Paiute, und das spricht man wie in zwei Wörtern aus, Pai-juut. Alles an Dora ist leise, ihre Bewegungen, ihre Stimme. Sie ist so leise, dass man fast meint, sie ist gar nicht da, und ihre Augen sind wie ruhiges, schwarzes Wasser. Ich kann schauen, solange ich will, ich kann in ihren Augen nicht lesen, die Wahrheit darin nicht erkennen.

Wenn sie einen guten Tag hat, kocht Momma mittags und abends, und Dora putzt. Wenn sie einen schlechten Tag hat, sagt Momma Dora, was sie zum Abendessen kochen soll. Jetzt sind fast alle Tage schlechte Tage, und wenn Momma in ihr Zimmer geht und die Tür zumacht, bleibe ich bei Dora. Dann ist es still im Haus, bis B. J. heimkommt.

Momma sagt, B. J. ist ein richtiger amerikanischer Junge. Dazu muss man anscheinend laut sein. Wenn B. J. von der Schule kommt, hört man ihn schon in der Angus Street. Er schreit irgendwas und pfeift, und wenn er an unserem Haus angelangt ist, trampelt er auf der Fußmatte herum und stößt die Hintertür mit der Schulter auf.

»Ich bin wieder da!«, brüllt er, dabei sind Dora und ich doch gleich hier in der Küche.

B. J.s Arme sind voll gepackt, Bücher, Hefte, seine Mario-Andretti-Brotdose. B. J. knallt alles auf den Küchentisch. Er hat einen Bürstenschnitt, sodass seine ganze Stirn zu sehen ist, und dunkelbraune Augen. Und über der Oberlippe hat er einen kleinen schwarzen Fleck. Momma sagt Schönheitspflästerchen dazu, Daddy Muttermal. B. J. sagt, es ist ein Leberfleck.

»Psst«, sagt Dora. »Deine Momma schläft.«

B. J. hasst es, wenn er still sein soll. Sein Gesicht läuft rot an, wie immer, wenn er wütend wird. Er schmeißt die Tür zu und zieht das Kinn an den Hals, wie um die Wut zu verstecken, nur kann man sie schlecht verstecken, wenn man im ganzen Gesicht puterrot ist. Dann wirft er sich in einen Stuhl, nickt kurz zu mir herüber und hängt den Arm über die Rückenlehne. Das Rot in seinem Gesicht verfliegt langsam. Daran merkt man, dass seine Wut sich verzogen hat, fürs Erste wenigstens.

Dora holt eine Schachtel mit Weizencrackern, reißt das braune Papier auf und schüttet ein paar auf einen Teller.

»Keine Kekse?«, fragt B. J.

»Nein«, sagt Dora, »Cracker.«

»Bei Mom kriegen wir immer Kekse«, sagt er.

Dora wiegt den Kopf, ohne etwas zu sagen. Sie schaut mich an und nickt, damit ich mich auch hinsetze. Ich ziehe den Stuhl gegenüber von B. J. unterm Tisch hervor. Dora stellt den Teller zwischen uns, und ich nehme mir den allerobersten Cracker und lege ihn auf den Tisch. Ich fahre mit der Fingerspitze die Rillen entlang, bis der Cracker in lauter kleine Teile zerbrochen ist, und dann stecke ich ein Eckchen in den Mund.

B. J. sitzt halb und steht halb, die Hand um sein Glas Milch. Er nimmt zwei Weizencracker, bricht sie in der Mitte durch, beißt ein Stück ab und schaut in der Küche umher. Er ist acht, drei Jahre älter als ich, und er weiß alles, weil er schon in der dritten Klasse ist. Momma fragt B. J. immer über die Schule aus, was er gelernt hat, ob er sein Mittagessen aufgegessen hat, solche Sachen.

Ich räuspere mich, und dann schiebe ich die Hände unter die Oberschenkel.

»Was hast du heute gelernt?«, frage ich.

B. J. schaut mich an, lange, und sein Gesicht ist völlig ohne Ausdruck. Dann zwinkern seine dunklen Augen plötzlich, und er zuckt mit den Schultern. »Nicht viel. Weltraum, Astronauten, solches Zeug.«

»Astronauten?«

»Na, du weißt schon, die zum Mond fliegen. In einer Rakete.« Er lässt seinen Cracker durch die Luft sausen wie ein Flugzeug und landet damit in der Milch. Das macht er immer. Mit Crackern, Zwieback, Schokoladenkeksen, allem, und hinterher ist seine Milch immer voller Krümel. Er ist ein richtiger Tunker. Ich hasse es, wenn in meiner Milch Sachen rumschwimmen. Ich tunke nie.

B. J. taucht den Rest von seinem Cracker in die Milch, die Finger gleich mit rein, die Milch schwappt über den Rand und macht eine Pfütze auf dem Tisch. Ich glaube nicht, dass B. J. mich besonders gut leiden kann, sonst würde er nicht so tun, als ob ich gar nicht da wäre, wenn ich direkt vor ihm sitze.

Dora klickt mit der Zunge und wischt B. J.s Schweinerei auf. Sie klopft mit einem Finger an B. J.s Glas, und der trinkt, einen Riesenschluck, noch einen, noch einen, und ein Klumpen Crackermatsch bleibt unten im Glas. Dann stellt er es mit einem Knall hin und stößt sich vom Küchentisch ab.

»Ich geh raus, spielen«, sagt er.

Doras stille dunkle Augen machen bei mir Halt, und ihr Kopf legt sich schief. »Auch raus?«, fragt sie. »Auch spielen?«

Ich mit B. J. allein, das gibt Ärger. Er zwingt mich ständig zu Mutproben. Ich soll Becher voll mit rotem Zeug trinken, das angeblich Ketchup sein soll, aber in echt ist es Chilisoße. Ich soll vom Schuppendach runterspringen, um zu schauen, ob ich fliegen kann wie ein Vogel. Ich soll den großen schwarzen Hund von nebenan streicheln, obwohl der mich schon mal ins Gesicht gebissen hat, sodass ich im

Krankenhaus genäht werden musste. Ich mit B. J. allein, nein, darauf kann ich verzichten.

Ganz langsam esse ich das nächste Eckchen von dem Cracker und schüttle den Kopf von einer Seite auf die andere, so fest, dass mir mein Pferdeschwanz um die Ohren fliegt.

»Na dann bis später«, sagt B. J.

Hinter ihm kracht die Tür zu, ein scharfes »Peng«, das durch die ganze Küche hallt, das ganze, stille Haus. Doras Gesicht zuckt, als ob das Knallen ihr wehgetan hat, und sie wischt die letzte von B. J.s Milchpfützen weg. Ich esse meinen Cracker auf und trinke die Hälfte von meiner Milch, die nicht mehr schmeckt, weil sie warm geworden ist, rutsche vom Stuhl und schütte den Rest ins Spülbecken. Dora kommt und hält ihr Geschirrtuch unter den Wasserhahn. Ich spüle das Glas aus, und sie wäscht es mit dem Spüllappen sauber.

Ich wische die Hände an meinem Hemd ab. »Ich geh rüber ins Esszimmer.«

»Spiel aber leise«, sagt Dora.

»Mach ich.«

Dora nickt, und in ihrem Gesicht zuckt es wieder, vielleicht ein Lächeln, vielleicht auch nicht. Ich kann es nicht erkennen.

Das Esszimmer ist neben der Küche, und nach Mommas Zimmer ist es mein liebster Platz. Unser Esstisch ist aus Holz, und an den Enden hat er Bretter, die man reinschieben oder rausziehen kann, je nachdem, ob man den Tisch kleiner oder größer haben will. Die Bretter sind mit Blättern bemalt, die sich um Tulpen und Weinreben herumranken, rote Tulpen und braune Reben. Die Stuhllehnen sind genauso bemalt, sechs Stück, und dasselbe Muster ist auch auf der Anrichte und der Vitrine, so viele Blätter und Tulpen und Weinreben, dass unser Esszimmer fast ein Garten sein könnte.

Ich strecke mich der Länge nach unterm Tisch aus und schaue hoch zur Unterseite, zu all den verschiedenen Dingen, die den Tisch zusammenhalten, Holzstifte und flache Eisenbänder mit eisernen Nägeln darin, alles ineinander geflochten wie Wurzeln. Das Besondere hier unten ist der Geruch. Dora nimmt immer Zitronenwachs zum Polieren, deshalb riecht es unter dem Tisch nach Zitrone und Holz.

Diana kommt zu mir gewandert und streicht um meine Beine, schmiegt ihren Katzenkörper in ein Dreieck aus Sonnenlicht. Ich kraule sie zwischen den Ohren, reibe ihren weichen, cremig-gelben Bauch und schaue den Nachmittagsschatten zu, wie sie über den Teppich kriechen.

Wenn die Schatten fast ganz verschwunden sind, wenn die Staubkörnchen in den flachen Sonnenstrahlen treiben, wenn Diana sich unter die Vorhänge schiebt, hinter den letzten warmen Lichtflecken her, dann dauert es nicht mehr lange, und in dem schattigen, stillen Haus in der Mary Street wird es hell und laut.

Als Erstes höre ich ein Auto in der Einfahrt, einen Motor, der faucht und dröhnt. Dann B. J., der »Dad« schreit, und Daddy, der ruft, B. J. soll jetzt reinkommen. Und als Letztes das Quietschen und Knarzen der Küchentür und Daddys Stimme, wenn er Dora begrüßt.

Ich krabble unter dem Tisch hervor, renne rüber in die Küche, und gleich an der Tür springe ich. Daddy fängt mich auf und schwenkt mich im Kreis, dass in meinem Bauch hundert Schmetterlinge flattern. Er behält mich auf dem Arm, und ich passe genau in seine Armbeuge. Von so nah riecht er nach Tabak und Kaffee und That-Man-Rasierwasser, und ich kann die hellen und dunklen Pünktchen in seinen braunen Augen sehen, wie lauter zermahlene Gewürze.

»Hast du mich vermisst?«, fragt er.

»Ja«, sage ich. »Und wie.«

Momma sagt, Daddy sieht auf genau die richtige Art gut aus, Filmstar und idealer Schwiegersohn in einem. Für mich ist das allerschönste an Daddy sein Lächeln, so ein breites, fröhliches Lächeln, bei dem niemand traurig sein kann.

B. J. kommt zur Tür hereingestampft, und seine Backen sind rot von der frischen Luft.

»Dad!«, ruft B. J.

»Na, Partner?« Daddy streicht B. J. über sein Stoppelhaar, und als B. J. lächelt, lächeln die Augen mit.

Die Küche hängt voller Essensgeruch. Dora sagt, in einer halben Stunde ist es so weit.

»Dann lauf und wasch dich, Partner«, sagt Daddy.

»Ist gut.« B. J. lässt die Tür zukrachen und rennt den Gang entlang ins Bad.

Daddy trägt mich rüber ins Esszimmer und knipst das Licht an. Dann trägt er mich weiter in das versenkte Wohnzimmer und knipst auch da eine Lampe an. »Wie geht's deiner Mama heute?«

»Sie hat keinen schlechten Tag, aber auch keinen guten.«

Daddy streckt eine Hand nach der Lampe neben seinem großen Ledersessel aus, drückt den Schalter, und jetzt gibt es nur noch Licht im Raum, keinen Schatten. »Was heißt das genau?«, fragt er.

Ich lege ihm die Arme um den Hals, und sein Körper ist warm unter meinen Händen. »Sie ist erst aufgestanden«, sage ich, »aber dann war sie müde.«

Daddy hat Augen, die genau verraten, was er denkt, auch wenn er nichts sagt. Meistens denkt er an seine Arbeit und Geld und wichtige Sachen, von denen ich nichts verstehe, Wenn er so wie jetzt schaut, weiß ich, dass die schlechten Tage ihn nervös machen, so unruhig wie ein eingesperrtes Tier.

Daddy hüstelt ein bisschen, reibt sich seine Nachmittagsstoppeln, reibt sich ein Lächeln ins Gesicht. »Dann gehen wir doch mal nachschauen«, sagt er. »Vielleicht hat sie sich ausgeruht und ist wieder wie neu.«

Im Schlafzimmer sitzt Momma aufrecht im Bett, und sie hat sich die Kissen in den Rücken geschoben. Als sie Daddy sieht, bekommen ihre dunklen Augen diesen besonderen Blick, und Daddy beugt sich herunter und küsst sie auf den Mund. Sie reden mit leisen Stimmen, »Hallo« und »Wie war's heute«, solche Sachen. Ich höre, wie Daddy sie fragt, wie es ihr geht, und Momma sagt, ihr geht es bestens.

Daddy daheim, wir alle bei ihnen im Schlafzimmer, und jetzt ist es klar, etwas stimmt nicht. Ich merke es an Mommas Stimme, dieser hellen Gastgeberinnenstimme, die eine Sache sagt und eine andere meint. Ich merke es an der gepressten Art, wie Daddy atmet, an der zusammengeschobenen Haut zwischen seinen Augen, die er kriegt, wenn er zu angestrengt nachdenkt. Ich merke es an der Faust, die B. J. in seine Handfläche stößt, immer und immer wieder. Ich weiß nicht, was los ist, aber meine Arme und Beine kribbeln vor lauter schlechtem Gefühl.

Daddy leert loses Kleingeld aus seinen Hosentaschen, den Schlüsselbund, die Brieftasche, er zieht seine Uhr auf, bindet sich den Schlips ab, und dabei redet er in einer Tour über die viele Arbeit im Büro und neue Investitionen. Morgen ist er entweder pleite oder steinreich, sagt er.

Momma beobachtet ihn, wie er hin und her geht, und sie hört einfach nur zu. B. J. setzt sich auf den unteren Bettrand, bohrt Diana den Finger in den Bauch und erzählt von der Schule und den Astronauten und dem Käfer, den er draußen eingefangen hat. Momma lächelt ein Gastgeberinnenlächeln und hört zu.

Daddy holt eine Schachtel Marlboro und die Streichhölzer heraus, zündet sich eine Zigarette an, zündet auch Momma eine an, und dann reden er und B. J. über Hausaufgaben und Klassenarbeiten und Noten.

Momma raucht ihre Zigarette und hört zu. Vielleicht ist es, weil sie müde ist, vielleicht fühlt sie sich nicht gut, vielleicht hat sie ganz einfach Hunger. Aber man muss nur hinschauen, um zu wissen, dass Momma andere Dinge im Kopf herumgehen. Wenn sie diesen ins Leere gerichteten Blick hat, rutsche ich so dicht an sie heran, wie ich nur kann, und sie lächelt ein richtiges Lächeln und blinzelt ihre geheimen Gedanken weg.

Momma sagt, im Esszimmer essen ist festlicher, deshalb essen wir immer im Esszimmer zu Abend, wenn alle da sind jedenfalls. B. J. deckt die Teller und Gläser. Milchgläser für uns, Weingläser für Momma und Daddy. Ich hole das Besteck und die Servietten, Papierservietten, die ich zu Dreiecken falte. Die Gabeln kommen oben auf die Servietten, Messer und Löffel auf die andere Seite neben die Teller. Das Auge isst mit.

Dora stellt das Essen auf den Tisch, Kartoffelbrei, Hackbraten, eine Schüssel mit grünen Bohnen und eine mit Apfelmus. Sie stellt alles auf eine Seite, gleich neben Mommas Platz. Dora gießt B. J. und mir ein Glas Milch ein, schenkt Daddys Weinglas bis zur Hälfte voll und kocht noch eine Kanne Kaffee für nach dem Essen. Dann zieht sie ihre Jacke an und geht zur Hintertür hinaus, so leise, dass man gar nicht merkt, dass sie fort ist.

Daddy hilft Momma aus dem Schlafzimmer, ihr Arm auf seinem. Sie hat sich angezogen, als ob doch ein guter Tag wäre, eine hellrosa Hose und dazu ein rosa-grünes, bis obenhin zugeknöpftes Twinset. Daddy zieht ihren Stuhl heraus, über Eck zu seinem Platz am Kopfende, und sie setzt sich langsam und vorsichtig hin, mit diesem Lächeln, das sagt, dass alles in bester Ordnung ist. Dann hilft Daddy ihr, den Stuhl wieder richtig an den Tisch hinzurücken, und sie nimmt ihre Serviette, faltet sie auf und legt sie sich auf den Schoß.

B. J. sitzt Momma gegenüber, und ich sitze neben ihr. B. J. und ich falten unsere Servietten auf und legen sie uns auf den Schoß. Das ist eine Regel bei uns. Daddy setzt sich in den großen Armstuhl am Tischende, und er faltet seine Serviette auch auf.

»Gib mir deinen Teller, Großer«, sagt Momma.

B. J. nimmt seinen Teller mit beiden Händen, und Momma stellt ihn auf ihren eigenen Teller.

»Hast du Hunger?«, fragt sie.

»Bärenhunger«, sagt er.

Momma schneidet zwei Scheiben Hackbraten ab und legt sie auf B. J.s Teller, dann drei große Löffel Kartoffelbrei mit einem Stück Butter in der Mitte.

»Aber nicht so viele Bohnen«, sagt B. J.

B. J. mag überhaupt kein Gemüse, deshalb lacht Momma, als er das sagt. Sie tut ihm einen Löffel Bohnen und drei große Löffel Apfelmus auf, und dann hebt sie den Teller hoch und reicht ihn B. J. hinüber. Er schwankt ein bisschen auf seinem Weg, und Daddy stützt ihn ab, bis er bei B. J. angelangt ist.

Momma holt tief Atem und setzt sich kerzengerade hin, ganz Dame. Sie schaut mich an, lächelt und streckt die Hand nach meinem Teller aus. »Hungrig?«

»Und wie!«

Momma lädt mir eine Scheibe Hackbraten auf den Teller, einen Löffel Kartoffelbrei mit ein bisschen Butter in der Mittel, zwei Löffel Bohnen, zwei Löffel Apfelmus. »Gut so?«

Ich nicke, stehe auf und strecke beide Hände aus, damit sie den Teller nicht heben muss.

Dann ist Daddy an der Reihe, und ihn muss sie nicht fragen, ob er Hunger hat. B. J. und Daddy haben immer Hunger. Sie lädt ihm den Teller voll, ganz viel von allem, und er nimmt ihn ihr aus den Händen.

Als Letztes nimmt sie sich selbst. Auch an den allerbesten Tagen isst sie nicht viel. Heute ist es eine halbe Scheibe Hackbraten, ein Löffel Kartoffelbrei, ein paar Bohnen und ein Löffel Apfelmus. Dann schiebt sie die Schüssel mit dem Apfelmus weg und lächelt uns alle an, die Hände im Schoß.

Essensgeruch steigt mir in die Nase, Butter, Hackbraten, und ich bin so hungrig, dass mir die Spucke im Mund zusammenläuft.

Daddy macht die Augen zu und senkt den Kopf auf die Hände. Er sagt, dass wir Katholiken sind, aber wir gehen nie in die Kirche, höchstens an Weihnachten oder Ostern, deshalb verstehe ich nicht, warum wir jeden Abend beten. Daddy sagt, es ist kein richtiges Gebet, wir nehmen uns nur Zeit zum Dankbarsein.

Nach dem Beten erzählt Daddy eine Geschichte über einen Mann in seinem Büro, und Momma erzählt von dem Besuch von Tante Georgia. Daddy sagt, es liegt schon Herbst in der Luft, und Momma sagt, wir sollten einen Ausflug zum Lake Tahoe machen, bevor es zu kalt wird. Als Momma das sagt, schaut B. J. von seinem Teller auf, schaut von Daddy zu Momma. Daddy schweigt, und er sieht auch zu Momma hin.

»Meinst du, du packst das?«, fragt er.

»Ob ich was packe?«

»Ich meine, glaubst du, das ist die richtige Zeit?«

Momma setzt sich noch gerader hin, Brust raus, Bauch rein. »Ich bin keine Invalide, Bud.«

Ihre Stimme klingt scharf durch das Esszimmer. Daddy räuspert sich und legt seine Gabel mitten auf den Teller.

»Ich weiß, dass du kein Invalide bist«, sagt er. »Ich finde nur, bevor wir irgendwelche anderen Ausflüge planen, sollten wir erst mal über Palo Alto reden.«

B. J. schaut mich an und ich schaue B. J. an.

Momma zieht scharf die Luft ein und legt ihre Gabel neben den Teller. »Das gehört nicht hierher, Bud.«

Daddy sieht B. J. an, dann mich und presst die Lippen zusammen. »Wie du meinst.«

Er nimmt seine Gabel wieder und isst einen Happen Kartoffelbrei. Momma atmet laut aus und lässt die Schultern wieder locker. Sie lächelt mich an und fährt mir mit der Hand über den Kopf.

Kinder soll man sehen und nicht hören, und deshalb sitze ich still und sage gar nichts, so dringend ich auch nach Palo Alto und den Spezialisten fragen möchte.

»Und?«, fragt B. J., »fahren wir jetzt an den See?«

Schweigen im Esszimmer, Abendessensgeruch überall. Daddy sieht B. J. lange an, und dann zuckt er mit seinen breiten Schultern.

»Warten wir's einfach ab, ja?«, sagt er.

Schlafen gegangen wird um acht Uhr, am Wochenende um halb neun. Das ist eine Regel bei uns.

Ich bete jeden Abend im Wohnzimmer, laut, damit Momma es hören kann. Ich knie mich auf den Boden, stütze die Ellenbogen auf die Riesenpflaume, drücke die Hände aneinander und mache die Augen zu. Mein Gebet ist jeden Abend dasselbe: dass ich meine Seele in Gottes Hände lege und dass ich hoffe, ich werde morgen früh wieder aufwachen. Es klingt gruslig, aber so gehen die Worte nun mal.

Wenn das gruslige Gebet vorbei ist, mache ich die Augen wieder auf und danke dem lieben Gott für alle guten Gaben, jetzt und immerdar, und nach dem Danken darf ich sagen, was ich mir auf der ganzen Welt am meisten wünsche. Ich wünsche mir jeden Abend dasselbe. Ich wünsche mir, dass morgen ein guter Tag wird. Momma lächelt, wenn ich das sage, und streichelt mir übers Gesicht.

Nach dem Beten gibt sie mir meinen Gutenachtkuss und umarmt mich, ganz fest, sodass meine Backe an ihrer liegt und ich ihre Mandelmilch rieche.

»Und ich bin am allerdankbarsten für dich«, sagt sie mir ins Ohr. »Du bist mein allerschönstes Geschenk.«

Sie sagt es in einem Ton, dass ich ganz stolz bin, überhaupt geboren zu sein. Ihr allerschönstes Geschenk! Ich drücke sie so fest, wie ich nur kann, ohne ihr wehzutun, und dann trägt Daddy mich ins Bett.

2

Daddy rasiert sich jeden Tag, auch am Wochenende. Beim Aufwachen höre ich gleich als Erstes Wasser laufen, und ich weiß, dass er schon im Bad ist. Die Tür steht offen. Daddy hat das Gesicht voll weißer Rasiercreme. Er hält seine Hände unter den Wasserstrahl und wäscht sich den Schaum von den Fingern.

»Hallo, Juniper«, sagt er, »du bist ja früh aus den Federn.«

»Hallo, Daddy«, sage ich, »du bist auch früh aus den Federn.«

»Morgenmenschen eben«, sagt Daddy. »Da siehst du's.«

Ich steige auf den Klodeckel. Daddy hat ein weißes Unterhemd an, und seine langen Arme sind braun und voller Muskeln. Seine Boxershorts ist hellblau, und seine Beine sind auch braun und bis zu den Füßen runter voll dunkler Haare, bis zu den Zehen sogar.

»Was machst du?«, frage ich.

»Mich rasieren, und du?«

»Ach, ich glaub, ich rasier mich auch.«

Daddy lächelt unter dem Weiß in seinem Gesicht und schiebt die Dose mit der Rasiercreme über den Waschtisch, eine rot-weiße Dose mit einem Knopf zum Draufdrücken. »Na«, sagt er, »dann brauchst du ja wohl deine Rasiercreme.«

Ich halte die Hand unter den Knopf und drücke. Weißer Schaum kommt heraus, mit einem Geruch, der in der Nase sticht. Ich schmiere mir die Creme auf die Backen, die Oberlippe, das Kinn und den Hals. Der Schaum ist wie Seife, nur noch seifiger, und er fühlt sich weich an auf meiner Haut.

Daddy zieht eine Schublade am Badezimmerschrank auf, holt den schwarzen Kamm heraus und legt ihn zwischen uns auf den Waschtisch. »Da, dein Rasiermesser.«

Ich nehme den Kamm und halte ihn unter den Wasserhahn. Daddys Rasiermesser ist silbern, mit breitem Vorderteil und schmalem Griff. Er fasst es zwischen den Fingerspitzen und hält das Vorderteil auch unters Wasser. Aus dem Spiegel schauen Daddy und ich mit schaumigen Gesichtern, und wir sehen komisch aus so. Ich lache und Daddy lacht, und das Lachen ist im Bad und in mir drin.

»Klar zum Gefecht?«, fragt er.

»Klar zum Gefecht«, sage ich.

Die Hüften gegen die Waschtischkante gedrückt, beugt Daddy sich zum Spiegel vor und setzt das Rasiermesser an. Er zieht es nach unten, und sein Gesicht ist wieder zu sehen, ein Streifen so breit wie die Klinge.

Ich beuge mich auch zum Spiegel vor und fahre mit dem Kammrücken meine Backe entlang, ein schmales, glattes Gefühl. Schaumwülste türmen sich auf, wabbeln auf dem Kamm, und ich balanciere sie über das Becken und wasche sie ab.

Noch mal und noch mal und noch mal, und immer mehr von Daddys Gesicht kommt zum Vorschein, immer mehr auch von meinem. Als aller Schaum weggekratzt ist, spritzt Daddy sich Wasser ins Gesicht, tupft es mit dem Handtuch trocken, und dann klopft er sich That-Man-Rasierwasser auf die Backen, ein Geruch nach Zitrone und Holz und Gewürzen, der auf Daddys Gesicht bleibt bis zum Abend.

Ich lasse mir Wasser in die Hände laufen, wasche allen Schaum weg, und Daddy gibt mir ein Handtuch.

Mit trockenen Gesichtern schauen wir wieder in den Spiegel, und er streicht sich über die Backen, unterm Kinn entlang. Er beugt sich zu mir herunter, dass ich mit der

Hand über sein Kinn reiben kann. Sein Gesicht fühlt sich so schön an nach dem Rasieren.

»Ganz glatt geworden«, sage ich.

Daddy lächelt das Lächeln, das ich so mag, und legt mir beide Hände ums Gesicht. »Bei dir auch.«

Ich muss lachen, wenn er sagt, mein Gesicht ist glatt geworden, so, als ob es vorher kratzig gewesen wäre.

»Machst du mir die Haare?«, frage ich.

»Spangen oder Zöpfe?« Daddy holt die Bürste aus der Seitenschublade und fängt an zu bürsten.

»Das kommt drauf an«, sage ich. »Gehst du heute arbeiten?«

Daddy kann wunderbar Haare bürsten, so sanft, dass man fast nicht merkt, dass er bürstet.

»Nein«, sagt er, »wir fahren an den See.«

»Wir alle?«

Daddy schaut erst in den Flur raus und dann zu mir. »Vielleicht kommt Mom auch mit.«

Wenn wir an den See fahren, müssen es Rattenschwänze werden, und Daddy macht sie mir so hoch oben, dass sie wie Kaninchenohren aussehen. Meistens kriegt Daddy es nicht richtig hin, und die Rattenschwänze werden ganz schief. Heute sind sie völlig gleichmäßig. Ich schaue mich im Spiegel an und schüttle den Kopf hin und her, sodass die Rattenschwänze fliegen.

»Perfekt«, sage ich.

»Danke«, sagt er.

Moshe und Diana warten vor Mommas Tür, ihre Körper ineinander gekringelt. Daddy macht die Tür auf, und die Luft drinnen riecht nach Schlaf. Moshe und Diana rennen lautlos zum Bett, springen hinauf und staksen mit langen, langsamen Katzenschritten an Mommas zugedecktem Körper entlang. Auf Daddys Seite sind die Decken zerwühlt, das Kissen verknautscht.

»Schatz?«, fragt Daddy. »Bist du wach?«

Momma bewegt sich unter ihrer Decke, und Daddy setzt sich zu ihr auf die Bettkante.

»Wer?«, fragt Momma. »Was?«

»Jenny und ich sind das«, sagt Daddy. »Wie fühlst du dich?«

Momma ist eine langsame Aufwacherin, und ihr Gesicht sieht aus, als würde der Schlaf sie sich gleich wieder zurückholen.

Daddy lehnt sich über die Kissen, seine Hand auf ihrem Haar. »Möchtest du noch ein bisschen schlafen?«

Momma stützt sich auf, hebt das Gesicht vom Kissen und fängt zu husten an. Daddy legt ihr die Hand auf den Rücken, Finger gespreizt. Sie hustet und hustet, ein hartes, trockenes Geräusch, und ihr Körper macht Bewegungen, wie wenn sie sich umdrehen wollte. Daddy fasst sie an den nackten Schultern und hilft ihr beim Umdrehen, sodass sie sich ein Stück aufsetzen kann. Der Husten hört auf, sie reibt sich das Gesicht.

»Besser?«, fragt Daddy.

Momma nickt, aber ihre Augen sind noch nicht richtig wach. Daddy schiebt ihr die Kissen in den Rücken. Sie lehnt sich auf die Seite. Der Träger von ihrem pfirsichfarbenen Nachthemd ist halb heruntergerutscht, und sie zieht ihn mit den Fingern hoch.

»Geht's wieder?«

Sie räuspert sich und nickt, aber dann schüttelt sie den Kopf, weiß im Gesicht, und hustet so, dass es sie hin und her beutelt und sie die Faust an den Mund pressen muss. Die Katzen springen vom Bett herunter und flitzen aus dem Zimmer. Momma hört auf zu husten, nimmt die Faust vom Mund, und die Faust ist hellrot von Blut.

Daddy steht schnell auf, setzt sich wieder hin, steht wieder auf.

»O Gott!«, sagt er.

Sie hat Blut auf den Lippen.

Daddy rupft Kleenextücher aus der Schachtel, eins, zwei, drei, und stopft sie in ihre Hand. Mit weit offenen Augen schaut er im Zimmer umher, schaut mich an. »Jenny, hol deiner Mutter ein Glas Wasser.«

Er gibt mir das leere Glas, und ich renne ins Bad. Momma sagt, ich soll das Wasser immer erst eine Minute laufen lassen, bis es ganz kalt ist. Es dauert ewig, bis ich das Glas unter den Hahn halten kann.

Momma im Schlafzimmer spuckt rotes Zeug in ihr Kleenex. Daddy zieht noch mehr Tücher aus der Schachtel und nimmt das Wasserglas.

»Da«, sagt er, »trink einen Schluck.«

Momma schüttelt den Kopf, spuckt noch mal aus, und dann nickt sie und greift nach dem Glas. Ihre Hand zittert zu stark. Daddy hilft ihr.

»Was soll ich machen?«, fragt Daddy. »Soll ich den Arzt rufen?«

Momma wedelt mit einer Hand, die andere zerknüllt rosa Kleenex. Daddy zieht noch einmal drei Stück heraus. Sie drückt sie sich an den Mund und schüttelt den Kopf.

»Geht schon«, sagt sie. »Mir fehlt nichts.« Ihre Stimme klingt rau. Sie holt tief Atem, ihre Rippen heben sich und fallen wieder.

»Was ist los?« An der Tür steht B. J., mit Augen, als ob er gerade erst aufgewacht ist. Er hat seinen Cowboy-und-Indianer-Schlafanzug an, und die Haare kleben ihm am Kopf. Von da, wo er steht, kann er das Blut nicht sehen.

»Kinder?«, fragt Momma. »B. J.?«

B. J. lehnt sich ein bisschen nach vorn, nicht drinnen, nicht draußen. Seine Augen sind ganz rund. »Mom?«

»Mir fehlt nichts«, sagt Momma. »Es ist nur ein kleiner Hustenanfall.«

Daddy steht auf. Er sieht uns an, dann Momma. »Verdammt, das ist mehr als ein Hustenanfall.«

Momma schüttelt den Kopf. »Nein, nein, mir geht's gut. Wirklich. Wir fahren an den See.«

»Janet«, sagt Daddy. »Das reicht, verdammt noch mal, so geht das nicht weiter.«

»Bud«, sagt Momma.

Daddy stemmt die Hände in die Hüften, kneift die Lippen zu einem Strich zusammen, wie immer, wenn er wütend ist, und räuspert sich. »Ihr Kinder frühstückt jetzt erst mal«, sagt er. »Und ich rede mit Mom.«

Ich will nicht aus dem Zimmer gehen, und ich sehe von Daddy zu Momma und wieder zu Daddy. »Ich brauch kein Frühstück.«

»Na, los jetzt«, sagt Daddy.

»Nein, Bud«, sagt Momma, »mir fehlt nichts.«

»Und macht die Tür zu!«, sagt Daddy.

B. J. und ich sitzen in der Küche. Drüben schreien sie sich an, dann ist es still, dann schreien sie wieder ein bisschen, und dann ist Ruhe. Ich höre Momma husten, und Daddy redet mit leiser, ruhiger Stimme. Das Telefon klingelt, ganz kurz nur, und ich weiß, dass einer von ihnen im Schlafzimmer abgehoben hat.

B. J. schleicht auf Zehenspitzen den Flur entlang, ich bis zur Küchentür hinterher. Er beugt sich zur Schlafzimmertür vor und steht ganz still. Dann schleicht er zurück, erst in der Küche geht er wieder normal. Ich gehe rückwärts und setze mich wieder auf meinen Stuhl.

»Und?«, frage ich.

»Dad telefoniert, und sie weint.«

»Weint?«

»Zum See fahren wir jetzt garantiert nicht.« B. J. steht am Küchenfenster und ist rot im Gesicht, ein verstecktes Rot tief unter der Haut, bis zu den Ohren.

»Warum weint sie?«, frage ich.

B. J. drückt das Kinn auf die Brust, schaut mich unter

dunklen, schattigen Augenbrauen hervor an und zwickt den Mund ganz fest zu.

»Klingt es traurig oder so, als ob ihr was wehtut?«

Er klettert aufs Küchenbüfett, öffnet eine von den oberen Türen und holt eine Packung Frosties heraus.

»Vielleicht weint sie ja nicht richtig«, sage ich.

B. J. springt vom Büfett herunter, die Packung an die Brust gepresst. Er nimmt ein Schälchen und einen Löffel aus dem Ständer mit dem gespülten Geschirr und stellt alles auf den Tisch. Das Rot in B. J.s Gesicht ist doch nicht so rot. Es kann sein, dass er doch nicht wütend ist.

»Vielleicht hast du dich verhört«, sage ich.

B. J. schenkt sich Milch ein und stellt den Karton auf den Tisch zurück. »Nein, ich hab mich nicht verhört«, sagt er. »Ich wette, sie fahren doch nach Kalifornien.«

»Kalifornien?«

B. J. verrührt seine Frosties mit der Milch. »Du kriegst echt nichts mit. In Kalifornien sind diese Ärzte, die herausfinden sollen, was ihr fehlt.« Er schaufelt sich Frosties und Milch in den Mund.

»Wer sagt das?«, frage ich.

B. J. ruckt mit dem Kopf, wie man es macht, wenn man den Mund voll hat und reden will. »Dad hat es mir gesagt.« Er schluckt und wischt sich mit dem Schlafanzugärmel die Milch aus dem Gesicht.

Ich hasse es, wenn B. J. Sachen weiß, die ich nicht weiß. Ich will auch acht sein, ich will auch wissen, was hier los ist.

B. J. bleibt in der Küche sitzen, isst seine Frosties-Pampe, und ich gehe die achtzehn Schritte den Flur entlang. Vor der Schlafzimmertür lehne ich mich an die Wand und horche. Husten, Daddys leise Stimme, dann die Klospülung. Es klappert, Wasser läuft, und ich weiß, jetzt nimmt sie irgendwelche Tabletten.

Diana windet sich um meine Beine, weiches, weiches Fell, Katzenschnurren. Sie schnurrt schon, bevor man sie überhaupt nur anfasst, das mag ich, ein kleiner Motor, der immer tuckert. Ich hocke mich hin und fasse sie mit beiden Händen um ihren weichen Bauch. Dann stehe ich wieder auf und lehne mich an die Wand, und Diana kuschelt sich an meine Brust, warm und rund.

Momma will nicht zu den Ärzten in Kalifornien. Das muss sie nicht erst sagen, ich lese es in ihren Augen.

B. J. sagt, Freitagabend geht es los, und in der Früh, Freitagfrüh, bin ich allein mit Momma, wie immer. Nach den Reparaturen darf ich mich mit ihren Anziehsachen fein machen.

Momma sitzt auf der Bettkante, in einem Morgenrock aus weißer Seide mit lila Blumen drauf. Sie raucht eine von ihren weißen Parliament-Zigaretten, und der Rauch kräuselt sich zur Decke hoch.

»Ich hab was gefunden!«, rufe ich. Hinter der Schranktür, wo sie mich nicht sehen kann, ziehe ich mir mein Nachthemd über den Kopf und verkleide mich mit ihren Sachen.

»Beeil dich«, sagt Momma, »ich sterbe vor Spannung.«

»Aber du musst die Augen zumachen!«

Momma schlägt die Beine übereinander, kneift die Augen zu, und ich springe hinter der Schranktür hervor.

»Ta-dah!«, rufe ich. Ich habe ihren weißen Rock mit den grünen Blättern und den großen, orangenen Blumen an, und er geht mir bis übers Knie. Die Bluse ist aus Chiffon, mit winzigen orangenen Blüten auf einem Stoff, der ganz durchsichtig ist, und sie hat Rüschen am Kragen. Die Chiffonbluse ziehe ich jedes Mal an, weil ich sie von allen ihren Kleidern am schönsten finde.

Momma schlägt ihre dunklen Augen auf, und dann fängt sie an zu lachen, die Hand vor dem Mund. »Du fährst ja schwere Geschütze auf«, sagt sie.

»Zu viel?«, frage ich.

Momma steckt sich die Zigarette zwischen die Lippen und saugt den Rauch tief in ihren Körper. Sie zwickt die Augen zusammen, als ob der Rauch ihr wehtut, und dann pustet sie ihn nach der Seite aus. »Ein bisschen schon«, sagt sie. »Du trägst einen Sommerrock zu einer Abendbluse, und dann noch diese ganzen Blumen …«

»Ich mag die Bluse so gern.«

Momma zupft an den Rüschen, und der Chiffon bewegt sich weich. »Ich auch.«

Sie schaut an die Decke. »Ich hatte sie zu einem Empfang in der Villa des Gouverneurs an, sechs Jahre muss das jetzt her sein. Dein Vater fand es herrlich, auf diese schicken Partys zu gehen, mit diesen ganzen wichtigen Leuten.«

Mommas Stimme ist voller Erinnerungen, ihr Blick weit weg. Dann sieht sie wieder mich an.

»Es kommt mir vor wie gestern«, sagt sie. »Wie vor Jahrmillionen.«

»Jahrmillionen?«, frage ich.

»Eine Ewigkeit lang«, sagt sie und streicht sich die Haare hinters Ohr. »Nein, glaub mir, für neun Uhr morgens ist diese Bluse ein bisschen sehr gewagt. Außerdem ist die Faustregel, ein gemustertes Teil, das die Wirkung erzielt, und dazu etwas Schlichtes zum Unterstreichen. Probier den grünen Pullover zu diesem Rock.«

Alte Hefte von *Mademoiselle, Vogue* und *Ladies' Home Journal* liegen in einem Stoß neben dem Nachttisch. Momma beugt sich herunter, immer noch mit der Zigarette in der Hand, zieht ein Heft heraus und blättert darin, während ich zum Schrank zurückgehe.

»Hör dir das an«, sagt sie. »Gute Mode lenkt die Aufmerksamkeit auf die Frau, nicht auf die Kleider. Nur eine Mode, die die Frau akzentuiert, ist auch eine erfolgreiche Mode.«

Grüne Wolle kratzt mir übers Gesicht, meine Haare knistern. Momma schlägt ihr Heft zu und wirft es auf den Teppich zwischen uns. Sie winkt mich zum California King.

»Das eigentlich Wichtige ist gar nicht die Mode«, sagt Momma, »das Wichtige ist der Stil. Wenn du Stil hast, bist du ganz von selber modisch.«

Sie zieht die Nähte an dem Pullover gerade, zupft die kleinen Knöpfe zurecht. Jeder Knopf ist eine winzige grüne Perle.

»Mir hat Grün nie gestanden«, sagt Momma, »aber es ist deine Farbe.«

»Meine Farbe?«, sage ich.

»Deine Farbe«, sagt sie. »Es bringt die kleinen grünen Pünktchen in deinen braunen Augen zur Geltung.«

Ich beuge mich zum Spiegel vor, niemand drin außer mir, und ich möchte doch sehen, was *sie* sieht. Ich gehe ein Stückchen zurück, aber es bin immer noch ich.

Momma macht den Arm lang und legt ihre Zigarette in den Aschenbecher. »Setz dich zu mir«, sagt sie, »dann mach ich dir eine schicke Frisur.«

Ich setze mich auf den Boden, den Rücken an den Bettrahmen gelehnt, und Momma bürstet mir mit langen Strichen das Haar. Es ist still im Schlafzimmer, und ich male mit dem Finger auf dem weißen Teppich. »Warum musst du nach Kalifornien?«, frage ich.

Die Bürste steht still und streicht dann weiter.

»Mach dir deswegen keine Sorgen, Sunshine«, sagt Momma. Sie zieht mein Haar durch das Gummi, ein Pferdeschwanz hoch oben am Kopf, so straff, dass mein Gesicht ziept.

»Das ist zu fest«, sage ich.

»Entschuldige.« Momma steckt die Finger unter das Gummi, schiebt es ein Stückchen zurück, und das Ziepen hört auf.

Ich drehe mich um und hocke mich vor Momma hin. »B. J. sagt, du gehst zu neuen Ärzten.«

Momma lächelt, das Dunkle in ihren Augen noch dunkler als sonst. »Das stimmt.«

»Sind es dusslige Ärzte?«, frage ich.

Momma lacht und hört gleich wieder auf. Sie legt den Kopf schief und streichelt mir mit dem Finger die Backe entlang bis zum Kinn. Ihre Hand riecht nach Mandelmilch.

»Das will ich nicht hoffen«, sagt Momma.

»Hoffen?«, sage ich. »Weißt du's denn nicht?«

Momma zieht die Hand zurück, und da, wo ihr Finger gelegen hat, ist meine Haut kühl. Sie nimmt ihre Zigarette, die fast ganz heruntergebrannt ist. Die Lippen fest über dem Filter zusammengepresst, raucht sie den letzten Rest auch noch auf und hält den Atem an, während sie den Stummel im Aschenbecher ausdrückt. Dann pustet sie den Rauch zur Decke hoch und räuspert sich.

»Manche Dinge kann man nicht wissen«, sagt sie. »Manchmal kann man einfach nur versuchen zu glauben. Zu vertrauen.«

»Das versteh ich nicht«, sage ich.

Momma macht den Mund schmal, wie immer, wenn sie überlegt. Es ist so still und ruhig im Zimmer, als wären wir die einzigen Menschen auf der Welt, und dann räuspert sie sich noch mal. »Manchmal passieren Dinge einfach«, sagt sie. »Schlimme Dinge. Und egal, was man dagegen unternimmt, irgendwie wird es einfach nicht besser.«

Momma schaut mir mitten ins Gesicht, und ihre dunklen Augen sagen dasselbe wie ihre Worte. »Ich weiß nicht, warum diese schlimmen Dinge passieren«, sagt sie, »ich verstehe sie genauso wenig wie du, und wenn man nicht versteht, was mit einem passiert, dann muss man in sich hineinhorchen und das finden, was wahr ist. Das, woran man glauben kann.«

Ich klemme die Lippen zwischen die Zähne und schaue in ihr ernstes Gesicht. »An was glaubst du?«, frage ich.

Momma lächelt, aber es ist ein trauriges Lächeln, und ihre dunklen Augen wandern über mein Gesicht, als ob sie etwas sucht. »Ich glaube an dich«, sagt sie. »Ich wusste von dem Moment an, als du zur Welt gekommen bist, dass du zu meiner Tochter bestimmt bist und ich zu deiner Mutter.«

Meine Hände liegen in meinem Schoß. Es ist schön, dass jemand an mich glaubt, wie sie es tut. »Und was glaube ich?«, frage ich sie.

Momma beugt sich zu mir herunter, die Ellenbogen auf den Knien, weiße Morgenrockseide um ihre Füße. »Du musst noch warten«, sagt sie. »Das, woran wir glauben, kommt durch unsere Erfahrungen zu uns. Das, woran du glaubst, muss aus deinem Herzen kommen.«

Die Weide spannt ihren langen Schatten über das California-King-Bett. Diana schläft halb im Schatten, halb in dem Sonnenstrahl. Ich kneife die Augen zu und horche in mich hinein, horche auf das, was ich glaube, aber ich finde nichts als ein schlechtes Gefühl wegen Momma und Kalifornien.

»Warum musst du wegfahren?« Ich öffne die Augen.

Momma lächelt. »Ich komm ja zurück. Mach dir keine Sorgen.«

Ich will ihr von dem schlechten Gefühl erzählen, ich will, dass sie dableibt, hier in dem Haus in der Mary Street, wo alles vertraut und sicher ist. Meine Lippen spannen, und ich fahre mit der Zunge darüber, damit das trockene Gefühl weggeht, aber was ich sagen will, sage ich nicht.

»Also dann«, sagt Momma. »Steh auf und lass dich anschauen.«

Ich stehe vom Boden auf und drehe mich im Kreis. In dem großen Spiegel sehe ich mich in Mommas Blumenrock und dem grünen Pullover, sehe den dicken Pferdeschwanz hoch oben auf meinem Kopf.

»Gelungen?«, frage ich.

»Perfekt.«

»Hübsch?«

»Jetzt noch ein paar grüne Pumps und die passende Handtasche«, sagt Momma, »und du hast Stil bis in die Zehenspitzen.«

Das große Haus von Tante Carol liegt an der Ecke Mussler und Minnesota Street, und es hat jede Menge Zimmer mit jeder Menge Regeln. Im Erdgeschoss ist ein Wohnzimmer, wo keine Kinder reindürfen, ein Fernsehzimmer, wo Kinder reindürfen, ein Esszimmer mit Glastüren, wo Kinder nicht reindürfen, und eine Küche mit einem großen Picknicktisch, wo Kinder reindürfen. Im oberen Stock sind die Schlafzimmer, eins für die Mädchen und eins für die Jungen, streng getrennt. Es gibt zwei Treppen nach oben, eine vom Wohnzimmer und eine von der Küche.

Tante Carol hat breite Hüften, dicke Beine und einen riesengroßen Busen, der aussieht, als müsste er jeden Augenblick von ihrem Körper wegplatzen. Sie trägt nichts als Schwarz: schwarze Pullover mit langen Ärmeln und schwarze Hosen, die beim Gehen rascheln.

Momma sagt, Tante Carol trägt Schwarz, weil man in Schwarz schlanker wirkt. Aber ich glaube, Tante Carol trägt Schwarz, weil sie magische Kräfte hat und anderen Leuten die Zukunft weissagen kann, indem sie in ihren Händen liest – oder in den Wahrsagekarten, die in einer Schublade im Erwachsenen-Esszimmer versteckt sind. Gezeigt hat Tante Carol mir die Karten nie, aber meine Cousine Tracy hat mir gesagt, wo sie sind. Eine Menge Leute kommen zu Tante Carol, sagt Tracy, damit sie ihnen die Zukunft voraussagt.

Als Daddy uns abgesetzt hat, laufen B. J. und ich gleich nach oben, B. J. ins Jungenszimmer und ich ins Mädchenzimmer. Kaum habe ich die Tür zum Mädchenzimmer aufgemacht, da lässt Tracy ihre Puppe auf den Boden fallen und rennt zu mir hin. »Jenny!«, ruft sie. Sie umarmt mich so fest, dass ich kaum noch Luft kriege, aber das macht mir gar nichts. Tracy ist meine Lieblingscousine, und wir sehen fast gleich aus, dunkle Haare, dunkle Augen. Wir sind auch fast genau gleich groß, aber ich bin stärker. Ich lege die Arme um Tracy und hebe ihre Füße vom Boden hoch. Sie lacht, wie immer, wenn ich das mache.

»Ich auch«, schreit Faith Ann, »ich auch!« Sie drängelt sich zwischen Tracy und mich, schlingt ihre Arme um meinen Hals und ihre Beine um meine Taille. »Jenny, Jenny, Jenny!«

Faith Ann ist dünn und winzig klein, und sie hat blaue Augen, die immer strahlen. Sie findet nichts so schön, wie getragen und im Kreis geschwenkt zu werden. Also drehe und drehe ich mich im Kreis, und Faith Ann kichert und lacht.

»Schneller«, schreit sie, »schneller!«

»Dass sie aber nicht anfängt zu kotzen«, sagt Bobbie Lou. Bobbie Lou ist die Älteste, fast schon ein Teenager, und sie spielt nie, weil sie die Verantwortung für uns Kleinere hat.

»Schneller«, schreit Faith Ann.

»Wenn sie kotzt«, sagt Bobbie Lou, »dann putzt du's weg.«

Faith Ann sieht nicht so aus, als ob sie vorhat zu kotzen. Das Zimmer verschwimmt, so schnell drehe ich mich, und eine Sekunde später bin ich in einer völlig neuen Welt, einer Welt, wo man den ganzen Tag nichts anderes tut als sich im Kreis drehen, mit Puppen spielen und lachen, bis man Seitenstechen bekommt.

Tracy, Faith Ann und ich sitzen auf dem Boden und schneiden Ankleidepuppen aus. Tracy gibt mir eine kleine Schere, damit ich die Abendkleider ausschneiden kann, Faith Ann schneidet Schuhe aus und Tracy Hüte. Bobbie Lou liest in einem Buch und tut so, als ob wir gar nicht da wären. Ankleidepuppen sind Kinderkram, sagt sie.

Tracy hält eine Puppe hoch, eine erwachsene Dame in einem weißen Trägerhemdchen, die Campingshorts anhat und dazu rosa Stöckelschuhe.

»Das harmoniert nicht«, sage ich.

»Was?«, fragt Faith Ann.

»Es passt nicht zusammen«, sage ich.

»Ich find's gut«, sagt Tracy. »Mal was anderes.«

»Aber nicht sehr praktisch«, sagt Bobbie Lou und legt ihr Buch in den Schoß.

»Du spielst doch gar nicht mit«, sagt Tracy.

»Nimm lieber die Sandalen«, sage ich.

Tracy macht die rosa Schuhe wieder ab, nimmt die braunen Sandalen und knickt die Bügel um. Dann hält sie die Puppe ein Stück von sich weg, damit sie den Gesamteindruck sieht. »Irgendwie langweilig«, sagt sie.

»Stinklangweilig«, sagt Faith Ann.

»Nicht, wenn sie in Afrika ist«, sagt Bobbie Lou, »oder in der Wüste nach einer untergegangenen Kultur sucht.«

»Du spielst nicht mit«, sagt Tracy.

Bobby Lou zuckt die Achseln und nimmt ihr Buch wieder in die Hand. »Ich versuche nur, deiner Fantasie auf die Sprünge zu helfen.«

»Dann nimm eben doch wieder die rosa Schuhe«, sage ich, »und irgendein Cocktailkleid dazu. Dann muss sie nicht in die Wüste.«

Tracy macht die Shorts und das Hemd ab, sucht ein rosa Cocktailkleid heraus und zieht die rosa Stöckelschuhe wieder an die Füße. »Hübsch?«, fragt sie.

»Perfekt«, sage ich.

Das Beste an den Ankleidepuppen ist, dass man alles andere vergisst und sich nur darüber den Kopf zerbricht, welches Kleid als Nächstes drankommt.

»Essen!«, ruft Tante Carol.

Tracy und Faith Ann lassen ihre Ankleidepuppen fallen und laufen zur Tür. Bobbie Lou knickt ihre Seite um und klappt das Buch zu. Ich bleibe am Boden sitzen, eine Anziehpuppe in den Händen und alle Kleider um mich auf dem Teppich verstreut.

»Kommst du nicht?«, fragt Bobby Lou.

»Doch«, sage ich, »gleich.«

Bobbie Lou geht aus dem Zimmer, und ich höre die anderen rumschreien, ich rieche den Abendessensgeruch, der die Treppe hoch- und den Gang entlanggekrochen kommt, höre Tante Carol brüllen, dass wir uns benehmen und teilen sollen. Langsam gehe ich den Gang entlang und die Treppe runter in die Küche, wo ich mich mit den anderen um den großen Tisch setze, aber gleichzeitig ist es, als wäre ich irgendwo draußen und würde hineinschauen.

Steven, Bobbie Lou, Andy, Mark, Tracy und Faith Ann schubsen und stoßen und streiten sich ums Essen, und B. J. mir gegenüber streitet mit.

»He, hör mit dem Gedrängel auf«, sagt Mark.

»Ich drängel doch gar nicht«, sagt Andy.

»Du bist mir im Weg«, sagt B. J.

Steven grapscht Tracy die Schüssel mit den Nudeln aus der Hand, Tracy brüllt, er soll loslassen, und die Schüssel kracht mitten auf den Tisch, gegen Faith Anns Glas, sodass ihre Milch in ihr Essen spritzt. Faith Ann kreischt, und Bobbie Lou sagt, sie soll den Mund halten, und Mark zeigt auf das Essen in seinem See aus Milch und sagt, es sieht wie Kotze aus.

Die Schwingtür zwischen der Küche und dem Esszimmer ist zu, und auf der anderen Seite essen Tante Carol und Onkel Bob ihr Essen in dem kinderfreien Esszimmer, wo es ruhig und friedlich ist. Jeder für sich sind die Kinder von Tante Carol gar nicht so wild, aber wenn sie alle zusammen sind, ist sofort die Hölle los. Obwohl mein Teller voll ist, kann ich nichts essen, nichts denken, ich schaue ihnen nur beim Toben zu, als ob es ein Sturm wäre, der da tobt.

Mark sagt, Tracy ist ein Schwein, weil sie die Schüssel losgelassen hat, bevor er sich seine Nudeln nehmen konnte, und Tracy brüllt, dass es ein Versehen war, und Andy packt eine Hand voll Käsenudeln und klatscht sie Mark auf den Teller und sagt: »Da, nimm meine.« Mark brüllt: »Feuer!«, langt in sein Essen und pfeffert Andy Erbsen und Möhren auf den Teller.

Steven steht auf, die Arme weit ausgebreitet, und schreit:

»Hört auf!«, und B. J. schießt einen Löffel Erbsen und Möhren nach Stevens Kopf. Rot und grün saust es über den Tisch und landet auf meinem Kopf und auf Tracys Kopf. Wir lachen und kreischen.

»Wehe, ich muss rüberkommen!«, ruft Tante Carol.

»Mark hat angefangen!«, schreit Andy.

»Tracy hat angefangen!«, brüllt Mark.

»Ich zähle bis zehn«, ruft Tante Carol.

Faith Ann kniet sich auf ihren Stuhl, fasst nach ihrem Milchglas und schüttet es um. Milch fließt über den Tisch, auf Marks Schoß, und Mark wirft sich nach hinten, sodass Andy und B. J. von der Bank kippen. Faith Ann heult, dass ihre Milch schon wieder ausgegossen ist, und Andy springt auf und haut Mark auf den Arm.

»Zehn«, ruft Tante Carol.

Sie stößt die Schwingtür auf, und ihr großer, schwerer Körper füllt die Küche aus. Ehe die Tür wieder zuschwingt, sehe ich eine Sekunde lang Onkel Bob am Tischende. Er schaut nicht auf, legt nur Messer und Gabel weg und greift nach der Zeitung.

Nach dem Essen wird gebadet. Nach dem Baden werden die Schlafanzüge angezogen. Nach den Schlafanzügen gibt es noch eine halbe Stunde Fernsehen. Das sind die Regeln hier.

Nach dem Fernsehen ist Schlafenszeit, und Tracy und ich liegen zusammen in dem großen Doppelbett. Ich liege auf dem Rücken, und draußen vor dem Fenster sehe ich Zweige und schwarzen Himmel und ein Stück Mond. Ich bin müde und hellwach zugleich, und ich weiß, dass Tracy auch wach ist, dass sie wartet, bis Faith Ann und Bobbie Lou ihren tiefen Schlafatem atmen.

Eine lange Zeit ist alles ganz still, und dann zieht Tracy die Zudecke über unsere Köpfe.

»Komm!« Sie fummelt unter der Decke herum und

knipst an irgendwas, und weißes Licht scheint zwischen uns, weiße und schwarze Pünktchen flimmern in meinen Augen.

Ich halte mir die Hand vor die Augen und blinzle, bis das Licht nicht mehr blendet. »Wo hast du die her?«

Tracy rappelt sich in den Schneidersitz hoch und legt den Finger an den Mund. »Du musst flüstern, sonst hört Mom dich.«

»Wo hast du sie gefunden?«, flüstere ich.

Tracy lächelt, weißes Licht in ihren dunklen Augen, und macht ein geheimnisvolles Gesicht. »Bei den Jungs drüben. Ich hab sie versteckt, bis du kommst.«

»Echt?« Ich rapple mich auch hoch und ziehe die Beine unter mich.

»Leise!«, flüstert Tracy. Sie schiebt die Hände übers Gesicht und streicht ihre langen, dunklen Haare nach hinten. »Und jetzt«, flüstert sie, »lese ich dir aus der Hand.« Sie nimmt meine Hand in ihre beiden, dreht sie so, dass meine Handfläche nach oben zeigt, und fährt mit dem Zeigefinger die Linien nach. Es kitzelt, und ich beiße mir auf die Lippen, damit ich nicht lache.

»Ich sehe ein langes Leben«, sagt Tracy, »mit vielen Reisen.«

»Tust du nicht«, flüstere ich.

Tracy schaut mich an. Ihre dunklen Augen sind todernst. »Momma sagt, das ist die Lebenslinie«, flüstert sie, »und die kleinen Linien, die davon abgehen, bedeuten Reisen.«

Ich schaue auf all die Linien in meiner Hand, einfach nur Linien.

Tracy tippt mit dem Finger in die Mitte. »Diese Kerben bedeuten Schmerz«, flüstert sie, »du hast lauter kleine Kerben.«

Ich halte mir die Hand dichter vors Gesicht. »Wie hinfallen und sich das Knie aufschlagen?«

Tracy hebt die eine Schulter und runzelt die Stirn. Sie streckt ihre eigene Hand ins Licht, und wir starren auf ihre

Handfläche. »Ich falle andauernd hin«, flüstert sie, »und ich hab keine solchen Kerben.«

Tracy schaut mich an, und ich schaue Tracy an, und auf meiner Haut prickelt es, den Nacken hoch bis in die Nase.

Von draußen kommt ein Geräusch. Ich ziehe meine Hand aus ihrer und lege mich flach hin. Tracy knipst die Taschenlampe aus, nichts als Schwarz mehr unter der Zudecke, und wir schieben sie von unseren Köpfen.

Tracy liegt still. Ich liege still. Im Haus ist es ruhig. Ich atme ganz langsam aus. In meinem Kopf drehen sich Hand und Schmerz und langes Leben im Kreis. Tracy rollt sich näher an mich heran, und ich drehe mich auf die Seite, sodass wir Nase an Nase liegen, Knie an Knie. Ich kann ihre Augen im Dunkeln nicht sehen, nur Schatten ist da, wo ihre Augen sein müssen.

»Glaubst du, dass das stimmt?«, flüstere ich.

»Momma sagt, Hände lügen nie.«

»Ich glaub's trotzdem nicht!«

Tracy legt einen Arm um mich und drückt mich. »Ich fänd's gut, wenn du immer hier sein könntest«, flüstert sie.

Ich lege auch einen Arm um Tracy, und sie fühlt sich warm und weich und sicher an. Es ist schön, so nah bei Tracy zu sein, es ist schön, wenn man eine Lieblingscousine hat und weiß, sie mag einen auch am liebsten.

»Ich auch«, flüstere ich.

3

Irgendetwas ist in Kalifornien passiert, etwas Schlimmes. Daddy schaut Momma an und dann schnell wieder weg. Mommas Stimme klingt hoch und falsch.

Niemand redet über das Schlimme, als sie wieder da sind, und es ist alles so wie immer, Daddy bei der Arbeit, B. J. in der Schule und Momma und ich den ganzen Tag zu zweit. Ich gieße ihren Kaffee in die gute Tasse, mache Toast, trage das Tablett in ihr Zimmer, und sie nennt mich Sunshine wie immer.

Aber ihre Augen haben nicht diesen besonderen Ausdruck. Mommas Augen sind mit anderen Dingen beschäftigt.

In meinem Magen ruckt es und drückt es, wie wenn ich Hunger habe, dabei habe ich gar keinen Hunger. Ich streichle Dianas sandgelbes Fell in langen Strichen, vom Kopf bis zu ihrer schwarzen Schwanzspitze.

Momma trinkt ihren Kaffee mit lauten Schlucken, und ihre dunklen Augen zucken hin und her, als ob sie etwas verloren hat. Sie kippt die Tasse steil nach hinten und stellt sie zurück auf die Untertasse. »Irgendwann ist Schluss«, sagt sie.

»Mit was?«, frage ich.

»Mit der Herumhockerei«, sagt sie. »In diesem Haus. In diesem Zimmer. In diesem Bett. Es reicht.«

Ihre Augen zucken hin und her, husch, husch.

»Momma?«, frage ich.

Ihre dunklen Augen zucken über mich, husch, husch, sie blinzelt einmal ganz langsam, und dann hört ihr Blick auf zu zucken und wird fest.

»Ich muss zu Dr. Smernoff«, sagt sie.

»Dr. Smernoff?«

»Genau«, sagt Momma. »Dr. Smernoff ist mein Freund, er wird mir die Wahrheit sagen, er nennt das Kind beim Namen.«

»Das Kind?«, frage ich.

»Genau«, sagt Momma. Sie presst die Lippen zusammen, und sogar mit dem roten Lippenstift sind sie gerade mal hellrosa, eine Spur blau sogar. Ihre Augen schießen hin und her, husch, husch, und sie leckt sich über die Lippen. »Ich brauche meine schwarze Hose und einen Pullover. Such du einen aus.«

»Wir fahren zu Dr. Smernoff nach Reno?«

»Genau.«

Das Herz klopft mir laut in den Ohren, als ich vom California King herunterrutsche. Im Kleiderschrank liegen die zusammengelegten Pullover aufeinander gestapelt, grün, blau, schwarz, weiß und rot. Ich suche einen roten aus, weil sie in Rot am allerhübschesten aussieht.

Momma steht neben dem Bett, und durch das Nachthemd kann ich ihre Figur sehen. Ihre Beine schwanken unter ihrem Gewicht, und sie streckt die Hand nach dem Nachttisch aus, um sich abzustützen. »Geht schon«, sagt sie. »Geht schon.«

Ich lege den Pullover aufs Bett und knie mich hin. Ihre Krücken liegen unterm Bett, und ich fische sie heraus und halte sie hoch, damit sie drankommt.

»Dank dir, Schätzchen.« Momma nimmt eine Krücke und stellt sich gerade hin. Sie atmet aus und ein, als würde sie nicht genug Luft kriegen, und Schweißpünktchen stehen auf ihrer Oberlippe. Dann holt sie tief Atem und drückt sich die Hand an die Brust.

»Wir machen jetzt Folgendes«, sagt sie. »Du läufst und ziehst dich an. Such was Hübsches raus, ein Kleid, das weiße Kleid mit den roten Blümchen.«

»Vielleicht sollten wir lieber hier bleiben«, sage ich.

»Und die rote Strumpfhose«, sagt Momma.

»Vielleicht stehst du lieber noch nicht auf«, sage ich.

Momma wischt sich den Schweiß von der Oberlippe und schüttelt den Kopf. »Partnerlook«, sagt sie. »Perfekt.«

Sie schwankt an ihrer Krücke, und ich strecke den Arm aus, dabei könnte ich sie nie festhalten, wenn sie hinfallen würde. Sie fängt sich wieder und stellt die Füße weiter auseinander.

Der Blick in Mommas Augen, die Morgensonne, die durch die Weidenzweige fällt, Moshe und Diana noch auf dem Bett, und ich weiß, ich weiß ganz genau, dass wir daheim bleiben sollten, hier in der Mary Street.

Big Red und Baby Blue sind beides Sportwagen, Red ist Daddys Auto, Blue das von Momma. Baby Blue hat Sitze aus weißem Leder, und der Geruch ist der Geruch von einem Auto, bei dem lange Zeit alle Fenster zu waren.

Momma trägt ihre schwarze Hose, den roten Pullover und einen schwarzen Mantel zum Wickeln. Ich habe mein weißes Kleid mit den roten Blümchen und die rote Strumpfhose an.

»Es müsste alles im Handschuhfach sein«, sagt Momma.

Ich beuge mich vor, drehe den schwarzen Knopf, und das Handschuhfach klappt auf. Drinnen liegen die drei Sachen, ohne die Momma nie Auto fährt: der schwarze Schal mit den großen roten Rosen, ihre Autohandschuhe und ihre Katzensonnenbrille.

»Perfekt«, sagt sie, schüttelt den Schal zu einem großen Viereck aus, faltet das Viereck zu einem Dreieck und legt es sich übers Haar. Die Enden schlingt sie unterm Kinn durch und bindet sie hinten im Nacken zusammen. Als Nächstes sind die Handschuhe an der Reihe, und sie zieht sie erst beide an und schnallt sie dann am Handgelenk zu. Als Letztes kommt die Sonnenbrille. Momma klappt sie mit beiden Händen auf, schiebt sich die Bügel über die Ohren und schaut mich dann an, mit einem Lächeln wie ein Filmstar.

»Gelungen?«, fragt sie.

»Perfekt«, sage ich.

»Stilvoll?«

»Bis in die Zehenspitzen.«

Mommas Augen sind hinter der Sonnenbrille versteckt, aber ihr Lächeln macht ihre Backen breit und rund. Sie lacht, den Kopf zurückgeworfen, und klopft mir aufs Bein.

»Es tut so gut rauszukommen«, sagt sie.

Sie lässt den Motor an, und Blue faucht und dröhnt. Sie drückt das Gaspedal durch, mehrere Male.

Daddy sagt, Baby Blue und Big Red sind deutsche Sportwagen mit hochsensiblem Motor. Solche Motoren darf man nicht überdrehen, sagt er, auf gar keinen Fall.

Momma lässt den Motor noch zweimal heulen, und dann tritt sie das andere Pedal und legt den Rückwärtsgang ein. »Los geht's!«

In unserem Vorgarten steht der Weidenbaum auf seiner Wiese, hinter dem weißen Lattenzaun. Moshe witscht unter der untersten Latte durch und versteckt sich unter einem Busch neben der Haustür.

Wir rollen rückwärts aus der Einfahrt, und die Sonne scheint durch die Windschutzscheibe. In dem Licht sieht alles an Momma falsch aus. Um ihr Kinn ist zu viel Puder und neben dem Mund Lippenstift. Sie schaltet und fährt ganz langsam die Mary Street entlang. Ich drehe mich auf meinem Sitz um und schaue durch das hintere Fenster zum Haus zurück. Momma biegt nach rechts ab, und unser Haus ist verschwunden.

»Setz dich richtig hin, Sunshine«, sagt Momma.

Sie hält an einem Stoppschild. Auf ihrer Lippe steht

Schweiß, und auf dem Schweiß ist Puder. Momma schaut mich an, die Katzenbrille vor ihrem Gesicht, sodass ich ihre Augen nicht erkennen kann.

»Schnall dich an, ja?«, sagt sie.

»Ich schnall mich aber nie an.«

»Ich weiß«, sagt sie, »aber warum machst du's heute nicht ausnahmsweise mal? Mir zuliebe?« Sie lächelt. Auf ihrem Zahn ist ein roter Lippenstifttupfer.

Ich reibe den Finger über meine Zähne. »Du hast Lippenstift auf dem Zahn«, sage ich.

Momma biegt den Kopf zurück, bis sie sich im Rückspiegel sehen kann, und wischt den Lippenstiftfleck weg. »Danke, mein Schatz. Jetzt schnall dich an, ja?«

Ich drehe mich um und zerre den Gurt heraus, klicke ihn auf der anderen Seite ein. Der Riemen liegt straff über meinem Bauch. Hinter uns hupt es, und Momma schaut wieder in den Spiegel.

»Kannst du nicht warten, verdammt«, sagt sie zum Spiegel. Sie winkt mit ihrem schwarzen Handschuh, schaltet und fährt auf die Kreuzung. »Dass alle immer so hetzen müssen.«

Wenn ich angeschnallt bin, sitze ich so niedrig, dass ich außer der Türinnenseite und dem Handschuhfach überhaupt nichts sehen kann. Ich sehe das Auto nicht, das seitlich in uns reinfährt und uns quer über die Straße schiebt. Ich sehe als Einziges Momma, die hart auf die Bremse tritt, das Lenkrad nach rechts reißt, bevor es ihr den Kopf mit einem solchen Ruck nach hinten wirft, dass es knackt. Jemand hupt, überall hupt es, und ich höre irgendwen schreien und schreien und schreien.

»Ganz ruhig, kleines Fräulein«, sagt der Polizist, »dir ist nichts passiert und deiner Mama auch nicht. Du kannst ganz ruhig sein.« Der Polizist hat große, breite Hände, breite Arme, eine breite Brust. Sogar seine Nase ist groß und breit, nur die Augen sind kleine, dunkle Punkte unter den dunklen Augenbrauen. Seine breiten Finger liegen um meine Arme, und sie schütteln mich.

»Momma darf keinen Unfall haben«, schreie ich ihn an, »sie darf einfach nicht!«

»Hat sie aber«, sagt der große, breite Polizist. »Wie heißt du denn? Und wo wohnst du?«

Ein anderer Polizist kommt mit Mommas Handtasche. Er ist nicht so groß und breit. Er macht ihre Handtasche auf, sucht in ihren Sachen und zieht ihre dünne, schwarze Brieftasche heraus. »Lauck«, sagt er, »Janet Lauck heißt die Dame.«

Alles an mir zittert – Beine, Arme, mein ganzer Rücken. Mir ist eiskalt, und ich verschränke die Arme vor der Brust. »Wir wohnen in der Mary Street.«

»Da seid ihr ja nicht weit gekommen«, sagt der große, breite Polizist.

»Wo ist Momma?«, frage ich.

»Die ist unterwegs ins Krankenhaus«, sagt der große, breite Polizist. »Sie hat eine Beule am Kopf.«

Der kleine Polizist holt eine Flasche mit Pillen aus Mommas Handtasche, schüttelt sie und liest den Aufkleber. »Ist deine Mutter krank?«, fragt er.

Meine rote Strumpfhose hat ein Loch überm Knie, und in meinem Mund tut es weh. Ich fahre mir mit dem Arm über den Mund, nasse Spucke auf meiner Haut. »Sie hatte doch einen guten Tag«, sage ich. »Ich hab gedacht, sie hat einen guten Tag.«

»Auf dem Etikett hier steht Dr. Smernoff«, sagt der Polizist. »Ist das ihr Arzt?«

Ich nicke. »Wir wollten zu ihm fahren«, sage ich.

»Na, das ist doch immerhin etwas«, sagt er. »Dann seh ich mal zu, dass wir diesen Dr. Smernoff auftreiben.«

Dr. Smernoff hat eine Praxis mit Stühlen die Wände entlang, einem niedrigen Tisch mit lauter Illustrierten darauf und einem hohen Tisch, hinter dem die Sprechstundenhilfe sitzt und telefoniert. Als Baby war Momma mit mir zum Impfen hier, aber vor allem erinnere ich mich an die Lutscher, die ich hinterher immer gekriegt habe, manchmal Limone, manchmal Kirsche. Limone mag ich lieber.

Von meinem Stuhl aus kann ich ein Skelett sehen, das an einem Draht hängt. An das Skelett erinnere ich mich nicht. Es ist ganz aus Knochen, und manche von den Knochen sind gekrümmt, manche ganz gerade.

Dr. Smernoff ist ein sehr kleiner Mann, der mit Akzent redet und S und Sch verwechselt. Er stemmt die Hände in seinen weißen Kittel, nickt zu dem, was der große Polizist sagt, nickt zu dem, was der kleine Polizist sagt. Sie reden, er hört zu. Dann sehen sie zu mir herüber, und Dr. Smernoff nickt wieder.

Die Sprechstundenhilfe kommt und gibt mir einen Kirschlutscher. »Gleich kommt dein Papa und holt dich ab«, sagt sie.

Ich ziehe das Wachspapier von meinem Lutscher. Er schmeckt ein bisschen sauer und ein bisschen süß. Daddy kommt zur Tür herein, sein Gesicht voller Sorge. Ich nehme den Lutscher aus dem Mund, und Daddy kniet sich neben meinen Stuhl.

»Hallo, Daddy«, sage ich.

Daddy lacht, aber es klingt verkehrt, gar nicht wie Lachen. Er umarmt mich ganz fest und schiebt mich dann ein Stück von sich weg. »Und dir ist nichts passiert?«, fragt er.

»Meine Strumpfhose ist kaputt«, sage ich.

Daddy legt mir eine Hand auf den Kopf und die andere über das Loch in meiner roten Strumpfhose. »Aber dir ist nichts passiert?«, fragt er noch mal. »Dir tut nichts weh?«

»Ich war angeschnallt«, sage ich und schüttle den Kopf dazu.

»Wo zum Teufel hat sie hingewollt?«

»Wir wollten in die Stadt«, sage ich. »Sie wollte aus dem Haus raus, sie wollte zu Dr. Smernoff.«

Dr. Smernoff kommt herüber und tippt Daddy auf den Arm. Daddy steht auf, und die Polizisten und Daddy und Dr. Smernoff reden auf diese Erwachsenenart, alle gleichzeitig. Daddy hat die Hände hochgehoben, die Polizisten stellen ihm noch ein paar Fragen und klappen dann ihre Blöcke zu. Sie gehen, und der große, breite Polizist winkt mir zu. Ich weiß nicht, was ich machen soll, auch winken, nicht winken, also lächle ich einfach und stecke mir den Lutscher wieder in den Mund.

Daddy und Dr. Smernoff stehen nah beieinander und unterhalten sich mit Flüsterstimmen, und ich weiß, dass sie über das Schlimme reden, das in Kalifornien passiert ist. Dr. Smernoff klopft Daddy auf den Rücken, und das ist komisch, weil Daddy so groß ist und Dr. Smernoff so klein.

»So kann es nicht weitergehen«, sagt Daddy, »sie gehört in ein Krankenhaus.«

Daddys Stimme klingt falsch, zu laut.

Dr. Smernoff schaut zu mir her, klopft Daddy noch mal auf den Rücken, aber Daddy schüttelt seine Hand ab.

»Komm, Juniper«, sagt er.

»Was ist mit Momma?«, frage ich.

Daddy macht den Mund schmal und sieht Dr. Smernoff an.

»Sie begehen einen Fehler«, sagt Dr. Smernoff. »Sie gehört in keine Anstalt.«

Daddy zieht mich von meinem Stuhl, und ich stolpere auf den Boden hinunter.

»Bud, bitte«, sagt Dr. Smernoff, »Sie sollten jetzt nichts überstürzen.«

»Gehen wir«, sagt Daddy.

Dr. Smernoff steht neben dem Knochenskelett, und seine Arme hängen herunter, als ob er nicht weiterweiß.

»Wiedersehen, Dr. Smernoff«, sage ich.

Dr. Smernoff hebt die Hand zu einem langsamen Winken. »Auf Wiedersehen, Jennifer«, sagt er.

Tracy, Faith Ann und ich sind den ganzen Nachmittag Katzen, und Katze-Sein ist schwieriger, als man so denkt. Katzen müssen alles auf allen vieren machen, und man darf nicht reden dabei. Man darf nur maunzen oder fauchen, höchstens noch manchmal jaulen.

Wir krabbeln im Garten hinterm Haus herum, kriechen unter Büsche, suchen Ratten und Vögel, an die wir uns anschleichen können. Als wir keine Vögel oder Ratten finden, krabbeln wir die Stufen zur Veranda hoch und essen kleine, harte Knabberbrekkies direkt aus dem Schälchen, genau wie die Katzen. Die Brekkies sind hart und knirschen, und sie schmecken wie Papier. Nach den Brekkies schlecken wir unsere Pfotenhände und wischen uns damit übers Gesicht.

Die beste Katze ist Faith Ann, ihr dünner Körper hüpft und springt und passt durch die engsten Ritzen. Sie nimmt es auch am allerernstesten von uns, sie lacht nie, nicht mal, wenn sie sich Spucke über das Gesicht und die Haare verschmiert.

»Ich mag nicht mehr«, sage ich, »mir tun die Knie weh.«

»Mir auch«, sagt Tracy.

»Miau, miau«, macht Faith Ann.

Ich lege mich unter den hohen Baum in Tante Carols Garten, und dürre Grashalme stechen durch mein T-Shirt in meine Haut. Tracy streckt sich neben mir aus, sodass wir nebeneinander liegen, nur dass ihre Füße an meinem Kopf sind und ihr Kopf bei meinen Füßen. Sie schiebt ihre Finger zwischen meine. Sie drückt sie, und ich drücke zurück. Es ist schön, still dazuliegen und sich an den Händen zu halten.

Faith Ann krabbelt über meine Beine, über Tracys Kopf. Tracy schlägt nach ihr.

»Geh weg, Faith«, sagt sie.

»Miau«, macht Faith Ann. Sie krabbelt in die andere

Richtung, über unsere Bäuche, reibt ihr Gesicht an meiner Hand.

»Ich mag nicht mehr Katze spielen, Faith Ann«, sage ich.

»Miau!«, macht Faith Ann.

»Lass das«, sagt Tracy, »wir spielen nicht mehr.«

Faith Ann krümmt die Finger wie Krallen, faucht und kratzt vor Tracys Gesicht durch die Luft.

»Hör auf!«, brüllt Tracy.

Faith Ann rümpft die Nase wie eine Katze, schüttelt den Kopf wie eine Katze und krabbelt unter einen Busch.

Ein Tag, zwei Tage, drei Tage, und es ist, als wären wir schon eine Ewigkeit weg aus dem Haus in der Mary Street. Tante Carol geht zu uns nach Hause und holt noch mehr Kleider und Spielsachen. Sie sagt, es ist alles in Ordnung, Momma ist in einer Spezialklinik und Daddy hat mit einem großen Auftrag zu tun. Tante Carol sagt, ich soll einfach mit den Mädchen spielen und meinen Spaß haben, nur weiß ich immer weniger, wie ich Spaß haben soll.

Ohne Momma komme ich mir vor, als wäre ich ganz plötzlich verloren gegangen, und in mir drinnen ist ein hohler Platz, den niemand ausfüllen kann, nicht mal Tracy.

Sonntagvormittag sind Tante Carol, B. J. und ich in dem für Kinder verbotenen Wohnzimmer, und ich sitze zwischen Tante Carols schweren Beinen auf dem Boden. Tante Carol bürstet meine Haare und zieht sie durch ein Gummi.

»Das ist zu fest«, sage ich. »Es tut weh.«

»Jetzt stell dich nicht an«, sagt sie. »So hält es besser.«

Ich habe eine weiße Strumpfhose und ein rotes Kleid mit weißem Gürtel an. B. J. trägt seine beste dunkelblaue Hose und ein weißes, bis ganz oben zugeknöpftes Hemd mit einer karierten Weste. Er sitzt auf dem für Kinder verbotenen Sofa, das Kinn an die Brust gedrückt, und schaut unter den Augenbrauen zu uns herüber.

Tante Carol zieht meine Haare noch einmal durch das

Gummi, und als sie loslässt, ist mein ganzes Gesicht straff gespannt.

»Du siehst wie eine Ratte aus«, sagt B. J.

»Sie sieht nicht wie eine Ratte aus.« Tante Carol steht auf und geht hinaus.

B. J.s Kinn bleibt an die Brust gedrückt. Seine Augen sind schattig und böse, und er presst den Mund zu einem Strich zusammen.

»Tust du wohl«, flüstert er, »und ob du wie eine Ratte aussiehst.«

»Miau!«, sage ich, Krallen in der Luft.

Tante Carol kommt zurück, ein rotes Band in der Hand. »Kein Gezanke«, sagt sie, »sitzt schön still und seid brav.«

Es klopft, und wir schauen alle drei in Richtung Haustür.

»Das ist euer Vater«, sagt Tante Carol.

Daddy kommt herein, und wie der Blitz ist B. J.s ganze Wut verschwunden. Er rennt quer durchs Wohnzimmer und wirft Daddy beide Arme um den Hals. Ich will auch aufspringen, aber Tante Carol ist noch nicht fertig und hält mich fest.

»He, Großer«, sagt Daddy, »was ist das denn?« Er schiebt B. J. ein Stück weg von sich und schaut ihm ins Gesicht. B. J. steht mit dem Rücken zu mir, aber ich wette, er heult, und das würde ich zu gern sehen. Daddy holt sein Taschentuch heraus, aber B. J. schüttelt den Kopf.

»Ich hab dich vermisst, Daddy«, sagt er leise.

»Ich hab dich auch vermisst«, sagt Daddy. »Ich hab euch beide vermisst.«

Daddy sieht wie immer aus, nur dass er Wochenendkleider anhat, Jeans und ein T-Shirt und darüber einen dunkelroten Pullover mit V-Ausschnitt. Er richtet sich auf und verwuschelt B. J.s Haare.

»Na, Juniper«, sagt er, »du bist ja schick heute.«

Tante Carol räuspert sich. Sie hält meine Schultern sehr fest. »Ich dachte, du wolltest mit ihnen in die Kirche.«

»Heute nicht«, sagt Daddy.

Ich ducke mich und winde mich unter Tante Carols Händen heraus, krabble auf den Knien weg von ihr. Daddy bückt sich und hebt mich hoch und drückt mich an seine Brust.

»Tag, mein Mädchen«, sagt er.

»Sehe ich wie eine Ratte aus?«, frage ich.

»Natürlich siehst du nicht wie eine Ratte aus. Du siehst aus wie eine Prinzessin.«

»Ich hab sie beide für die Kirche angezogen«, sagt Tante Carol.

»Heute nicht, Carol«, sagt Daddy, »wir gehen frühstücken.«

Tante Carol steht auf, und sie schlägt mit der Bürste in ihre Handfläche. »Du solltest aber in die Kirche gehen, Bud. In Zeiten wie diesen muss man beten.«

Daddy schüttelt den Kopf, und seine braunen Augen schauen müde. Er stellt mich auf den Boden, legt seine eine Hand auf meine Schulter, die andere auf B. J.s Stoppelhaare. »Passiert ist passiert«, sagt er, »und wenn du noch so lang betest.«

B. J. beugt den Kopf zurück, seine dunklen Augen weit offen. »*Was* ist passiert?«, fragt er.

Tante Carol steht breitbeinig da, die Hände an den Hüften, und der Blick, mit dem sie Daddy anschaut, ist lang und bohrend. Vielleicht weiß Daddy nicht, dass Tante Carol besondere Kräfte hat, und ich sehe von seinem Gesicht zu ihrem. Es ist still zwischen ihnen, sogar die Luft ist still, und über uns höre ich Füße trampeln, als würden sie da oben herumspringen.

Ein schwaches Rosarot breitet sich über B. J.s Gesicht aus, und seine Augen wandern zwischen Tante Carol und Daddy hin und her. »Was ist los, Daddy?«, fragt er.

Daddy wendet sich von Tante Carol ab und lächelt B. J. zu. »Das erzähl ich euch später. Gehen wir erst mal.«

Im *Nugget* ist es Nacht statt Tag, und von überall her hört man Automatengeräusche: Geld, das in Schächte prasselt, Münzen, die eine nach der anderen in Schlitze plumpsen, und das Rumpeln, wenn die Hebel heruntergedrückt werden.

Männer und Frauen sitzen auf Hockern vor den Spielautomaten und starren gebannt auf die herumwirbelnden Kirschen und Äpfel und Orangen und Bananen.

Momma sagt, Spielen ist die schlimmste aller Schwächen. Von Kasinos und Wetten soll man die Finger lassen, sagt sie, denn letzten Endes kann man nur verlieren.

Daddy bleibt vor einem Automaten stehen, kramt in seiner Hosentasche und holt einen Vierteldollar heraus. »Versuchen wir doch mal unser Glück.«

B. J. und ich stehen hinter ihm und schauen zu, wie er das Geld in den Schlitz wirft, den langen Hebel herunterzieht und wieder loslässt. B. J. stellt sich auf die Zehenspitzen, um die Früchte besser beim Herumwirbeln beobachten zu können. Eins, zwei, drei, ratter-ratter-ratter, und ein paar Münzen fallen in den Schacht.

»Wow!«, ruft B. J. »Du hast gewonnen!«

»Schau einer an«, sagt Daddy, »da meint es jemand gut mit uns.« Er nimmt einen Vierteldollar aus dem Schacht, steckt ihn in den Schlitz, zieht den Hebel.

B. J. stellt sich neben Daddy und sieht der Maschine beim Herumwirbeln zu. Ratter-ratter-ratter macht es, und noch mehr Geld fällt in den Schacht. Metall klappert gegen Metall, die Münzen tanzen.

»Du räumst ab«, sagt B. J.

»Sieht ganz so aus«, sagt Daddy.

»Gehn wir lieber«, sage ich.

B. J. schubst mich mit der Hand an der Schulter. »Gehen? Jetzt, wo er gerade gewinnt?«

Daddy schaut durch das Kasino und blinzelt, als ob es hell hier drin wäre, obwohl es dunkel ist. »Jenny hat Recht«, sagt er. »Ihr zwei sucht uns einen Tisch, und ich versuch's ein letztes Mal.«

»Aber Dad!«, sagt B. J.

Daddy nimmt einen Vierteldollar aus dem Schacht und hält ihn hoch. »Geh mit deiner Schwester vor und such uns einen Tisch, dann werf ich den hier für dich ein.«

B. J. schaut zwischen mir und dem Geld hin und her. »Na gut«, sagt er schließlich. Er schiebt mich vor sich her, und ich gehe schneller, damit er mich nicht noch mal schubsen kann.

Ich höre das Geld in den Schlitz fallen, höre den Hebel herunterklappen, und als ich mich umdrehe, scheint das Licht aus dem Automaten auf Daddys Gesicht.

Wir bekommen eine Nische für uns, und B. J. nimmt sich einen Lotterieschein und kreuzt mit einem schwarzen Kuli Zahlen an. Ich bleibe vorn auf der Kante sitzen und streiche mein Kleid glatt. Ich schaue zu den Spielautomaten hinüber, aber von hier aus kann ich Daddy nicht erkennen. Der Kopf tut mir weh von Tante Carols Pferdeschwanz, und ich schüttle ihn ein bisschen.

Eine Kellnerin kommt an den Tisch, orangerotes Haar, das hoch auf ihrem Kopf aufgetürmt ist, und ein rotes Lippenstiftlächeln für B. J. und mich. »Ganz allein?«, fragt sie.

B. J. drückt das Kinn auf die Brust und guckt die Kellnerin böse an. »Mein Vater kommt gleich«, sagt er.

Die Kellnerin schaut in Richtung Kasino, schaut mich an, dann B. J. Sie legt drei Speisekarten auf den Tisch und lächelt noch mal. »In Ordnung«, sagt sie. »Bin gleich wieder da.«

B. J. nimmt eine Speisekarte und hält sie sich vors Gesicht, sodass ich nichts von ihm sehe als seine Finger auf dem Plastik.

Ich rutsche richtig auf die Bank, nehme die Speisekarte und klappe sie auf dem Tisch auf.

»Eine richtige Glückssträhne.« Daddy kommt, die Hände

voller Vierteldollars. Er setzt sich hin und lässt Geld auf die Tischplatte regnen. Münzen rollen über den Tisch, torkeln im Bogen, bis sie umkippen.

B. J. legt seine Speisekarte weg und starrt mit großen Augen. »Wie viel?«

»Zum Frühstücken reicht's jedenfalls. Plus noch ein kleines Taschengeld für dich, Partner.«

Daddy lehnt sich zurück und greift nach seiner Speisekarte. Die Kellnerin kommt mit einer Kanne voll schwarzem Kaffee.

»Hallo, Bud«, sagt sie. »Sind das deine Kinder?«

»Sind sie«, sagt Daddy.

Sie schenkt ihm ein und greift sich dabei an die Brust. »Ich hatte ja keine Ahnung! Und so hübsche Kinder auch noch!«

Daddy sieht erst mich an und dann B. J. Er lächelt. »Sagt danke, ihr beiden.«

»Danke«, sage ich.

B. J. zieht die Hände von den Münzen zurück und legt sie sich in den Schoß, Augen gesenkt. Er guckt zu der Kellnerin hoch und wieder nach unten. Die Kellnerin lacht.

»Schon ein richtiger Herzensbrecher, dein Junge.«

B. J.s Gesicht und Hals sind knallrot, und die Kellnerin lacht noch mehr.

»Dann bis gleich«, sagt sie.

Daddy öffnet seine Speisekarte wieder, B. J. auch.

Ich klappe meine zu. »Ich weiß es schon.«

»Arme Ritter?«, fragt Daddy.

Ich nicke und schiebe die Karte über den Tisch.

»Krieg ich heiße Schokolade?«, fragt B. J.

»Klar«, sagt Daddy, und er schlägt seine Karte zu und legt beide Hände um seine Kaffeetasse.

Ich lange mir an meinen Pferdeschwanz und fummle an dem Gummi, aber es sitzt so fest, dass ich den Finger nicht dazwischenbekomme.

Die Kellnerin kommt zurück an den Tisch und zieht sich den Bleistift aus dem Haar. »Kann's losgehen?«, fragt sie.

Daddy sagt, für ihn heute nur Kaffee, ich bestelle arme Ritter und B. J. Rühreier mit Schinkenspeck. Und zweimal heiße Schokolade.

B. J. stapelt die Münzen, acht kleine Türme, und ein Haufen liegt noch lose da.

Daddy trinkt einen Schluck Kaffee und räuspert sich. »Tja«, sagt er.

Er räuspert sich noch mal, und dabei starrt er auf den Kaffee in seiner Tasse. »Tja, also. Ich muss euch etwas sagen.«

Drüben im Kasino rasseln die Münzen in die Automatenschächte. B. J. nimmt die Finger von seinen Geldstücken und sieht von mir zu Daddy.

»Eure Mutter musste in eine Spezialklinik eingewiesen werden«, sagt Daddy. Er schaut auf, zu B. J. und zu mir, dann senkt er die Augen wieder. »Jedenfalls gehört sie dort meiner Meinung nach hin.«

»Dad?«, fragt B. J.

Daddy blinzelt, als ob er verwundert ist, dass wir hier sind. »Gut«, sagt er, »auf jeden Fall müssen wir uns etwas für sie einfallen lassen. Ich meine, dass sie am besten in Kalifornien aufgehoben ist, und da ist sie jetzt auch.«

»In Kalifornien?«, sagt B. J.

»Genau«, sagt Daddy.

»Und wann kommt sie zurück?«, frage ich.

Es wird still am Tisch, und Daddy schaut sich im Lokal um wie jemand, der etwas bestellen will. »Tja, das ist genau der Punkt«, sagt er. »Sie kommt nicht zurück.«

»Gar nicht?«, fragt B. J.

»Nein, wir kommen zu ihr.«

»Nach Kalifornien?«, frage ich.

»Genau.«

»Wir ziehen nach Kalifornien?«, fragt B. J.

»Genau.«

»Für immer?«, frage ich.

»Fürs Erste.«

»Aber Dad«, fragt B. J., »was wird mit der Schule?«

»Was wird mit Moshe und Diana?«, frage ich.

»Was wird mit meinen ganzen Freunden?«, fragt B. J.

»Was wird mit unserem Haus?«, frage ich.

Daddy fasst sich an die Nasenwurzel und drückt die Finger fest zusammen. Als er loslässt, sind da, wo seine Finger waren, zwei kleine weiße Punkte.

»Schaut mal«, sagt er, »wir kommen sicher oft zu Besuch her. Wir suchen uns ein neues Haus, ein schöneres, und Moshe, ja, für den finden wir bestimmt auch einen guten Platz.«

»Und Diana?«, frage ich.

Daddy legt mir die Hand auf die Schulter, warme, feste Finger.

»Juniper«, sagt er, »mach dir keine Sorgen. Es gibt gute Schulen in Kalifornien, es gibt den Ozean und das ganze Jahr Sonnenschein – ihr zwei werdet begeistert sein.«

B. J. drückt sich auf seiner Bank ganz nach hinten, die Augen auf die Münzen gerichtet, den Mund weit offen.

Meine Kopfhaut spannt, an den Schläfen, hinter den Ohren. Ich bohre wieder den Finger unter das Gummi, und diesmal kriege ich ihn hinein. Ich zerre, das Gummi geht ab, und mein Haar fällt mir ums Gesicht. Ich starre das Band und das Gummi an, als hätte ich sie noch nie gesehen.

Daddy streckt die Hand danach aus. »Ach je, Jenny«, sagt er, »warum hast du das gemacht?«

»Es war zu fest«, sage ich.

Die Kellnerin bringt zwei Becher heiße Schokolade mit Schlagsahneschnörkeln obendrauf. Sie stellt sie ans Tischende, und Daddy bemüht sich zu lächeln. Er hält das Band und das Gummi hoch, wie um sie der Kellnerin zu zeigen.

»Du hast ja alle Hände voll zu tun«, sagt sie.

Daddy lacht, aber es klingt falsch, und er schüttelt den Kopf. »Wird schon irgendwie gehen«, sagt er.

Die Kellnerin lacht und nickt so ein bisschen, wie Erwachsene es machen, wenn sie nicht wissen, was sie sagen sollen. Sie reißt unsere Rechnung aus dem Block, legt sie umgedreht auf den Tisch und geht weg.

Zweiter Teil

Hermosa Beach, Kalifornien
1970-1971

4

Jeden Morgen wünsche ich mir, ich würde in meinem rosa Kinderzimmer in dem Haus in der Mary Street aufwachen. Wenn ich dann die Augen aufmache, ist das Erste, was ich sehe, die Unterseite von B. J.s Bett über mir, und ich weiß, dass wir nicht in unserem Haus sind, nicht in der Mary Street, nicht in Carson City.

Wir wohnen in Hermosa Beach.

Daddy sagt, Hermosa ist das spanische Wort für schön. Schöner Strand. Hermosa Beach.

Wenn man Strände mag, wenn man den Ozean mag, dann stimmt das wohl auch, dann ist Hermosa Beach schön. Nur mag ich den Ozean nicht, er ist mir zu laut, zu unheimlich, und man sieht den Grund nicht wie im Lake Tahoe.

Hier ist der Ozean gleich vor unseren Fenstern. Wir wohnen an einem Hang, bloß ein paar Häuserblöcke vom Strand entfernt: Aber unsere Straße hat keinen Namen wie Mary Street oder Minnesota Street. Die Straße hat nur eine Nummer, 28.

Unser Haus ist auch nicht richtig unseres, es sind drei aneinander gebaute Apartments, was kleine Wohnung bedeutet, aber Daddy sagt, Apartment klingt schöner. B. J. sagt, wie es klingt, ist egal, wir wohnen zur Miete und das heißt, in einem fremden Haus. Unsere Wohnung ist die Wohnung Nr. 1. Nr. 1 in der 28. Straße.

Die Nr. 1 ist klein. Man kommt zur Tür rein und steht gleich im Wohnzimmer. Fünf Schritte, und man ist in der

Küche. Zehn Schritte bis zum Kühlschrank, und neben dem Kühlschrank ist Mommas und Daddys Schlafzimmertür. Eine halbe Drehung, vier Schritte, und da ist das Bad, gegenüber Waschmaschine und Trockner. Noch mal vier Schritte, und man steht im Kinderzimmer, das B. J. und ich uns teilen müssen.

Unser Zimmer geht nach Osten, und die Sonne scheint direkt zu uns herein. B. J. kriegt nichts mit, wenn er schläft, aber wenn mir die Sonne so ins Gesicht scheint, bleiben meine Augen einfach nicht zu. Ich steige aus dem unteren Bett und gehe die acht Schritte den Flur entlang bis zum Schlafzimmer. Ich weiß, dass Momma nicht dort drinnen liegt, aber trotzdem lehne ich das Gesicht an die Tür und lausche. Wenn ich die Augen zumache, sehe ich Moshe und Diana, genau wie früher, sandgelbe Katzenkörper, dunkelblaue Katzenaugen. Wenn ich die Augen aufmache, kein Moshe, keine Diana. Ich weiß nicht, wo sie jetzt sind.

Wenn Momma nicht daheim ist, gibt es keine Regeln. Ich lege die Hand an den Türgriff und drehe ihn ganz, ganz leise und vorsichtig, damit Daddy nicht aufwacht. Das Schlafzimmer geht auch nach Osten, aber es hat dicke Vorhänge, die das Licht aussperren. Nur da, wo die Vorhänge aneinander stoßen, ist eine dünne weiße Linie.

Ich kann Daddy durch die Nase atmen hören, und ich weiß, jetzt schläft er am tiefsten. Ganz, ganz leise und vorsichtig schiebe ich mich hinein, mache die Tür zu, damit die kalifornische Sonne nicht hereinkommt und ihn aufweckt.

Meine Augen trennen Hell-Dunkel von Dunkel-Dunkel, und meine Hände tasten vor mir her, bis sie den Bettrand spüren. Obwohl Momma weg ist, schläft Daddy immer in seiner Betthälfte, und ich sehe ihn, wie er auf dem Rücken daliegt, seine gerade Nase, den geraden Unterkiefer, das breite, viereckige Kinn.

Momma ist schon wieder im Krankenhaus, wie eigentlich immer, seit wir in der Nr. 1 wohnen. Als wir eingezogen sind, war sie ein paar Tage da, und dann musste sie zurück ins Krankenhaus. Dann war sie noch mal ein paar Tage da, und dann musste sie wieder weg. Daddy sagt, sie muss operiert werden und nach der Operation wird alles besser. Das ist ein Versprechen, sagt Daddy. Kinder dürfen nicht ins Krankenhaus, das ist gegen die Regeln, und weil ich Momma nicht selber sehen kann, gebe ich mir alle Mühe, es zu glauben.

Ganz, ganz leise und vorsichtig kletterte ich auf Mommas Seite in das California-King-Bett, lege mich dahin, wo sie liegen müsste. Am Fußende liegt immer eine zusammengefaltete Decke. Plaid, sagt Momma dazu. Ich ziehe das Plaid hoch, bis es mir bis unters Kinn reicht, dann rolle ich mich zusammen und höre Daddy beim Atmen zu. Als die Dunkelheit nicht mehr so dunkel ist, sehe ich, dass er die Hände über der Brust gefaltet hat, über seinem Herzen.

So nah bei Daddy zu sein ist schön, vielleicht das Beste überhaupt an Hermosa Beach. Ich schaue ihn lange an, ich weiß gar nicht, wie lange, und dann fallen meine Augen zu, und ich schlafe wieder ein.

Es ist warm unter dem Plaid, und als ich die Augen aufschlage, sitzt Daddy auf der Bettkante. Er hat ein kurzärmliges T-Shirt und Boxershorts an, ein ganz helles Grün, Pfefferminz. Die Nachttischlampe ist an und malt einen warmen, gelben Lichtkreis auf sein Kopfkissen. Daddy gähnt und schüttelt den Kopf. Er schaut auf die Uhr, mit so strengen Augen, wie er sie kriegt, wenn es spät ist.

»Und wann hast du dich hier reingeschlichen?«, fragt er.

»Weiß nicht«, sage ich.

»Wir haben jedenfalls verschlafen«, sagt er. »Es ist schon fast acht.« Er klopft auf die Matratze, hopp, hopp, aufstehen. »Jetzt aber los, der Tag wird nicht jünger.« Er geht ums Bett herum, aus der Tür und den Flur entlang zu dem Zimmer, das B. J. und ich uns teilen.

»He, du Faulpelz«, sagt Daddy, »raus aus den Federn.«

Ich lehne mich zu Mommas Nachttisch rüber und knipse ihre Lampe an. In Hermosa Beach stehen noch viel mehr Tabletten auf ihrem Nachttisch, zwanzig Fläschchen zähle ich, Tabletten in fast allen Farben. Darvon, Valium, Nembutal, Seconal, Thorazine, das ganze Alphabet durch, von A bis Z. Ich finde, die Fläschchen gehören der Größe nach aufgestellt, in einem Kreis rund um die Lampe oder als Dreieck. Daddy sagt, die Tabletten sind nicht für Kinderhände bestimmt; ich soll die Finger davon lassen, sagt er. Deshalb stehen sie jetzt alle auf einem Haufen, ohne irgendeine Ordnung. Ich strecke schon fast die Hand aus, auch wenn es gegen die Regeln ist, aber Daddy geht draußen auf dem Flur vorbei und steckt den Kopf durch die Tür.

»Nicht rumspielen«, sagt Daddy. »Komm, steh auf.«

Dann höre ich ihn in der Küche herumklappern und weiß, dass er beim Kaffeekochen ist. Ich streiche Mommas Betthälfte glatt, bis man nicht mehr sieht, wo ich gelegen habe. Daddy schläft so ruhig, auf seiner Seite sind fast gar keine Falten, und ich ziehe das Leintuch hoch, dann die Decke, dann die Tagesdecke. Das Kopfkissen ist ganz flach, aber wenn man es knufft, wird es bauschig, und ich knuffe es dreimal. Gemachte Betten sind etwas Schönes, so sauber und ordentlich.

Daddy öffnet und schließt die Kühlschranktür, lässt Wasser laufen, räumt Geschirr und Besteck auf den Küchentisch. »B. J.«, ruft er, »steh auf, aber ein bisschen dalli!«

Das Plaid ist auf den Boden gerutscht, und ich hebe es auf und schüttle es aus. Daddy kommt herein, sein Haar noch verstrubbelt, kratzige Bartstoppeln auf seinem breiten Kinn.

»Danke, Juniper, ich mach das schon. Sag deinem Bruder, er soll aufstehen und frühstücken, ich geh solang unter die Dusche.«

B. J. hat nur die Pyjamahose an, für Pyjamaoberteile ist es in Kalifornien zu heiß, sagt er. Er reibt sich mit der Hand übers Gesicht, und dann lässt er sich wieder aufs Kissen fallen und wälzt sich auf die Seite.

»Daddy sagt, du musst aufstehen«, sage ich, »es ist schon nach acht.«

»Lass mich in Ruhe«, sagt B. J.

»Wir kommen zu spät!«

B. J. liegt still, so wie jemand, der schläft, und ich gebe es auf. Ich gehe ins Kinderbad und mache die Tür zu. Ich ziehe mich an, putze mir die Zähne, schrubbe mir mit einem heißen Waschlappen das Gesicht und die Augenwinkel. Daddy sagt, immer die Schlafkrusten aus den Augen rubbeln, und ich gehe mit dem Gesicht ganz nah an den Spiegel, damit ich keine Kruste übersehe. Meine Haare hängen mir lang und dunkelbraun um die Schultern, und ich bürste sie von oben nach unten. Daddy sagt, ich soll lieber den Kamm nehmen und unten anfangen, weil meine Haare so leicht verfilzen, aber ich mag den Kamm nicht, es dauert so lang, und wenn man an ein Nest kommt, ziept es.

»Bryan Joseph!«, schreit Daddy. »Aufstehen!«

Ich strecke den Kopf auf den Flur hinaus. Daddy hat ein sauberes Unterhemd an, eine Bürohose mit netten kleinen Falten und glänzende schwarze Schuhe, die er Budapester nennt. Daddy schaut auf mich herunter, hebt beide Hände hoch und lässt sie gegen die Beine fallen. »Wenigstens du bist fertig.«

Ich habe einen Trägerrock aus grünem Kord angezogen und dazu ein T-Shirt mit lauter grünen und lila Blümchen. Ich fahre mir mit den Händen über den Brustlatz. »Ein Teil gemustert, eins schlicht«, sage ich.

»Verstehe«, sagt Daddy. »Sehr hübsch.«

B. J. schlurft zum Bad. Er bekommt die Füße kaum vom

Boden hoch. Sein Bürstenschnitt ist kein richtiger Bürstenschnitt mehr, die Haare stehen ihm vom Gesicht ab.

»Müde«, sagt er.

»Na, dann solltest du früher ins Bett gehen«, sagt Daddy.

B. J. geht um Daddy herum und weiter in die Küche, immer noch mit diesen schlurfenden Schritten. »Das sagst du andauernd.«

Daddy atmet tief ein und zwingt sein Gesicht zum Lächeln. »Zähne?«, fragt er und schaut mich an.

»Ja«, sage ich.

»Gesicht?«

»Ja.«

»Fertig zum Haarebürsten?«

Ich halte ihm ein Haargummi und ein lila Band hin. »Pferdeschwanz, bitte«, sage ich.

Daddy schaut auf die Uhr. »Nicht lieber Spangen?«, fragt er.

»Offene Haare passen nicht zu Trägerröcken«, sage ich. »Sie verdecken die kleinen Schnallen an den Schultern. Heute ist Pferdeschwanztag.«

»Also gut, überstimmt«, sagt Daddy. Er holt tief und langsam Atem und nimmt die Bürste. Ein langer Strich, noch einer, noch einer, dann bleibt die Bürste hängen.

»Verdammt«, sagt Daddy.

»Blöde Nester«, sage ich.

»Kein Kamm, kein Pferdeschwanz«, sagt er.

Ich lege das Gummi und das Haarband auf den Waschbeckenrand und lasse mir von Daddy den Kamm geben. Er sieht mich im Spiegel an, und ich nicke.

»Braves Mädchen«, sagt Daddy. »Fang schön von unten an, und dann bring mir das Gummi, und ich mach dir deinen Pferdeschwanz.«

An jedem Schultag ist es dasselbe. B. J. will nicht aufstehen, meine Haare sind verfilzt, B. J. kann seine Hausaufgaben nicht finden, ich lasse meinen Toast anbrennen und muss neuen machen, weil ich verbrannten Toast nicht leiden kann, und Daddy ruft im Büro an und sagt irgendwem da, dass er ein bisschen später kommt.

Daddy hasst es, zu spät zu kommen, Zeit ist Geld, sagt er, und wer Zeit verliert, verliert Bares. Als er den Hörer auflegt, hat er diese schmalen Mundwinkel, wie immer, wenn er wütend ist, aber es nicht zugeben will. »Also los«, sagt er, »fahren wir.«

Als wir draußen sind, sperrt er die Nr. 1 mit einem Schlüssel mit einem Herzanhänger ab. Auf dem Herz steht »I Love California«.

Red parkt am Randstein, niedrig und flach. Mein Stammplatz ist hinter den Sitzen, auf der Ablage für das Gepäck. Ich klettere nach hinten und setze mich auf den Huppel in der Mitte, wo ich vorne und an den Seiten rausschauen kann.

Daddy steigt ein, zieht seine Tür zu, und B. J. setzt sich auf den Beifahrersitz und knallt seine Tür ins Schloss. Daddy legt den Kopf an die Rückenlehne. Er sieht müde aus, obwohl er gerade erst aufgestanden ist.

»Also«, sagt er, »so schaut's aus.« Er hat eine Besprechung in der Stadt, sagt er, und dann noch eine im Valley, und er kommt um halb fünf heim, vielleicht auch erst um fünf.

»Das heißt, dass du Jenny von der Schule abholen musst, B. J.«, sagt er.

»Dad«, sagt B. J.

»Nichts ›Dad‹. Bring deine Schwester nach Hause, das ist alles.«

B. J. fährt sich durch die Haare, sodass sie ihm bis ganz in die Stirn hängen, und seine Backen laufen tief unter der braunen Haut rot an.

Daddy wirft mir im Rückspiegel einen Blick zu. »Du gehst zum Eingang und wartest da auf B. J.«, sagt er. »In Ordnung?«

Ich setze mich kerzengerade hin, Bauch rein, Brust raus. »Ich kann alleine heimgehen.«

»Kommt nicht in Frage«, sagt Daddy, »bei den ganzen Spinnern, die hier durch die Gegend laufen. Du wartest am Ausgang, bis dein Bruder kommt und dich abholt.«

B. J. senkt den Kopf und starrt aufs Handschuhfach. Sieht Daddy denn nicht, wie wütend B. J. ist? Ich sehe es, und wenn B. J. so wütend ist, bedeutet das nichts Gutes. Ich schaue B. J. an, dann Daddy, dann wieder B. J.

»Du gehst mir nicht alleine heim«, sagt Daddy, »ist das klar?«

»Ja, Daddy«, sage ich.

Daddy setzt sich zurecht, startet den Motor, Red faucht und dröhnt, und das Radio geht an. »Good Day Sunshine«. Ich liebe die Beatles, B. J. hasst die Beatles. B. J. stellt das Radio leiser, bis die Musik fast weg ist, und Daddy fährt los, den Berg hoch.

In der Vorschule zeichnen wir und malen Bilder und singen Lieder. Lauter Kinderkram. Das Beste an der Vorschule ist, wenn der Gong schlägt und wir heimdürfen.

Meine Lehrerin sagt, meine Schachtel ist zu voll. Alle anderen Kinder nehmen ihre Bilder einmal die Woche mit nach Hause, sagt sie und drückt mir einen Stoß Bilder in die Hand. »Gib die deiner Mutter, dann kann sie sie an den Kühlschrank hängen.«

Auf meinen Bildern sind hauptsächlich Abdrücke von Händen in lauter verschiedenen Farben, und am liebsten würde ich sie einfach in den Mülleimer werfen, weil Momma sie ja sowieso nicht sieht, und an den blöden Kühlschrank hängt sie sie gleich dreimal nicht. Bilder mit Handabdrücken interessieren niemand, der krank ist und nicht aus dem Bett aufstehen kann und dauernd ins Krankenhaus muss, um von blöden Ärzten untersucht zu werden und blödsinnige Operationen machen zu lassen.

Blöde Lehrerin, blöde Vorschule.

Ich warte am Eingang, die Bilder an die Brust gedrückt. Von den anderen Kindern wartet keins an der Tür, sie rennen alle zu ihren Müttern, die schon auf dem Bürgersteig stehen. Alle möglichen Frauen sind da: große, kleine, dicke, dünne, blonde, braunhaarige. Eine Mutter pro Kind, und sie umarmen sich, manche küssen sich auch.

Ich schaue mir meine Bilder an, und so blöd sind sie eigentlich gar nicht, weil sie alle möglichen tollen Farben haben, und überall sind meine Hände abgedrückt. Vielleicht hänge ich sie einfach selber auf, und Momma kann sie dann sehen, wenn sie heimkommt. Wenn sie wieder gesund ist.

Ich ziehe mir den Trägerrock über dem Po glatt und setze mich auf die Stufen vor der Eingangstür. Die Handabdrücke liegen auf meinem Schoß, und ich presse die Knie aneinander. Die Stufen sind aus Beton, und sie sind ganz warm von der kalifornischen Sonne. Treppe, Rasen, Bürgersteig, so sieht es vor meiner Schule aus, und einen Fahnenmast mit zwei Fahnen gibt es, eine für Kalifornien, die andere für Amerika. Es ist windig, und die Fahnen schnalzen an ihrer Stange.

Zwischen der Straße und der Schule ist eine Baumreihe, und ganz weit hinten kommt mit gesenktem Kopf B. J. den Bürgersteig entlang. Er kickt einen Stein über den Bürgersteig, schlurft zu dem Stein hin, kickt ihn weiter.

Ich gehe die Treppe runter, beide Arme um meine Bilder gelegt. »Du bist zu spät.«

B. J. guckt mich unter den Augenbrauen hervor an und schlurft zu dem Fußgängerübergang mit der Ampel. Er drückt auf den Knopf und schaut von oben auf mich runter, als ob ich schlecht riechen würde.

»Was soll das sein?«, fragt er.

Ich lege die Arme fester um die Bilder. »Bilder«, sage ich, »Handabdrücke für Momma.«

»Das ist ja beknackt«, sagt B. J.

»Ist es nicht.«

Die Ampel springt von Rot auf Grün, und B. J. geht los. Ich bleibe auf dem Bürgersteig und starre ihm hinterher.

»Ist es nicht!«, schreie ich.

B. J. geht einfach weiter, und das grüne Licht fängt zu blinken an. Ich renne los, damit ich rüberkomme, bevor es zu blinken aufhört. B. J. und ich lassen einen Abstand zwischen uns, er auf der einen Bürgersteigseite, ich auf der anderen. Geradeaus ist ein Park mit einem Teich, und Leute werfen Brotbrocken ins Wasser. Enten und Gänse kommen angeschwommen und schnappen sich gegenseitig das durchgeweichte Brot weg. Am anderen Ufer ziehen zwei weiße Schwäne langsame Kreise auf dem Wasser. Sie kümmern sich nicht um das Brot, sie halten nur die Köpfe auf ihren langen Hälsen hoch, als ob für sie nur zählt, wie schön sie sind. Mir gefällt das gut an den Schwänen. Nach dem Teich kommt eine große Wiese, und so viele Bäume, dass es wie ein Wald aussieht. Hinter dem Wald ist wieder eine Straße, aber ohne Ampel.

B. J. geht über den Randstein und auf die Straße. Ich lege ihm die Hand auf den Arm, halte ihn an seiner Windjacke fest. »Nein«, sage ich, »du kannst hier nicht rübergehen.«

B. J. bleibt stehen, schaut meine Hand an, schaut mich an. Ich lasse die Windjacke los.

»Wetten, du traust dich nicht rüber?«, sagt er.

Ich sehe nach links und nach rechts, vier Spuren, Autos überall. »Spinnst du?«

»Du traust dich nicht«, sagt B. J. »Wetten?« Er beobachtet mich, und ein schlechtes Gefühl kriecht mir den Rücken hoch und runter. Ich schaue hinaus auf die Straße, und ich höre Verkehrslärm und Wind, aber so viele Autos sind es jetzt gerade gar nicht.

»Wenn ich es mache«, sage ich, »versprichst du dann, dass du mich in Ruhe lässt?«

»Okay.« B. J. lächelt breit, ich kann alle seine Zähne sehen, aber es ist kein echtes Lächeln. Es reicht nicht bis in seine Augen.

Ich atme tief durch, schaue nach rechts und nach links und mache einen Schritt vom Randstein. Ich laufe so schnell ich kann, und meine Augen sehen nichts als den Randstein auf der anderen Seite. Ich bin halb über die Straße, da hupt es laut, zu laut. Meine Füße, meine Beine, meine Augen, alles an mir wird starr, ich stehe mitten auf der breiten Straße, und ein Auto fährt direkt auf mich zu. Ich drehe mich um und will zurückrennen. Noch ein Auto hupt, und wo vorher keine Autos waren, sind jetzt überall welche, Autos auf allen Seiten, und Hupen zerreißt meine Ohren.

Drüben auf dem Bürgersteig steht B. J., so steif und still, als ob er aus Stein ist. Ich kneife die Augen zu, halte mir die Hände vors Gesicht, und die Bilder mit den Handabdrücken fliegen davon. Bremsen quietschen, Hupen hupen, weiße Blätter flattern, und ganz plötzlich ist zwischen mir und B. J. alles frei. Ich renne los, zurück auf den Bürgersteig, zurück zu B. J. Er steht einfach nur da, schaut mich an und die Straße und wieder mich. Meine Bilder sind überall verstreut, Autos fahren über sie drüber. Ich schubse B. J. mit beiden Händen, so fest ich kann. Sein Körper ist stämmig und stark, und er rührt sich fast gar nicht.

»Schau, was du gemacht hast«, schreie ich ihn an, »jetzt hab ich alle meine Bilder verloren!«

B. J. schüttelt meine Hände ab und schubst mich von sich weg. »Stell dich nicht so an«, schreit er.

Mit weit ausgestrecktem Arm zeige ich auf die Straße. »Du holst sie mir!«

»Halt's Maul«, schreit B. J.

»Halt du doch dein Maul! Du musst sie mir holen, hol sie mir endlich!«

B. J. schiebt das Kinn vor und zurück, dass unter der Haut die Knochen rucken. Er kneift die Augen zusammen und schaut auf die Straße. Meine Bilder sind weiße Vierecke auf dem schwarzen Asphalt.

B. J. schaut von einer Seite auf die andere und läuft auf die Straße hinaus. Es sieht ganz leicht aus bei ihm, anhalten, weiterlaufen, kleine Haken schlagen. Autos hupen, und er hat keine Angst, er scheint genau zu wissen, was er tut. B. J. hält an, weicht aus, läuft im Zickzack, und bald hat er einen ganzen Stoß Blätter in der Hand, mit denen er zu mir zurückrennt, ganz rot und verschwitzt im Gesicht. Er beugt sich vornüber, schnaufend, die Hände auf die Knie gestützt, und hält die Blätter hoch, Reifenabdrücke, Handabdrücke.

Ich schnappe sie ihm weg, streiche sie glatt, die Reifenabdrücke, die Knicke. Dann gehe ich ein Stück rückwärts, auf Abstand zu B. J.

»Was ist?« Er stellt sich dicht vor mich und holt aus, wie wenn er mich in den Arm boxen will. Ich mache noch einen Schritt rückwärts, und seine Hand verfehlt meine Schulter.

»Das war doch alles nur Spaß«, sagt B. J.

»War es nicht«, sage ich.

»Ich hätte nie gedacht, dass du's echt versuchst.«

Wir sehen uns an. B. J. bohrt die Hände in seine Hosentaschen und drückt das Kinn an den Hals. Seine dunklen Augen schauen zu Boden, auf den Bürgersteig, und das Rot tief unter seiner Haut reicht ihm bis zu den Ohren.

Der Wind riecht nach Sand und Seetang und bläst mir das Haar in die Augen. Ich stelle mich kerzengerade hin, Bauch rein, Brust raus, und gehe zum Fußgängerübergang, wo man über die Straße kommt, ohne von Autos überfahren zu werden. Hinter mir spüre ich B. J. Er beobachtet mich, aber das ist mir gleich, ich tue einfach so, als ob es ihn gar nicht gibt.

In der Nr. 1 kommt man von draußen direkt ins Wohnzimmer, und es ist voll gestopft mit unserem ganzen Zeug. Das lange grüne Sofa steht unterm Fenster, der Fernseher an der Wand, die Riesenpflaume in der Ecke. Daddys Ausziehsessel, die Esszimmermöbel und die Sachen aus meinem Zimmer sind in der Garage, weil die Nr. 1 so wenig Platz hat.

B. J. sperrt mit dem »I Love California«-Schlüssel auf, steckt ihn wieder unter die Fußmatte, und ich werfe meine Bilder auf die Riesenpflaume. Ich halte den Atem an, wie immer, wenn ich wütend bin und es nicht merken lassen will. B. J. geht in die Küche.

Ganz, ganz langsam atme ich aus und klemme die Unterlippe zwischen die Zähne. Die einzigen Bilder, die noch zu gebrauchen sind, sind die ohne Reifenspuren. Das beste ist eins mit drei roten Handabdrücken in einem Kreis, das nehme ich und gehe damit in die Küche, an die Kramschublade, wo alles mögliche Zeugs drin ist, auch Tesafilm und eine Schere.

»Was soll das werden, wenn's mal fertig ist?«, fragt B. J. kauend. Auf dem Küchenbüfett steht ein offenes Glas Erdnussbutter, und B. J. hat sich ein Brot damit gemacht. Ich schaue durch ihn hindurch, reiße ein Stück Tesafilm ab und klebe das Bild an den Kühlschrank.

»Das ist schief«, sagt B. J.

Wenn man wütend auf jemand ist, richtig wütend, dann will man, dass dieser Jemand einfach weggeht. Nur kann man in der Nr. 1 nirgends hingehen. Ich schaue B. J. nicht an, ich tue so, als wäre er gar nicht da, und rücke das Bild gerade.

B. J. lehnt an der Küchenzeile, kaut mit offenem Mund, und ich spüre seine Augen in meinem Rücken. Mit gekreuzten Armen starre ich auf die Kühlschranktür. Es ist zu viel weiße Tür und zu wenig Bild. Ich gehe zurück zur Riesenpflaume, suche noch zwei Bilder heraus und klebe sie links und rechts von dem Bild mit den roten Handabdrücken.

B. J. stellt sich neben mich. »Wie viele willst du denn noch aufhängen?«, fragt er.

Seine Stimme ist das einzige Geräusch in der Nr. 1, und

ich lasse ihn stehen, als ob er gar nicht da wäre. Er streckt die Hand nach mir aus, und ich biege mich weg.

»Du kannst doch nicht ewig wütend bleiben«, sagt er.

Ich weiche vor ihm zurück bis ins Wohnzimmer. Für jeden Schritt, den ich nach hinten mache, macht B. J. einen nach vorne.

»Ich hab nur Spaß gemacht«, sagt B. J.

»Hau ab.«

B. J. will mich am Arm packen, und ich renne zur Riesenpflaume, aber bevor ich da bin, hat er mich eingeholt, sein Arm um meinen Hals, seine Hand an meinem Arm, und zieht mich rückwärts.

»Jetzt hörst du mir mal zu«, sagt B. J.

»Lass mich los«, schreie ich.

Er schiebt sein Bein vor meins, sodass wir beide hinfallen, sein Körper schwer auf meinem, sein Erdnussbutteratem in meinem Gesicht.

»Du stinkst!«, schreie ich. »Geh runter von mir!«

Ich bekomme den Arm frei und haue in die Luft, auf seinen Kopf, sein Gesicht, seine Arme. Mein Herz klopft so, dass der Platz in meiner Brust gar nicht ausreicht.

B. J. lacht, sein Gesicht ist rot und aufgeregt und noch irgendetwas anderes. Er packt meine Handgelenke, er gräbt mir die Finger in die Haut, er dreht mich auf den Rücken.

»Das tut weh«, schreie ich, »du tust mir weh.«

»Du sollst zuhören.« Er setzt sich auf meinen Bauch, mit den Knien auf meinen Handgelenken.

»Ich krieg keine Luft!«

B. J. legt mir die Hand auf den Mund und die Nase. »Hältst du jetzt endlich die Klappe?« Seine Hand drückt heiß auf mein Gesicht, Erdnussbuttergeruch, seine Finger bohren mir in die Haut. Ich drehe den Kopf hin und her, und er drückt fester. Zwischen seinen Fingern kommt keine Luft durch, und in meiner Brust brennt es. Das macht B. J. dauernd, seit wir hier in der Nr. 1 wohnen, plötzlich packt er mich und drückt zu, bis ich mich nicht mehr rühren kann, bis ich gar nichts mehr kann, und hinterher sagt er, es war nicht so gemeint, und überhaupt, er hat ja gar nichts gemacht.

Die Luft wird immer weniger, ich fühle mich kleiner und immer kleiner, und dann fühle ich gar nichts mehr, denke gar nichts mehr, und alles ist nur noch schwarz und warm.

So eine Stille wie jetzt gibt es in der Nr. 1 nur, wenn das Haus ganz leer ist, und ich weiß, dass B. J. weggegangen ist. Schmerzen in meinen Handgelenken, Brennen in meiner Brust, mein Gesicht spannt von eingetrockneten Tränen. Ich wälze mich auf den Bauch und reibe mir über die Backen.

Dann stehe ich sehr langsam auf, gehe zu dem grünen Sofa und schaue aus dem Fenster. Die Sonne ist ein goldener Kreis ganz hinten über dem Ozean, und das Gold leuchtet so hell, dass der ganze Ozean blau und weiß funkelt. B. J. ist mit seinem Skateboard in der Einfahrt und übt Drehungen und Sprünge, und ich starre meinen ganzen Hass auf ihn hinunter.

Ich setze mich auf das Sofa und drücke die Arme an den Bauch. Ich kann sein Gewicht noch spüren, seine Hände auf meinen Handgelenken. Ich könnte es Daddy verpetzen, wenn er heimkommt, und dann kriegt B. J. Ärger, aber was hilft das schon? Bald bin ich wieder mit ihm allein und er zahlt es mir heim.

Die schönste Zeit in der Nr. 1 ist, wenn Daddy von der Arbeit heimkommt und wir zu Abend essen. Manchmal gibt es Fertigpasteten, manchmal Tiefkühlsachen, und hin und wieder bringt Daddy auch Pizza mit.

Nach dem Essen trinkt Daddy ein Bier und sieht die Nachrichten. Ich rücke so nah wie möglich an ihn heran, wie es nur geht, kuschle mich in die warme Kuhle unter seinem

Arm und sehe auch fern. Meistens sehen wir Walter Cronkite, der über die Wirtschaft und Naturkatastrophen und den Krieg in Vietnam redet. Daddy sagt nie etwas zu den Nachrichten, er trinkt nur sein Bier und starrt auf den Bildschirm, und ich frage mich, was er denkt.

Momma hat mir einmal erzählt, dass Daddy ein Genie ist, was heißt, dass er gescheiter ist als normale Leute. Momma sagt, er hat eine besondere Art von Gehirn, mit dem er schneller und schärfer denken kann, und im College musste er kein bisschen lernen, sondern konnte seine Prüfungen einfach so hinschreiben und trotzdem Einsen kriegen.

Daddy und ich auf dem Sofa, B. J. mit seinen Hausaufgaben auf dem Boden, Walter Cronkite in den Nachrichten, und ich frage mich, ob Daddys Genie etwas Gutes oder etwas Schlechtes ist. Ich kaue auf einem Fingernagel und überlege, ob B. J. vielleicht auch ein Genie ist oder ob ich irgendwann später gescheiter werde als normale Leute, aber das kann eigentlich nicht sein, weil ich ja noch nicht mal lesen kann.

Als Letztes meldet Walter Cronkite, wie viele amerikanische Soldaten in Vietnam gefallen sind, und dann sagt er gute Nacht.

Nach dem Essen komme ich in die Badewanne, B. J. duscht im anderen Bad, und dann ziehen wir unsere Nachtsachen an.

Als Erstes ist B. J. mit dem Gutenachtsagen an der Reihe, und Daddy zieht ihm die Zudecke bis zum Kinn. »Schlaf gut, mein Junge«, sagt er.

»Du auch, Dad.«

Ich gehe an den Schrank mit der Schiebetür und nehme *Schneewittchen und die sieben Zwerge* aus dem Regal. Es gibt zwei Arten von Schneewittchen-Geschichten. Einmal die von Walt Disney, wo die Prinzessin niedlich ist und die Zwerge auch und alle glücklich bis an ihr Lebensende sind. Und dann gibt es die von den Brüdern Grimm, wo die Prinzessin wunderschön ist, die Zwerge ein bisschen unheimlich und wo die böse Stiefmutter am Ende in glühenden Eisenpantoffeln tanzen muss, bis sie tot umfällt.

Daddy sagt, ich muss eine dunkle Seite in mir haben, weil mir diese Geschichte besser gefällt.

Ich klettere ins Bett, und Daddy steckt das Gänseblümchenlaken und die flauschige rosa Zudecke um mich fest. Dann setzt er sich dicht neben mich und legt seinen Arm um meine Schultern. Von so nah riecht er nach Zigaretten und Hühnchenpastete.

»Klar zum Gefecht?«, fragt er.

»Klar zum Gefecht«, sage ich.

Im Bett über mir dreht sich B. J. auf die Seite, und dann ist es ruhig da oben. Daddy liest mit seiner Märchenerzählerstimme, tief und deutlich, und wenn ich mich an ihn lehne, spüre ich die Worte in seinem Körper.

Das Schönste bei *Schneewittchen* ist, wie lieb die Königin es schon hat, als Schneewittchen noch gar nicht geboren ist. Das Schlimmste an *Schneewittchen* ist, dass die Königin stirbt, als Schneewittchen zur Welt kommt. Ich finde es so ungerecht, dass sie erst ihren Wunsch erfüllt bekommt, und dann darf sie das, was sie sich gewünscht hat, gar nicht mehr erleben.

»Das zeigt, wie es im Leben gehen kann«, sagt Daddy. »Wir wünschen uns etwas und denken, das ist es, was wir wirklich wollen. Mit Wünschen muss man eben sehr vorsichtig umgehen.«

»Aber warum?«, frage ich.

»Was weiß ich«, sagt Daddy. »Vielleicht war die Königin zu unspezifisch.«

Ich weiß nicht, was Daddy mit unspezifisch meint, aber das ist wahrscheinlich das Geniale an ihm. Ich schaue auf das Bild von der Königin. Sie sieht aus, als wäre sie eine gute Mutter geworden, und ich finde es immer noch ungerecht, dass sie nicht erleben darf, wie ihr Wunsch in Erfüllung geht.

Als die Königin stirbt, bekommt Schneewittchen eine böse Stiefmutter, die in Wahrheit eine Hexe ist, und die böse Stiefmutter redet mit ihrem Spiegel. Der Spiegel sagt der bösen Stiefmutter, dass sie die Schönste im ganzen Land ist. Aber eines Tages sagt er, Schneewittchen ist noch schöner. Die böse Stiefmutter befiehlt einem Jäger, dass er Schneewittchen töten soll, aber der Jäger bringt es nicht übers Herz und lässt Schneewittchen in den Wald fliehen. Schneewittchen läuft und läuft, bis sie an ein Häuschen mit sieben kleinen Männlein kommt. Sie bleibt bei ihnen, sorgt für sie, kocht und wäscht und ist glücklich, bis die böse Stiefmutter wieder mit ihrem Spiegel redet und erfährt, dass Schneewittchen noch am Leben ist.

Dann kommt die schlimme Stelle, wo die Stiefmutter einen Apfel vergiftet und sich als nette alte Bäuerin verkleidet, die den Leuten Äpfel schenkt. Ich will Schneewittchen immer warnen, damit sie wegläuft, sich versteckt, den Apfel in den Müll wirft. Es hilft nichts. Eine Seite weiter isst Schneewittchen den Apfel. Ein Bissen, und sie fällt wie tot um.

Ich wische mir über die Augen, Tränen auf meinem Nachthemd, auf dem Gänseblümchenbettzeug.

»Jetzt sei nicht so kindisch«, sagt Daddy, »du weißt doch, wie es ausgeht.«

»Schon«, sage ich, »aber es ist trotzdem so traurig.«

Es wird erst wieder gut, als der Prinz kommt und Schneewittchen im Sarg erblickt, die im Tod immer noch genauso schön ist wie im Leben. Der Prinz bittet die Zwerge, ihm Schneewittchen zu geben, damit er sie mit in sein Schloss nehmen und sie dort jeden Tag anschauen kann. Die Zwerge erlauben es, und als Schneewittchen davongetragen wird, springt das Apfelstückchen aus ihrem Mund, und sie war überhaupt nicht richtig tot.

Die unheimlichste Stelle ist die, wo die böse Stiefmutter herausfindet, dass Schneewittchen froh und lebendig ist und einen Prinzen heiraten wird. Die Stiefmutter geht zur Hochzeit, zieht sich ein paar eiserne Pantoffeln an und tanzt, bis sie tot umfällt. Es ist unheimlich und verrückt, und es ergibt keinen Sinn.

»Manche Menschen können einfach nicht glücklich sein«, sagt Daddy.

»Warum?«, frage ich.

»Es gibt Leute«, sagt Daddy, »die halten es nicht aus, wenn jemand anderes mehr hat als sie. Es macht sie wahnsinnig. Verstehst du?«

»Ja«, sage ich. »Weiß nicht.«

Daddy lächelt und schlägt *Schneewittchen* zu. In meinem Kopf dreht es sich, Schneewittchen und die böse Stiefmutter und das glückliche Ende, das eigentlich ein trauriges Ende ist, und Daddy stopft die Decke um mich fest und zieht sie mir bis unters Kinn.

»Schlaf schön«, sagt Daddy. Dann küsst er mich auf die Stirn.

»Ich vermisse Momma so«, sage ich.

Es ist still im Zimmer, aber ich weiß, dass B. J. noch wach ist. Daddy sieht mich lange an, und sein Gesicht ist ganz nah an meinem.

»Sie vermisst euch auch«, sagt Daddy, »aber bald kommt sie nach Hause.«

»Wann?«, frage ich.

Daddy klopft an dem Laken und der Zudecke herum, obwohl alles schon festgesteckt ist. »Bald«, sagt er.

Er gibt mir noch einen Kuss auf die Stirn und steht vom Bett auf. »Schlaf gut«, sagt Daddy. »Und träum süß.«

Es ist der 2. Februar, da kommen B. J. und ich aus der Schule, und Daddy hat Momma heimgeholt. Sie ist wieder da, einfach so, ohne Vorwarnung. Sie schläft und es geht ihr nicht gut und ich darf nicht zu ihr, dabei hat Daddy doch versprochen, dass es ihr diesmal besser geht.

»Sie braucht einfach Ruhe«, sagt er.

»Aber ich will sie sehen.«

»Nicht jetzt.«

Ich werfe mich auf das lange grüne Sofa, Arme über Kreuz, und starre auf ihre verschlossene Tür. Daddy steht zwischen mir und Mommas Tür. Er geht jetzt Brot und Milch kaufen, sagt er.

»Komm, Juniper«, sagt Daddy, »komm mit uns.«

»Sie schmollt«, sagt B. J.

»Ich schmolle überhaupt nicht«, sage ich.

Daddy kniet sich vor mich hin, sodass ich ihm ins Gesicht schauen muss. »Ich weiß, dass du mir böse bist«, sagt er, »aber ich hab dir gesagt, dass sie Ruhe braucht, und damit basta.« Er hat müde Furchen um den Mund, und seine Augen sind auch müde.

»Ich mag nicht mit zum Einkaufen«, sage ich.

Daddy bläst die Backen auf und pustet Luft durch die Lippen. »Wie du willst. Aber du kannst nicht ewig böse bleiben.«

So ein Genie, und hat trotzdem keine Ahnung. Und ob ich böse bleiben kann.

Sie gehen, und es wird still in der Nr. 1. Ich sitze da, steif und böse, aber dann wird die Wut immer weniger, bis schließlich nichts mehr zählt außer Momma hinter ihrer Tür. Ich schaue aus dem Fenster, den Berg hinunter. Die 28. Straße ist leer. Kein Red, kein B. J., kein Daddy.

Wenn ich die Tür nur ein kleines bisschen aufmache und ganz schnell reinschaue, wie soll Daddy das merken? Ich sehe wieder aus dem Fenster. Zehn Schritte durch die Küche, leise und vorsichtig, und ich lange nach dem Türgriff. Der Kühlschrank springt an, und ich ziehe die Hand schnell zurück, ein Kribbeln im Nacken und an den Schläfen.

Ich atme ein, atme aus. Die Wohnungstür ist immer noch

zu, alles still. Ich hole tief Luft und drehe den Knopf. Im Elternbad ist das Licht an, ein gelbes, leuchtendes Rechteck, das sich bis zum California King streckt. Momma liegt auf dem Rücken, Gesicht nach oben, braun-schwarze Locken übers ganze Kissen gebreitet.

B. J. sagt, Momma war zwei Monate weg, und zwei Monate sind so lang, dass ich beinahe vergessen habe, wie ähnlich sie Schneewittchen sieht, weiße Haut, dunkle Haare, Augenbrauen und Wimpern schwarz.

Auf Zehenspitzen schleiche ich zum Bett, ganz langsam, kein Geräusch im Zimmer bis auf mein Herz in meinen Ohren. Mommas Gesicht, das sind glatte Knochen gleich unter ihrer Haut, und ich fahre mit dem Finger ihren Kiefer entlang bis zum Kinn, wie um die Linie für mich nachzumalen. Mommas Kopf bewegt sich auf und ab, als ob sie träumt, und ich ziehe meine Hand weg.

Das Zimmer ist wie immer und gleichzeitig anders, jetzt, wo sie da ist. Eine kleine Reisetasche steht neben dem Schrank auf dem Boden, und der Reißverschluss ist offen, ihr zitronencremegelbes Nachthemd und der Morgenrock dazu liegen gefaltet zuoberst, und darunter ein blauer Pullover, den ich noch nie gesehen habe. Auf dem Nachttisch sind die Tablettenfläschchen noch enger aneinander gerückt, neue Flaschen und dazwischen die alten.

Es riecht auch anders, ein schlechter Geruch, bitter. Er kommt von unten, von einem Plastikding auf dem Boden. Ich hocke mich hin, tippe mit den Fingerspitzen gegen das Plastik, und es ist voll mit kaltem, gelbem Wasser. Ich hebe die Bettdecke hoch, und das Plastikding ist ein Beutel, der an einem Plastikschlauch hängt, und der Schlauch führt immer weiter hoch, bis ich nichts mehr sehen kann.

Wenn etwas nicht stimmt, merkt meine Haut es als Erstes. Ich lasse die Bettdecke fallen, stehe schnell auf und strenge die Ohren an, ob ich Red höre, Daddy oder B. J., aber das einzige Geräusch ist Mommas Atem. Ich schaue wieder auf den Boden, auf den Plastikbeutel, und ich weiß, was das Gelbe darin ist.

Ich hole tief Luft und nehme ihre Hand. Ich schiebe die Finger zwischen ihre Finger, aber nur meine Finger drücken, ihre bleiben weich und schlaff.

Momma sagt, wenn man nicht versteht, was mit einem passiert, dann muss man in sich hineinhorchen und das finden, woran man glauben kann. Momma sagt, das, woran wir glauben, muss durch unsere Erfahrungen zu uns kommen, durch unser Herz.

Meine Augen sind zurückgekehrt zu dem Beutel, zu dem Gelben, und ich versuche sie abzuwenden und nur ihr Gesicht zu sehen, ihr schönes Schneewittchen-Gesicht.

Und dann plötzlich weiß ich es.

Momma glaubt an mich, und ich glaube an sie, und wenn ich nur hier stehe und ihre Hand halte, wird sie aufwachen, sie wird mich mit diesem besonderen Blick ansehen, sie wird gesund werden. Sie muss. Ich schließe ganz fest die Augen, presse das, was ich glaube, aus meinen Fingern in ihre. Dann schlage ich die Augen wieder auf, aber ihre sind immer noch zu, ihre Finger schlaff.

Das, was du glaubst, kommt zu dir, und es packt dich und hält dich fest. Das hat Momma nicht gesagt, aber ich weiß trotzdem, dass es wahr ist.

Am fünften Tag daheim drückt Mommas Hand meine, ihre Augen sind weit offen, und sie haben den besonderen Ausdruck.

»Ich hab von dir geträumt«, flüstert sie.

Sie drückt meine Hand. »Ich hab geträumt, du bist gekommen, um mich zu retten.«

»Bin ich auch«, sage ich.

Momma lächelt.

»Du hast furchtbar lange geschlafen«, sage ich.

»Wie lange?«

»Fünf Tage.«

»Wo sind denn alle?«, fragt Momma.

»Daddy ist arbeiten«, sage ich. »B. J. ist irgendwo draußen mit seinem Skateboard.«

Momma räuspert sich, ein Geräusch tief unten in ihrer Brust. »Ich hab dich vermisst«, flüstert sie.

»Ich dich auch«, sage ich.

»Aber ich mehr.«

»Kannst du gar nicht.«

Momma lächelt, und ihre dunklen Augen haben diesen besonderen Blick nur für mich.

Momma will ihren Morgenrock, und pfirsichfarbene Seide fließt über ihre Arme, um ihre Hüften. Sie will eine Zigarette, und ich gehe an die Kramschublade und hole eine weiße Packung Parliament und eine Schachtel Streichhölzer. Sie will ein Glas Wasser, und ich lasse das Wasser laufen, bis es frisch und kalt und genau richtig ist.

Momma sitzt im Bett, die Kissen im Rücken, in ihrem pfirsichfarbenen Morgenrock und mit einer weißen Parliament-Zigarette zwischen den Fingern, und alles ist, wie es immer war, aber gleichzeitig anders. Sie ist so dünn, dass man durch die Haut hindurch ihre Knochen sieht. Man kann gar nicht dünn genug sein, hat sie früher immer gesagt, aber jetzt sagt sie, dass sie sich langsam in nichts auflöst.

Ihre Haare stehen ihr lang und zerzaust vom Kopf weg, und ich bürste die ganzen Locken glatt, wie sie es gern mag. Momma macht die Augen zu, während ich bürste, und lächelt müde.

»Du bist mein Goldkind«, sagt sie.

»Dein allerschönstes Geschenk«, sage ich.

Momma nickt mit geschlossenen Augen.

»Warum sagst du das immer?«, frage ich. »Dass ich dein Geschenk bin?«

Momma sagt eine Zeit lang gar nichts. Ihre Wimpern liegen schwarz auf den blauen Höhlen unter ihren Augen. »Es ist eine sehr schöne Geschichte«, sagt sie dann, schlägt die Augen auf und beugt den Kopf zurück, damit sie mich anschauen kann.

»Ich bin nie zum Reisen gekommen«, sagt Momma. »Ich wollte immer so gern reisen.« Ihre Augen zucken, husch, husch, und das Zimmer ist dunkel und still.

»Ich dachte, ich muss sterben«, flüstert sie. »Aber dann bist du gekommen, und da hab ich es gewusst.«

»Was?«, frage ich.

Momma leckt sich über die Lippen, ihre Zungenspitze tippt an die Oberlippe. Sie legt sich die Hand an die Backe, dünne Finger im dünnen Gesicht.

»Was hast du gewusst?«

Momma schaut auf die zugezogenen Vorhänge, ihre Lippen sind jetzt geschlossen und zittern. »Kannst du ein Geheimnis für dich behalten?«, fragt sie. »Versprichst du's?«

»Ich kann ein Geheimnis für mich behalten«, sage ich. »Ich versprech's.«

Ihre Augen blinzeln, sie schiebt die Zudecke zurück und zieht das pfirsichfarbene Seidennachthemd überm Bauch hoch. Weiße Haut kommt zum Vorschein, ein Nabel und rundum lauter rote und lila Linien, die aussehen, als ob ihr ein Messer den Bauch aufgeschlitzt hat.

Ich beiße mir so fest auf die Lippe, dass es wehtut, und ich schaue Momma ins Gesicht und dann wieder auf die Linien auf ihrem Bauch.

»Schrecklich, oder?«, sagt sie.

Mommas Hand streichelt über die Linien und hält bei einer besonders breiten an, so groß wie ein dicker Regenwurm, die mit schwarzen Fäden zusammengenäht ist. »Das mit der Bikini-Werbung kann ich wohl vergessen«, sagt sie.

»Wolltest du Bikini-Werbung machen?«, frage ich.

Sie schüttelt den Kopf und lacht hustend. Die Linien zucken, und ihr Bauch zuckt, und sie hört zu lachen auf.

»Fass sie ruhig an«, sagt sie, »es ist bloß eine hässliche Narbe.«

Die lila Linie ist entzündet und wund, und je länger ich sie im Licht sehe, desto weniger unheimlich wird sie. Ich lege die Bürste aufs Bett und zeichne eine von den Linien nach, fahre mit dem Finger von einem Ende zum anderen.

»Warum sind es so viele?«, frage ich.

Momma zieht die Luft ein, dass ihr Bauch flach und hart wird. »Diese dussligen Ärzte machen nichts als Pfusch.«

Mein Finger folgt einer anderen Linie in eine andere Richtung und dann der nächsten. Ich muss nicht mal absetzen dabei. »Daddy sagt, dieses Mal wirst du gesund.«

Momma schüttelt den Kopf und schaut auf ihren Bauch herunter. Sie legt ihre Hand auf meine und hebt sie hoch, streift die pfirsichfarbene Seide wieder nach unten. Ihre Augen sind voller Tränen. Sie hält den Kopf schräg. »Wer soll mich denn so zersäbelt noch lieb haben?«, fragt sie.

Mommas Tränen, der Ton in ihrer Stimme, ihr Blick, das ist trauriger als alles andere auf der Welt.

»Ich«, sage ich, und da weint sie richtig, und ich weine auch.

Jeden Tag schläft Momma ein bisschen weniger, aber gut geht es ihr trotzdem nicht. Sie vergisst kleine Sachen, zum Beispiel, welcher Tag es ist, oder große Sachen wie die Reihenfolge, in der sie ihre Tabletten nehmen muss. Aber am schlimmsten ist, dass Momma nicht mehr weiß, wie sie aus dem Bett und zum Klo kommt.

Momma weint, wenn sie ins Bett gemacht hat, nicht laut, nur ein leises, hicksendes Wimmern. Sie sitzt einfach im Bett, Tränen laufen über ihr schönes Schneewittchen-Gesicht, und sie zeigt auf die Matratze und wimmert und hickst.

B. J. sagt »Kacke«.

Daddy sagt »Stuhlgang«.

Ich sage »Groß«.

Wenn sie ins Bett macht, riecht es überall nach Groß, und Momma weint und hickst, bis Daddy das Bett neu überzogen hat und sie wieder sauber ist. Danach brennt Daddy Streichhölzer ab, und es riecht nach Groß und nach verbrannten Streichhölzern.

Und dann der Beutel, in den sie pieselt. Der Beutel hängt an einem Plastikschlauch, und der Schlauch kommt aus der Stelle, wo Momma schwarze Haare hat, die wie Spinnenbeine aussehen. Ich hasse Spinnen.

Wenn Momma es vergisst, muss jemand den Beutel ausleeren, sonst läuft es auf den Teppich, und das ganze Zimmer riecht nach Pisse. Meistens denkt Momma selber daran, aber manchmal muss es auch Daddy machen und manchmal ich. B. J. leert den Beutel nie aus. Nie.

Wenn ich den Beutel ausleeren muss, schaue ich immer nur dahin, wo der Schlauch in den Beutel mündet, nie dahin, wo er aus Momma herauskommt. Der Beutel muss ausgeschüttet, ausgespült und wieder am Schlauch festgemacht werden, und es muss schnell gehen, damit sie nicht aus Versehen durch den Schlauch auf den Teppich pieselt.

Ich halte den Atem an, wenn ich den Beutel vom Schlauch abhake, und schütte alles so schnell wie möglich ins Klo, und in mein Gesicht dampft bitterer Pissgeruch.

Danach spüle ich den Beutel mit glühend heißem Wasser aus. Daddy sagt, das Wasser muss einem fast die Hände verbrühen, wenn es sämtliche Keime im Beutel kaltmachen soll. Ich muss immer lachen, wenn er das sagt, kaltmachen, als ob etwas Heißes kaltmachen könnte.

Ich stehe im Bad, lasse den Beutel mit dem glühend heißen Wasser voll laufen und schaue mich im Spiegel an. Besonders gut gefalle ich mir nicht. Zu viele Sommersprossen, mein Lächeln ist schief und meine Nase viel zu groß. Ich lächle, höre auf zu lächeln und schiele stattdessen wie eine Idiotin.

Daddy sagt, man muss den Beutel immer dreimal ausspülen. Ich drehe ihn um, leere ihn aus, lasse ihn wieder voll laufen. Dampf steigt zwischen mir und meinem Spiegelgesicht auf. Dann noch mal von vorn, heißes Wasser raus, neues rein, bis meine Hände rot sind und prickeln. Nach dem dritten Ausspülen ist alles voll Dampf, das Spiegelgesicht ist ausgelöscht und der Pissgeruch endlich weg.

Es ist ein Traum ohne Bilder, nur mit Stimmen, ein Traum, in dem Momma Daddy anschreit und Daddy Momma, und als ich die Augen aufmache, schreien sie immer noch.

Ein weißer Fingernagelmond steht vor unserem Fenster, mit dunkelblauem Himmel rundum, ein paar Sterne. B. J.s Kopf schiebt sich vor den Mond, nur sein Kopf über der Bettkante, seine Stimme ein Flüstern.

»Sie streiten«, flüstert er.

Unter ihrer Tür, hinter Kühlschrank, Waschmaschine, Trockner und Badezimmertür, kommt ein dünner, weißer Lichtstrich durch.

»Wer ist es?«, schreit Momma.

Daddy antwortet leise, ich kann nichts verstehen.

»Du lügst«, schreit Momma.

Wo B. J.s Kopf war, ist jetzt wieder nur der Fingernagelmond vor dem Fenster.

»Du kommst ja nicht mal mehr zum Schlafen heim«, schreit Momma.

»Ich sag doch, ich hab gestern im Büro geschlafen«, schreit Daddy.

»Du hast nicht angerufen«, schreit Momma.

»Er hat wohl angerufen«, sagt B .J.

»Ich habe angerufen, Janet«, sagt Daddy.

Etwas poltert, Glas zerbricht.

Gänseblümchenlaken, rosa Flauschdecke, ich schiebe alles weg, stelle die Füße auf den Boden, acht Schritte den Flur entlang.

»He«, flüstert B. J.

Vor ihrer Tür drücke ich mich flach gegen die Wand. Drinnen Schritte, und die Tür geht auf, Daddy kommt heraus. Momma wimmert und hickst, und dann lässt Daddy die Tür zuklicken und geht in die dunkle Küche. Er hat noch seine Büroschuhe an und ein weißes Hemd mit hochgekrempelten Ärmeln. Er bückt sich, zieht das Türchen unter der Spüle auf und wirft etwas in den Abfall.

»Daddy?«, sage ich.

Daddy zuckt ein bisschen zusammen und richtet sich auf, so groß in der kleinen Küche. Drei Schritte, und er hat das Küchenlicht angeknipst, grelles Licht, und ich halte die Hand vor die Augen.

»Gott, hast du mich erschreckt«, sagt er. »Was machst du denn hier?«

»Hat sie ins Bett gemacht?«, frage ich. »Soll ich dir helfen?«

Daddy beugt sich vor und legt mir die Hände an die Arme. Seine Finger fühlen sich kalt an durch mein Nachthemd, und er schaut wie jemand, der furchtbare Sorgen hat, aber es nicht zeigen will: Augen weit offen, Augenbrauen zu Halbkreisen hochgezogen, Lippen schmal, müde Furchen im ganzen Gesicht.

»Nein, Juniper«, sagt Daddy, »alles in Ordnung.«

»Hat sie ihr Glas zerbrochen?«, frage ich.

»Ja«, sagt Daddy, »aber das war nur ein Versehen, es ist alles in Ordnung mit ihr, und mit mir auch. Komm jetzt, ab ins Bett.«

Daddy reibt mir mit den Händen die Arme entlang, damit mir warm wird, aber mir ist gar nicht kalt. Dann steht er auf und legt mir seine große Hand auf den Kopf und geht mit mir zurück ins Kinderzimmer. Oben in B. J.s Bett raschelt es. Daddy flüstert B. J. zu, er soll weiterschlafen, und dann deckt er mich zu, zieht mir das Gänseblümchentuch und die rosa Flauschdecke bis unters Kinn.

»Gut so?«, flüstert Daddy. »Gemütlich?«

Daddy im Dunkeln, sein Gesicht voller Schatten und Kanten, seine Augen immer noch sorgenvoll. Ich lege meine Hand auf seine. Sie ist kalt.

»Ihr sollt euch nicht streiten«, sage ich.

Daddy hört auf, an meiner Decke zu zupfen, und sieht mich lange an. »Wir streiten nicht.«

»Klang aber ganz danach«, sagt B. J. Seine Stimme ist sehr klar im Dunkeln, und Daddy rutscht ein Stück nach vorn, guckt zu B. J. hoch, dann wieder zu mir. Er holt tief Atem und schüttelt den Kopf.

»Tut mir Leid, Kinder«, sagt er, »es ist alles in Ordnung, wirklich. Mom hat sich nur ein bisschen aufgeregt, aber jetzt ist es wieder gut.«

Er steht auf und klopft oben an B. J.s Decken herum. »Schlaft jetzt. Alles ist gut.«

Samstagmorgen darf man ausschlafen. Keine Schule, kein Wort von Faulpelzen oder dem Tag, der nicht jünger wird. Die Sonne scheint hell in unser Zimmer, und über mir schnarcht B. J., ein Schnorcheln tief in der Nase. B. J. kriegt nichts mit, wenn er schläft. Zwischen den Holzlatten an der Unterseite von B. J.s Bett quillt der braune Matratzenstoff durch. In der Küche höre ich Daddys Schuhsohlen klicken, der Geruch von That-Man-Rasierwasser zieht durch den Flur, und dann klappt die Wohnungstür zu. Red springt an, fauchend und dröhnend, und Daddy lässt den Motor heulen.

Ich steige aus dem Bett und gehe den Flur entlang. Mommas und Daddys Tür steht offen. Drinnen ist es stockfinster bis auf ein orangenes Glühen, und ich weiß, dass sie eine Zigarette raucht.

»Momma? Kann ich reinkommen?«

»Warum nicht?«, sagt sie.

»Kann ich das Licht anmachen?«

»Aber nicht das große.«

Ich taste mich bis zur Nachttischlampe und knipse sie an. Lampenlicht fällt über ihre Tabletten, ihre hochgezogenen Knie unter der Decke und den Aschenbecher auf ihrem Schoß. Mommas Augen sind Schatten, und ihr gelocktes Haar ist hinter die Ohren zurückgestrichen. Sie klopft ihre Zigarette am Aschenbecher ab, ihre Hand zittert.

»Geht's dir nicht gut?«, frage ich.

Mommas Augen zucken, husch, husch. Sie steckt sich die Zigarette zwischen die Lippen, lässt das Ende aufglühen, macht einen tiefen Zug und klemmt sie in der Kerbe am Aschenbecher fest. Dann räuspert sie sich und schnieft einmal kurz. »Seien wir doch ehrlich«, sagt sie. »Es steht uns doch allen bis hierhin.«

»Momma?«, frage ich.

Momma blinzelt ein paarmal und schaut mich aus zusammengekniffenen Augen an, und dann streckt sie die Hand aus und schiebt mir ein paar Haarsträhnen hinters Ohr. »Seit wann hast du so lange Haare?«, fragt sie.

Ich sitze auf der Bettkante, und mein Po macht eine Delle in die Matratze.

»Sie waren schon immer lang«, sage ich.

»Nicht möglich«, sagt Momma. Sie streicht mir noch mehr Haarsträhnen hinter die Ohren, mit beiden Händen jetzt. Ihre Finger sind ganz kalt.

B. J. schlurft barfuß aus unserem Zimmer ins Bad und knallt die Tür hinter sich zu. Momma fährt zusammen bei dem Geräusch und sieht mit aufgerissenen Augen zur Tür hin.

»Was war das?«, fragt sie.

»B. J.«

»B. J.?« Sie schaut mich groß an, als ob sie den Namen noch nie gehört hätte. Ich berühre ihre Hand mit den Fingerspitzen.

»Du weißt schon«, sage ich, »Bryan.«

Die Klospülung geht, und B. J. kommt und schaut zur

Tür rein. Er steht da, nur in Schlafanzughose, und reibt sich das Haar in die Stirn.

»Guten Morgen, Bryan«, sagt Momma.

Momma hat B. J. noch nie Bryan genannt. Er wirft mir einen ungläubigen Blick zu, und ich schüttle den Kopf.

»Komm her, Großer«, sagt Momma.

B. J. lässt die Tür los, macht einen Schritt ins Zimmer und bleibt wieder stehen.

»Wo ist Dad?«, fragt B. J.

»Komm doch«, sagt Momma.

B. J. geht langsam, schaut von Momma zu mir, unentschlossen, als ob er nicht zu nah herangehen möchte und es gleichzeitig doch will.

Aus Mommas Kehle kommt ein Geräusch, ihre Arme heben sich, fallen herunter, der Aschenbecher auf ihrem Schoß macht einen Hüpfer, und ich halte ihn fest.

»Hab ich's mir doch gedacht«, sagt sie. »Schau dich an. Schau deine Haare an.«

B. J. fährt sich übers Gesicht, schiebt sich den Pony aus den Augen. »Wieso?«

»Wieso?«, sagt Momma. »Hier Haare, die bis in die Augen hängen, da Haare bis zum Po …«

Mommas Ton ist ganz ernst und geschäftsmäßig, und B. J. lacht und streicht sich das Haar aus der Stirn. Er schaut mich an. Ich nage an meiner Daumenkante. Momma legt eine Hand mir auf die Schulter, die andere B. J., und der Blick, mit dem sie uns ansieht, ist fest.

»So«, sagt sie, »hier werden jetzt Haare geschnitten. Wer holt die Schere?«

Es dauert eine Weile, bis Momma so weit ist, erst geht sie noch ganz langsam aufs Klo und wieder zurück, und dann zieht sie sich den pfirsichfarbenen Morgenrock über ihr weißes Seidennachthemd. B. J. hält die Schere, ich ein Handtuch, und wir beide stehen da, während sie sich langsam, langsam den Morgenrock überzieht und dann zum Bett zurückkommt.

»Momma?«, frage ich, »soll ich dir den weißen holen?«

Momma hat eine Hand an ihrem Morgenrock, die andere hält den Pissbeutel. Sie schwankt ein bisschen und zupft den pfirsichfarbenen Stoff zurecht.

»Wieso?«, fragt sie.

Ich beiße mir auf die Lippe, schaue B. J. an, aber der zuckt nur die Achseln.

Langsam und vorsichtig setzt Momma sich auf die Bettkante, sodass der Kreis aus Lampenlicht auf ihre Knie fällt, ihre knochigen Füße. Sie beugt sich vorsichtig vor, stellt den Beutel neben sich auf den Boden, und dann sieht sie zwischen uns hin und her, die Hände auf die Knie gestützt. »Du zuerst, Großer«, sagt sie.

B. J. schaut den Pissbeutel an und zieht eine Grimasse, bevor er sich widerwillig umdreht und hinsetzt. Er sitzt auf dem Boden zwischen Mommas Beinen, und er guckt auf den Beutel, rutscht ein Stück weg, guckt wieder hin. Momma breitet ihm das Handtuch über die Schultern, tunkt den schwarzen Kamm in ihr Wasserglas und fängt an, B. J.s dunkle Haare zu kämmen.

Ich hocke mich im Schneidersitz auf den Boden.

»Jetzt hör mit dem Zucken auf«, sagt Momma.

»Ich zuck doch gar nicht«, sagt B. J.

»Keine Angst«, sagt sie, »der Beutel beißt nicht.«

»Ich hab keine Angst.«

Momma nimmt B. J.s Kopf und drückt ihn nach vorn. »Ich hab dir ewig nicht mehr die Haare geschnitten.«

»Carson«, sagt B. J.

»Genau. Früher hab ich dir die Haare jeden Monat geschnitten, weißt du noch?«

B. J. versucht zu nicken, aber Momma hat beide Hände um seinen Kopf gelegt und dreht ihn hin und her, damit sie ihn von allen Seiten sehen kann.

Dann fängt sie auch schon zu schneiden an, und es ist still, nur die Schere wispert. B. J. sitzt stocksteif da, den Blick auf den Boden gerichtet, und Momma schneidet seine Haare im Nacken, an den Seiten, quer über den Augen, lauter schnurgerade Linien. Sie schneidet sicher und geübt, als ob sie es schon hundert Mal gemacht hätte, alle Linien genauso, wie sie sein sollen. Ich kann mich an kein Haareschneiden erinnern, weder hier noch in Carson, aber so, wie sie schneidet und wie B. J. es sich gefallen lässt, weiß ich, dass es stimmen muss.

Plötzlich lässt sie die Schere sinken, schüttelt die Arme aus und atmet tief durch. »Ich hatte ganz vergessen, wie anstrengend das ist«, sagt sie.

B. J. hebt den Kopf, schaut an mir vorbei zur Wand hin, mit dunklen, unruhigen Augen. »Möchtest du aufhören?«, fragt er. »Möchtest du mal Pause machen?«

Momma schüttelt den Kopf und atmet noch einmal tief, kleine Schweißpünktchen auf ihrer Lippe. »Nein, nein«, sagt sie, »das wäre ja noch schöner, wenn ich nicht mal mehr einen Haarschnitt hinkriegen würde.«

B. J. presst die Lippen zusammen, den Blick auf den Boden gerichtet, die Finger über den kleinen Haarschnipseln auf dem Teppich.

Momma schneidet seine Haare über den Ohren halb lang und im Nacken kurz, dazu einen Pony bis zur Stirnmitte, alles schön sauber und ordentlich. Dann legt sie den Kamm weg, fasst B. J. mit beiden Händen um die Schultern und beugt sich vor, ihr schneewittchenweißes Gesicht dicht an B. J.s braunem Nacken, und was sie als Nächstes macht, habe ich bei ihr vor Ewigkeiten zum letzten Mal gesehen: Sie küsst B. J. auf den Nacken, presst ihre Lippen auf seine Haut und schließt die Augen.

B. J.s Gesicht läuft rot an, sein Blick huscht hin und her, und er drückt das Kinn an den Hals. Momma lässt ihn los und setzt sich kerzengerade hin, Bauch rein, Brust raus, ganz Dame. Sie wischt die letzten Haare von seinen Schultern und aus dem Nacken.

»Das hätten wir, mein Hübscher«, sagt sie.

B. J. steht eilig auf, zieht sich das Handtuch von den Schultern, und er guckt Momma an, als ob er gar nicht mehr weiß, was er denken soll. Er gibt ihr das Handtuch und fährt sich mit den Händen um den Kopf, tastet die geschorenen Ränder entlang, hält an der Stelle an, wo Momma ihn hingeküsst hat.

»Danke«, sagt er.

Momma lächelt und wuschelt ihm den Pony. »Kämmen nicht vergessen«, sagt sie.

»Ist gut«, sagt B. J.

»Dann zieh dich jetzt an und geh frühstücken.«

B. J. schaut unschlüssig, er geht zur Tür, dreht sich noch einmal um, und dann ist er weg.

Momma wischt sich über ihr Nachthemd, kleine Fitzel überall auf dem Teppich. »Jetzt du, Jenny.«

»Aber mir gefällt mein Haar.«

»Nichts da. Es ist völlig verwildert. Setz dich her.«

Mit angehaltenem Atem setze ich mich auf B. J.s alte Haare, und sie legt mir das Handtuch um die Schultern. Mommas Knie sind rechts und links von meinem Rücken, Knochen unter der weißen Nachthemdseide, und ich sitze steif da und halte mit der Faust das Handtuch zusammen.

So, wie ich sitze, sehe ich nichts außer ihrem Schatten auf dem grünen Teppich. Momma dreht meinen Kopf hierhin und dahin, und dann fängt sie mit dem schwarzen, in ihr Glas getunkten Kamm zu kämmen an.

Mein Haar ist dunkelbraun und fällt mir bis weit über den Rücken, und es ist fast ganz glatt, nur an den Spitzen ringelt es sich ein bisschen. Mit langen Haaren gehen alle möglichen Frisuren, Pferdeschwanz, Zöpfe, Spangen. Ich will keine kürzeren Haare.

Momma nimmt sie und hebt sie hoch, alle auf einmal,

und ich kann ihren Arm und die andere Hand mit der Schere als Schatten sehen. Ich atme ein, schnipp-schnipp-schnapp, und schon liegt mein Haar auf dem Boden. Ich atme aus, die Augen heiß von Tränen. Meine langen Haare liegen auf dem grünen Teppich wie etwas Totes. Ich fasse sie an, und sie sind kühl und weich.

B. J. kommt wieder angetappt, mit einem breiten, blöden Grinsen, das ihm bis in die Augen reicht.

»Mann«, sagt er, »du hast ja überhaupt keine Haare mehr.«

»Jetzt übertreib nicht«, sagt Momma.

»Fast keine jedenfalls«, sagt er.

Momma schneidet und schneidet, kürzere Haarschnipsel um meine Beine, in meinem Nacken kühle Luft. Ich schaue auf den Teppich hinunter, auf ihre Schattenarme, die Schattenschere.

»Du siehst wie ein Junge aus«, sagt B. J.

»Für junge Herren, die nur herummeckern, ist hier kein Platz«, sagt Momma. »Raus mit dir, und lass die Damen weitermachen.«

B. J. lacht, ein Grunzer, und verschwindet in die Küche, Cornflakes rieseln in eine Schüssel, und dann geht die Kühlschranktür auf.

Momma kämmt und schneidet, dreht meinen Kopf hin und her. Es ist nicht das Ende der Welt, aber es fühlt sich so an, mein Magen ein weit offenes Loch, durch das der Rest der Welt hindurchfällt.

Momma beugt das Gesicht zu meinem Ohr herunter, Zigarettengeruch, ihre warme Stimme.

»Kurze Haare sind sauber und adrett«, sagt sie. »Sehr europäisch.«

»Europäisch?«

»Du musst picobello aussehen, wenn wir bei der Queen vorgelassen werden sollen«, sagt Momma.

»Bei der Queen?«, frage ich.

»Psst«, macht Momma.

Ihre Stimme ist nicht ihre Stimme, und ich beiße mir fest auf die Lippe.

B. J. ruft, er geht raus, Skateboard üben, und Momma sagt, er soll schön vorsichtig sein. Dann reicht sie mir endlich den Spiegel über die Schulter. Die Wohnungstür knallt zu, ich nehme den Spiegel in beide Hände, und das dort drin bin nicht ich, das ist jemand Fremdes. Momma wischt an meinen Schultern herum, bürstet die Haare weg, kleine nasse Schnipsel bröseln auf den Boden.

»Bubikopf«, sagt Momma, »das ist dein Stil.«

»Es ist alles ab«, sage ich.

»Bubikopf«, sagt Momma, »weißt du nicht mehr?«

Kleine, verklebte Haarspitzen liegen überall auf dem Teppich, wie Grashalme, mein Nachthemd ist voll damit, das Handtuch, ihr Bett, die ganze Vorderseite von ihrem Nachthemd. Mommas lockige Haare stehen in alle Richtungen, ihre Lippe ist schweißig, ihre dunklen Augen weit aufgerissen. Sie legt sich die Hand auf den Mund und zieht scharf die Luft ein.

»Weißt du nicht mehr?«, fragt sie. Ihr Fuß streicht über meine Haare auf dem Handtuch, meine Haare auf dem Boden, und ihre Augenbrauen sind schwarz und ganz fest zusammengeschoben. Sie streckt die Hand nach meinem Haar aus, hält inne, lässt die Hand mit der Innenfläche nach oben auf ihr weißes Nachthemd fallen.

»Ich weiß es noch«, flüstert sie. »Du nicht?«

»Doch«, sage ich, »ich weiß es auch noch. Komm, ich mach das weg.«

Momma lehnt sich langsam und vorsichtig nach hinten, ihre Augen blinzelnd, blinzelnd, husch, husch. »Ich bin so müde«, flüstert sie, »ich muss jetzt ein bisschen schlafen.«

Ich rücke den Pissbeutel weg, damit sich nichts verheddert, wische die Haare von Mommas Nachthemd, ihren Füßen, dem California King, und dann kämme ich mit den

Fingern über den Teppich, fege B. J.s Haare und meine Haare zu einem Knäuel zusammen und lade sie auf das weiße Handtuch, ein braunes Nest aus Haaren, kurzen und langen. Im Bad schüttle ich das ganze Haar in den Abfalleimer. Das da im Spiegel, das bin nicht mehr ich. Bubikopf. Europäisch.

»Bringst du mir noch neues Wasser?«, höre ich Momma fragen.

Sie fummelt an den Flaschen mit ihren Pillen herum, und ich nehme das Glas von ihrem Nachttisch, gehe damit ins Bad zurück, gieße das Wasser aus, und Haarfitzel schwimmen im Waschbecken. Ich spüle ihr Glas dreimal aus und lasse frisches Wasser hineinlaufen.

Momma im Schlafzimmer kippt sich eine ganze Flasche grüne Tabletten in den Schoß, dreißig Tabletten mindestens. Die leere Flasche lässt sie aufs Bett fallen, nimmt eine neue Flasche, hält sich das Etikett dicht vor die Augen, schüttelt den Kopf, stellt die Flasche wieder hin, nimmt eine andere. Sie liest die Aufschrift, schraubt den Deckel ab und stellt die braune Flasche auf den Kopf. Rote Pillen fallen auf den Haufen mit den grünen Pillen, es klingt wie Wasser, wie Liebesperlen, wie Glasperlen für eine Kette.

»Was machst du da?«, frage ich.

Momma schaut auf, schneewittchenschön, die Augen dunkel und ruhig. Ich stelle das Glas auf ihren Nachttisch. Momma sieht wieder auf die Pillen in ihrem Schoß und fährt mit der Hand in den Haufen, lässt sie zwischen ihren Fingern durchrinnen.

»Momma«, frage ich.

»Wie Weihnachten«, sagt sie, nimmt eine grüne Pille und eine rote Pille und legt sie nebeneinander in ihre offene Hand.

»Wofür ist die grüne, Momma?«

»Zum Schlafen.«

»Und die rote?«

»Was?«

»Die rote Pille.«

Momma hält den Kopf schief, als ob sie lauscht, und ihre Stimme ist so leise, dass ich mich zu ihr herunterbeugen muss.

»Sei ein braves Mädchen«, flüstert sie, »und geh jetzt spielen.« Sie steckt die beiden Pillen in den Mund, nimmt einen Schluck und legt den Kopf nach hinten.

Mein Herz klopft in meinen Ohren, am ganzen Kopf prickelt mir die Haut, mein Magen hebt sich wie vor dem Brechen. Nichts stimmt mehr, und ich weiß, ich müsste etwas tun, nur weiß ich nicht, was.

Momma nimmt noch zwei Pillen, eine rote, eine grüne, und sieht mich an. Ihre Augen zucken. Mein Nacken ist glatt, und ich streiche mit der Hand über das Kribbeln tief unter der Haut.

»Komm, geh spielen«, sagt sie, »lass mich ein bisschen ausruhen.«

Ich schlucke und wische mir über die Nase und die Augen. Ich schaue auf Momma, auf die Pillen in ihrem Schoß. »Ganz sicher?«, frage ich.

»Ganz sicher.«

Es ist still in Mommas Zimmer, nur ihre Pillen klicken aneinander, und meine Nase kribbelt, wie Nasenbluten ohne Blut. Momma nimmt wieder zwei Pillen, trinkt mit zurückgelegtem Kopf, schluckt.

Mit langsamen Schritten, rückwärts, gehe ich zur Tür und ziehe sie auf. Sonne scheint durch das Wohnzimmer, durch die Küche, teilt die Schatten im dunklen Schlafzimmer mittendurch.

»Sei so lieb und mach die Tür zu, Herzchen«, sagt Momma.

Bei der Uhr über dem Herd steht der kleine Zeiger auf der Zehn und der große auf der Zwölf. Zehn Uhr. Ich fahre mir über den Nacken, kurze Haare unter meinen Fingern, und schaue in unser Zimmer. Kein B. J.

Vor Mommas Tür bleibe ich stehen und halte den Atem an. Es ist still dort drinnen.

Zehn Schritte durch die Küche. Fünf zur Wohnungstür. Hand auf dem kalten Eisenknopf, drehen, und auf. Draußen auf den Stufen kneife ich die Augen gegen die Sonne zusammen. Immer weht hier der Wind, immer scheint hier die Sonne. Ich hasse es hier.

Ich gehe zum Randstein vor, schaue bergauf, bergab, nichts. Kein B. J.

Ich setze mich auf den Randstein, Knie hochgezogen, Arme um die Knie. Ich will mir das Haar aus den Augen streichen, aber es sind keine Haare da, und mein Nacken friert. Ich stehe auf, nichts als die Autos auf dem Highway 101, hin und her, und hinter dem Highway der Strand und das Meer. Kein B. J.

Bergauf ein Haus neben dem anderen, geparkte Autos davor. Kein B. J.

Vielleicht hat er sein Skateboard mit in den Park genommen und rattert da herum, Sprünge und Kurven. Meine Arme rudern, als ich den Hügel hochlaufe, ich atme schwer, aber ich kriege nicht genug Luft. Oben drehe ich mich noch mal um, nur zur Sicherheit. Kein B. J.

Bäume und Gras im Park, kleine Kinder, Erwachsene. Kein B. J.

Am Teich Enten und Gänse, die weißen Schwäne ein ganzes Stück weg von allen anderen Vögeln. Kein B. J.

Zurück renne ich, erst zum Fußgängerübergang, wo ich auf den Knopf drücke, bis aus Rot Grün geworden ist, und dann die ganze Straße bis runter zur Nr. 1.

Auf der Uhr drinnen ist es halb elf, und ich drehe den Knopf an der Schlafzimmertür, drücke sie einen Spaltbreit auf. Momma lehnt in ihren Kissen, das Gesicht zur Seite, die Augen zu. Sie schnauft tief und laut, ihr Mund steht leicht offen. Ihr geht's gut, alles ist gut, und ich ziehe die Tür wieder zu. Vielleicht stimmt das ja doch mit den Pillen, wo sie sowieso so viele nehmen muss.

Es ist still in der Nr. 1, nur der Kühlschrank klickt wie immer vor dem Anspringen. Unser Telefon hängt an der Wand neben dem Küchentisch, und die Schnur hat sich um sich selbst gewickelt. Ich schiebe den Küchenstuhl hin, klettere hoch und nehme den Hörer. Am Telefon klebt ein Zettel mit Daddys Nummer bei der Arbeit, die wähle ich, bohre den Finger fest in die Löcher, und die Scheibe schnurrt im Kreis nach jeder Zahl.

Meine beiden Hände halten den Hörer, während es klingelt, klingelt, klingelt. Kein Daddy.

Im Schlafzimmer schläft Momma genau wie vorhin, Mund offen, Augen zu, laut atmend.

Elf Uhr. Ich setze mich an den Randstein und schaue bergab. Kein B. J.

In Daddys Büro klingelt und klingelt das Telefon, und erst bei hundert lege ich auf.

Momma schläft weiter, immer gleich, ihr Atem wie tief im Schlaf, aber vielleicht ja doch nicht. Ich halte mein Gesicht dicht an ihren Mund. Atemluft an meiner Backe.

Ihr geht's gut, alles ist gut.

Zwölf Uhr. Ich sitze am Randstein und schaue bergab. Von oben rattern Skateboardräder, und B. J. kommt in großen Kurven die Straße heruntergerollt. Er geht in die Knie, Arme weit ausgebreitet, eine braune Tüte in der Hand. Mir tut die Kehle weh, meine Arme und Beine sind stocksteif, und ich bin froh wie noch nie, dass B. J. da ist.

B. J. nimmt einen Fuß vom Brett, hält vor dem Randstein.

»Wo warst du?«, frage ich.

B. J. lässt sein Skateboard über die Kante hüpfen, alles normal, alles wie immer, und vielleicht bin es ja nur ich, vielleicht sorge ich mich ganz umsonst.

»Unterwegs«, sagt er. Er gibt dem Skateboard einen

Schubs, dass es bis zur Tür rollt, und setzt sich auf den Randstein, macht seine Papiertüte auf und schaut hinein. Er holt eine Packung Twinkies heraus, die er mit den Zähnen aufreißt.

»Mit Momma stimmt was nicht«, sage ich. »Sie ist irgendwie komisch.«

B. J. spuckt ein Stück Verpackung aus und fischt mit zwei Fingern ein Twinkie heraus.

»Echt«, sage ich. »Irgendwas stimmt mit ihr nicht. Glaube ich.«

B. J. stopft sich das Twinkie in den Mund, weiße Kremfüllung quillt ihm zwischen den Fingern hervor. Er verdreht die Augen und sagt etwas, das ich nicht verstehe.

Kremgeruch, Wind, Sonne, schon der Gedanke an Krem, Momma so komisch, und ganz plötzlich zieht sich mir der Magen zusammen und ich muss aufstoßen. Aufstoßen ist eine Warnung, sagt Daddy, und eine Warnung heißt, so schnell wie möglich zum Klo.

Ich springe auf, renne ins Haus zurück, ins Bad, klappe den Klodeckel hoch und warte. Würge ins Wasser, sauberes Klowasser, ein grauer Schmutzrand innen in der Schüssel.

Daddy sagt »spucken« dazu.

B. J. sagt »reihern«.

Ich sage »brechen«.

Alles am Brechen ist grässlich, der Geschmack im Mund, das brennende Gefühl im Hals, das Zittern hinterher. Ich breche ins Klowasser, nichts in mir drin außer gelber Flüssigkeit, und ich heule und huste und breche noch mehr, obwohl gar nichts zum Herausbrechen da ist.

Schließlich ist es vorbei, und ich fahre mir mit dem Handrücken unter der Nase durch, wische mir die Tränen aus dem Gesicht und ans T-Shirt, und dann stehe ich vom Boden auf und spüle und klappe den Deckel zu. Hand unter den Wasserhahn, halber Schluck, ausspucken, halber Schluck, ausspucken.

Ich schaue mich im Spiegel an: kurze Haare, weißes Gesicht und weit offene dunkle Augen.

Ein Uhr. Ganz, ganz leise schleiche ich in ihr Zimmer, und alles ist noch wie vorher, nur das Atmen hört man nicht mehr, es kommt gar keine Luft mehr aus ihr. Mommas Hand ist zu kalt, und ihr Gesicht ist auch kalt.

Wir dürfen sie nie, nie aufwecken, das ist eine eiserne Regel, aber jetzt lege ich ihr die Hände auf die Schulter, pfirsichfarbene Morgenrockseide weich unter meinen Fingern.

»Momma?«, flüstere ich, »Momma, was hast du?«

Ihr Kopf kippt auf die Seite, als ob er nicht an ihrem Hals festgemacht ist, und ich fasse ihr ins Gesicht, an ihre Backenknochen, das Dunkle unter ihren Augen, und versuche den Kopf wieder gerade zu rücken.

»Momma?«, schreie ich.

Vor das Sonnenlicht in der Tür schiebt sich B. J., weißen Zuckerguss im Mundwinkel.

»Mit ihr ist irgendwas«, schreie ich ihn an. Ich lasse ihr Gesicht los, und ihr Kopf rutscht wieder auf die Seite. Ich zwänge meine Finger zwischen ihre, drücke ganz fest, aber da ist nichts, nur Knochen und Kälte.

»Komm«, schreie ich, »du musst aufwachen.«

B. J. packt mich an der Schulter und stößt mich weg. B. J. beugt sich zu Momma vor, nah, aber nicht ganz, und er dreht den Kopf und horcht, wie sie nicht atmet. B. J. hält den Handrücken an ihr Gesicht, fast berührt er sie gar nicht, so langsam macht er es.

»Ihr ist kalt«, sagt B. J. Er nimmt Mommas Hand und steckt sie unter die Decke wie etwas, das er lieber nicht anfassen will, wie etwas aus Glas.

»Was machst du da?«, schreie ich. »Was ist los mit dir?«

B. J. zieht die Zudecke und die Tagesdecke hoch, und sie rutschen an ihrem pfirsichfarbenen Seidenmorgenrock herunter.

»Ihr ist kalt«, sagt B. J.

»Das ist doch völlig egal«, schreie ich, »sie wacht nicht auf. Sie hat zu viele genommen.«

»Zu viele *was?«,* schreit B. J.

»*Pillen«,* schreie ich.

»Schrei doch nicht so!«, schreit B. J.

»Schrei du nicht so!«, schreie ich. »Ich hab dich überall gesucht, ich wollte bei Daddy anrufen, es hat hundertmal geläutet, seit zehn Uhr schon, und jetzt wacht sie nicht auf.« Ich halte die leeren Flaschen auf dem California King hoch, stelle sie auf den Kopf und wieder gerade. »Die hat sie alle genommen«, sage ich.

B. J. schaut mich an, wie lange, weiß ich nicht, seine Augen blinzeln, blinzeln, sie schauen zu Momma hin, wieder zu mir, und sein Gesicht ist rot vom Hals bis hoch zu den Backen. Dann dreht er sich um und rennt in die Küche.

Momma rührt sich nicht, und ich laufe ihm nach. B. J. hat den Hörer in der Hand und starrt auf Daddys Nummer.

»Wähl Null«, schreie ich, »die Vermittlung!«

Er steckt den Finger durch das Loch, dreht die Scheibe, und er schaut mich an, Augen dunkel, Unterlippe zwischen den Zähnen.

Angst sitzt mir in den Armen, den Beinen, Angst kriecht mir den Nacken hoch, und mein Herz schlägt hoch oben in meinem Kopf. B. J.s Arme zittern, und er starrt auf den Boden, fängt zu reden und zu weinen an, beides zugleich.

»Hilfe«, sagt B. J. »Hilfe, meine Mutter ist krank, wir brauchen Hilfe.«

Einmal, hundertmal, egal, wie oft Daddy mich fragt, mehr weiß ich nicht mehr von diesem Tag. Sie hat uns die Haare geschnitten, sie hat viele Pillen genommen, ich habe gebrochen und B. J. angeschrien. Danach weiß ich nichts mehr. Wenn ich die Augen ganz fest zukneife und mich zu erinnern versuche, kommen als Einziges grelle Lichter und schreiende Stimmen und ein ganz merkwürdiges Gefühl, so, als ob *ich* alle ihre Pillen geschluckt hätte, als ob *ich* es wäre, die wegtreibt.

B. J. sagt, es war ein Versehen.

Daddy sagt, es war eine Überdosis.

Ich sage gar nichts, weil ich nichts weiß.

Daddy sagt, Momma hat versucht, sich etwas anzutun, und deshalb muss sie in eine Spezialklinik mit Spezialärzten für Leute, die sich etwas antun wollen.

Ab diesem Tag ist Momma in ihrer Spezialklinik, und Daddy telefoniert mit Carson City, den Kopf in die Hand gestützt. Daddy redet mit Grandpa Ed, als ob nichts passiert wäre. Die Geschäfte laufen gut, sagt er, und die Kinder sind munter wie zwei Fische im Wasser. Nach Grandpa Ed redet Daddy mit Grandma Maggie. Er sagt, dass er nicht mehr aus noch ein weiß, er sagt, dass er keine Ahnung hat, wo er das Geld für die vielen Rechnungen hernehmen soll und für die Kinder, und überhaupt läuft alles schief. Nach Grandma Maggie ruft Daddy Tante Carol an, und mit ihr redet er auch ganz lange. Als er auflegt, sagt er, jetzt kommt Hilfe.

5

Steve ist langhaarig und hat einen Bart im Gesicht. B. J. sagt, Steve ist Steven, unser Cousin aus Carson City, aber das geht gar nicht. Der Steven, an den ich mich erinnere, hat zu meinen wilden Cousins und Cousinen gehört, Steven, Andy, Mark, Bobbie Lou, Tracy und Faith Ann. Steven hatte kurze Haare, glatte Backen und ein weißes Hemd zum Knöpfen.

»Steven kümmert sich um euch zwei, bis es Mom wieder besser geht«, sagt Daddy.

»Steven klingt so uncool, Mann«, sagt Steve. »Einfach Steve.«

Steves Bart, das sind haarige Stellen mit Stellen ohne Haare dazwischen, wie ein Kater nach einem Katerkampf. Steves dunkle Haare sind zu einem Pferdeschwanz zusammengebunden, und er hat löchrige Jeans und ein gebatiktes Hemd an.

»Was ist denn mit dir passiert?«, fragt Daddy. »Du bist ja nicht wiederzuerkennen.«

Steve schaut an sich herunter und lacht. Steves Lachen ist hoch, mit einem Huster am Schluss, wie wenn eine Katze ein Büschel Haare heraushustet. »Genau so ist es, Onkel Bud«, sagt er. »Ich bin auf dem Trip zu einem neuen Ego.«

»Neues Ego?«, sagt Daddy. »Früher hat man zu so was Pennbruder gesagt.«

Steve nickt, Katzenlachen, Katzenhuster.

»Genau wie mein Alter«, sagt er. »Der Typ ist so was von uncool.«

»Was ist uncool?«, frage ich.

B. J. lässt den Blick nicht von Steve. Er grinst, ein langsames Grinsen. »Spießig«, sagt er.

»Oberspießig«, sagt Steve.

B. J. lacht und fährt an seinen Hosenbeinen auf und ab, als ob seine Hände schmutzig wären. Steve lacht mit zurückgelegtem Kopf, Katzenlachen, Katzenhuster.

Daddy schaut auf B. J. und auf Steve, räuspert sich und streckt Steve die Hand hin. »Schön, dass du da bist, mein Junge.«

Steve lacht noch mehr, und dann fasst er Daddys Hand so komisch von der Seite und zieht sie ein Stückchen hoch. Daddys Augenbrauen rucken in die Höhe, und er starrt auf seine hochgezogene Hand.

B. J. lacht so, dass er vom Sofa fällt.

Steve sitzt auf dem langen grünen Sofa, die Arme die Lehne entlanggestreckt, Knie gespreizt. Daddy sitzt auf der Riesenpflaume, die Ellenbogen auf den Knien, und beim Reden legt er die Hände ineinander, faltet sie auf, legt sie wieder zusammen. Ich sitze ganz nah bei Daddy, so nahe, dass ich die Wärme von seinem Körper spüre. Meine Beine habe ich angezogen und meine Arme um die Beine geschlungen wie zu einer Kugel.

Daddy erklärt Steve, wie alles zu laufen hat. Wie B. J. und ich in die Schule kommen, wann die Schule aus ist, was wir essen, was wir dürfen, was wir nicht dürfen. Kein Fernsehen, bevor wir mit den Hausaufgaben fertig sind, lauter solche Sachen.

Steve hört zu, seine dunklen Augen fast schwarz, alles an ihm im Schatten.

B. J. beobachtet Steve und nickt, wenn Steve nickt, verschränkt die Arme, wenn Steve die Arme verschränkt, lacht, wenn Steve lacht, auch dann, wenn gar nichts komisch ist.

Daddy sagt, er muss die Steuererklärung machen und hat

deshalb unheimlich viel zu tun, bis spätabends, vielleicht sogar die Nacht durch, und er zeigt auf einen Haufen Telefonnummern auf einem Zettel neben dem Telefon.

Steve nickt und zwinkert.

Nichts fühlt sich mehr nach Momma an, genauso gut könnte sie nie hier gewesen sein. Ich streiche mir über den Nacken, keine Haare, wo früher Haare waren, und ich weiß, dass sie doch hier war.

Daddy redet, Steve nickt, und dann richten Steves dunkle Augen sich auf mich. Er schaut mich einfach nur an, und ich schaue auf den Boden.

In Carson City gab es das rote Mädchenzimmer und das blaue Jungenszimmer, Mädchen und Jungen immer getrennt. Gesehen habe ich Steve bloß beim Essen, und geredet habe ich auch dann nicht mit ihm.

Ich wippe ein bisschen mit den Füßen, aber ich spüre immer noch Steves Augen auf mir. Ich schaue in seine Richtung, nur um sicher zu sein. Steve lächelt ein ganz klein wenig, und ich schaue schnell weg, ein Kribbeln im Nacken, den Hinterkopf hoch bis in meine Nase.

Mit Steve gibt es am Morgen keine Faulpelze mehr, keinen Tag, der nicht jünger wird, kein Zuspätkommen. Daddy hat uns einen Radiowecker gekauft und uns gezeigt, wie man ihn auf sieben Uhr stellt, damit wir eine Stunde Zeit haben, uns fertig zu machen und in die Schule zu gehen.

Wenn der Wecker klingelt, steige ich aus dem Bett und schaue zu B. J. hoch, der als Klumpen Schlaf unter seiner Zudecke liegt. Wenn er sich rührt oder irgendwas sagt, weiß ich, dass er wach ist. Wenn nichts kommt, weiß ich, dass er schläft. Heute Morgen kommt nichts.

»Du musst aufstehen«, sage ich.

»Hau ab«, sagt B. J.

Ich gehe acht Schritte den Flur entlang zu Mommas und Daddys Zimmer und sehe hinein. Das California-King-Bett ist gemacht, sauber und ordentlich, und die Luft ist kalt, eine Luft, in der niemand geschlafen hat.

B. J. sagt, Daddy muss schuften, damit er seine Millionen verdient.

Steve sagt, Daddy ist auf seinem eigenen Trip zu einem neuen Ego.

Ich sage nichts, aber ich wünsche mir, Daddy würde heimkommen, wenigstens zum Schlafen.

Drüben im Wohnzimmer liegt Steve auf dem langen grünen Sofa und schläft, die blaue Zudecke über sich, das blaue Kopfkissen unter seinem Kopf.

Ich gehe ins Bad, knipse das Licht und den Ventilator an und sperre die Tür ab. Das einzige Geräusch hier drin ist der Ventilator, und es hört sich nett an, wie er summt und die Luft herumfächelt. Unter den Lichtern und dem Ventilator bürste ich mir sauber und ordentlich die Haare und halte mein Gesicht ganz nah an den Spiegel, damit auch ja keine Schlafkrusten in meinen Augen bleiben.

Dann knipse ich alles wieder aus und mache die Tür auf. In der Nr. 1 ist es still, schlafstill, und als ich durch die Küche ins Wohnzimmer gehe, hört man nur meine Schuhe auf dem Linoleum.

Steve schläft auf dem Rücken, Hände auf der Brust, Mund weit offen. Von so nah rieche ich Nachtatem, Tabak, und ich sehe die Haare, die in seiner Nase wachsen. Ich muss nur lang genug stehen und ihn anschauen, dann fährt Steve ganz von alleine hoch.

»He«, sagt Steve, »was zum …«

»Wir müssen in die Schule.«

Steve stützt sich auf die Ellenbogen, setzt sich auf, die Knie gespreizt. Die blaue Decke hängt ihm zwischen den Beinen, schwarze Haare, knubbelige Knie, Boxershorts. »Verdammt«, sagt er, »ich krieg 'n Herzschlag, wenn du das machst.«

Er reibt sich das Gesicht, die Augen, und ich stehe einfach nur da und schaue ihn an. Er zieht sich die Decke über die Beine und lehnt sich wieder in sein Kissen zurück. Er schaut mich an und ich ihn.

»Du hast was Grusliges, weißt du das?«, sagt er.

»B. J. schläft noch«, sage ich. »Wir kommen zu spät.«

»Okay, okay.«

Er räuspert sich und schreit zu B. J. rüber, dass er aufstehen soll. Dann geht er zum Fernseher und schaltet die Programme durch.

Ich mache mir Toast, eine Scheibe, und esse sie im Stehen.

Steve schaltet, bis er bei den Dick-Tracy-Cartoons angelangt ist, und das treibt B. J. endlich auch aus dem Bett. Steifbeinig kommt er hereingeschlurft, die Arme vor sich ausgestreckt, Augen halb zu, wie Frankenstein in einem Cowboy-und-Indianer-Pyjama. Wenn B. J. so schlurft, lacht Steve, und dann lacht B. J. auch, auf genau dieselbe Art.

In der ersten Klasse ist es nicht viel anders als in der Vorschule, nur dauert sie den ganzen Tag.

In meinem Klassenzimmer sind immer vier Pulte zu einem großen Tisch zusammengerückt. Mein Pult steht neben dem von einem dicken Jungen, der Charlie heißt, mir gegenüber sitzt Emily und schräg gegenüber Bobby. Bobby hat eine Brille. Meine Lehrerin heißt Mrs Cabbage, und ein paar Kinder lachen, als sie das sagt. Mrs Cabbage findet nichts dabei, dass sie wie ein Gemüse heißt, also lacht sie auch.

Man bastelt Namensschildchen in der ersten Klasse, und um den Namen herum malt man Bilder. Mrs Cabbage sagt, wir sollen etwas malen, über das wir uns jeden Tag freuen können, die Sachen, die wir am liebsten haben.

Ich bewege die Hand ganz langsam, schreibe meinen Namen mit lauter Großbuchstaben. Daneben male ich ein ovales Gesicht, dunkle Augen, dunkle Lockenhaare, leuchtend rote Lippen und Backen mit gerade mal einem Hauch Farbe darauf. Danach ist nur noch für den Hals Platz, und ich mache ihn lang und dünn.

»Bist du das?«, fragt Mrs Cabbage.

Sie hat einen Blümchenrock und eine Blümchenbluse an, und Momma hat Recht, man sieht nichts außer Blumen.

»Das ist meine Mutter«, sage ich.

»Oh«, sagt Mrs Cabbage.

Charlie malt einen Baseballschläger und einen Baseball, Emily malt Gänseblümchen, und Bobby malt vier Eiswaffeln. Ich klemme die Hände zwischen die Knie, Schultern nach vorne gedrückt, und versuche mit der braunen Wachsmalkreide bis auf den Boden zu kommen.

»Es ist nicht besonders gut«, sage ich, »meine Mutter ist in echt viel hübscher.«

Mrs Cabbage schaut sich mein Bild an, und sie schüttelt den Kopf. »Nein, nein«, sagt sie, »dein Bild ist sogar sehr hübsch, ich habe nur noch nie ein Kind erlebt, das seine Mutter auf sein Namensschild malt.«

Ich setze mich kerzengerade hin, Bauch rein, Brust raus, ganz Dame. Charlie, Emily und Bobby wollen Momma auch sehen, und Mrs Cabbage legt sich die Hand aufs Herz. »Das ist wunderschön«, sagt sie. »Deine Mutter hat großes Glück.«

Sie tätschelt mir die Schulter, und dann geht sie weiter zu den anderen Tischen. Momma schaut mich von dem Bild an, und ich wünsche mir, ich könnte besser malen.

Das Mädchen aus der Wohnung über uns sieht wie meine Malibu-Beach-Barbie aus, blondes Haar, blaue Augen, lange, braune Beine. Sie kommt zur selben Zeit von der Arbeit heim wie wir von der Schule.

Ich sehe ihr von dem langen grünen Sofa neben dem Fenster aus nach, bis ihre braunen Beine die Treppe hinauf verschwunden sind.

»Eine scharfe Braut«, sagt Steve. »Und auch noch solo.«

B. J. schaut Steve an, und Steve schaut B. J. an, und sie lachen beide, so, als ob jemand einen Witz gemacht hätte. Wir sitzen alle im Wohnzimmer und gucken fern. Fernsehen vor dem Hausaufgabenmachen ist gegen die Regeln, aber Steve sagt, solang's keiner merkt, ist es okay.

Steve hockt am Boden, an die Riesenpflaume gelehnt, eine winzige Zigarette zwischen Daumen und Zeigefinger. Er dreht sich seine eigenen Zigaretten aus einer Packung mit kleinen, weißen Blättchen und einem Beutel voll losem Tabak. Wenn Steve raucht, saugt er mit einem lauten Zischgeräusch an seiner Zigarette, und der Rauch bleibt in ihm drin, auch beim Reden.

»Was heißt solo, B. J.?«, frage ich.

»Unverheiratet, du Doofkopf«, sagt B. J.

»Leg dir wieder 'n anständigen Namen zu, Mann«, sagt Steve.

B. J. lacht, wenn Steve so redet, er lacht, bis er Schluckauf bekommt, und Steve lacht auch, und dann legt er B. J. die Hand auf die Schulter.

»Das ist mein Ernst«, sagt Steve. »B. J. – das ist doch pervers.«

B. J. presst die Lippen zusammen, wie um sich das Lachen zu verbeißen, und dann stülpen die Lippen sich doch vor, und es hilft nichts, er prustet los. Steve macht die Augen zu und legt sich der Länge nach auf den Boden, Gesicht zur Decke.

»B. J.«, sagt Steve. »Das ist echt grausam.«

Diesmal hört B. J. ernstlich auf zu lachen und schaut zu mir. Ich weiß nicht, was Steve will, ich habe die meiste Zeit keine Ahnung, wovon er redet, und ich zucke die Achseln. Steve hat so etwas, ich weiß nicht, was, aber es macht mich ein bisschen zittrig von innen heraus, wie wenn plötzlich eine haarige schwarze Spinne über den Küchenboden krabbelt, wenn man gedacht hat, es sind gar keine Spinnen da.

Es ist nicht, dass ich Steve nicht mag, er ist schließlich mein Cousin, aber ich traue ihm nicht ganz, und so, wie er mich anschaut, weiß er das auch.

»Hey, Jenny«, sagt er, »du willst nicht zufällig 'n bisschen Luft schnappen gehen?«

»Wieso?«, sage ich.

»B. J. und ich«, sagt Steve, »wir müssen da noch diese B. J.-Angelegenheit klären.«

»Nein«, sage ich, »ich lass mich nicht rausschicken.«

B. J. lässt den Mund aufklappen, und sein Kopf wackelt hin und her.

Steve setzt sich auf und schaut mich an, ein Lächeln im Gesicht. »Du bist beinhart, weißt du das?«

B. J. lacht mit hoher Stimme und schlägt sich auf den Schenkel. Ich verschränke die Arme über der Brust, strecke das Kinn vor.

Die Zigarette steht kaum mehr zwischen Steves Fingern hervor. Er stupst das glühende Ende aus und steckt den Stummel in seinen Plastikbeutel. Er lässt den Kopf nach unten hängen beim Reden, seine Stimme weit weg und träumerisch.

»Gruslig«, sagt er, »ganz, ganz gruslig.«

Er steht auf, dünne Beine in Schlaghosen, und legt die Hand auf die Riesenpflaume. »Wenn die kleine Gruseltante nicht abschiebt, B. J., dann verziehen wir uns eben in dein Zimmer.«

B. J. steht auch auf, Hand auch auf der Riesenpflaume, und sie lehnen sich aneinander, als ob sie nicht allein stehen können. Steve legt den Arm um B. J., und aneinander gelehnt schwanken sie durch die Küche und um die Ecke, wo ich sie nicht mehr sehen kann.

Ich höre noch die Tür zuklicken, dann ist es still. Im Fernsehen läuft ein Dinah-Shore-Interview, ihre Stimme ist ganz schläfrig und sanft, und alles an mir wird plötzlich müde. Ich rolle mich auf dem langen grünen Sofa zusammen,

Hände zwischen die Knie geschoben, und mache die Augen zu, Dinah Shores sanfte, schläfrige Stimme hinter meinen Lidern, in meinem Kopf.

Ab acht wird geschlafen, so heißt die Regel, aber außer mir kümmert sich hier niemand um irgendwelche Regeln. B. J. und Steve bleiben auf und sehen fern. Sie lachen die ganze Zeit, und Steve dreht sich seine kleinen Zigaretten.

Um acht Uhr putze ich mir die Zähne, ziehe mein Nachthemd an und lege mich mit meinem *Schneewittchen*-Buch ins untere Bett. Es ist keiner da, der mir vorliest, deshalb ist es nur noch eine Bildergeschichte, keine Worte, aber das macht nichts, denn Daddy sagt, die Bilder in einem Buch erzählen ihre eigene Geschichte.

Auf dem ersten Bild stickt die Königin an einer kleinen, weißen Mütze. Auf dem nächsten steht Schneewittchen barfuß im Wald, und um sie herum sind lauter wilde Tiere. Schneewittchen hat ein blaues Kleid an, und sie schaut mit verängstigten, aufgerissenen Augen um sich. Überall zwischen den Blättern von Bäumen und Büschen sind Tiere, neunzehn Tiere, wenn man sie alle zusammenzählt.

Das Bild ist kompliziert, und ich sehe es mir lange an. Da steht Schneewittchen, aus ihrem Zuhause vertrieben, beinah wäre sie umgebracht worden, und jetzt ist sie allein, niemand kümmert sich um sie. Aber vielleicht ist sie ja gar nicht richtig allein, und wenn sie gut aufpasst, zeigen die Tiere ihr, wie sie in der gefährlichen Welt leben kann. Wenn Schneewittchen nicht vorsichtig ist, tun die Tiere ihr vielleicht etwas, aber eigentlich sieht es nicht danach aus. Alle Tiere auf dem Bild haben weit aufgerissene, verängstigte Augen, Schneewittchenaugen, und vielleicht sind sie in Wirklichkeit ein Teil von ihr, ein Traum von all den Dingen in Schneewittchens Leben, den guten und den nicht so guten.

Das ist ein Gedanke, der mir gefällt, und ich klappe mein

Buch zu, der harte Einband kantig an meinen Armen und meiner Brust.

Aus dem Wohnzimmer höre ich den Fernseher, höre B. J.s und Steves Katzenlachen, Steves Katzenhuster. Ich frage mich, wo wohl Momma heute Nacht ist, ob sie auch gut auf sich aufpasst. Dann schiebe ich mein Buch unters Bett, drehe mich mit dem Rücken zur Wand, das Kopfkissen an die Brust gedrückt, und schließe die Augen.

Am nächsten Tag nach der Schule soll ich am Teich auf B. J. warten, aber von B. J. ist nichts zu sehen. Die Enten und Gänse quaken nach trockenen Brotbrocken, die Schwäne ziehen ihre Kreise, einfach nur schön. Ich warte und warte, aber von B. J. ist immer noch nichts zu sehen. Ich weiß nicht, warum, aber etwas sagt mir, dass B. J. heute gar nicht kommt. Ich schaue mich noch einmal um, und dann gehe ich allein heim.

B. J. sitzt auf der kleinen Betonstufe vor der Nr. 1, vor der geschlossenen Tür. Ich weiß nicht, warum ich froh bin, ihn zu sehen.

»He«, sage ich, »was war mit dir?«

B. J. kratzt mit einem Stein das »J« von seinem Skateboard, und seine Zungenspitze arbeitet mit.

»Wo warst du?«, frage ich. »Du solltest mich doch abholen.«

B. J.s Kinn bleibt heruntergedrückt, nur die dunklen Augen schauen zu mir hoch, ganz im Schatten. »Jetzt bist du ja da«, sagt er, »nichts passiert, oder?«

Er kratzt und kratzt an seinem Skateboard, das »J« ist schon fast weg.

»Was machst du da?«, frage ich.

B. J. wirft den Stein auf das Pflaster, nimmt einen dicken schwarzen Filzstift und zieht die Kappe ab. »Schluss mit B. J.«, sagt er.

»Was ist denn falsch mit B. J.?«

Sein Gesicht wird dunkelrot, nicht Wut, sondern etwas anderes. Er schreibt die Buchstaben R Y A N.

»Das kapieren nur Männer«, sagt B. J. »Steve sagt, so was kapieren nur Männer.«

Er setzt dem Filzstift seinen Deckel wieder auf, macht eine Faust darum. »Mich nennt keiner mehr B. J.«, sagt er. »Nie wieder.«

»Auch Daddy nicht?«

»Niemand. Nie mehr.«

B. J. in dieser Stimmung, das bedeutet nichts Gutes. Ich stehe von der Stufe auf und gehe zur Tür.

»Du kannst da nicht rein«, sagt B. J.

»Warum nicht?«

»Darum.«

Ich drehe den Türknopf, aber er dreht sich nicht mit. Der »I Love California«-Schlüssel liegt nicht unter der Fußmatte.

»Steve«, rufe ich, »mach auf.«

»Reg dich ab«, sagt B. J.

»Plapper ihm nicht alles nach«, sage ich.

B. J. zuckt die Achseln. Ich trommle mit der Faust an die Tür. Drinnen kann ich Leute hören, hohe Stimmen und tiefe, und dann rumpelt es, wie wenn etwas runterfällt. B. J. klopft sich den Hosenboden ab und stellt einen Fuß auf sein Skateboard mit dem neuen BRYAN drauf.

Die Tür geht auf, im Türspalt Steve, der nur Jeans anhat, kein Hemd.

»Lass mich rein«, sage ich.

»Hey«, sagt er, »schon wieder da?«

»Schon? Es ist spät.« Ich drücke gegen die Tür, und sie prallt gegen Steves Körper. Steve hält die Tür fest. Es riecht klebrig und süß nach Rauch.

»He«, sagt Steve, »reg dich ab. Bryan, sag dieser Gruseltante, sie soll sich abregen.«

B. J. streckt die Hände nach beiden Seiten und zuckt mit

den Schultern. »Ich hab's versucht, Mann, aber du weißt ja, wie sie ist.«

Ich schaue auf B. J., dann auf Steve im Türspalt. Sein Gesicht ist voller Barthaare, Nase spitz, Augen spitz, Kinn spitz. Er sieht hinter sich in unsere Wohnung, dann sieht er wieder zu mir herunter.

»Ich bin gerade nicht allein«, sagt er. »Wie wär's, wenn du dich für 'ne Weile verziehst? Dir 'ne Stunde um die Ohren schlägst?«

»Was?«, frage ich.

Steve steckt die Hand in die hintere Hosentasche und zieht ein Portemonnaie heraus, kramt darin herum. Er rollt einen Dollarschein zusammen und schiebt ihn durch den Türspalt. »Gib das Bryan«, sagt er, »dann könnt ihr beiden mir vorn am Kiosk eine Schachtel Marlboro kaufen. Der Rest ist für euch.«

B. J. hängt mir schwer den Arm über die Schulter und schnappt den Dollarschein mit zwei Fingern. »Geht in Ordnung.«

»Was für ein Kiosk?«, sage ich, »hier ist doch gar nirgends ein Kiosk. Außerdem können wir keine Zigaretten kaufen, nur Erwachsene dürfen das.«

Steve starrt mich lange an, ganz, ganz still. »Du nervst, weißt du das?«, sagt er dann. Und zu B. J.: »Also, schieb ab, Bryan. Und die da nimmst du mit. Alles klar?«

»Alles klar«, sagt B. J.

Damit macht Steve mir die Tür vor der Nase zu, einfach so. Der Schlüssel dreht sich, und wir sind draußen, er drinnen.

Ich haue mit der flachen Hand gegen die Tür, dass es bis zum Ellenbogen rauf sticht. »Hey!«, brülle ich.

B. J. legt mir die Hand auf die Schulter, und ich ziehe den Arm weg.

»Was ist los?«, sage ich. »Warum können wir nicht rein?«

»Jetzt reg dich ab, ja?«

»Plapper ihm nicht alles nach!«

Wind bläst den Hügel herauf, fährt B. J. in die Haare und weht sie ihm in die Augen. B. J. hebt die Hand an die Stirn, blinzelt und schiebt sich das Haar von den Augen weg.

»Steve hat die Tussi aus dem ersten Stock bei sich drinnen«, sagt er, »da geht die Post ab.«

»Wie?«

»Die sind am Fummeln.«

»Am Fummeln?«

B. J. senkt den Kopf, den Fuß auf dem Skateboard, und ich sehe als Einziges seinen Scheitel, das dunkle, glatte Haar. Er schaut wieder hoch zu mir, Gewitteraugen.

»Schieb einfach ab«, sagt er, »schlag 'ne Stunde tot, ganz cool.«

»Du sollst Steve nicht alles nachplappern.«

»Okay«, sagt B. J. »Mach doch, was du willst. Ich hau ab.«

Er stößt sich vom Gehsteig ab, dass das Skateboard auf die Straße klappt, und fährt den Berg hinunter, hohles Rädersausen auf Asphalt. B. J. fährt bis ganz runter, ohne hinzufallen, biegt scharf nach links ab und ist verschwunden.

Ich schaue bergauf, bergab, und dann schaue ich zurück zu unserem Haus. Ich gehe zum Randstein vor, und neben der Nr. 1 steht ein grünes Haus, dann ein blaues und danach ein graues. Oben an der 28. Straße kommt der Ingleside Drive, und ich sehe nach rechts und nach links, bevor ich ihn überquere.

Ich gehe noch zwei Straßen höher, biege um die Ecke und streiche mit der Hand an einem weißen Zaun vor einem grauen Haus entlang. Hinter dem Zaun ist ein kleiner schwarzer Hund mit einem piepsigen Bellen. Es klingt komisch, dieses Bellen, ein wichtigtuerisches Kläffen, und ich muss lachen, weil er so wichtig und so laut tut. Der Hund hüpft und bellt immer mehr, und ich hocke mich hin.

»Ist ja gut«, sage ich, und ich strecke dem kleinen Hund meine Hand durch die Zaunlatten. »Schau, ist ja gut.«

Der Hund schnüffelt im Gras herum, schnuppert an meinen Fingern, weicht zurück und fängt wieder an zu bellen.

»Du kannst sie gern streicheln«, sagt eine Stimme.

Ich ziehe die Hand zurück und stehe auf. Die Stimme gehört einer Dame mit weißblonden Haaren, die mit einem Tuch zurückgebunden sind. Auf den Lippen trägt sie schimmernden rosa Lippenstift, das hübscheste Rosa, das ich je gesehen habe. Die Dame klinkt das Tor auf, und es schwingt in ihren Garten. Der kleine Hund kommt angerannt und springt an mir hoch. Seine Pfoten reichen mir nur bis zum Knie.

»Das ist Chloe«, sagt die Dame.

Ich knie mich vor Chloe hin und lasse mir von ihr das Gesicht abschlecken. Dann lege ich den Kopf zurück und kraule sie mit beiden Händen hinter den Ohren. Die Dame sieht zu, ihre Augen hinter einer Sonnenbrille.

»Das ist ja ein ulkiger Name«, sage ich, »Chloe.«

»Ja, er ist ulkig«, sagt die Dame.

Ihre Stimme ist hoch und hell, wie Blumen, wenn Blumen reden könnten.

»Wir hatten früher Katzen«, sage ich, »von denen hieß eine Moshe und eine Diana.«

Die Dame nimmt die Sonnenbrille ab und lässt sich auf ein Knie nieder, eine Hand in Chloes Fell.

»Moshe Dayan«, sagt sie, »ist ein Israeli, der Krieg gegen Ägypten geführt hat.«

»Echt?«, frage ich.

»Echt.«

Ihre Augen sind grün und blau und grau, wie der Ozean, wenn die Sonne untergeht.

»Das ist ein schöner Lippenstift«, sage ich.

Die Dame presst die Lippen aufeinander. »Findest du? Es ist ein ganz neuer Farbton. Perlmatt.«

»Er ist wunderschön«, sage ich, »und er passt so gut zu dem Tuch, perfekt.«

Die Dame fasst sich an das Tuch in ihren Haaren und nimmt den Blick nicht von mir. »Wohnst du hier in der Nähe?«

»Gleich um die Ecke. 28. Straße, die Nr. 1.«

Sie steht auf, schaut sich um, schaut mich an. »Bist du ganz allein?«

»Ich geh nur spazieren«, sage ich. »Ich muss eine Stunde totschlagen.«

Die Dame lacht, und im selben Moment klimpert auf ihrer Veranda die Windharfe. »Eine Stunde musst du totschlagen, soso.«

»Ich muss cool sein und abschieben«, sage ich.

Die Dame lacht, hält sich die Hand vor den Mund, um das Lachen zu unterdrücken. »Wie alt bist du?«, fragt sie.

»Sechs«, sage ich, »fast sieben. Ich gehe in die erste Klasse, meine Lehrerin heißt Mrs Cabbage. Kein Witz, sie heißt wirklich so.«

Die Dame lacht so, dass sie sich den Bauch halten muss, und es gefällt mir, jemand so zum Lachen zu bringen.

Chloe schnüffelt außen am Zaun, immer weiter den Gehsteig entlang.

»Chloe«, ruft die Dame, »kommst du wohl zurück!«

Der kleine Hund trippelt über das Pflaster, der Schwanz wedelnd hinter dem kleinen Hundekörper.

»Ich heiße Gayle«, sagt die Dame. Sie gibt mir die Hand, als ob ich erwachsen wäre, und ihre Hand ist weich und die Fingernägel genauso perlrosa wie ihr Lippenstift.

Es gibt Leute, die lernt man kennen, und es ist, als ob man sie schon sein Leben lang kennt. So jemand ist Gayle.

Gayle hat Limonade da, und sie fragt, ob ich ein Glas mit ihr trinke, weil sie sowieso gerade eine Pause bei der Gartenarbeit machen wollte. Ich muss eine Stunde totschlagen, also sage ich ja und setze mich zu Gayle auf die Verandatreppe. Wir trinken unsere Limonade und reden und reden.

Ich erzähle ihr, dass wir aus Carson City sind, und Gayle sagt, ihr Mann hat Verwandte in Reno. Ich sage, Daddy ist im Finanzgeschäft, aber ich weiß nicht genau, was das heißt, und Gayle sagt, ihr Mann arbeitet in einer Bank, vielleicht arbeitet Daddy ja auch in einer Bank. Ich sage, dass ich das nicht glaube. Ich erzähle ihr, dass meine liebste Fernsehserie *Verliebt in eine Hexe* ist, und Gayle sagt, das guckt sie auch am liebsten. Gayle sagt, wir beide haben eine Menge gemeinsam und es ist schön, wenn man mit jemand Gemeinsamkeiten hat. Dann schaut sie auf ihre Armbanduhr, eine schmale silberne mit einem so kleinen Zifferblatt, dass ich erst jetzt merke, dass es eine Uhr ist.

»Vier Uhr«, sagt Gayle, »deine Stunde ist um.«

»Wir haben sie totgeschlagen«, sage ich.

Darüber lacht Gayle, und ich schaue in mein Glas. Nur noch Eis.

»Dann geh ich jetzt besser«, sage ich.

»Wartet jemand auf dich?«, fragt Gayle. »Deine Mama?«

Ich räuspere mich, starre auf meine Eiswürfel und denke nach. Ich will nichts von Momma sagen.

»Doch, klar«, sage ich, »sie ruht sich nur aus.«

»Musst du deshalb abschieben?«, fragt Gayle.

»So ungefähr«, sage ich.

Ich stelle mein Glas auf die Verandabretter. Chloe hebt den Kopf und schnüffelt.

»Danke für die Limonade.«

Gayle kreuzt die Arme über den Knien, hübsch und fein, und schaut mich mit schief gelegtem Kopf an. »Gern geschehen. Und wenn du mal wieder vorbeischaust, freue ich mich.«

»Ist gut«, sage ich.

»Vielleicht können wir ja mal zusammen *Verliebt in eine Hexe* gucken. Aber du musst vorher deine Mama fragen.«

»Klar«, sage ich.

Ich gehe zu dem weißen Tor hinaus und ziehe es hinter

mir zu, damit Chloe nicht wegläuft. Ich winke Gayle, und sie winkt zurück, ein Miss-Amerika-Winken, Ellenbogen, Handgelenk, Ellenbogen, Handgelenk.

Jeden Tag sind sie jetzt am Fummeln.

Jeden Tag sind B. J. und ich ausgesperrt.

Jeden Tag gehe ich zu Gayle. Wir sitzen auf ihrer Veranda, und sie fragt immer erst mal nach Momma, ob es ihr recht ist, dass ich allein auf der Straße herumlaufe, solche Sachen. Ich sage Gayle, dass Momma viel Ruhe braucht und dass es ihr recht ist, und dann darf ich dableiben, und manchmal darf ich Gayle auch im Garten helfen. Sie zeigt mir, wie man die abgeblühten Blüten abzwickt, wie man Unkraut mit der Wurzel ausreißt, damit es nicht nachwachsen kann, wie man die Schnecken findet, die im Schatten versteckt sind, und sie in eine kleine Büchse wirft.

Als wir einmal im Garten arbeiten, erzählt Gayle mir, wie gern sie ein eigenes Baby hätte, aber es dauert, sagt sie, es dauert. Gayles Augen sind traurig, als sie von dem Baby redet, und ich überlege mir, was ich sagen kann, damit sie wieder lacht. Tief in mir drin, da, wo die Geheimnisse wohnen, wünsche ich mir, dass Gayle kein Baby bekommt, weil sie dann keine Zeit mehr hätte, sich mit mir zu unterhalten, aber gleich danach bin ich richtig erschrocken über mich. Ich erzähle Gayle alles über Mrs Cabbage, über die Blumenkleider, die sie immer anzieht, und wie ihre Sachen sich beißen und nicht harmonieren, und darüber muss Gayle so lachen, dass alle Traurigkeit aus ihren Augen verschwindet.

Gayle macht die besten Schinkensandwiches auf der ganzen Welt. Der Trick ist, sagt sie, dass man die richtige Mayonnaise nimmt. »Du musst Best Foods nehmen«, sagt sie, »an der Ostküste sagen sie Hellman's dazu.«

Gayle und ich sitzen in ihrer Küche, wo alle Schränke und alle Geräte weiß sind. Sogar der Fußboden ist weiß.

Gayle sagt, Weiß ist eine saubere, friedliche Farbe. Sie steht an der Küchenzeile, streicht Best-Foods-Mayonnaise auf Toastbrot, legt ganz dünne rosa Schinkenscheiben darauf, schichtet die Toastscheiben aufeinander und schneidet sie in zwei Dreiecke. Ich könnte ihr ewig zuschauen.

Nach dem Durchschneiden kommt das beste Schinkensandwich der Welt auf einen hübschen Teller mit grünem Rand und einer gemalten roten Rose in der Mitte. Dann kommen noch zwei Orangenschnitze neben das beste Schinkensandwich der Welt, und Gayle stellt das Ganze auf den weißen Küchentisch.

Sie setzt sich mir gegenüber und stützt das Kinn in die Hand.

»Auf einem Teller sieht es immer gleich viel hübscher aus«, sage ich. »Momma sagt, das Auge isst mit.«

»Deine Mutter muss einen wunderbaren Geschmack haben«, sagt Gayle.

»Hat sie auch«, sage ich, »sie hat Stil bis in die Zehenspitzen.«

Gayle lächelt, als ich »Stil bis in die Zehenspitzen« sage.

»Ist das nur für mich?«, frage ich.

»Ja«, sagt Gayle, »ich hab schon gegessen.«

Es ist unhöflich, vor jemand zu essen, der selber nichts isst, und ich weiß nicht, was ich machen soll. Ich schaue zwischen dem besten Schinkensandwich der Welt und Gayle hin und her.

»Fang ruhig an«, sagt sie.

»Momma sagt, das gehört sich nicht.«

»Das ist schon in Ordnung.«

Ganz, ganz vorsichtig hebe ich eins von den Dreiecken hoch, Toastkrümel an den Fingern, und beiße die Spitze ab, schmecke Schinken und Mayonnaise und Toast.

Gayle nimmt die Lippe zwischen die Zähne, als ob sie über etwas nachdenkt. »Eigentlich sind wir doch ziemlich gut befreundet, oder?«, sagt sie.

Mit vollem Mund spricht man nicht, deshalb nicke ich nur.

»Na ja«, sagt sie, »ich dachte mir, vielleicht sollte ich … vielleicht könnte ich mal zu euch kommen und deine Mutter kennen lernen.«

Ich atme mir Toastkrümel in die Kehle und fange zu husten an. Gayle steht schnell auf, füllt ein Glas mit Wasser und stellt es vor mich hin.

»Alles in Ordnung?«, fragt sie.

Ich trinke das Wasser, mein ganzer Hals kratzig, meine Augen nass. »Das geht nicht«, sage ich.

»Was?«

»Meine Mutter kennen lernen. Sie … sie schläft.«

»Ist sie krank?«

Ich mag Gayle, ich mag sie so sehr, und jetzt lüge ich meine Freundin an, und ich weiß, dass sie es weiß. Mein Nacken, meine Kopfhaut, alles kribbelt, ein stechendes Tränengefühl. Ich zwicke mich in die Nasenwurzel, aber die Tränen sind schneller.

Gayle ist von ihrem weißen Stuhl aufgestanden, und sie kniet sich hin und legt mir die Hände auf die Knie. Ihre Finger sind weich, und sie riecht nach Blumen und Erde und Mayonnaise. Sie gibt mir eine Serviette, und ich drücke sie mir vor die Augen.

»Ist ja gut«, sagt Gayle. »Du kannst mir ruhig alles sagen.«

Die nasse Serviette zwischen meinen Fingern, Gayle mit ihren warmen, weichen Händen auf meinen Knien, ihr Gesicht so ernst und besorgt, und ich weiß nicht, was ich tun soll.

»Ich wollte nicht lügen«, sage ich.

Gayle tätschelt mein Knie, legt eine Hand auf meinen Arm. »Ist ja gut«, sagt sie.

Gayles Augen sind so voller Güte, und sie warten nur darauf, dass ich die Wahrheit sage. Ehe ich es verhindern kann, erzähle ich ihr von Steve, von der Tussi aus dem ersten Stock, von Momma in ihrer Spezialklinik und dass ich nicht weiß, wann sie wieder heimkommt. Ich erzähle ihr von Daddy, Filmstar und idealer Schwiegersohn in einem, nur dass er jetzt nie mehr da ist und ich nicht mal weiß, warum. Ich erzähle ihr alles, sogar von der Mary Street erzähle ich ihr, und es ist, als würde der ganze Ozean aus meinem Mund in Gayles weiße Küche schwappen. Gayle hält meine Hand und hört zu, bis keine Worte mehr nachkommen.

Sie schaut mich sehr lange an, und dann lässt sie meine Hand los, setzt sich wieder auf ihren Stuhl und drückt sich beide Hände aufs Herz. »Du meine Güte«, sagt sie.

Es ist still in der Küche, die Art Stille, die alles sagt.

Das Beste an Gayle ist, dass sie so normal und fröhlich ist. Meine Geschichte ist traurig, und sie ist nicht normal, und ich wünsche mir, ich hätte sie nie erzählt. Am liebsten würde ich einfach sagen, ich hätte nur Spaß gemacht, und Gayle und ich könnten wieder so sein wie vorher. Normal.

Ich setze mich kerzengerade hin, Bauch rein, Brust raus. In meinem Magen flattert es, und ich weiß, es ist Zeit zu gehen. Ich stehe auf, trage meinen Teller zum Spülbecken und wasche ihn ab. Gayle räuspert sich und steht auch auf. Das ist doch nicht nötig, sagt sie.

Ich wische mir die Hände an meiner Blue Jeans ab, schaue mich um, schaue Gayle an. Ich kann nicht zurückkommen, nie wieder, das weiß ich, wie man eben Sachen weiß, die nicht zu erklären sind.

Gayle kommt mit bis zur Tür, und ich gehe auf die Veranda hinaus, Abendhimmel voll Rosa und Blau.

»Wenn du irgendwas brauchst, jederzeit«, sagt sie.

Ihre Stimme klingt anders, traurig und still und irgendwie verkehrt. Ich nicke, schaue auf meine Füße, die die Stufen hinuntergehen, den Kiesweg entlang, durch das Tor. Ich ziehe das Tor sorgfältig zu, spüre ihren Blick, und ich drehe mich noch einmal nach ihr um, lächle, als ob alles wie immer wäre, und winke ihr zu.

Gayle winkt auch, ihr Miss-Amerika-Winken, und dann lässt sie den Arm hinunterfallen.

Als ich heimkomme, parkt Red am Randstein, und die Tür steht einen Spaltbreit auf. Drinnen schreien Leute sich an, Daddy, Steven, B. J., aber hauptsächlich ist es Daddy, der schreit.

Es klingt schlimm, sehr schlimm, und ich bleibe vor der Tür stehen, ganz still und starr, ohne auch nur zu atmen. Daddy sagt, Steve soll machen, dass er wegkommt, und B. J. sagt, Steve kann nichts dafür, und Daddy sagt, es ist ihm scheißegal, wer was wofür kann, Sex und Drogen und weiß der Geier was noch duldet er nicht in seinem Haus.

Ich drücke mich flach neben die Tür und versuche durch den Spalt zu schauen, aber ich sehe nur Schatten.

»Bleib cool, Mann«, sagt Steves Stimme, »Onkel Bud hat Recht, ich muss machen, dass ich weiterkomme.«

»Aber du findest es doch geil hier«, sagt B. J.s Stimme. »Wir waren doch noch nicht mal surfen.«

»Himmelherrgott«, schreit Daddy, »reiß dich zusammen!«

Daddys Stimme dröhnt zur Tür heraus, in den Wind. B. J.s Stimme klingt kehlig und belegt, und was sie sagt, kann ich erst gar nicht glauben.

»Auf so einen Vater kann ich verzichten«, sagt B. J.s Stimme.

In der Nr. 1 wird es still, furchtbar still.

Tränen drängen in meine Augen und fallen heiß auf meine Wangen. Ich steige die Stufen hinunter, gehe zum Randstein vor und setze mich hin. Wind in meinem Gesicht, Sonnenuntergang, und ich mache die Augen zu.

Steve fährt an einem Mittwoch, und B. J. hat auf unbegrenzte Zeit Hausarrest. Er darf in die Schule gehen und von der Schule heim, aber mehr nicht, kein Strand, kein Skateboardfahren, kein Fernsehen. Daddy sagt, ich muss auf B. J. aufpassen und ihm Bescheid sagen, wenn er sich nicht an seinen Hausarrest hält.

Ich mag keine Petze sein. B. J. sagt, Petzen sind der Abstieg. Seit Steve weg ist, ist für B. J. alles der Abstieg, Hausarrest ist der Abstieg, ich bin der Abstieg, Daddy ist der Abstieg, B. J. sagt, der Abstieg ist so ziemlich das Schlimmste, was man sein kann.

»Wenn du ›Abstieg‹ sagst«, frage ich, »ist es dann ein Schimpfwort?«

»Nein«, sagt B. J., »das ist Slang.«

B. J. und ich sind im Wohnzimmer, und der Fernseher läuft ohne Ton. Fernsehen ohne Ton ist erlaubt, sagt B. J., weil Daddy es nicht verboten hat.

»›Scheiße‹ und ›Arschloch‹, das sind Schimpfwörter«, sagt B. J.

»So was darf man nicht sagen«, sage ich. »Wer Schimpfwörter in den Mund nimmt, muss ihn sich hinterher mit Seife auswaschen.«

»Das ist eben dein Problem«, sagt B. J. »Zu viele Regeln. Zu verspießert.«

Er hält eine Hand hoch, Mittelfinger in die Höhe gereckt und die beiden Finger rechts und links davon runtergebogen. »Mach mal so«, sagt er.

Ich balle die Faust und halte den Mittelfinger hoch wie B. J.

»Nicht so«, sagt er, rutscht auf den Knien zu mir herüber und packt meine Hand. Er biegt meine Finger so um, dass alle gekrümmt sind außer dem mittleren.

»So«, sagt B. J., »und jetzt die Hand hoch.«

Ich strecke die Hand in die Luft und B. J. auch, beide mit hochgespreiztem Mittelfinger.

»Wichser«, sagt B. J.

Ich lasse die Hand sinken, öffne die Faust. »So was darfst du nicht sagen«, sage ich.

»Du kannst mich mal.« B. J. reckt den Mittelfinger zur Decke. »Wichs-Tussi da oben.« Er hält den Arm schräg, den Finger auf den Fernseher gerichtet. »Wichs-Glotze.«

Das Telefon klingelt, und B. J. dreht sich um, zeigt mit dem Finger in Richtung Küche. »Wichs-Telefon.« Seine Hand sieht aus wie eine Kanone kurz vor dem Abfeuern.

Das Telefon klingelt wieder, und B. J. nimmt die Hand herunter und geht in die Küche, hebt ab. »Ja?«

Daddy ruft jeden Tag an und sagt uns, wann er heimkommt. B. J. sagt »Ja« und »Mhm« und »Okay«, und dann verdreht er die Augen. Er hält mir den Hörer hin und nickt mit vorgeschobenem Kinn. »Er will dich sprechen.«

Ich rutsche von der Riesenpflaume und gehe zu ihm rüber.

»Wehe, du petzt«, flüstert B. J. und drückt den Hörer an seine Brust.

Ich nehme den Hörer mit beiden Händen. B. J. hat den Finger wieder gereckt und zielt damit auf alles, den Kühlschrank, die Spüle, das offene Glas Erdnussbutter auf dem Küchenbüfett.

»Na, Juniper«, sagt Daddy, »alles in Ordnung?«

»Ja«, sage ich, »alles in Ordnung.«

»Benimmt B. J. sich?«

B. J. dreht die Hand um, bohrt den Mittelfinger in die Erdnussbutter.

»Ja«, sage ich, »kein Problem.«

B. J. steckt den Mittelfinger in den Mund, schleckt die Erdnussbutter ab und streckt ihn dann wieder nach oben, Wichser, und ich weiß nicht, ob er damit Daddy meint oder mich oder ganz einfach alles.

6

B. J. sagt, Momma war ein ganzes Jahr weg. Daddy sagt, eher zehn Monate. Momma sagt gar nichts.

Sie kommt an einem Samstag heim, und alles an ihr ist wieder wie früher, wie bei jemand Gesundem. Ich bin so froh, dass sie da ist, ich rücke so nah an sie heran, wie es überhaupt nur geht.

Momma sitzt auf der Riesenpflaume und raucht eine Parliament nach der anderen, einen von Daddys Knautschsack-Aschenbechern neben sich. Sie hat eine orangene lange Hose an, einen braunen Pullover mit einem Muster aus orangenen und gelben Blättern und dazu komische weiße Plastiktennisschuhe wie eine Krankenschwester im Fernsehen.

Daddy sitzt auf dem langen grünen Sofa und raucht eine Marlboro nach der anderen. Momma schaut auf den Teppich, auf ihre Hand auf der Riesenpflaume, ihre Zigarette. Daddy schaut zu dem großen Fenster raus. B. J. sitzt zwischen ihnen auf dem Boden, die Lippen zusammengedrückt. Seine dunklen Augen wandern von Daddy zu Momma und wieder zu Daddy.

Momma war so lange weg, eigentlich sollte heute ein Festtag sein, aber irgendetwas an der Situation stimmt nicht. Ich rutsche noch enger an sie heran, ihre Schulter, ihren Arm. Momma lacht, dass ich so nah bei ihr sein will, und legt den Arm um mich.

»Keine Angst«, sagt sie, »ich lauf schon nicht weg.«

Daddy lacht auch, beide lachen sie, und sie schauen sich

an, und dann, ganz plötzlich, hören sie auf zu lachen, zu lächeln.

Momma hebt das Kinn, raucht ihre Parliament und macht die Augen schmal. Daddy sieht auf seine Hände, auf die Marlboro zwischen seinen Fingern, und er drückt die Zigarette in seinem Knautschsack-Aschenbecher aus.

Ich kaue an meinem Daumennagel. Momma legt ihre Hand auf meine.

»Nicht Nägel kauen«, sagt sie, »das ist keine schöne Angewohnheit.«

B. J. kaut auch an seinem Nagel, dem am Mittelfinger, und er hält ihn hoch wie zu einem Stinkefinger, nimmt ihn aber dann schnell wieder herunter und versucht, sich das Grinsen zu verkneifen.

»So«, sagt Daddy, »ich hab noch ein paar Sachen im Büro zu erledigen, deshalb …«

»Du gehst weg?«, fragt B. J.

Daddy reibt die Hände gegeneinander. Seine Finger machen ein trockenes Geräusch. »Jemand muss schließlich die Moneten ranschaffen, mein Junge.«

Sonne scheint durch das große Fenster herein, und das Zimmer ist voller Licht. Momma raucht ihre Parliament, ihr Gesicht ganz verzogen vor lauter Helligkeit.

»Soll ich dir noch beim Auspacken helfen?«, fragt Daddy.

Momma bläst einen dünnen Rauchfaden aus. »Nein danke«, sagt sie. »Meine Kinder können mir helfen.«

Daddy steht auf und schiebt die Hände in die Taschen. »Also dann.«

Momma nickt, den Blick auf mich gerichtet, als ob Daddy schon weg wäre.

B. J. schaut von Daddy zu Momma und wieder zu Daddy, so, als ob er nicht weiß, was er tun soll. Das Rot unter seiner Haut steigt ihm vom Hals bis in die Backen hoch, und er steht vom Boden auf und folgt Daddy zur Tür.

»Wann kommst du zurück?«, fragt B. J.

Daddy nimmt die Schlüssel aus der Tasche und macht die Tür auf. »Später.«

B. J. steht zwischen der Riesenpflaume und der Tür, mit hängenden Armen und geballten Fäusten. »Aber was ist mit uns?«, sagt er. »Was ist mit Mom?«

Momma streckt die Hand aus und legt B. J. die Finger auf den Arm. »Lass ihn«, sagt sie. »Ist schon gut.«

Daddy steht in der offenen Tür, Sonne und Wind wehen in die Nr. 1, und er schaut uns an, uns alle drei, schaut Momma an und schüttelt den Kopf.

Dann klappt die Tür zu, und Momma atmet aus, ganz tief. Sie lässt B. J.s Arm los und lehnt sich mit ihrem ganzen Gewicht an mich. »So«, sagt sie, »das war das.«

Wenn das Klassenzimmer fürs Filmegucken verdunkelt wird, lege ich die Arme aufs Pult und den Kopf auf die Arme. *Chemische Verbindungen, Atome und Moleküle* heißt der Film, der gerade läuft, denn das macht man in der zweiten Klasse, man guckt Filme. Auf der Leinwand schweben winzige runde Dinger herum, die wie bunte Seifenblasen aussehen oder wie Murmeln. Der Mann in dem Film sagt, die ganze Welt besteht aus Atomen, und zwei oder noch mehr Atome zusammen nennt man Moleküle. Die runden Dinger fließen ineinander und bilden verschiedene Formen. Der Mann sagt, Atome und Moleküle sind so klein, dass man sie nur durchs Mikroskop sehen kann. Dann fließen die runden Dinger wieder auseinander, und der Film ist aus.

Als das Licht angeht, setze ich mich auf und blinzle, bis meine Augen sich an die Helligkeit gewöhnt haben.

»So, und jetzt dürft ihr euch eure eigenen Moleküle basteln«, sagt Miss Evans.

Miss Evans hat eine Schachtel mit bunten Zahnstochern und eine Tüte mit zuckrigen Gummibonbons in der Hand. Sie geht von Tisch zu Tisch, und jeder bekommt welche. Ich bekomme fünfzehn Gummibonbons und zehn Zahnstocher.

»Aber nicht aufessen«, sagt Miss Evans, »erst wenn jeder sein Molekül gebastelt hat und ich es gesehen habe!«

Miss Evans ist groß und dünn und redet mit hoher Stimme. Ich mag sie nicht halb so gern wie Mrs Cabbage. Ich nehme eins von den Bonbons, rot unter weißem Zucker, und versuche die Millionen von Molekülen zu sehen, die niemand sehen kann. Ich drücke es zusammen, bis es ganz platt ist, und dann lasse ich los, und schon ist es wieder rund. Ich lasse es auf den Tisch fallen, schaue ihm zu, wie es im Kreis rollt. Gummibonbon, Zuckerkörnchen, Trillionen von Molekülen.

Miss Evans bleibt neben meinem Pult stehen. »Du musst ein Molekül zusammenbauen«, sagt sie, »sonst darfst du deine Bonbons nicht essen.«

»Es gibt keinen Sinn«, sage ich.

Miss Evans kniet sich vor meinen Stuhl. »Was gibt keinen Sinn?«

Auf der Uhr an der Wand zeigt der große Zeiger auf die Elf, der kleine auf die Drei. Die Schule ist beinahe um.

»Na ja«, sage ich. »Weil doch alles aus Millionen und Millionen von Molekülen besteht, und sie sind so klein, dass man sie nur durchs Mikroskop sehen kann. Und wenn das stimmt, dann sind die Zahnstocher und die Bonbons hier auch aus Molekülen, und man kann keine Moleküle aus ihnen bauen, weil sie schon selber welche sind, das geht einfach nicht.«

Miss Evans schaut mich eine ganze Weile an, und ihre Augen hören gar nicht mehr auf zu blinzeln. Schließlich sieht sie auf die Uhr. »Jenny, bist du so gut und bleibst nachher noch ein bisschen da?«

Sie klatscht in die Hände, und das heißt, dass die Schule aus ist. Alle Kinder schieben ihre Stühle unter die Pulte, nehmen ihre Brotdosen und ihre Jacken und gehen raus.

Am liebsten würde ich auch gehen, aber ich darf ja nicht.

Miss Evans sitzt an ihrem Tisch, und sie schreibt etwas auf ein Blatt Papier, faltet das Blatt zusammen und sticht eine Sicherheitsnadel durch. Dann schaut sie mich an und macht den Finger krumm, damit ich zu ihr an den Tisch komme. Ich schiebe meinen Stuhl unter mein Pult, gehe zehn Schritte bis zu ihr.

»Nimm das mit nach Hause«, sagt sie. Sie steckt mir das Blatt an mein Gänseblümchen-T-Shirt, genau auf den Stiel.

»Ich kann es doch tragen«, sage ich.

»Nein«, sagt Miss Evans, »auf diese Weise kann ich sicher sein, dass deine Mutter es auch wirklich sieht.«

Wir reden nicht über Mommas Krankheit, nie. Daddy sagt, das geht nur uns etwas an und fremde Leute verstehen es sowieso nicht. Seit der Sache mit Gayle weiß ich, dass das stimmt, und ich weiß, dass ich Miss Evans nicht von Momma erzählen kann.

Miss Evans zupft den Zettel noch ein bisschen zurecht und legt sich die Hände auf die Knie. »Sag deiner Mutter, sie soll mich anrufen. Sag ihr, dass es wichtig ist.«

In meinem Nacken kribbelt es. »Was hab ich denn gemacht?«, frage ich.

»Nichts«, sagt sie. »Ich möchte mich nur mit deiner Mutter unterhalten.«

»Wieso?«, frage ich.

Miss Evans atmet tief ein und durch die Nase wieder aus. »Ich rede mit allen Eltern«, sagt sie, »das ist völlig normal. Mit deinen Eltern habe ich das ganze Jahr noch nicht reden können, und es wird langsam Zeit, deshalb möchte ich, dass du deiner Mutter diesen Brief gibst.«

Sie steht auf und lächelt ihr Nette-Lehrerin-Lächeln. Es ist mir egal, was sie gesagt hat, ich weiß, es bedeutet nichts Gutes.

Auf dem Weg durch den Park bleibe ich am Teich stehen

und setze mich auf eine Bank. Enten und Gänse kommen angeschwommen, jede zieht ein V aus schlammigem Teichwasser hinter sich her. Am anderen Ufer schwimmen die Schwäne für sich allein.

Auch wenn ich es nicht soll, knipse ich die Sicherheitsnadel auf, und der Brief fällt vom Gänseblümchenstiel in meinen Schoß. Das Papier ist dick, dreimal gefaltet, und vorne steht Mommas Name drauf. Ich drücke es flach gegen meine Handinnenseite.

Momma ist erst einen Monat daheim, vielleicht kürzer, und an manchen Tagen geht es ihr so gut, dass sie aufsteht, sich anzieht, sogar Essen kocht. An anderen Tagen nimmt Momma Tabletten und schläft, nimmt noch mehr Tabletten, schläft noch mehr. Manchmal macht sie auch ins Bett, und das hasse ich am allermeisten, vor allem, wenn ich allein daheim bin und alles wegputzen muss.

B. J. sagt, Momma wird nicht gesund, nie im Leben. Daddy redet überhaupt nicht darüber, verspricht auch nichts mehr. Aber ich weiß, dass sie gesund wird, ich kann ihr dabei helfen, nur so ein Brief von Miss Evans könnte alles kaputtmachen. Er könnte sie wieder kränker machen.

Miss Evans' Brief ist in Schreibschrift geschrieben, und ich kann die Wörter nicht lesen, nicht mal die kurzen. Vielleicht bedeuten die Wörter, dass ich zu dumm bin, um ein Molekül zu basteln.

Eine Ente hat das Ufer erreicht und hüpft heraus, watschelt auf mich zu. Ich reiße eine Ecke von dem Blatt ab, und ich rolle sie zu einem kleinen Pfropfen und werfe sie in die Luft. Die Ente reckt den Kopf hoch und frisst das Papier. Dann schaut sie wieder zu mir.

»Das ist Papier, du dumme Ente«, sage ich.

Die Ente flattert mit den Flügeln und quakt. Ich reiße noch ein Stück ab, noch eins, bis das ganze Blatt zerfetzt ist, und verfüttere alles an die dummen Enten. Die weißen, schönen Schwäne drüben auf der anderen Seite schauen nicht mal zu mir herüber. Schwäne sind zu schlau, um Papier zu fressen. Das gefällt mir so an ihnen.

Als ich heimkomme, ist nichts, wie es sein sollte. Momma sitzt auf dem langen grünen Sofa, und sie hat eine lange Hose und einen hellgelben Pullover mit V-Ausschnitt an. Ihre Haare sind glatt gekämmt, und geschminkt ist sie auch. Sie hat sich so lange nicht mehr geschminkt, dass ich nur dastehe und sie anstarre, die Farbe auf ihrer Haut.

»Da ist sie ja«, sagt Momma. Sie winkt mit beiden Händen, mit Fingern, die in der Luft tanzen. Ihr Lächeln teilt ihr Gesicht wie ein Riss.

»Mach die Tür zu, Schätzchen«, sagt sie, »wir haben Besuch.«

Eine fremde Dame sitzt am anderen Ende des langen grünen Sofas, Knie zusammengedrückt, blaues Kostüm. Ich streiche über das Gänseblümchen auf meinem T-Shirt, über den Stiel ohne Brief daran.

»Komm her, Dummerchen«, sagt Momma. Sie lächelt und sieht die fremde Dame an. »Sie ist schüchtern.«

Bis zum Sofa sind es vier Schritte, und ich setze mich zu Momma, meine gelbe Strumpfhose dicht an ihrer dunkelblauen Hose. Momma legt den Arm um meine Schultern und lächelt auf mich herunter.

Die fremde Frau trägt ihre braunen Haare in einem Knoten, und sie wäre hübsch, wenn sie nicht diese Brille hätte, mit schwarzem Gestell und dicken Gläsern, die ihre Augäpfel riesig aussehen lassen, wie Froschaugen unter Wasser.

»Guten Tag, Jenny«, sagt die fremde Dame. »Du fragst dich sicher, wer ich bin.«

Momma setzt sich kerzengerade hin und nimmt den Arm von meinen Schultern. »Diese nette Dame ist Mrs Axton. Sie kommt vom Jugendamt.«

Die fremde Dame hat ein Klemmbrett auf den Knien, in dem ein weißes Blatt Papier klemmt, und sie legt beide Hände auf das Blatt. Momma schlägt die Beine übereinander. Ihr Beutel ist nicht auf dem Boden und auch sonst nirgends. Sie tippt mir auf die Schulter und schüttelt den Kopf, damit ich aufhöre, mich nach dem Beutel umzuschauen, und dann greift sie nach der Schachtel mit den Parliaments.

»Darf ich Ihnen eine Zigarette anbieten?«, fragt sie.

Mrs Axton schüttelt den Kopf und schreibt etwas auf ihr Blatt. Momma legt die Zigaretten wieder hin, als ob sie es sich anders überlegt hätte.

Mrs Axton hört auf zu schreiben, räuspert sich und lächelt eins von diesen Erwachsenenlächeln. »Jenny«, sagt sie, »ich bin hier, weil wir einen Hinweis aus der Nachbarschaft erhalten haben.«

»Wie?«, frage ich.

»Ich hab das gerade erklärt«, sagt Momma mit hoher, zu hoher Stimme.

Sie räuspert sich, ein Husten tief in der Brust. »Ich habe gerade erklärt, dass ich im Krankenhaus war und dass euer Cousin Steven auf euch aufgepasst hat.«

Das Kribbeln kriecht mir den Nacken hoch. Mrs Axton schreibt etwas auf ihr weißes Blatt.

Momma legt mir die Hand aufs Knie und drückt es. Von so nahe kann ich sehen, dass sie zu viel Puder aufgelegt hat, und der Lippenstift ist ihr auch ausgerutscht.

»Ich würde dir gern ein paar Fragen stellen, Jenny«, sagt Mrs Axton.

Momma schaut mich an und lächelt mit schmalen Lippen. Ein schneller Blick, zu schnell, ihre Augen zucken hin und her, zu mir, zu Mrs Axton. Husch-husch-Augen. »Es ist in Ordnung, Herzchen«, sagt sie.

Mrs Axtons Kugelschreiberspitze wartet über dem Papier. Ihre großen Augen schauen von mir zu Momma und wieder zurück. »Wie alt bist du?«, fragt sie.

»Sieben«, sage ich.

»Erst?«

»Sie ist groß für ihr Alter«, sagt Momma.

»Und erwachsen«, sagt Mrs Axton.

Ich versuche zu lächeln, aber mein Gesicht will nicht, aus dem Lächeln wird nur ein kleines Zucken, so, als ob meine Lippe juckt. Mrs Axton hört mit dem Lächeln auf und ich auch.

»Ich möchte dir ein paar Fragen über die Zeit stellen, als deine Mutter im Krankenhaus war«, sagt Mrs Axton. »Warst du da irgendwann allein?«

»Allein?«, frage ich.

»Ja. Warst du irgendwann allein hier in der Wohnung?«

»Nein.«

»Nie?«

»Nie.«

Mrs Axton schreibt auf ihr Blatt. »Dein Vetter war immer bei euch?«, fragt sie.

»Nein«, sage ich.

»Nein?«

»Nachdem Steve heimgefahren ist«, sage ich, »da war er nicht mehr bei uns.«

Mrs Axton verschränkt die Arme über ihrem Blatt und beugt sich mit blödem Lächeln wieder vor. »Und da warst du ganz allein«, sagt sie.

»Nein«, sage ich.

»Wer hat dann auf dich aufgepasst?«

Momma nickt mir zu, also ist es wohl in Ordnung.

»B. J.«, sage ich.

»Dein Bruder?«, fragt Mrs Axton. »Der neun ist?«

»Genau«, sage ich.

»Beinah zehn«, sagt Momma. »Ein sehr erwachsener Zehnjähriger.«

Mrs Axton schreibt, und man hört nur Stift und Papier. Momma beugt sich zu ihren Zigaretten vor und richtet sich wieder auf. Sie beißt sich auf die Unterlippe, Lippenstift bleibt auf ihrem Zahn kleben.

Ich drücke mich an Momma, und als sie auf mich herunterschaut, fasse ich mir an den Zahn, damit sie Bescheid weiß. Momma fährt sich über die Schneidezähne, reibt das Rot weg. Sie lehnt sich zurück, schaut auf ihren Finger, auf den roten Lippenstift, den sie abgewischt hat, und lächelt mich an. Ihre dunklen Augen huschen nicht mehr, und sie legt den Arm um meine Schultern und zieht mich an sich.

Mrs Axton räuspert sich. »Nur ein paar letzte Fragen«, sagt sie. »Einverstanden? Als du hier mit deinem Cousin Steve und deinem Bruder B. J. allein warst«, sagt Mrs Axton, »bist du da in der Wohnung geblieben, oder bist du rausgegangen?«

Sie redet ganz langsam und geduldig, wie Erwachsene reden, wenn sie einen für blöd halten. Ich antworte genauso langsam.

»Ich spiele drinnen«, sage ich. »Und manchmal spiele ich draußen.«

Momma fängt an zu lachen, ein ganz kleines Lachen nur, dann hält sie sich die Hand vor den Mund.

Mrs Axton schaut auf ihr Blatt, ohne etwas zu schreiben, und holt tief Luft. Sie drückt an ihrem Kugelschreiber herum, nimmt ihn zwischen die Finger, dreht ihn zwischen den Fingern im Kreis.

»Also«, sagt sie, »ich stelle dir jetzt noch eine Frage, und ich möchte, dass du gut nachdenkst und mir dann eine ehrliche Antwort gibst.«

Mommas Körper neben mir ist steif, ihr Atem angehalten, und ich setze mich gerade hin.

»Wenn hier auf dem Tisch ein Teller mit Keksen stehen würde«, sagt Mrs Axton, »würdest du dann fragen, ob du einen haben darfst, oder würdest du warten, bis du einen angeboten bekommst?«

Das ist eine blöde Frage, weil überhaupt keine Kekse auf dem Tisch stehen. Ich möchte Mrs Axton gern sagen, was für eine blöde Frage es ist. Ich möchte ihr sagen, wie blöd alle ihre Fragen sind und dass sie abhauen soll, weil Momma krank ist.

»Jenny?«, fragt Mrs Axton.

»Ich hab Sie nicht verstanden«, sage ich.

»Ganz einfach, stell dir vor, hier auf dem Tisch wären Kekse, mit Schokolade oder was du eben gern isst. Würdest du fragen, ob du einen bekommst, oder würdest du warten, bis dein Gastgeber dir einen anbietet?«

Es ist keine richtige Frage, es klingt eher wie ein Test. Ich weiß nicht, was ich sagen soll, weil Schokoladenkekse meine Lieblingssorte sind und ich bestimmt fragen würde. Aber so, wie die Frage gestellt ist, so, wie Momma und Mrs Axton mich anschauen, ist das, was ich tun würde, wahrscheinlich das Falsche.

»Ich würde warten …?«

Momma stößt laut den Atem aus, ihr Körper an meinen gelehnt. »Natürlich würdest du warten«, sagt sie. »Jenny ist ein braves Mädchen.«

Mrs Axton beobachtet Momma, und Mrs Axton beobachtet mich.

Ich hasse sie. Ich hasse ihre dicke Brille und ihre Froschaugen. Ich hasse sie, wie sie so ruhig dasitzt mit ihrem dunkelblauen Kostüm und ihren dazu passenden Seidenstrümpfen und ihrem blöden Stift.

Im nächsten Moment ist Mrs Axton aufgestanden, und sie sagt Sachen wie »Entschuldigen Sie die Störung« und »Danke, dass Sie sich Zeit genommen haben«.

Momma steht auch auf, langsam, eine Hand auf meiner Schulter. Mrs Axton sagt, sie findet schon hinaus und noch mal vielen Dank, und Momma lächelt ihr Gastgeberinnenlächeln.

Dann, als keine Mrs Axton mehr da ist, lässt Momma sich zurück aufs Sofa fallen. Alles an ihr zittert.

»Momma«, sage ich.

Sie fasst mich bei den Armen, drückt mir die Fingernägel

in die weiche Haut. »Ist dir klar, wer diese Frau war? Sie wollte dich mir wegnehmen.«

Sie schüttelt mich, einmal, zweimal, dreimal, dass mein Kopf wackelt, und ihr Gesicht ist verzerrt, Tränenrinnen im Puder. »Dass du mir ja nie irgendwen um etwas bittest!«, schreit sie, »schon gar nicht jemand Fremden!«

Ihre Stimme gellt in meinen Ohren.

»Du kannst niemandem trauen«, schreit Momma. »Nie! Nie!«

»Momma«, flüstere ich, »du tust mir weh.«

Mommas Augen zucken über mein Gesicht, meine Arme, ihre Hände an meinen Armen. Dann lässt sie los und schlägt die Hände vors Gesicht. Meine Arme sind heiß, wo sie mich festgehalten hat, es fühlt sich an, als würde sie mich immer noch festhalten.

Weißer Sonnenschein fällt durchs Fenster herein, über den Wohnzimmerteppich. Momma nimmt die Hände vom Gesicht und schaut auf ihre Füße.

»O nein«, sagt sie.

»Wo ist der Beutel?«, frage ich.

»Im Bad. Ich wollte ihn nicht mitnehmen, nicht vor dieser Frau. Ich dachte, ich könnte es halten.«

»Ist doch nicht so schlimm.«

Ich hole ein Handtuch aus dem Dielenschrank. Momma wickelt die Arme um sich und starrt auf die Pfütze auf dem grünen Teppich. Ich tupfe um ihre Füße herum, das Handtuch warm und nass zwischen meinen Fingern. Ich schaue zur Tür. Kein B. J. Kein Daddy.

Ich rolle das Handtuch zusammen und helfe ihr hoch. Mit langsamen Schritten gehen Momma und ich durch die Küche ins Schlafzimmer, und es riecht nach mehr als nur Pisse. Der Geruch ist bitter und stark, und ich weiß, dass sie auch Groß gemacht hat.

Wir reden nicht, alles wird gemacht wie immer. Die schmutzigen Sachen müssen ihr ausgezogen und mit klarem Wasser ausgespült und in die Waschmaschine geworfen werden. Dann kommt Momma selbst an die Reihe, und ich wische, bis ihre Haut wieder weiß und sauber und so wie vorher ist. Ich halte den Atem an dabei, damit der Geruch nicht bis in die Nase kommt, aber es funktioniert natürlich nicht.

Wenn sie in ihrem Nachthemd steckt und zugedeckt ist, muss der Beutel am Schlauch festgemacht werden. Der Beutel ist im Bad, und ich spüle ihn mit heißem Wasser aus, noch mal, und dann noch mal. Heißes Wasser macht die Keime kalt.

Mommas Kopf liegt tief in den Kissen, dunkle Locken um ihr Gesicht, Locken auf dem weißen Bettbezug. Ich sehe nicht zu ihr hin, nur auf den Boden, auf den Plastikschlauch.

»Es tut mir so Leid«, sagt Momma.

»Es war einfach Pech«, sage ich.

Ich hake den Beutel an den Schlauch und stelle ihn gerade hin, damit nichts herauslaufen kann. »Jeder hat mal Pech«, sage ich.

»Nein«, sagt Momma, »das meine ich nicht.«

Ihre dunklen Augen lassen mein Gesicht nicht los.

»Ich hab solche Angst«, flüstert sie.

Meine Kehle tut weh, und ich schlucke.

»Ist schon in Ordnung«, sage ich. »Es wird alles gut.«

Momma hält sich die Faust vor den Mund und hustet. Ihre Schultern heben sich beim Husten vom Kissen, das Geräusch sitzt tief in ihrer Brust. Ich lege ihr die Hände auf die Schultern und spüre Seide und Knochen. Momma wischt sich über den Mund, nirgends mehr Lippenstift, und sie lehnt sich zurück in die Kissen.

»Ich will nicht, dass du mich so in Erinnerung behältst«, sagt sie, »so schwach und krank.«

»Du bist nicht schwach.« Ich mache einen Schritt weg von ihr, zu ihrem Nachttisch und den Pillenfläschchen. Ich schraube das mit dem Darvon auf, nehme zwei Stück heraus, nur zwei. Dann schraube ich das Thorazine auf und nehme noch zwei Pillen heraus.

»Jenny?«, sagt Momma.

»Du musst dich bloß ausruhen«, sage ich.

Ich halte ihr die Hand hin, und sie schaut mich an, ihre dunklen Augen huschen über mein Gesicht. Sie sieht mich an, als ob sie noch mehr sagen will, und dann schaut sie auf meine Hand. Ihre Hand öffnet sich, Innenfläche nach oben. Ich lasse die Tabletten hineinfallen.

»Du bist so ein liebes Mädchen«, sagt Momma. »Was hätte ich nur gemacht ohne dich?«

Ich schraube die Deckel wieder zu und schiebe all die Flaschen an die entferntere Nachttischkante.

»Was *würdest* du machen«, sage ich.

»Wie?«, fragt sie.

»Nicht *hätte«,* sage ich. »Was *würdest* du ohne mich machen.«

Momma starrt mich an, ihre Augen sind leer. Dann nickt sie vernünftig mit dem Kopf. »Richtig. Was *würde* ich ohne dich machen.«

Seufzend atmet sie aus und schaut auf ihre Hand mit den Pillen. Sie wirft sie sich in den Mund und nimmt das Wasserglas, trinkt, macht die Augen zu, schluckt. Ich nehme ihr das Glas ab und stelle es auf den Nachttisch.

Momma und ich, Pillen und Wasser, jeden Tag, für immer und ewig. Ich kenne es nicht anders, und es macht mir nichts aus, weil sie bei mir ist und weil sie meine Mutter ist, und ohne meine Mutter ist alles andere nichts wert. Ich will ihr sagen, dass sie bald gesund wird, dass sie heute nur einen schlechten Tag hat, dass es meine Schuld ist und ich mir morgen mehr Mühe geben werde.

Mommas Augen bleiben zu, und ihr Gesicht ist still und ruhig und voller Puderränder. Ich schaue sie lange an, und dann ziehe ich ihr das Plumeau bis zu den Schultern und decke sie gut zu. Da lächelt Momma schläfrig und dreht sich auf die Seite.

Ich sitze auf dem Randstein gegenüber von Nr. 1, das Kinn auf den Knien. Die Sonne wirft meinen Schatten vor mich auf den schwarzen Asphalt. Es ist heiß, aber ich friere.

B. J.s Schatten schiebt sich in meinen. Ich schaue zu ihm hoch, meine Hand als Schirm über den Augen.

»Wo warst du?«, frage ich.

B. J. setzt sich hin. Er riecht nach Strand.

»Sie hat wieder in die Hose gemacht«, sage ich.

Mein Schatten und B. J.s Schatten fallen auf die Straße. Sein Schatten ist breiter.

»Klein *und* Groß«, sage ich und reibe mein Gesicht an der Schulter.

»Heulst du?«, fragt B. J.

»Nein«, sage ich.

Wind bläst den Berg herauf, fegt mir die Haare in die Augen und in den Mund. Ich ziehe eine lange Strähne aus dem Mundwinkel.

»Du bist nicht locker genug«, sagt B. J.

»Locker?«

»Ja. Du bist uncool. Das sagt Steve auch. Du bist anders, sagt er. Uncool.«

»Steve ist dumm und sonst gar nichts. Daddy findet auch, dass Steve dumm ist.«

B. J.s Kopf zuckt nach hinten, als ob er eine Ohrfeige gekriegt hätte. »Das findet er nicht.«

»Findet er doch. Er hat es mir selber gesagt, als Steve weggefahren ist. ›Dieser Steve ist einfach nur ein dummer Junge‹, hat er gesagt.«

B. J. presst die Lippen aufeinander, klemmt sie nach innen und räuspert sich.

»Dad hat keine Ahnung«, sagt er. »Steve ist cool, total cool.«

»Ja, ja«, sage ich. »Steve, Steve, Steve. Sonst fällt dir nichts mehr ein.«

B. J. wird still, und er kaut auf seiner Backe herum, wie immer, wenn er nachdenkt. Dann beugt er sich vor, sein Gesicht ist dicht vor meinem.

»Steve weiß über dich Bescheid«, sagt er.

»Ach?«, frage ich. »Was weiß er denn?«

B. J. sieht bergauf, bergab, und dann starrt er mir direkt in die Augen. »Du bist adoptiert«, flüstert er.

»Wie?«

»Adoptiert«, sagt B. J. »Nicht echt. Keine von uns.«

Wind bläst vom Meer herauf, und die Luft ist heiß. Ich atme ein, heiße Luft fährt mir in die Kehle, in meinen Körper. B. J. redet, und seine Worte drehen sich in meinem Kopf. Er sagt, Steve hat ihm erzählt, dass meine richtigen Eltern Zigeuner vom Zirkus sind, nur wollten sie mich nicht, deshalb haben sie mich in einen Müllcontainer oder eine Mülltonne gesteckt, irgend so was, und dann sind sie weitergezogen, meine richtigen Eltern, die Zigeuner, sie sind weitergezogen, und niemand hat sie jemals wieder gesehen.

Mein Schatten auf dem Asphalt ist der dunkle Teil von mir, der flach auf der Straße liegt. Ich wackle mit dem Kopf hin und her. Mein Schattenkopf wackelt mit. B. J. redet und redet, seine Stimme ist nur ein Geräusch in meinen Ohren, über meinem Kopf. Ich biege alle Finger ab bis auf den Mittelfinger. Wichser, sagt meine Schattenhand.

Das Stimmengeräusch hört auf. Wind weht die Straße herunter.

»Wichser«, flüstere ich.

Ich öffne die Hand und stoße mich vom Randstein ab.

»Wo willst du hin?«, fragt B. J.

Zwölf Schritte, dann bin ich auf der anderen Seite, acht Schritte bis zur Haustür, ich bücke mich, hole den »I love California«-Schlüssel unter dem Fußabstreifer hervor und schließe auf.

»Wehe, du petzt«, ruft B. J.

Ich schmeiße die Tür hinter mir zu, so fest ich kann, und sperre sie ab. Momma schläft in ihrem Zimmer, und ich schaue von der Türschwelle auf ihren Körper unter dem Plumeau. Ich möchte sie aufwecken und fragen, ob es wahr ist, aber ich stehe nur da, mein Atem das einzige Geräusch.

An der Haustür bumpert es, B. J.s Faust. Ich soll ihn reinlassen, schreit er.

Die Telefonschnur ist völlig verheddert. Ich steige auf den Stuhl, nehme den Hörer, halte ihn ans Ohr. B. J. steht am großen Fenster, Fäuste an der Scheibe.

»Nein«, brüllt B. J., »wehe!«

Ich wähle Daddys Nummer und höre dem Klingeln zu, bohre den Finger durch die Schlaufen in der Schnur. B. J.s Faust trommelt an die Scheibe. Ich schaue zu Mommas Zimmer hin, auf ihre geschlossene Tür.

Eine Frauenstimme sagt, ja bitte, und ich frage nach Bud Lauck. Einen Moment, sagt die Frau, und dann kommt Musik aus dem Telefon, leise Klaviermusik.

»Hallo?«, sagt Daddy.

»Daddy?«

»Juniper? Alles in Ordnung? Ist was mit deiner Mutter?«

B. J. brüllt: »Du kannst mich mal!« Sein Gesicht ist rot.

»Daddy«, sage ich, »du musst heimkommen. Kannst du bitte jetzt gleich heimkommen?«

»Das geht nicht«, sagt Daddy, »ich muss arbeiten. Was ist denn?«

»Bitte«, sage ich.

»Ist dein Bruder da?«, fragt Daddy. »Gib mir mal B. J.«

B. J.s Hände drücken gegen das Glas, seine Stirn ist auch ans Glas gedrückt, und seine Augen sind weit offen.

»Jennifer, sag mir, was los ist.«

»B. J. sagt, dass ich adoptiert bin, er sagt, er weiß es von Steve.«

Es wird still, und es dürfte nicht still sein. Daddy muss sagen, dass es nicht stimmt, dass es gelogen ist, dass ich auflegen und die ganze Sache vergessen soll.

»Daddy?«, frage ich.

»Ich bin sofort da«, sagt er.

Dann hängt er ein, und in meinen Ohren summt es, dieses Summen, wenn man ins Leere lauscht. Ich stehe da, schaue das Telefon an, als ob irgendetwas passieren müsste, und dann hört das Summen auf, alles still.

Die wahre Geschichte ist eine Geschichte ohne Zirkus, ohne Zigeuner und Mülltonnen und Müllcontainer. Daddy sagt, die Sache ist einfach die, dass zwei junge Leute einen Fehler gemacht haben und ihr Baby zur Adoption freigeben mussten. Daddy sagt, dass ihr Fehler eigentlich ein großes Glück war, weil dadurch Momma und er mich bekommen haben.

Daddy und ich sitzen bei Dairy Queen, zwei Eisbecher mit heißer Schokoladensoße auf dem Plastiktisch, und zum ersten Mal habe ich keinen Hunger auf Eiskrem. Ich hocke auf meiner Tischseite und schaue Daddy beim Reden zu. Daddy-nicht-mein-Daddy.

Daddy hält meine Hand, seine Finger sind in meine gefaltet. Er sagt, was für ein Glück sie hatten, dass sie mich gefunden haben, und wie froh ich sie gemacht habe. Daddy sagt, Momma wollte unbedingt noch ein Baby, aber sie konnte keins mehr bekommen, nicht nach Bryans Geburt, nachdem Ärzte den Tumor in Mommas Wirbelsäule entdeckt hatten. Daddy sagt, ich war zu Mommas Tochter bestimmt, er sagt, kaum war ich da, ging es Momma fünf ganze Jahre besser, und alle wissen, dass das an mir lag, weil ich ihr nämlich Glück gebracht habe. Solange es ging jedenfalls. Daddy sagt, dass ich adoptiert bin, ändert nichts daran, wie lieb er mich hat und wie lieb Momma mich hat.

Eine Lüge, ich weiß, dass es eine Lüge ist. Alles Lüge.

Es gibt keine Schatten bei Dairy Queen. Das Licht hier kommt aus diesen grellen weißen Röhren, die alles andere auch grellweiß machen. Auf dem Tisch schmilzt das Eis in seinen rot-weißen Bechern, rote Plastiklöffel stecken darin.

Daddy sagt, er wollte mir das mit der Adoption erzählen, wenn ich ein bisschen älter bin, er sagt, dass es nicht recht von Bryan war, es mir zu sagen, aber er ist doch froh, dass die Wahrheit heraus ist.

Die Wahrheit.

Ich kann Daddy nicht ansehen, ich drehe das Gesicht weg, zum Mülleimer, zum Fenster. Irgendwo da draußen sind meine richtigen Eltern. Vielleicht stehen sie hier drüben am Getränkeautomaten, vielleicht bestellen sie sich gerade Hamburger mit Pommes, vielleicht sitzen sie in dem Auto, das wegfährt.

»Juniper?«, fragt Daddy, »hörst du mir zu?«

Daddy ist nicht mehr derselbe, nie mehr. Daddy-nicht-mein-Daddy. Zwischen uns steht nur ein roter Dairy-Queen-Tisch, aber es fühlt sich wie eine Meile an, wie eine Ewigkeit.

»Was passiert jetzt?«, frage ich.

Daddy reibt sich das Kinn. »Wie meinst du das?«

Ich schaue auf meine Hände im Schoß, *meine* Hände, *mein* Schoß, nur ich hier auf meiner Bank. Vielleicht sind meine richtigen Eltern inzwischen erwachsen genug, vielleicht wollen sie mich zurück, vielleicht sollte ich sie suchen gehen.

»Wo gehöre ich hin?«

Daddy schiebt sich aus seiner Bank und setzt sich zu mir herüber. Daddy legt den Arm um mich, That-Man-Rasierwasser, Zigarettengeruch. »Du gehörst hierher«, sagt er, »zu uns.«

All diese Jahre, immer dieser besondere Blick für besondere Menschen, und sie hat mir nichts gesagt, nichts, und jetzt weiß ich nicht, wer ich bin oder wohin ich gehöre, und in meinem Kopf geht alles durcheinander.

Auch wenn man gar nicht heulen will, heult man doch,

und das ist das Allerschlimmste. Hier bei Dairy Queen, vor allen Leuten, weißes Licht von oben, schmelzende Eiskrem, und ich kann nicht aufhören. Daddy zieht ein Taschentuch aus der Tasche, drückt es mir in die Hand und wiegt mich hin und her.

Ich möchte zu Momma an diesem Abend und möchte es doch nicht. Daddy sagt, Momma fühlt sich nicht gut und wir reden morgen früh über alles.

Ich will nicht darüber reden, morgen früh nicht, nie. Ich liege in meinem Bett, über mir die Holzlatten von B. J.s Bett, alles wie immer. B. J. oben ist still, zu still, und ich weiß, er hat Ärger gekriegt, großen Ärger.

Vor dem Fenster Vollmond, weißes Wolkengefranse, wie Seidenpapier sieht es aus.

Daddy fragt, ob ich *Schneewittchen und die sieben Zwerge* lesen möchte. Ich mag nichts lesen, nie wieder. Daddy sagt, jetzt wollen wir alle erst mal darüber schlafen.

B. J. antwortet nichts. Ich antworte nichts. Daddy knipst das Licht aus und sagt Gute Nacht.

Es ist still in unserem Zimmer, still in der Nr. 1, und ich höre, wie im Wohnzimmer der Fernseher angeht. B. J. über mir wälzt sich hin und her. Ich hasse B. J., immer weiß er alles, immer hat er Recht. Ich starre meinen Hass durch die Latten von seinem Bett, meinen ganzen Hass in B. J.s Körper da oben. Dann drehe ich mich auf die Seite, das Kopfkissen an die Brust gedrückt.

Ich werde immer adoptiert sein, ich werde immer anders sein, und darüber schlafen ändert daran gar nichts.

Es ist die dunkelste Zeit in der Nacht, tiefer Schlaf deckt mich zu, und Daddy rüttelt mich wach.

»Steh auf«, sagt er, »du musst aufstehen.«

Dann sagt er dasselbe zu B. J.

»Mom?«, fragt B. J.

»Nein«, sagt Daddy.»Ich bin's. Momma geht's schlecht, wir müssen sie ins Krankenhaus bringen. Ihr müsst sofort aufstehen.«

Alles ist verkehrt so spät in der Nacht. Im Kopf dreht es sich, und man kann nicht denken, nichts ergibt einen Sinn. B. J. zieht sich ein weites T-Shirt an und darüber ein Kapuzensweatshirt. Ich stopfe mein Nachthemd in meine Jeans und renne den Gang entlang.

Daddy ruft B. J. zu, er soll die Wohnungstür aufmachen. Er trägt Momma aus dem Schlafzimmer, sie ist halb in eine dunkle Decke gewickelt, ihr Kopf lehnt an Daddys breiter Brust, und er trägt sie, als ob sie gar kein Gewicht hat.

Momma hat ihr zitronencremegelbes Nachthemd an, nur das Nachthemd. Aus dem Schlafzimmer kommt dieser schreckliche Geruch, Klein und Groß, und gebrochen hat sie vielleicht auch. Ich halte mir die Hand vor die Nase, vor den Mund. Der zitronencremegelbe Morgenrock liegt auf dem Boden wie eine gelbe Pfütze, und ich hebe ihn auf und spüre ihn weich an der Brust.

Daddy schreit, ich soll endlich kommen, und ich renne aus der Wohnung, die Arme voll gelber Seide.

»Da passen wir nie alle rein«, sagt B. J.

Daddy legt Momma auf den nach hinten gerückten Beifahrersitz. »Klar passen wir rein«, sagt er. »Steig einfach auf meiner Seite ein.«

B. J. geht um Red herum, klettert auf die Gepäckbank hinter Daddys Sitz.

»Was ist mit ihrem Morgenrock?«, frage ich.

Daddy geht in die Hocke, wickelt Mommas Beine in die blaue Decke ein, schnallt ihr den Gurt um den Bauch.

»Da pass ich ja alleine schon nicht mehr rein«, sagt B. J.

»Klar passt du rein«, sagt Daddy.

»Was ist mit ihrem Morgenrock?«, frage ich noch mal.

Daddy drückt vorsichtig die Tür zu. »Nicht jetzt«, sagt er, »steig ein, damit ich die Tür zumachen kann.«

B. J. hat Recht, es ist kein Platz, nur eine winzige Ritze, gerade mal halb so breit wie ich. Ich will nicht so nah bei B. J. sein, mein Körper so dicht an seinem.

Momma wirft den Kopf hin und her, Lockenhaare über den ganzen Sitz. »Nein«, sagt sie. »Bitte, Bud, ich will nicht weg.«

Daddy läuft ums Auto, den Schlüssel in der Hand. »Steig ein, Jenny«, sagt er.

»Es ist kein Platz«, sagt B. J.

»Rein mit dir«, sagt Daddy.

Ich quetsche mich nach hinten, meine Schulter an B. J.s Arm, und B. J. schiebt dagegen.

Daddy klappt seinen Sitz zurück, Leder drückt gegen meine Knie, und er rutscht mit dem Sitz vor. »Seht ihr?«, sagt er, beugt sich heraus und zieht die Tür zu. »Geschafft.«

»Bud«, sagt Momma, »ich will hier nicht weg. Bitte, Bud.«

Daddy legt seine Hand auf ihre, schiebt sie zurück unter die blaue Decke, steckt ihr die Decke um die Schultern fest.

»Ich weiß«, sagt er, »aber du bist krank und du brauchst einen Arzt.«

Daddy hält das Lenkrad mit beiden Händen, seine Nase stößt fast an die Scheibe. Er hält an keiner Ampel, biegt ohne Blinker ab, fährt mit quietschenden Reifen.

B. J. atmet mir in die Haare, den Hals, die Schläfe entlang, ekliger Nachtatem. Er sitzt stocksteif, und ich halte mich an Daddys Rückenlehne fest, bohre den Kopf in das Leder, kneife die Augen zu.

Daddy macht eine scharfe Kurve, dann hält er mit einem Ruck an. Krankenwagen parken in weißem Licht, und es ist still hier, zu still.

Daddy presst die flache Hand aufs Lenkrad, hupt lang und laut, das einzige Geräusch hier in der schwarzen Nacht. Dann steigt er aus, rennt ums Auto, öffnet Mommas Tür. Er schiebt die Arme unter ihren Körper und schaut uns durch die offene Tür an. »Ihr wartet hier«, sagt er. »Ihr rührt euch nicht vom Fleck.«

Zwei Männer in weißen Kitteln kommen herausgelaufen, stehen um Daddy herum, alle reden sie gleichzeitig, tiefe Stimmen, alle Worte durcheinander, Daddy in der Mitte; er trägt Momma. Ihre Füße sind nackt, ihr Nachthemd weht Daddy über die Arme, als ob es davonwehen wollte. Die Glastür gleitet auf, und sie gehen alle hinein. Die Glastür gleitet wieder zu, und fort sind sie.

Im Auto ist es still. B. J. klettert auf den Vordersitz. Ich spüre ihn noch an meinem Körper, an meiner Schulter, ich rieche ihn auch, und ich wische an mir herum, als ob ich ihn abwischen könnte.

»Reg dich ab«, sagt B. J.

»Du kannst mich mal.« Ich wische meine Schulter noch fester ab.

»Und du kannst mich kreuzweise.« B. J. lehnt sich auf seinem Sitz zurück und knallt die Tür zu.

Auf meinem Schoß liegt Mommas Morgenrock, und ich grabe die Finger in die gelbe Seide, die weich ist und so glatt wie Wasser.

Daddy kommt durch die Glastür zurückgerannt. »Alles in Ordnung«, sagt er und steigt ins Auto. »Alles im Griff.« Er fährt Red auf einen Parkplatz, unter den weißen Lichtkreis einer hohen Straßenlaterne.

»Was ist mit ihr?«, frage ich.

»Ich weiß es nicht«, sagt Daddy.

Er macht die Augen zu und drückt zwei Finger an die Nasenwurzel.

»Dad?«, fragt B. J.

Daddy öffnet die Augen und blinzelt, als ob er sich erst erinnern muss. »Ihr müsst im Auto bleiben«, sagt er. »Kinder dürfen nicht mit ins Krankenhaus.«

»Dad?«, fragt B. J. noch mal.

»Es wird schon wieder«, sagt Daddy, »es wird alles wieder.« Er stößt seine Tür auf und schwingt die Beine aus dem Auto.

»Daddy«, rufe ich. Ich halte ihm den gelben Seidenmorgenrock hin, und er nimmt ihn.

»Danke, Juniper«, sagt er.

Dann wirft Daddy die Tür zu. B. J. und ich sind allein. Draußen ein Gehsteig, eine Reihe von Straßenlaternen, Kreise aus weißem Licht den Gehsteig entlang und über dem Parkplatz. Zwischen den Lichtkreisen Schattenschwärze und dunkle Nacht. Im Auto ist es still, draußen auch, und ich lehne den Kopf an das kleine Seitenfenster, spüre das Glas kühl an der Stirn.

7

Kein Tag im ganzen Jahr zählt so viel wie der Geburtstag, nicht mal Weihnachten. Wenn man Geburtstag hat, darf man sich alles wünschen. »Im Rahmen natürlich«, sagt Daddy. An meinem Geburtstag wünsche ich mir immer Disneyland.

B. J. schläft bis nach elf Uhr, und dann sagt er, er wünscht sich statt Mittagessen Frühstück, und Daddy sagt, das ist im Rahmen. Daddy, B. J. und ich fahren ins International House of Pancakes, und B. J. sagt, wir müssen uns in eine von den Nischen setzen, weil sein Geburtstag ist und er Nischen am liebsten mag.

Unsere Nische ist gleich neben einem Fenster, und Daddy setzt sich zu B. J. auf die Bank. Ich sitze für mich allein in der Bankmitte auf der anderen Seite. B. J. macht einen Buckel über seiner aufgeklappten Speisekarte. Daddy schaut zu ihm hin, lächelt und schlägt seine Karte auf. Das ganze House of Pancakes ist voller Tellerklappern, Gabelklirren und Stimmen, Kellnerinnen laufen mit Kaffeekannen herum, Frühstücksgerüche überall.

Momma ist heimgekommen und wieder weggegangen, wieder heimgekommen und wieder zurück ins Krankenhaus. B. J. sagt, insgesamt war sie sechs Mal im Krankenhaus, seit wir in die Nr. 1 gezogen sind, aber ich habe keinen Überblick mehr. Als sie das letzte Mal ins Krankenhaus gekommen ist, war noch August, und jetzt hat schon wieder die Schule angefangen.

Daddy schiebt seine Speisekarte weg und legt B. J. die Hand auf den Kopf.

»Zehn Jahre alt«, sagt er.

B. J. biegt mit einem wütenden Blick den Kopf weg und schaut sich im House of Pancakes um, als ob alle zu uns hersehen müssten.

»'tschuldige, Partner«, sagt Daddy. »Dafür bist du schon zu groß, wie?«

Die Kellnerinnen im House of Pancakes tragen Kleider, die ihnen bis über die Knie gehen, und blaue Schürzen mit weißem Spitzenrand. Unsere Kellnerin lächelt Daddy an, als sie ihm Kaffee einschenkt, und streicht sich die Haare hinters Ohr.

»Mein Sohn wird heute zehn«, sagt Daddy.

»Dad!«, sagt B. J.

Die Kellnerin lächelt noch breiter. Ihre Lippen sind knallrot. »Zehn?«, sagt sie. »Sie sind doch viel zu jung für einen zehnjährigen Sohn.«

Daddy lacht und schüttelt den Kopf. »So jung auch wieder nicht.«

Die Kellnerin lacht, und Daddy lacht auch.

»Geburtstagskinder kriegen ihr Frühstück umsonst«, sagt die Kellnerin.

Daddy streckt die Hand wieder nach B. J. aus, boxt ihn so ein bisschen gegen die Schulter, und B. J. zieht sie weg.

»Da hörst du's, Partner«, sagt Daddy.

Die Kellnerin stellt ihre Kaffeekanne auf den Tisch und holt ihren Block heraus. Ich bestelle Erdbeerwaffeln mit extra viel Schlagsahne, B. J. und Daddy bestellen Spiegeleier mit Bratkartoffeln und Speck.

Als er fertig gegessen hat, schiebt Daddy seinen Teller weg und rührt seinen Kaffee um. »Was darf's denn nun sein, Großer?«, fragt er. »Knott's Berry Farm? Disneyland? Sollen wir segeln gehen? Such's dir aus.«

B. J. isst über den Teller gebeugt, die Gabel in der Faust.

Er schaut zu Daddy hoch und schüttelt den Kopf von einer Seite zur anderen.

»Alles nicht das Wahre?«, fragt Daddy.

B. J. sieht mich an, und dann schaut er auf den Tisch, in sein Essen. »Ich hab gedacht …«, sagt er. »Wie alt muss man sein, damit sie einen ins Krankenhaus lassen?«

Daddy beißt sich auf die Lippen. »Vierzehn«, sagt er.

»So alt?«, sage ich.

B. J. manscht mit den Kartoffeln in seinem Ei herum. »Vielleicht, wenn wir einfach nur vorbeifahren«, sagt er. »Ich meine, vielleicht kann sie ja ans Fenster kommen.«

Daddy schaut B. J. an. Es ist still am Tisch, Restaurantgeräusche überall um uns herum, und ich weiß nicht, warum B. J. plötzlich zu Momma will, wo er doch vorher auch nie zu ihr wollte. Daddy schaut mich an, und ich schaue Daddy an, und dann schaut Daddy auf die Uhr.

»Also gut«, sagt Daddy. »Warum nicht?« Er hebt die Hand und nickt. Die Kellnerin mit den knallroten Lippen kommt angeschossen, ihr Mund ein bisschen spitz.

»Schon fertig?«, fragt sie.

»Scheint so«, sagt Daddy.

Sie stapelt sich die Teller auf den Arm und kramt mit der anderen Hand in ihrer Tasche, fischt einen Zettel heraus und legt ihn mit dem Gesicht nach unten auf den Tisch.

»Dann feier mal noch schön, Schätzchen«, sagt sie. »Du siehst schon genauso gut aus wie dein Daddy.«

B. J. verdreht die Augen, dunkelrot im Gesicht.

Daddy holt einen Zehndollarschein heraus und legt ihn auf den Zettel. »Der Rest ist für Sie«, sagt er.

Daddy parkt Red unter einem Baum, der seine Äste über den Parkplatz breitet, weiße Lichtschlitze im Laub. Wir sitzen alle da, niemand sagt was. Daddy stupst an seinem Schlüssel herum, fast so, als ob er nicht so recht reingehen will.

»Wolltest du aus irgendeinem bestimmten Grund hierher kommen?«, fragt er.

B. J. sieht zu mir und wieder weg. »Weiß nicht«, sagt er, »ich dachte nur, ich sag ihr, dass ich Geburtstag hab.«

Daddy presst die Lippen zusammen. »Sie weiß, dass du Geburtstag hast, Partner«, sagt er, legt die Hand auf B. J.s Schulter und lässt sie da liegen.

»Dann sag ihr einfach, dass ich im Auto bin«, sagt B. J.

»Sonst noch was?«

B. J. schüttelt den Kopf, gräbt die Schneidezähne in die Unterlippe und schaut durch die Windschutzscheibe.

Ich möchte, dass Daddy Momma sagt, dass ich über meine andere Mutter Bescheid weiß, aber dass es mir egal ist, weil Momma meine Mutter ist. Ich möchte, dass er ihr sagt, sie soll wieder gesund werden, und dass alles wieder gut wird, wenn sie wieder gesund ist.

Daddy sieht mich über die Lehne an, und ich weiß, dass er wartet. All die Dinge, die ich sagen möchte, drehen sich in meinem Kopf im Kreis, und mein Mund ist ganz trocken.

»Sag ihr einfach viele Grüße«, sage ich.

»Wird gemacht«, sagt Daddy. »Ich bin bald wieder da.«

Er steigt aus dem Auto, wirft die Tür zu, und ich bin allein mit B. J. Daddy geht den Bürgersteig entlang bis zu einer Glastür, die vor ihm aufgleitet und hinter ihm wieder zu.

B. J. atmet tief ein und verschränkt die Arme. »Viele Grüße«, sagt er. »Mein Gott, bist du bescheuert.«

»Halt's Maul!«, sage ich.

»Viele Grüße!«

»Halt's Maul!«

B. J. verdreht sich auf seinem Sitz, langt durch den Spalt zwischen den Lehnen. Ich rutsche weiter nach hinten und trete nach seinem Arm. B. J. dreht sich ganz um, macht eine Faust und versucht mich zu boxen. Ich trete noch mal nach ihm.

Die Tür geht auf. »He«, sagt Daddy, »was ist denn hier los?«

B. J. zieht den Arm zurück und setzt sich wieder gerade hin. »Nichts«, sagt er. »Was war? Wie geht's ihr? Warum bist du schon wieder da?«

»Gut. Alles bestens«, sagt Daddy. »Ich hab eine gute Nachricht.«

Daddy hat es eilig, Schlüssel rein, Motor an, Gang rein. Er schaut über die Lehne nach hinten und lächelt mir mitten ins Gesicht, so vergnügt, dass ich eine Gänsehaut an den Armen kriege, wie wenn plötzlich ein Wind weht.

»Kommt sie nach Hause?«, frage ich.

»Heute noch nicht, Juniper«, sagt Daddy.

»Was hat sie gesagt?«, fragt B. J. »Wusste sie, dass heute mein Geburtstag ist?«

»Klar weiß sie das«, sage ich.

»Dad?«, fragt B. J.

Daddy fährt über den Parkplatz und hält am Ausgang, schaut nach links und nach rechts.

»Dad?«, fragt B. J. noch mal.

»Ich erzähl euch alles, wenn wir daheim sind«, sagt Daddy. Seine Stimme ist ruhig, und ich drehe mich um, damit ich das Krankenhaus länger sehen kann. Ich überlege, welches ihr Fenster ist, ob sie uns sieht, ob sie winkt. Dann winke ich selbst, nur für alle Fälle.

Daddy biegt nach rechts ab, in Richtung Highway, und das Krankenhaus wird immer kleiner. Ich winke, bis ich es nicht mehr sehen kann, nur für alle Fälle.

Es ist mitten am Tag, Sonnenschein auf dem Ozean, weißer Schaum auf den Wellen. Wenn man die Augen zusammenkneift, kann man dazwischen auch weiße Segel erkennen.

Daddy, B. J. und ich gehen in die Nr. 1, und Daddy setzt sich mit uns auf die Riesenpflaume, B. J. auf seiner einen Seite, ich auf der anderen. Daddy legt die Arme um mich und um B. J. Es ist ganz still. Daddy sitzt nie so mit uns, nie, und mein Nacken fängt an zu prickeln.

»Mom ist gestorben«, sagt er.

Daddys Stimme ist leise, nur ein Zischeln im Wind. Ich schaue zu seinem Gesicht hoch, seinem Mund, seinem Kinn.

»Was?«, fragt B. J.

»Eure Mutter ist tot«, sagt Daddy.

Die Worte klingen völlig verkehrt, und obwohl ich sie verstehe, verstehe ich sie doch nicht. Daddy redet, seine Stimme voll von lauter ruhigen, tiefen Tönen. Er sagt, Momma ist jetzt im Himmel, wo sie hingehört. Er sagt, sie hat ihr ganzes Leben schreckliche Schmerzen ertragen müssen, und jetzt hat sie keine Schmerzen mehr.

»Es war einfach Zeit für sie zu gehen. Es war so weit«, sagt er.

Sein Arm drückt auf meine Schultern. Ich bekomme keine Luft.

»Ihr habt beide Glück, ihr seid jung, ihr kommt darüber hinweg, ihr könnt weiterleben«, sagt Daddy. »In ein paar Jahren habt ihr alles vergessen.«

»Vergessen?«, sagt B. J. »Ich werde sie nie vergessen.«

Mein Kopf fühlt sich zu schwer für meinen Hals an, ich kann ihn nur ganz langsam heben. B. J. ist aufgestanden, und sein Gesicht ist feuerrot bis zu den Ohren.

»B. J.«, sagt Daddy, »jetzt komm, Partner, ich hab's doch nicht so gemeint.«

»Nein«, schreit B. J., »es ist mein Geburtstag, es ist mein Geburtstag.« Er schlägt sich mit der Faust an die Brust, ganz fest, ein Hieb auf sein Herz.

»Komm, B. J.«, sagt Daddy. Er streckt die Hand nach ihm aus.

B. J. schaut die Hand an, und dann stößt er sie weg.

»Nein«, schreit er.

Im nächsten Augenblick ist er an der Tür, zieht sie auf und

rennt raus. Daddy rennt auch zur Tür, brüllt »B. J.«, immer wieder, aber B. J. kommt nicht zurück.

Eine Stunde, zwei Stunden, drei Stunden. Daddy sagt, vielleicht muss er doch die Polizei rufen. Er steht vor der Nr. 1, die Hände an den Hüften, und schaut bergauf, schaut bergab. Der Wind bläst ihm das Haar aus der Stirn. Ich beobachte ihn vom Fenster. Er ist wie immer und doch auch wieder nicht. Er ist wie jemand, den ich kenne, aber eigentlich habe ich ihn nie gekannt, nicht richtig. Als er wieder ins Haus kommt, sind seine Haare völlig zerzaust.

»Ich kann hier nicht einfach nur rumstehen«, sagt er, »ich schaue am Strand nach, und du schaust oben im Park.«

»Er ist fast nie im Park«, sage ich.

»Schau trotzdem nach.«

Daddy geht den Berg runter, ich den Berg hoch. Als ich oben bin, schaue ich zurück. Daddy ist nur ein Punkt unten bei der Ampel. Ich lege die Hände um den Mund und rufe so laut ich kann. Daddy dreht sich nicht um, er steht nur am Fußgängerübergang und wartet, dass es grün wird.

Ich nehme die Hände herunter, lasse mich vom Wind anwehen und schließe für einen Moment die Augen. Wind, sonst nichts, und ich öffne die Augen wieder.

Im Park sind nur Bäume und Gras. Ich gehe neben dem Weg, und das Gras sieht aus, als wären alle Gänse und Enten hier gewesen und hätten alles vollgekackt. Ich bücke mich, schaue näher hin, und es könnte Lehm sein, es könnte Kacke sein, ich weiß es nicht.

»Es ist nicht das, was du denkst«, sagt B. J.

B. J. hat einen Fuß auf seinem Skateboard. Sein Schatten fällt lang über den Weg. Ich hebe die Hand gegen die Sonne. B. J. ist ganz ruhig, das Rot in seinem Gesicht ist weg, seine Stimme ist leise.

»Es sieht wie Gänsescheiße aus«, sagt er, »aber es ist Lehm und Gras.«

»Daddy sucht dich«, sage ich.

»Es ist bloß Lehm«, sagt B. J.

»Er ist zum Strand runtergegangen«, sage ich.

B. J. drückt den Fuß herunter, und das Skateboard stellt sich auf. Er klemmt es sich unter den Arm und geht in Richtung Teich.

»Er will die Polizei rufen«, sage ich.

B. J. bleibt stehen. »Hau ab, okay?«

»Daddy will, dass du heimkommst.«

B. J. senkt den Kopf, Kinn gegen den Hals. Seine Augen sind dunkel unter den Brauen. Ich weiß nicht, ob er wütend ist oder traurig oder irgendetwas anderes, aber ich gehe zu ihm und stelle mich direkt vor ihn hin. Zu sagen fällt mir nichts ein, deshalb strecke ich nur die Hand aus und fasse nach seinem Arm.

B. J. beugt den Kopf zurück und schaut von oben auf mich herab. »Sie ist nicht deine Mutter«, flüstert er.

Mein Arm fällt herunter. In meinem Nacken sticht es. »Doch«, sage ich.

»Hau einfach ab«, sagt er, wirft sein Skateboard vor sich auf den Weg und fährt davon.

Ich stehe mit hängenden Armen da, und mein Kopf schmerzt zwischen den Augen. Ich gehe weiter in den Park hinein, bis zum Teichufer. Alles Wasser ist weg, der Teich ist ein leerer Kreis aus Beton mit grünem Schleim am Rand, keine Enten, keine Gänse, keine Schwäne. Der Wind bläst mir um die Beine, um den Kopf, meine Haare wehen mir in den Mund und die Augen.

Ohne Momma gibt nichts einen Sinn, ohne sie weiß ich nicht weiter, allein und verloren am Rand der Welt und nirgends ein Ort, wo ich hinkann.

Ich habe neununddreißig Grad Fieber, und die Malibu-Beach-Barbie ist weg. Ich schaue überall nach, aber ich finde sie nicht. Daddy sagt, ich kann jetzt nicht weitersuchen.

Er sagt, bis zum Abend müssen er und B. J. in Carson sein für die Beerdigung morgen. Ich muss bei Suzy und Chuck bleiben, sagt er, dabei kenne ich Suzy und Chuck überhaupt nicht, und ich setze mich einfach auf den Boden, von Kopf bis Fuß nass geschwitzt, und heule.

»Schau her, Jenny«, sagt Daddy, »deine Barbie taucht schon wieder auf, ich versprech's dir, aber wir müssen jetzt wirklich los.«

Er hockt sich vor mich hin, eine Hand auf meinem Rücken, die andere auf meinem Kopf. »Du glühst ja«, sagt er. »Komm jetzt, Juniper, ich bring dich zu Chuck rüber, und da gehst du ins Bett.«

»Nein«, schreie ich ihn an, »ich geh überhaupt nirgends hin, ich will meine Barbie finden.«

»Du kriegst eine neue von mir.«

»Ich will keine neue!«

Daddy schaut mich an, ohne etwas zu sagen, und ich heule so, dass ich nicht mehr reden kann. Daddy hasst Tobsuchtsanfälle, aber ich kann nichts dagegen machen.

»Dad, ich hab überall nachgeschaut«, sagt B. J., »keine Ahnung, wo sie sie hingetan hat.«

Daddy streckt die Hand wieder aus und berührt mich leicht an der Schulter. »So, das reicht jetzt. Du reißt dich sofort zusammen, hast du verstanden?«

Meine Augen sind schwer und verschwollen, und ich wische mir mit dem Nachthemd das Gesicht ab. Daddy drückt mir sein Taschentuch in die Hand, aber ich lasse es neben meinem Fuß auf den Teppich fallen. Er hebt es wieder auf und reibt mir mit dem weißen Stoff übers ganze Gesicht, wischt mir die Tränen ab.

»Ich weiß, dass das nicht leicht für dich ist, aber man kann's auch übertreiben«, sagt er.

Ich kratze mir die Backe und schaue ihn an, ein ganz kurzer Blick nur, und ich schniefe laut. Daddy drückt mir das Taschentuch wieder in die Hand und stellt sich hin.

»Jetzt komm«, sagt er, »Chuck und Suzy warten schon.«

Chuck und Suzy sollen meine Paten sein, aber ich habe noch nie vorher von ihnen gehört. Daddy sagt, es ist die einzige Lösung, jetzt, wo ich krank bin, dazu sind Paten schließlich da. B. J. wartet im Auto, und Daddy führt mich zur Tür. Er trägt eine Tasche mit meinen Kleidern und meiner Zahnbürste.

Suzy hat weiße Shorts und einen rosa Pullover mit langen Zotteln an, die aussehen wie Vogelfedern. »Da seid ihr ja«, sagt sie, »ich hab mir schon Sorgen gemacht.«

Daddy zieht meine Hand nach oben. »Sag guten Tag.«

Ich lasse ihn los und schaue auf meine Füße.

»Du bist ja richtig groß geworden«, sagt Suzy. »Sie ist richtig groß geworden, Bud.«

Daddy holt tief Luft. »Tut mir Leid, dass ich euch so überfallen musste. Aber Jenny hat hohes Fieber, und mit Grippe kann ich sie nicht gut mit nach Carson schleppen.«

»Natürlich nicht«, sagt Suzy.

»Nein, wirklich«, sagt Daddy, »ich rechne euch das hoch an, besonders nach so vielen Jahren.«

Suzy lacht, und sie legt Daddy eine Hand auf den Arm, und die andere legt sie auf meine Schulter. »Jetzt komm erst mal rein, du Kindskopf«, sagt sie, »damit wir unsere Kleine hier in ein schönes, warmes Bett stecken können.«

Sie macht die Tür hinter uns zu. Ihr Haus ist richtig modern innen, mit jeder Menge Fenstern und hohen Decken. Es ist feiner als alle Häuser, die ich je gesehen habe. So wie Daddy schaut, ist es auch das feinste Haus, das er je gesehen hat.

Der Kopf tut mir weh, und alles an mir ist heiß. Ich lehne mich an Daddys Bein, drücke den Kopf an seine Hüfte, und er legt mir die Hand auf die Schulter.

»Jenny hat heute ihre Barbie verloren«, sagt er.

»Ach je«, sagt Suzy, »auch das noch.«

Sie beugt sich zu mir herunter, ihr Gesicht nah an meinem. »Sie kommt bestimmt bald zurück.«

»Sie ist nicht weggelaufen«, sage ich, »sie ist eine Puppe.«

Daddy lacht ein bisschen, und dann ist es still in dem großen Haus. »Jenny ist ziemlich erledigt«, sagt er.

»Na ja, ist ja auch kein Wunder.« Suzy hat sich wieder aufgerichtet. Sie streckt den Arm nach mir aus und zieht mich zu sich her.

Ich schaue Daddy an. »Daddy?«

Er stellt meine Tasche hin und fasst mich an den Oberarmen. »Du musst keine Angst haben, Juniper. Suzy wird sich wunderbar um dich kümmern, und in zwei Tagen bin ich wieder da.«

Er hält zwei Finger hoch, als ob ich blöd wäre.

»Ich weiß, wie viel zwei ist«, sage ich.

Daddy lässt die Finger sinken und nickt mit ernsten Augen. »Ruh dich aus«, sagt er, »werd schön gesund.«

»Dann komm mal mit, Herzchen«, sagt Suzy. Sie scheucht Daddy mit der Hand weg.

»Jetzt geh schon, wir Mädels kommen schon alleine klar.«

Suzy führt mich eine Stufe hinauf und dann einen Flur entlang. Ich drehe mich um, aber ich kann Daddy nicht mehr sehen, ich höre nur die Tür aufgehen und wieder zu.

Suzy redet ohne Pause, während wir den Flur entlanggehen, wieder zwei Stufen hinaufsteigen, in einen anderen Flur einbiegen. Sie sagt, dass sie uns ein leckeres Abendessen kochen wird und dass wir uns wunderbar vertragen werden und dass sie sich für die Unordnung entschuldigen muss. Ich sehe mich um, und es ist alles so sauber, als würde hier überhaupt keiner wohnen.

Suzy bleibt stehen und öffnet eine Tür. In dem Zimmer steht ein Doppelbett mit einer weißen Tagesdecke und so vielen Rüschen und Spitzen, dass es fast wie eine Wolke aussieht. Suzy stellt meine Tasche auf das Bett und breitet die Arme aus.

»Voilà«, sagt sie, »dein Reich. Für die nächsten paar Tage jedenfalls.«

Dann lässt sie die Arme herabfallen und legt die Hände ineinander. »Das mit deiner Mutter tut mir so Leid. Sie war ein wunderbarer Mensch.«

Ich weiß nicht, was ich darauf sagen soll, ich stehe einfach da in dem großen Zimmer und lasse die Arme hängen.

»So«, sagt Suzy, »soll ich dir noch schnell beim Ausziehen helfen?«

»Nein.«

»Na, dann mach ich, dass ich hier rauskomme, und du legst dich einfach ins Bett und schläfst ein bisschen.« Suzy geht mit Rückwärtsschritten aus dem Zimmer und zieht die Tür zu.

Hinter dem Bett ist ein großes Fenster, das könnte ich einfach aufmachen und durchklettern. Ich gehe hin und schaue raus, auf einen Abhang, der sich steil zur Einfahrt absenkt. Lieber doch nicht. Ich ziehe mir die Schuhe aus und steige auf die weiße Wolke aus Rüschen und Spitzen, lege mich auf die Seite, die Hände zwischen die Knie geklemmt.

An der Tür klopft es dreimal. Ich bekomme die Augen kaum auf, so schwer sind sie. Die Tür geht auf, und da ist Daddy, nur sein Kopf durch den Spalt.

»Bist du noch wach?«

»Daddy?«

Er kommt herein und macht die Tür zu. Er hält eine große Schachtel hinter dem Rücken, die er hervorholt und auf das Bett legt. »Überraschung«, sagt er.

Die Schachtel ist rosa mit roter Schrift drauf, und drin ist eine große Babypuppe.

»Du kannst ihr die Haare wachsen lassen«, sagt Daddy. »Schau.« Er setzt sich aufs Bett und zeigt auf das Bild auf der Unterseite der Schachtel, auf dem ein Mädchen die Puppe an den Haaren zieht und ihr dabei mit einem Finger auf den Nabel drückt.

»Und so werden sie wieder kurz«, sagt Daddy, »du musst nur am Arm kurbeln.«

Die Puppe hat einen Trägerrock an, und ihre Haare sind dunkelbraun. Ich ziehe den Karton zu mir her. Ihre Augen sehen wie Murmeln aus und klappen zu, wenn man die Puppe schräg nach hinten kippt.

»Es ist keine Barbie, ich weiß«, sagt Daddy, »aber irgendwas wollte ich dir gern schenken.«

Ich lege die Puppe zwischen uns aufs Bett, und ihre Murmelaugen klappen zu. »Sie ist sehr schön. Danke, Daddy.«

Er presst die Lippen zusammen, er hat gemerkt, dass mir die Puppe nicht gefällt. Ich strecke die Hand nach dem Karton aus und nehme ihn auf den Schoß.

»Echt«, sage ich, »sie ist toll, so eine hatte ich noch nie.«

Daddy lächelt, müde Furchen um seine Augen und seinen Mund. »Na, dann wollen wir dich mal ins Bett verfrachten.«

Er schlägt die Decken zurück, und ich krieche hinein. Jetzt wünsche ich mir, ich hätte mein Schneewittchen-Buch da, damit er es mir vorlesen kann. Er zieht mir die Decke bis zu den Schultern und gibt mir einen Kuss auf die Stirn, seine Lippen trocken, That-Man-Rasierwasser und Zigaretten.

»Träum süß und schlaf dich gesund«, sagt Daddy. Er stellt die große Puppe in die Ecke, und ich mache die Augen zu.

Als Daddy zurückkommt, holt er mich bei Suzy und Chuck ab. Daddy sagt, B. J. ist mit Tante Carol bei uns in der Wohnung. Tante Carol ist aus Carson mit hergekommen, um uns beim Ausräumen zu helfen, sagt er.

Daddy und ich sitzen in Red, ich vorne, wo sonst immer B. J. sitzt, und ich klappe das Handschuhfach auf. Und da, in dem Dunkel dort drin, sehe ich es: zwei braune Puppenbeine. Die Malibu-Beach-Barbie, meine Barbie. Nicht verloren. Die ganze Zeit über hier.

Man weiß es nicht immer, wenn man glücklich ist, nur

dann, wenn man vorher so traurig und ohne Mut war, dass man ganz vergessen hat, wie Glücklichsein geht. Ich fasse die Malibu-Beach-Barbie um die Beine, Barbie in ihrem grünweiß karierten Strandkleid, und ich halte sie hoch, dass Daddy sie sieht. Ich bin so froh, dass mir die Tränen über die Backen laufen, runter bis in den Mund.

Die Nr. 1 ist voller Wind und Licht, Vorhänge zur Seite gebunden, alle Fenster weit offen. Der grüne Teppichboden hat dunkelbraune Flecken, in das weiße Linoleum in der Küche sind kleine, schwarze Zigarettenlöcher gebrannt, steinharte Käseflocken krümmen sich in den Ecken, eingetrocknete Cornflakes, die irgendwann vom Löffel gefallen sind.

Tante Carol sagt, die Wohnung ist ein einziger Saustall, sie kann gar nicht glauben, dass wir so gelebt haben.

B. J. sagt nichts, und ich sage auch nichts.

Daddy fährt los und besorgt Umzugskisten.

Tante Carol ist groß und breit, genau wie früher, und ganz in Schwarz. Anders als früher ist bloß ihr Haar. Es war immer braun, und jetzt ist es weiß, grau-weiß, als ob ihr ein Gespenst begegnet wäre. Sie schrubbt den Boden auf allen vieren, saugt die Teppiche, spült das Geschirr, sogar die Sachen, die sauber im Schrank stehen.

B. J. und ich sortieren unsere sämtlichen Spielsachen und Kleider durch. Tante Carol sagt, kaputtes Spielzeug und Kleider, die nicht mehr passen, müssen weggeworfen werden.

Tante Carol sagt, als Letztes ist Mommas Zimmer an der Reihe, und sie schließt Mommas Tür hinter sich. Die Nr. 1 riecht so sauber und frisch, als ob wir nie hier gewesen wären.

Ich drücke mein Ohr an das Holz und lausche. Im Bad läuft Wasser, also gehe ich in Mommas Zimmer und lehne mich an die Wand. Die Vorhänge sind zurückgezogen, die

Fenster offen, und Sonne scheint durch den ganzen Raum. Tante Carol hat das Leintuch von der Matratze abgezogen, die Bezüge von den Kopfkissen, und alles Bettzeug liegt auf dem California King zu einem Haufen getürmt.

Das Wasser wird abgestellt, und Tante Carol kommt zurück, die Arme voller Handtücher. »Hopp, raus mit dir«, sagt sie. »Lauf und spiel mit B. J.«

Ich verschränke die Arme und stemme die Fersen ein. »So heißt er nicht mehr«, sage ich.

Tante Carol steht hinter dem California King, Sonnenlicht flimmert um ihren schweren Körper. Sie lässt die Handtücher auf das schmutzige Bettzeug fallen. »Kann schon sein, dass er lieber Bryan genannt werden will«, sagt sie. »Aber für mich bleibt er immer B. J.«

Sie wischt sich ihre völlig sauberen Hände aneinander ab und kneift ein Auge zu, als ob sie nachdenkt, und da fällt mir wieder ein, dass sie besondere Kräfte hat, dass sie den Leuten die Zukunft aus der Hand lesen kann.

»Das hier ist nichts für Kinder«, sagt Tante Carol.

»Warum nicht?«, frage ich.

Sie stemmt die Fäuste in die Hüften. »Weil ich jetzt die Sachen von deiner Mutter aussortiere, und da solltest du besser nicht dabei sein.«

Ich drücke mich in die Ecke zwischen Wand und Nachttisch und spüre das Holz kalt am Bein. »Ich war sonst auch bei allem dabei«, sage ich.

Und so, wie sie mich anschaut, weiß ich, dass sie weiß, was ich hier gesehen habe, und dass ich nicht noch mehr sagen muss. Sie macht Mommas Schrank auf und holt eine Schachtel aus dem obersten Fach. »Dann steh nicht nur rum«, sagt sie. »Komm her und hilf mir.«

Wir sortieren alles, meine Hände und ihre und rundherum Mommas Kleider: Hüte und Handschuhe, all die hübschen Sachen, die sie nach dem Umzug hierher nie mehr getragen hat. Tante Carol sagt, wir müssen alles von den Bügeln nehmen, es sauber zusammenfalten und Hosen, Blusen und Pullover auf getrennte Haufen legen. Ich bin ganz vorsichtig mit Mommas Sachen, mit ihren seidigen Nachthemden und Morgenmänteln. Ich würde gern fragen, ob ich etwas behalten darf, aber Tante Carol ist so ernst und schweigsam, dass ich mich nichts zu sagen traue.

Als wir durch sind, türmen sich auf dem Boden Haufen von Kleidern und Schuhen und Hüten und Schals und Handtaschen. Die Sonne steht über der Nr. 1, und das Licht, das zu den Fenstern hereinkommt, ist grellweiß mit Schatten darin.

Tante Carol fährt sich durch ihr weißes Haar, und dann greift sie in einen Haufen neben der Schranktür. Sie zieht ein kleines, weißes Buch und ein schwarzes Samtsäckchen heraus. Staubflusen schwirren in dem Licht um ihre Hände.

»Hier«, sagt sie.

Sie legt das Buch und das Säckchen zwischen uns auf den Teppich und zieht die Beine unter sich, sodass sie im Schneidersitz sitzt. Ich setze mich so hin wie sie, Beine über Kreuz, Hände im Schoß. Tante Carol nimmt das weiße Buch in die Hand, so behutsam wie einen kleinen Vogel. Ihr Finger fährt die verschnörkelte Goldschrift auf dem Einband nach.

»›Unsere Hochzeit‹ steht da«, sagt Tante Carol. Sie schiebt den Finger unter die rechte untere Einbandecke und klappt das Buch auf. Auf der ersten Seite ist ein Schwarzweißfoto von Momma in einem wunderbaren weißen Brautkleid. Sie lächelt und steht ganz alleine da, ihre Wangen sind weich und rund, und ihre dunklen Augen blitzen. Momma ist so schön, dass es beinah wehtut, sie anzuschauen.

Tante Carol streicht mit der ganzen Hand über das Bild, macht die Augen zu und lächelt ein trauriges Lächeln. »Wie eine Prinzessin hat sie ausgesehen.«

Sie schlägt die Augen wieder auf und schaut mich an. Ich

beiße mir auf die Lippe und wende den Blick ab, starre auf das Foto.

Tante Carol fasst die Seite an der rechten unteren Ecke an und blättert um. Auf diesem Bild steht Momma mit Grandma Rowena und Grandpa Ivan vor einem Haus, und im Schatten von Mommas Kleid schläft eine Katze.

»Sie hat in Reno geheiratet«, sagt Tante Carol. Sie schaut mich an, und ich schaue sie an, und es ist still im Zimmer, so still, als hätte die Zeit aufgehört.

Tante Carol holt tief Atem, streicht wieder über das Bild, nimmt die rechte untere Ecke zwischen zwei Finger und schlägt die nächste Seite auf. Momma steht neben einem Auto, und ein Mann hält die Tür auf. Der Wind bläst Mommas Schleier in die falsche Richtung, und sie lacht und hält ihn fest, damit er nicht wegfliegt.

»Es war ein sonniger Tag«, sagt Tante Carol. »Sonnig und windig.« Sie streicht über das Bild und blättert um. Daddy im weißen Smoking mit drei anderen Männern, die auch alle einen weißen Smoking anhaben. Momma in ihrem wunderschönen weißen Brautkleid mit drei Frauen in kurzen, hellen Kleidern. Alle lächeln.

»Da ist Onkel Charles als Trauzeuge«, sagt Tante Carol, »und Tante Ruth war Brautjungfer.« Sie zeigt auf die Gesichter, und ich nicke, als würde ich alle erkennen, dabei erinnere ich mich kaum.

Tante Carol streicht über das Bild und blättert weiter. Auf diesem Bild stehen Momma und Daddy vor dem Altar. Daddys Augen sind froh, kleine Fältchen kräuseln sich auf seiner Nase, und sein viereckiges Kinn hat genau in der Mitte ein Grübchen.

Tante Carol schließt die Augen wieder und legt den Kopf in den Nacken. »Bud hat immer gesagt, was für ein Glückspilz er war, dass Janet ihn geheiratet hat.«

Sie lässt den Kopf nach vorne fallen, ihre Augen sind jetzt weit offen. »Ein Glückspilz. Stell dir das vor.« Sie schüttelt den Kopf, streicht über die Seite, blättert sie um. Momma und Daddy stehen hinter einer dreistöckigen Hochzeitstorte, und Momma hält ein Stück davon in der Hand. Daddy hat den Mund weit aufgesperrt, seine Hand liegt auf ihrem Arm, und seine Augen und Mundwinkel lächeln.

Ich sehe Tante Carol an, aber sie schüttelt nur noch mal den Kopf. Dann streicht sie mit der flachen Hand über das Bild und klappt das Album zu. »Es ist nicht gut, zu viele auf einmal anzuschauen«, sagt sie. »So viele Erinnerungen können wehtun.«

Sonnenlicht bricht sich im Fensterrahmen, ein heller Strahl, der schräg ins Zimmer fällt. Tante Carol schiebt mir das Buch hin und greift nach dem schwarzen Samtsäckchen.

»Mach die Hände auf«, sagt sie. Sie knotet das Band auf und hält das Säckchen über meinen Händen schräg. Wie Wasser aus einem Hahn kommt eine Perlenkette herausgeflossen, und dann etwas Rundes, Schweres. Tante Carol macht einen Finger krumm und hebt die Perlen hoch, sodass das Licht darauf fällt.

»Das sind echte«, sagt sie. Sie nimmt die Perlen und lässt sie an ihren Zähnen entlanggleiten. Es klingt wie Steinchen, die gegeneinander scheppern, und sie lächelt und spitzt dann die Lippen. »Das hört man sofort.«

Sie ringelt die Perlen zusammen und legt sie mir wieder in die Hand, und ich spüre sie warm auf der Haut. Dann nimmt sie den Ring, hält ihn mit zwei Fingern in die Höhe, dass die Brillanten in der Sonne glitzern, einer neben dem anderen.

»Das ist ihr Trauring«, sagt Tante Carol. »Und auf der Innenseite ist das Hochzeitsdatum eingraviert.«

»Ja?«, sage ich.

Tante Carol hält den Ring ein Stück von ihrem Gesicht weg und liest mit zusammengekniffenen Augen. Dann nickt sie und lässt ihn in meine Hand zurückfallen.

Ich sehe Tante Carol an, sehe auf den Ring, auf die Perlenkette, und dann öffne ich meine Hand und lasse den Ring und die Kette auf den grünen Teppich gleiten, wische das Gefühl von meinen Fingern ab.

»Vielleicht lieber doch nicht«, sage ich.

»So ein Unsinn«, sagt Tante Carol.

»Vielleicht solltest du sie lieber Bryan geben.«

Tante Carol schaut mich an, Augen so braun und Haare so weiß, Tante Carol, die weiß, was jeder denkt und fühlt. Ich senke den Kopf und wende mein Gesicht ab.

Tante Carol nimmt den Ring und die Perlen, steckt sie in das schwarze Samtsäckchen zurück und knotet das Band wieder zu. Sie fasst nach meiner Hand, legt das Säckchen hinein und schließt meine Finger darüber.

»Hör mir jetzt zu«, sagt sie, »hör mir jetzt gut zu.«

Ich schaue in ihr Gesicht hinauf, und sie räuspert sich.

»Du bist Janets Tochter«, sagt Tante Carol, »und es ist deine Pflicht, ihre Schätze zu hüten. Es ist deine Pflicht, ihr Andenken zu bewahren.«

Das Zimmer fühlt sich zu schwer an, mein Gesicht brennt von Tränen, die ich nicht weinen will, nicht jetzt, nicht hier.

»Hast du mich verstanden?«, fragt Tante Carol.

Ich starre auf den Boden, auf das Bett, auf meine Hände in ihren.

»Aber ich bin's doch nicht«, flüstere ich, »nicht richtig.«

Tante Carol räuspert sich noch einmal und schaut mir in die Augen, und auch sie spricht ganz leise.

»O doch«, sagt Tante Carol, »o doch, das bist du.«

Dritter Teil

Los Angeles, Fountain Valley
und Huntington Beach
1971-1973

8

Es ist dunkel, und sogar im Dunkeln sieht L. A. dreckig aus. Die Betonmauern unter den Brücken, die Häuserwände, alles ist voll gesprüht. Bryan sagt, das sind Graffiti, damit markieren die Gangs ihr Revier.

Daddy hält an einer Ampel, Blinker nach rechts.

»Du sollst ihr keine Angst machen«, sagt er.

»Wenn's doch wahr ist«, sagt Bryan.

»Was sind Gangs?«, frage ich.

»Ein Haufen Kerle, die auf Ärger aus sind«, sagt Daddy.

»Ein Haufen Kerle, die auf kleine Mädchen aus sind«, sagt Bryan.

»Das reicht«, sagt Daddy.

Er biegt in eine Straße mit lauter großen alten Häusern ein, die eng aneinander gebaut sind. Er fährt Red an den Randstein, stellt den Motor ab. Es ist still im Auto. Daddy dreht sich nach hinten, schaut Bryan an, schaut mich an.

»So«, sagt er, »ich erwarte mustergültiges Benehmen von euch, habt ihr verstanden?«

Bryan und ich sehen uns an.

»Mustergültiges Benehmen«, sagt Daddy noch einmal. »Das ist eine Bekannte von mir, eine sehr liebe Bekannte, und ich habe euch mitgenommen, weil ich möchte, dass ihr sie und ihre Kinder kennen lernt.«

Bryan hebt die Hand ein Stück, so als ob er den Stinkefinger hochstrecken will, und presst die Lippen aufeinander, um nicht zu grinsen.

»Warum?«, frage ich.

Daddy schaut mich eine Weile an, alles still um uns, und dann lächelt er. »Weil ich finde«, sagt er, »dass wir langsam ein paar Freunde brauchen können.«

Mustergültiges Benehmen, das heißt Schultern straff, Arme schön an den Seiten, Kinder, die man sieht und nicht hört. Bryan und ich stehen neben Red, Schulter an Schulter, mustergültig steif. Daddy kniet auf einem Knie, und er bindet Bryan die Schuhe fester, streicht mir das Haar hinter die Ohren. Dann steht er auf und fährt sich mit der flachen Hand an den Hosenbeinen herunter.

»Steck dein Hemd in die Hose, Partner«, sagt Daddy.

»Dad«, sagt Bryan.

»Jenny, zieh deine Strümpfe hoch«, sagt Daddy.

»Das sind Rollsöckchen«, sage ich, »die gehören so.«

Daddys Filmstar-und-idealer-Schwiegersohn-Gesicht ist so angespannt und voller Unruhe, dass ich selber ganz zappelig werde. Er hebt beide Arme hoch, lässt sie wieder herunterfallen und schüttelt dann den Kopf.

»Gehen wir einfach«, sagt er.

Er nimmt uns an der Hand, führt uns ein Stück den Gehsteig entlang und dann eine steile Treppe hoch, zwanzig Stufen insgesamt. An ihrem Ende steht ein braunes Haus mit einer Veranda so breit wie die ganze Vorderseite. Wenn es wirklich verwunschene Häuser geben würde, in denen Hexen wohnen, dann könnte das hier eins sein, so dunkel und groß und unheimlich ist es.

Bevor Daddy auch nur klopfen kann, fliegt die große Tür schon auf, und eine Dame steht da und strahlt übers ganze Gesicht. Die Dame würde aussehen wie jede andere Dame auch, nur ist in ihren Augen dieser besondere Blick für besondere Menschen.

»Endlich«, sagt die Dame, »ich dachte schon, ihr kommt nicht mehr.«

Ich und Bryan sehen uns an. Daddy lächelt, und die Dame lächelt, und Daddy drückt uns die Hände ins Kreuz, sodass wir vorwärts gehen müssen.

Die Dame macht einen Schritt nach hinten, um uns vorbeizulassen, und sie hat dunkelrote Haare, die glatt und lang um ihr schmales Gesicht fallen. Ihre Augen sind grün, so hellgrün, dass sie fast blau sein könnten, nur sind sie es nicht, sie sind grün. Es sind Augen, wie sonst nur Katzen sie haben.

Die Dame schließt die Tür hinter uns, ein Geräusch so dumpf und so hart, als ob wir hier nie wieder rauskommen sollten. Dann sieht sie Bryan an, dann mich, dann Daddy. Daddy räuspert sich, und die Dame lacht nervös, hahaha.

»Ja, also«, sagt Daddy, »Kinder, das ist meine, äh, Bekannte.«

Die Dame schüttelt den Kopf, und das Haar schwingt ihr übers Gesicht wie ein Vorhang. »Ach Bud, du Dummerchen«, sagt sie. Sie gibt Daddy einen kleinen Klaps. Daddy hat ganz verlegene rote Backen.

»Männer!«, sagt sie zu Bryan und mir. »Ich heiße Deborah, aber ihr könnt einfach Deb zu mir sagen.«

Deb und Daddy stehen da, und irgendetwas ist mit ihnen, aber ich verstehe nicht ganz, was. Ein Gefühl, als würde ich von draußen zu ihnen hineinschauen. Ein Gefühl, dass etwas los ist, irgendwas, das ich nicht weiß. Ein schlechtes Gefühl, das mir im Nacken kribbelt, auf meiner Kopfhaut und bis in meine Nase.

Deb und Daddy lachen über etwas, und dann sagt Deb, wir sollen jetzt alle ins Wohnzimmer gehen. Sie geht vor uns her durch eine offene Tür, und Daddy drückt uns wieder die Hände ins Kreuz, schiebt uns in das große Zimmer. Auf dem Sofa sitzen drei Kinder, und alle drei winken sie Daddy zu. Daddy und diese Kinder, sie sind wie eine komplette zweite Familie, zu der er gehört und wir nicht.

Deb sagt, das da sind Christopher und die Zwillinge, Kendall und Veronica, aber Kendall wird Kenny genannt und Veronica Ronny. Kenny und Ronny sehen sowieso wie Jungen aus, da passt es, dass sie Jungensnamen haben.

Debs Wohnzimmer ist mit großen alten Möbeln voll gestopft, und es riecht muffig. Bryan setzt sich auf die Kante von einem großen Sessel, und ich drücke mich in den anderen großen Sessel neben Daddy. Deb sitzt auf der Sofalehne und führt mit Daddy Erwachsenengespräche. Das erste Zusammentreffen ist immer ein bisschen steif, sagt Deb, und Dad sagt, das Schlimmste haben wir jetzt schon überstanden, und dann reden sie über einen Kunden von Daddy, der Smith heißt.

Kenny und Ronny haben beide genau die gleichen hellen Augen wie Deb, nur dass die von Kenny eher grün sind und die von Ronny eher blau. Sie haben auch beide die gleichen roten Haare und Sommersprossen im ganzen Gesicht. Momma sagt, richtige Mädchen haben keine so kurzen Haare, und ich sehe sofort, dass Kenny und Ronny keine richtigen Mädchen sind.

Christopher hat überhaupt keine Ähnlichkeit mit Deb oder Kenny und Ronny. Christopher hat blondes, lockiges Haar, tiefdunkelbraune Augen und ein rundes, hübsches Gesicht, das fast ein bisschen aussieht wie das von einem Mädchen. Er hat etwas unglaublich Ruhiges an sich, und er hält so still, als ob mustergültiges Benehmen für ihn völlig normal ist.

Daddy sagt, Kenny und Ronny und ich sind gleich alt. Deb sagt, die Zwillinge werden am 15. November acht. Daddy sagt, ich werde am 15. Dezember acht. Deb klatscht in die Hände und sagt, dann können wir unsere Geburtstage ja zusammen feiern.

Die Zwillinge schauen Deb beide an, als ob bei ihr eine Schraube locker wäre. Ihre Gesichter sind verzogen wie von einem sauren Geschmack.

»Wir haben an Jennys Geburtstag schon was vor«, sagt

Daddy, »das machen wir jedes Jahr, es ist eine richtige Tradition.«

Debs dünne Augenbrauen sitzen hoch in ihrer Stirn wie aufgemalte Halbkreise, und sie zieht sie noch ein bisschen höher. »Ach ja?«, sagt sie.

Daddy schaut mich mit dem Lächeln an, das ich so mag. »Ja«, sagt er.

»Disneyland«, sage ich. »Nur ich und Daddy.« Meine Stimme klingt zu laut in dem großen Haus, und ich klappe den Mund ganz schnell zu. Alle schauen zu mir her. Bryan, Christopher, Deb, sogar Daddy. Kenny und Ronny schauen auch, und Ronny steckt sich den Finger in den Hals und macht ein Brechgeräusch.

»Disneyland?«, sagt Ronny. »Disneyland ist ja wohl der Abstieg.«

»Aber echt«, sagt Kenny.

Kenny lacht über Ronny, und Ronny lacht über Kenny. Bryan lacht auch, ein Grunzer oben in der Nase. Christopher lacht nicht, er schaut nur im Zimmer herum, als würde er sich weit weg wünschen. Ich wünsche mich auch weit weg.

»Dann eben nicht«, sagt Deb. »Wir werden ja noch oft genug Gelegenheit haben, etwas zusammen zu unternehmen.«

Sie sieht Daddy an, und in ihren Augen ist dieser besondere Blick und auch noch etwas anderes, Schärferes. Daddy schaut Bryan an und lächelt erst ihn an und dann mich.

Am schwarzen Himmel steht ein kreisrunder Mond. Daddy schickt Bryan und mich zum Auto vor und bleibt mit Deb oben an der Haustür.

Bryan lehnt sich mit dem Po an Red und verschränkt die Arme hoch über der Brust. Ich lehne mich auch an Red, verschränke die Arme wie er, aber es fühlt sich verkehrt an. Ich nehme sie herunter und verschränke sie andersherum.

Bryan tritt gegen ein Grasbüschel. Ich trete auch gegen ein Grasbüschel. Die Straßenlaternen werfen Kreise aus Licht auf das Pflaster und die geparkten Autos. Red steht halb in einem Lichtkreis, halb draußen. Bryan und ich stehen im Dunkeln.

Debs und Daddys Körper oben auf der Veranda sind nah beieinander, zu nah.

»Küssen die sich?«, fragt Bryan.

»Ich kann's nicht sehen«, sage ich.

Deb schiebt sich die Haare vom Gesicht weg, und Daddy hat die Hand an ihrem Arm.

»Da«, sagt Bryan. »Das war auf jeden Fall ein Kuss.«

»Warum küsst er sie?«, frage ich.

Bryan räuspert sich und stößt sich von Red ab. »Ach, halt doch den Mund.«

»Was?«

Bryan zieht die Autotür auf, das Kinn fest an den Hals gedrückt.

»Ich hab doch überhaupt nichts gemacht«, sage ich.

»Steigst du jetzt vielleicht endlich ein?«, sagt Bryan.

Im Auto ist es still, und ich klettere nach hinten, schaue durch die Heckscheibe hinaus. Daddy kommt die steile Treppe herunter, mit schnellen, lockeren Schritten, ein breites Lächeln im Gesicht.

Ich drehe mich wieder um, und Bryan rutscht in seinem Sitz nach unten. Daddy steigt ein und schlägt die Tür zu. Er ist ganz atemlos.

»Das ging doch richtig gut, oder?«, sagt er und reibt sich die Hände. »Wie fandet ihr sie? Ich meine, es liegt mir sehr viel daran, dass ihr zwei sie nett findet.«

Bryan schaut mich an, schaut Daddy an, schaut aus dem Fenster, und dann hebt er eine Schulter.

»Ihr findet sie doch nett«, fragt Daddy, »oder?«

Stille im Auto. Ich könnte Nein sagen, ich könnte sagen, dass ich Deb furchtbar finde, ich könnte sagen: Fahren wir weg von diesem grässlichen Haus und dieser grässlichen Frau und ihren grässlichen Zwillingen, und kommen wir nie wieder. Ich könnte alles Mögliche sagen, aber das, was ich eigentlich sagen möchte, steckt in diesem langen, leeren Moment fest, und so sage ich gar nichts.

»Doch«, sagt Bryan, »sie ist schon nett.«

Daddy atmet auf und schaut zur Decke hoch.

»Das freut mich«, sagt er. »Das freut mich sehr.«

Und ich weiß, dass ich meine Gelegenheit verpasst habe, denn Daddy sieht nicht mal mehr zu mir hin. Er lässt den Motor an und fährt weg von Debs großem Haus.

9

Zwei Monate später wohnen wir bei Deb. Einen Grund gibt es nicht, es ist einfach so. Daddy sagt, Debs Haus ist jetzt unser Zuhause. Aber für mich wird es nie mein Zuhause sein. Nie.

Der Himmel über Debs Haus ist mehr grau als blau, als würde man ihn durch ein Fliegengitter anschauen. Daddy sagt, der Himmel ist voller Smog.

Debs Haus hat viele Zimmer, unten zum Wohnen, oben zum Schlafen. Jeder hat sein eigenes Schlafzimmer, außer Daddy, der bei Deb schläft. Wir Kinder dürfen in dieses Zimmer nicht rein, das ist gegen die Regel. Tabuzone, sagt Bryan dazu, und ich hasse Deb dafür, dass sie die Tür zumachen darf, sie drinnen mit Daddy, ich draußen.

Bryans Zimmer ist in der Mansarde, aber es ist kein richtiges Zimmer, die Wände sind nicht gestrichen, und auf dem Boden liegen einfach nackte Bretter. Es riecht nach altem Staub und trockenem Holz, aber Bryan sagt, das stört ihn nicht, Hauptsache, er hat endlich ein Zimmer für sich allein.

Mein Zimmer war früher das Gästezimmer, und es hat ein großes, weiß lackiertes Eisenbett. Eine Kommode ist auch da, und sie ist auch weiß lackiert. Durch das Fenster, unter dem Smog, sieht man Hausdächer, schwarze Dachpappe, Antennen, Schornsteine. Die Häuser stehen so nah beieinander, man könnte von Giebel zu Giebel springen, ohne den Boden zu berühren. Das stelle ich mir manchmal vor, dass ich zum

Fenster rausklettere, von Giebel zu Giebel springe und nie wieder zurückkomme.

An meinem achten Geburtstag fahren Daddy und ich nach Disneyland. Wir gehen ins Spukhaus, in die Sciencefictionwelt, zu den Südseepiraten, und dann essen wir im Südseepiratenrestaurant zu Mittag. Nach dem Essen fasst Daddy mich bei der Hand, und wir bummeln durch das Verzauberte Königreich. Wir reden nicht, wir gehen einfach nur, und es ist schön, ihn ganz für mich allein zu haben.

Neben dem Gehweg zeichnet ein Mann etwas auf einem großen Blatt Papier, und um seine Füße stehen Töpfe mit Stiften und Pinseln und Farben. Vor dem Mann sitzt ein Junge mit grünen Augen. Der Junge schaut ernst. Seine Mutter sagt, er soll lächeln.

Wir stellen uns hinter den Mann, und unsere Schatten fallen lang über das Pflaster, ein Schatten von Daddy und mir, Hand in Hand.

»Hast du Lust?«, fragt Daddy.

Der Mann malt den Jungen mit ernstem Gesicht, und die Mutter des Jungen verdreht die Augen.

»Warum lächelst du denn nicht?«, fragt sie.

Daddy drückt meine Hand ein bisschen, dass meine Haut warm wird von seiner, und ich sehe zu ihm hoch. »Mach's doch«, sagt er, »dann hast du ein Souvenir.«

»Ein Souvenir?«

»Ein Andenken an deinen Geburtstag.«

Der Junge steht von dem Stuhl auf und lächelt mich an. Er hat ein nettes Lächeln, aber seine Zähne stecken in einer Zahnspange, es ist ein sehr silbriges Lächeln.

Daddys Finger lassen los, und meine Hand wird kühl, da, wo seine gelegen hat. Er zieht die Brieftasche heraus und nickt mir zu. »Trau dich ruhig, Juniper.«

Er gibt dem Mann Geld, und der lächelt, dass seine Augen sich um die Ränder kräuseln.

»Herzlichen Glückwunsch zum Geburtstag«, sagt der Mann.

»Danke«, sage ich.

Der Mann schwenkt die Hand in Richtung Stuhl, und ich stopfe mir das Kleid unter den Beinen fest und setze mich hin. Mein Kleid ist lang, mit kleinen Puffärmeln, Gummizügen um die Taille und Rüschen am Saum. Es ist braun mit kleinen grünen und blauen Streifen. Um die Haare habe ich mir ein blaues Tuch gebunden, und das Blau passt zu dem Blau in meinem Kleid.

Der Mann sieht mich lange Zeit an. Seine Augen sind blau, ein tiefes, klares Blau, das man immer weiter anschauen möchte, auch, wenn man eigentlich wegschauen sollte. Ich wünsche mir, ich hätte auch so blaue Augen.

Daddy steht erst mit verschränkten Armen da, dann drückt er die Zeigefinger an die Mundwinkel und schiebt sie zu einem Lächeln nach oben. Ich schiebe die Mundwinkel auch hoch.

Der Mann holt tief Atem, nimmt einen Stift und malt auf das weiße Papier. Ich überlege, ob ich mich an der Nase kratzen darf, ob ich mich überhaupt bewegen darf.

Daddy stützt das Kinn in die Hand, wie immer, wenn er sich konzentriert. Seine Augen sind ernst, und oben an der Nase hat er eine kleine Falte.

»Ist das nicht ein bisschen arg erwachsen?«, fragt er.

»Ich zeichne nur, was ich sehe«, sagt der Mann.

Ich sitze still und steif und beobachte den Mann beim Zeichnen. Er hebt den Stift vom Papier und schaut mich wieder an.

»Jetzt kannst du dich entspannen«, sagt er.

Er tunkt seinen Pinsel ein, hier eine Farbe, da eine Farbe. Ich kratze mich mal an der Nase, mal am Ohr, reibe mir das Auge.

Dann ist der Mann mit einem Mal fertig und lehnt sich auf seinem Stuhl zurück. Ich stelle mich neben Daddy, betrachte mich in Bleistift und Wasserfarben. Runde Backen. Lippen dünn, aber nicht zu dünn, die Nase mit hellbraunen Sommersprossen betupft. Es sieht aus wie ich, bis auf die Augen, die erwachsen und ernst und traurig sind, es kann nicht sein, es kann einfach nicht sein, dass ich so schaue.

Daddy fasst mich an der Schulter, und ich sehe hoch in sein Gesicht, seine Augen. Ein bisschen traurig sind sie auch, und auf einmal weiß ich, dass wir beide traurige Geheimnisse haben, er und ich. Daddy streckt mir die Hand hin, und ich lege meine Hand hinein, meine Finger wieder warm.

Der Mann schreibt seinen Namen auf mein Bild: »Keith, 1971« schreibt er.

Als wir aus Disneyland zurück sind, gehe ich in mein Gästezimmer, Keiths Bild unter dem Arm. Daddy sagt, nachher gibt es auch noch Kuchen und Eiskrem, aber Kuchen und Eiskrem brauche ich nicht.

Ich mache die Tür hinter mir zu und lehne mich dagegen. Alles ist noch so, wie es war. Drinnen das weiße Bett, die weiße Kommode. Draußen vor dem Fenster Hausdächer und Smog.

Unter dem Fenster steht ein großer Pappkarton, auf dem in Tante Carols geschwungener Schrift »Jennys Zimmer« steht. Alle meine Kleider und Spielsachen sind in dem Karton, und ich kann blind hineinlangen und spüre gleich, was wo ist. Neben dem Pappkarton steht eine nagelneue rosa Truhe mit einem silbernen Schloss und einem winzig kleinen silbernen Schlüssel. Die Truhe habe ich zum Geburtstag bekommen, und Daddy sagt, sie ist für mein Spielzeug. So ein Genie, aber Ahnung hat er trotzdem keine. Die Truhe ist für Geheimsachen, deshalb hat sie den Schlüssel und das Schloss.

Ich lege das Bild von Keith aufs Bett und klappe die neue rosa Truhe auf. Sie ist mit grauem Papier ausgeschlagen und riecht nach Kleber. Ich lege Keiths Bild ganz unten auf den Boden, schaue in mein Wasserfarbengesicht, in die Augen, die nicht mir gehören. Es ist schön, ein Souvenir zu haben, aber wie ich darauf aussehe, gefällt mir nicht, deshalb schaue ich es nicht sehr lange an.

Ich tauche mit einer Hand in den Jennys-Zimmer-Karton, bis meine Finger an kaltes Plastik stoßen, taste das Plastik entlang, bis ich den Griff gefunden habe, und dann ziehe ich den Barbie-Koffer herauf. Er ist voll gestopft mit meinen Schätzen und mit den Schätzen von Momma. Die Malibu-Beach-Barbie ist in dem Koffer, meine Barbie-Kleider und Barbie-Schuhe, das weiße Buch mit den Hochzeitsfotos und das Samtsäckchen mit Mommas Schmuck. Ich lege die Arme um den Barbie-Koffer und drücke ihn an mich.

Ich vergesse Mommas Geruch. Ich vergesse, wie Mommas Stimme klingt. Seit Deb ist es, als ob es Momma nie gegeben hätte. Vielleicht ist das richtig so. Vielleicht muss es so sein, dass man die Leute, die sterben, vergisst.

Daddy hat Momma anscheinend vergessen. Bryan auch. Aber ich will sie nicht vergessen. Ich wünsche mir, ich könnte auch dahin kommen, wo Momma jetzt ist, nur um wieder bei ihr zu sein. Manchmal kommt sie mir so nah vor, als müsste ich ihre Finger mit meinen berühren können, aber die meiste Zeit ist sie so weit weg, dass es sich anfühlt wie am anderen Ende der Welt, mit Bergen und Tälern und Graffiti und einem Himmel voller Smog zwischen uns.

Wegen jeder Kleinigkeit fange ich an zu heulen. Wenn ich wenigstens stärker wäre. Ich wische mir mit dem Handrücken übers Gesicht, so fest, dass es wehtut, und starre in den graublauen Himmel vor dem Fenster. Dann ziehe ich den Rotz hoch und knie mich hin, lege den Barbie-Koffer neben das Bild von Keith, rücke ihn so zurecht, dass die Ränder genau aneinander stoßen.

Der Barbie-Koffer passt perfekt in die Truhe, und ich wühle noch einmal in dem Jennys-Zimmer-Karton, hole

Schneewittchen und die sieben Zwerge heraus und setze mich damit auf Debs harten Holzboden, gegen die rosa Truhe gelehnt. Es ist schon so lange her, dass das Buch sich steif anfühlt, als ich es aufklappe. In seinem Rücken knackt es.

Ich blättere die Seiten um, und auf dem ersten Bild sitzt die Königin an ihrem Fenster aus Ebenholz und stickt an einer kleinen, weißen Mütze. Auf dem nächsten Bild steht Schneewittchen barfuß im Wald, mit all den vielen Tieren um sie herum. Auf dem dritten Bild ist Schneewittchen schon ganz erwachsen und hat ein weißes Kopftuch um die Haare gebunden. So wie es aussieht, sind die Zwerge gerade heimgekommen, und Schneewittchen bringt das Abendessen herein. Die Zwerge stehen um sie herum, alle mit diesen Altmännergesichtern, und im Vergleich zu ihnen ist Schneewittchen riesengroß. Man sieht, dass sie nicht hierher gehört, dass sie nur so tut, weil sie Angst hat, ihre böse Stiefmutter könnte sie sonst finden. Eigentlich sollte sie in Sicherheit sein, aber man braucht das Bild nur anzuschauen und weiß gleich, dass sie kein bisschen sicher ist.

Von unten ruft Daddy meinen Namen, Zeit für die Geburtstagstorte, ruft er.

Ich schlage *Schneewittchen und die sieben Zwerge* zu und lege es in die rosa Truhe neben das Bild und den Barbie-Koffer. Dann klappe ich den Deckel herunter und sperre das Schloss mit dem kleinen, silbernen Schlüssel ab. In dem Jennys-Zimmer-Karton sind jetzt nur noch Schuhe, Strümpfe, Unterwäsche und Kleider. Ich verstecke den Schlüssel in einem Paar weiße Rollsöckchen und stopfe den Sockenball in einen schwarzen Lackschuh. Den Schuh wühle ich unter alle die anderen Sachen in dem Karton, und dann laufe ich nach unten, zum Rest von meinem Geburtstag.

Im Frühling haben Deb und Daddy ihren ersten Streit, und ich höre alles mit. Der Streit geht über Debs Kirche. Sie will, dass Bryan und ich eintreten, aber Daddy will nicht, dass wir eintreten, und das bringt Deb so in Wut, dass sie mit einer Stimme losschreit, wie ich sie noch nie im Leben gehört habe. Debs Wutstimme ist tief und hoch zugleich, wie Fingernägel auf einer Schiefertafel.

Ich sitze in der Diele, auf der untersten Treppenstufe, und lehne den Kopf an die Wand, kühler Putz an meinem Gesicht. Bryan kommt um die Ecke, ein Mortadellabrot in der Hand, mit vollen Backen.

Ich lege den Finger an den Mund und schaue zur Decke hoch. »Sie streiten«, flüstere ich.

Bryan schluckt mühsam und schaut auch zur Decke. Die Stimmen kommen in Wellen, leise, dann laut.

»Deb will, dass Daddy uns in ihre Kirche schickt«, flüstere ich.

Bryan setzt sich auf die Stufe und knetet das Weißbrot zwischen den Fingern.

»In welche Kirche eigentlich?«, frage ich ihn.

»Sei still«, sagt er.

»Man darf seine Kinder nicht so verzärteln!«, schreit Deb.

»Das verstehst du nicht«, schreit Daddy.

»In welche Kirche?«, flüstere ich.

Deb sagt, Daddy ist zu nachsichtig. Daddy sagt, Deb ist zu dominant. Daddy sagt noch etwas, das ich nicht verstehen kann, seine Stimme ist tief und leise.

Bryan hält den Kopf schräg, sodass ein Ohr zur Decke zeigt.

Oben reden sie jetzt so leise, dass ich gar keine Worte mehr höre. Dann zerreißt Debs laute Kreischstimme die Stille in hundert Fetzen.

»Du arrogantes Arschloch«, schreit sie, »mach, dass du aus meinem Haus kommst!«

»Jetzt beruhig dich doch erst mal«, sagt Daddy.

Bryan schaut mich an. Seine Augen sind rund und weit offen. »Komm«, flüstert er mir zu. Er klemmt sich sein Mortadellabrot zwischen die Zähne, damit er die Hände frei hat für die schwere Haustür. Ich schleiche auf Zehenspitzen über die Dielenbretter und zur Tür raus. Bryan zieht die Tür ganz leise hinter sich zu und geht über die Veranda. Große Büsche wachsen vor Debs Haus, und die Blätter sind dunkelgrün unter dem Straßenstaub.

»In welche Kirche?«, frage ich.

»Woher soll ich das wissen?«, sagt Bryan. Er wirft den Rest von seinem Brot hinter einen von Debs blühenden Sträuchern und setzt sich auf die oberste Stufe. Verandaschatten fällt schräg über sein Gesicht, und die Sonne von L. A. kriecht die Stufen herauf.

Die Haustür geht auf. Daddy hält eine Reisetasche in der Hand. So wütend habe ich sein Gesicht noch nie gesehen.

»Kommt, wir gehen«, sagt Daddy.

Bryan dreht sich zu ihm um, seine dunklen Augen sind weit geöffnet. »Wohin?«

»Keine Fragen jetzt«, sagt Daddy, »kommt einfach.« Er legt eine Hand auf meine Schulter und die andere, die mit der Tasche, an Bryans Rücken. Ich renne die Treppen hinunter und springe von der letzten Stufe auf den Gehsteig. Daddy macht lange Schritte, und Bryan rennt zum Auto vor. Vom Haus her schreit Deb Daddy hinterher, und Daddy tut so, als ob er nichts hören würde.

»Mach die Tür zu, Bryan«, sagt Daddy.

Durch die Heckscheibe sehe ich zu Deb zurück. Sie hat eins von Daddys Bürohemden an, ihre Beine sind nackt, ihre Füße sind nackt, und durch Daddys Hemd kann ich ihre nackte Figur sehen. Debs Körper ist kurvig und dünn zugleich, ihre Hände zu Fäusten geballt, Fäuste in die Hüften gestemmt.

»Bud Lauck«, schreit sie, »du bist ein gottverdammter Feigling!«

»Tür zu, Bryan«, sagt Daddy.

Bryan zieht die Tür zu, und wir sind drinnen, Deb draußen. Sie schreit etwas, schüttelt die Faust, wirft ihre langen

Haare nach hinten. Ich möchte Daddy sagen, dass er so schnell fahren soll, wie er nur kann, egal wohin, dass er immer weiterfahren soll, damit wir nie, nie zurückmüssen zu Deb und ihrem grässlichen Haus.

Eine halbe Stunde später nehmen wir ein Zimmer im Holiday Inn. Es liegt im Erdgeschoss, ein Zimmer mit zwei großen Betten und einem Bad. Bryan zieht die Vorhänge auf. Dahinter ist eine Schiebetür, ganz aus Glas.

»Super«, sagt Bryan. »Ein Swimming-Pool.«

Daddy wirft seine Reisetasche aufs Bett. Ich knipse das Licht im Bad an und schaue in die Schubladen neben dem Waschbecken. Bis auf eine Rolle Klopapier sind sie leer.

»Können wir an den Pool gehen?«, fragt Bryan.

Daddy reibt sich mit seinen großen Händen das Gesicht, und er schaut im Zimmer herum, wie wenn er etwas vergessen hätte. »Sicher«, sagt er, »warum nicht?«

»Super«, sagt Bryan.

Ich schalte das Badezimmerlicht aus und bleibe in dem kleinen Durchgang stehen.

»Was ist mit unseren Schwimmsachen?«, frage ich.

»Was?«, sagt Daddy.

»Wir haben keine Schwimmsachen dabei«, sage ich.

Daddy und Bryan sehen mich an, beide mit genau den gleichen Augen, dem gleichen Blick.

»Ich kann doch meine Shorts nehmen«, sagt Bryan.

»In Ordnung«, sagt Daddy. »Und du behältst einfach dein T-Shirt und die Unterhose an, Juniper.«

Daddy fährt mit der Hand in die Tasche, wühlt ein paar Münzen heraus und gibt sie Bryan. »Da«, sagt er, »kauft euch was zu trinken und lasst mir ein bisschen Zeit, meine Gedanken zu ordnen.«

Bryan nimmt das Geld, zieht die Schiebetür auf und läuft raus. Daddy lässt sich auf eine Bettkante fallen und stützt das Gesicht wieder in die Hände, reibt auf und ab.

»Bleiben wir hier?«, frage ich.

Daddy setzt sich gerade hin und lächelt. »Lauf und spiel mit deinem Bruder, und lass mich ein bisschen nachdenken, was wir jetzt machen.«

Bryan und ich haben noch nie zusammen gespielt, nie. Das möchte ich Daddy sagen, und ich möchte ihm auch sagen, dass ich Deb nicht ausstehen kann und ihre Kinder und ihr Haus auch nicht. Ich möchte ihm lauter Sachen sagen, aber ich sage sie nicht. Ich sage gar nichts und gehe raus zu Bryan.

Das Holiday Inn ist um den Swimming-Pool herumgebaut, zwanzig Schiebetüren aus Glas, die Gardinen bei manchen zurückgezogen, bei den meisten zu. Zwischen den Türen stehen Tröge mit hohen, spitzigen Büschen, und unten in den Trögen liegen runde, weiße Steine auf schwarzem Plastik. Wenn man hochschaut, sieht man einen Balkon und noch mehr Glasschiebetüren.

»Er ist leer.« Bryan steht vorne am Beckenrand, und seine Stimme hallt in dem leeren Innenhof. Ohne Wasser ist das Schwimmbecken nur ein großer Kreis aus weiß angemaltem Beton. An manchen Stellen blättert die Farbe von den Wänden ab, und lange Risse ziehen sich vom flachen Ende bis hinten ins tiefe. Am tiefen Ende steht eine kleine Pfütze schmutziges Wasser, nicht mal genug für ein Vogelbad, und es sieht aus, als ob jemand ein paar von den runden weißen Steinen hineingeworfen hätte.

»Typisch.« Bryan pustet durch die Lippen aus und schaut sich um, als ob er etwas sucht. Dann schlendert er zu dem Getränkeautomaten, der an einer von den Betonmauern hängt, und stellt sich davor auf, Hände in den Hosentaschen.

»Ich nehm ein Ginger-Ale.« Bryan holt das Geld aus der Tasche, wirft die Münzen ein und drückt auf einen Knopf. Eine Dose rollt in den Schacht, und Bryan nimmt sie heraus. »Was möchtest du?«

Ich zeige auf den grünen Knopf für Zitro-Kirsch. Bryan wirft noch mehr Münzen ein, drückt auf den grünen Knopf, und ich nehme die eisige Dose aus dem Schacht.

Bryan geht zurück zum Beckenrand und schiebt die Füße ein Stück über die Kante. Daddy steht an der Glastür, das Telefon in der einen Hand, den Hörer in der anderen. Er lächelt und winkt, den Kopf an den Hörer gelehnt.

Ich winke zurück, und dann höre ich auf zu winken. »Mit wem redet er denn da?«, frage ich.

Bryan steckt die Hand in die Tasche, scheppert mit den Münzen und sagt nichts. Ich gehe rüber ans flache Ende und setze mich hin, an den Rand, wo die Stufen ins Wasser führen. Ich stelle die Füße auf die oberste Stufe und lasse meine Dose zischen. Die Limonade ist sauer und süß und pritzelt mir im Mund und in der Kehle. Die Sonne scheint, aber heiß ist es nicht. Die Welt ist zwischen den Jahreszeiten, nicht Frühling und nicht Winter.

Bryan kippt seine Dose, so weit es geht. An seinem Hals bewegt sich beim Trinken ein kleiner Knubbel auf und ab. Dann tritt er vom Beckenrand zurück, lässt die Dose auf den Beton fallen und stampft darauf herum, bis sie völlig platt getrampelt ist. Er holt mit dem Fuß aus, kickt, und die Dose fliegt in die Luft und landet in der Pfütze mit schmutzigem Wasser.

Irgendwie ist das komisch, die Dose im schlammigen Wasser, und ich lache. Bryan lacht auch. Ich trinke meine Limonade aus und halte ihm die leere Dose hin. Bryan kommt um den Swimming-Pool herum und nimmt sie. Er lässt sie auf den Boden fallen, stampft sie platt und kickt sie mit einem Schwung vom flachen Ende bis ins tiefe. Die Dose landet auch in der Pfütze, gleich neben der zerdrückten Ginger-Ale-Dose, und Bryan stößt stumm ein paarmal die Faust in die Höhe.

Ich ziehe die Beine an und rolle mich zu einer kleinen Kugel, Arme um die Knie geschlungen. Bryan setzt sich neben mich, Füße auf der obersten Stufe, Ellenbogen auf den Knien. Von so nah riecht er nach Ginger-Ale.

Es gefällt mir hier draußen mit Bryan, nur wir zwei, es gefällt mir, wie er Dosen nimmt und durch die Gegend kickt. Wie wir beide über dieselben Sachen lachen müssen. Von der Seite sehe ich von seinem Gesicht nur die lange Linie von der Backe zum Kinn runter, die gerade Nasenlinie, das Schönheitsfleckchen über seiner Lippe. Bryan dreht sich um, und ich schaue weg von seinem Gesicht, auf das schlammige Wasser im leeren Swimming-Pool.

»Was ist?«, fragt Bryan.

»Hoffentlich fahren wir nicht wieder zurück zu Deb«, sage ich.

Bryan lehnt sich nach hinten, stützt sich mit den Händen auf dem Beton ab. »Wir fahren zurück«, sagt er.

»Woher weißt du das?«, frage ich.

»Ich weiß es eben«, sagt Bryan.

Ich muss mir den Hals verrenken, um Bryans Gesicht zu sehen. »Woher?«, frage ich.

Bryan starrt mit zusammengekniffenen Augen in den Swimming-Pool. »Vergiss es«, sagt er.

Meine Arme und Beine haben eine Gänsehaut, und ich nage an meiner Lippe. »Komm schon, jetzt sag.«

Bryan schaut wieder zu mir, dann auf die Glasschiebetür, und er bringt sein Gesicht nah an mein Ohr. »Dad und Deb sind nicht einfach bloß Freunde«, flüstert er. »Du weißt schon.«

Ich beuge mich von Bryans Gesicht weg, sehe seine dunkelbraunen Augen, die Augenbrauen, die buschig über den Augen hervorstehen. »Nein«, sage ich, »weiß ich nicht.«

»Mein Gott«, sagt Bryan, »gebrauch doch dein Hirn. Was glaubst du denn, was sie machen in ihrer Tabuzone? Schlafen?«

Ich schaue auf Bryans Mund. Er leckt sich über die Lippen.

»Christopher sagt, es geht schon ziemlich lange«, sagt Bryan. »Er sagt, Daddy war letztes Jahr auch schon da.«

»Warum?«, frage ich.

Bryan rollt mit den Augen. »Gott, wie blöd bist du eigentlich?« Er dreht den Oberkörper nach hinten, Gesicht zu Daddy hinter der gläsernen Schiebetür, dann dreht er sich wieder nach vorne und tritt mit der Ferse gegen die Schwimmbeckenwand.

Ein Teil von mir weiß, was Bryan meint, und ein Teil weiß es nicht. So wie ich früher schon wusste, dass Buchstaben Wörter ergeben und Wörter Sätze, aber lesen konnte ich trotzdem nicht.

Bryan bohrt an der Beckenkante herum, holt ein lockeres Bröckchen Beton heraus und wirft es in das schlammige Wasser. Noch mehr wird er nicht sagen, das weiß ich, und ich wünsche mir, dass er überhaupt nie was gesagt hätte.

Hoch oben am Himmel fliegt ein Flugzeug irgendwohin, ein Summen von ganz weit weg. Ich lege den Kopf in den Nacken, aber ich sehe nichts als ein silbernes Glitzern und dahinter einen Strich weißen Dampf.

10

Wir haben jetzt ein braunes Auto, so einen protzigen Mercedes, der teuer und vornehm aussehen soll.

Ich hasse das braune Auto.

Daddy und Deb sitzen vorne, Kenny zwischen ihnen. Christopher, Bryan, Ronny und ich sind hinten zusammengepfercht, Ronnys Schulter drückt gegen meine. Ronny hat den Mund offen, und ihr Atem stinkt.

Ich hasse Ronny.

Deb hat sich extra fein gemacht, ihre Haare sind zu einer Innenrolle hochgesteckt, mit einem schwarzweißen Punkteschal drum herum, und sie hat sich in ein ärmelloses weißes Kleid mit großen roten und gelben Blumen gezwängt. Sie dehnt und streckt sich wie eine Katze und legt den Arm an Daddys Rückenlehne entlang, die Finger an Daddys Nacken. »Gott, bin ich glücklich«, sagt sie.

Ich hasse Deb.

Daddy und Deb haben in Las Vegas geheiratet, einfach so, ohne Erklärung. Es ist so, und damit basta.

Ich verschränke die Arme und starre meine ganze Wut auf Daddys Hinterkopf, seinen Hals, den Sonnenbrillenbügel an seiner Schläfe.

Ronny gibt mir einen Puff, ihr sommersprossiges Gesicht dicht an meinem. »Rück mal«, sagt sie.

»Kann ich nicht«, sage ich.

Ronny pufft mich wieder, rammt seinen Rücken gegen

meine Schultern. Ihr Körper ist knochig und kantig, kalt, hart.

»Klar kannst du«, sagt Ronny.

»Hört mit dem Rumgerempele auf«, sagt Bryan.

Deb dreht sich nach hinten, und der Gurt verzieht die Haut an ihrem Hals. Ihre dünnen Lippen sind mit mattrosa Lippenstift angemalt, und wenn sie lächelt, sind ihre Schneidezähne an den Enden voll Lippenstift. »Kein Gezanke jetzt, Kinder«, sagt sie.

Bryan verdreht die Augen, als wäre Deb zu dumm für Worte. »Wer zankt denn?«, sagt er.

Deb wedelt mit der Hand über den Sitz. »Nur ein bisschen Geduld noch, wir sind fast da.« Sie setzt sich wieder richtig herum, sieht Daddy an, lächelt. Daddy sieht Deb an, lächelt zurück.

Ronny zappelt hin und her. Ich kreuze die Arme noch fester, am liebsten würde ich Ronny überhaupt nicht berühren, aber das geht nicht.

Hohe, knorrige Bäume wachsen über der Straße zusammen, es ist, als würden wir durch einen Tunnel aus lauter Grün fahren. Nur an ganz wenigen Stellen blitzt Sonne durch weiße Schlitze im Blätterdach. Ich schaue durch Bryans Fenster, schaue zu, wie ihm die Sonnenflecken über die Arme wandern, über die Beine, das Gesicht.

Daddy wird langsamer und biegt von der Hauptstraße ab.

»Das sieht ja hübsch aus hier«, sagt Deb. »Ihr werdet einen sagenhaften Sommer haben, Kinder.«

»Ich hab keinen Bock auf irgend so ein beknacktes Ferienlager«, sagt Ronny.

»Aber echt«, sagt Kenny.

Deb nimmt den Arm von der Rückenlehne, ihr fröhliches Gesicht wird ernst. Daddy und sie sehen sich an.

»Kendall, Veronica«, sagt Deb. »Ihr müsst ein bisschen kooperativer sein.«

Ronny pufft mich wieder in die Schulter.

Daddy fährt eine Schotterauffahrt hoch, und unter dem Auto hört man die Steinchen hüpfen. Durchs Fenster kann ich einen Lattenzaun sehen und hinter dem Zaun grüne Weiden und Pferde mit ins Gras gesenkten Köpfen. Oben auf dem Hügel ist ein Kreis aus schwarzem Asphalt, dahinter kommt ein großes Haus, und hinter dem Haus noch mehr eingezäunte Weiden. Eine Menge Autos parken auf dem Asphalt. Mütter und Väter laden Gepäck aus und sagen ihren Kindern Auf Wiedersehen. Ein Junge macht ein Gesicht, als würde er gleich zu weinen anfangen, und seine Mutter sagt, er soll sich nicht so anstellen.

Daddy und Deb sind um das große, braune Auto herumgegangen und laden den Kofferraum aus. Fünf Rucksäcke, für jeden von uns einen, mit unserem Namen darauf, weiße Großbuchstaben zum Aufbügeln. Deb gibt Christopher, Kenny und Ronny ihre Rucksäcke. Daddy gibt einen Rucksack Bryan und hält mir den anderen hin.

Ich schaue auf Daddys Hand, nur seine Hand, und ich greife nach dem Rucksack. Daddy lässt nicht los und lächelt mich an. Ich reiße ihm den Rucksack aus der Hand, mein Gesicht abgewendet, und stampfe zum Rand der Auffahrt hinüber, wo der Asphalt in Schotter übergeht. Hinter mir höre ich Erwachsenenstimmen und Kinderstimmen und durch die Stimmen den Wind in den hohen Bäumen. Alle die Bäume haben runde grüne Blätter und weiße Rinde, die sich abschält. Der Wind weht durch die Baumkronen, sodass sie sich miteinander wiegen in einem stummen, heimlichen Tanz.

Deb zupft an ihren Kindern herum und sagt Sachen, die ich nicht hören kann. Christopher tritt von einem Bein aufs andere. Kenny drückt sich an Deb und hält ihre Hand. Ronny hat sich auf die Zehenspitzen gestellt und schaut im Kreis. Daddy redet mit Bryan, legt Bryan die Hand auf die Schulter, und Bryan nickt. Daddy schaut zu mir herüber, und ich schaue schnell weg.

»Bud, Honey«, ruft Deb, »wir müssen los.«

»Moment noch«, ruft Daddy zu ihr zurück.

»He, Juniper«, sagt er.

Ich drehe mich ganz weg, sodass ich nichts von ihm sehe. Schritte auf dem Asphalt, Schritte auf dem Schotter, und dann sein Körper dicht hinter mir. Daddy legt mir die Hände auf die Schultern, und ich spüre seine Finger kühl durch mein T-Shirt.

Wir stehen eine lange Zeit so, ich weiß nicht, wie lange, und dann räuspert er sich.

»Nicht schlecht hier«, sagt er, »sieht doch hübsch aus, findest du nicht?«

Ich starre auf die Weide, den weißen Zaun, die Bäume. Daddys Finger kneten und streicheln an meinem Hals herum, und Gänsehaut kriecht mir die Arme und Beine hinunter. Ich schüttle seine Hände ab, biege mich weg, sodass er mich nicht mehr berührt.

Daddy richtet sich auf und steckt die Hände in die Taschen. »Du kannst nicht ewig böse bleiben.«

Ich gucke zu ihm hoch, ein Auge zugekniffen, und beiße mir auf die Unterlippe. So ein Genie, aber Ahnung hat er keine. Und ob ich böse bleiben kann.

»Ich möchte, dass du einen schönen Sommer hast«, sagt Daddy, »ich möchte, dass du schwimmen lernst, dass du reiten lernst. Sei einfach ein Kind, verstehst du? Amüsier dich.«

Ich weiß nicht, wie das geht, einfach ein Kind sein. Ich starre auf die leere Weide, den weißen Zaun, die Bäume. »Ich mag nicht hier bleiben«, sage ich.

»Ach komm«, sagt Daddy, »es wird prima.«

»Ich versteh nicht, warum ich hier bleiben soll«, sage ich. »Ich versteh nicht, warum du in diese blöden Flitterwochen fahren musst. Ich versteh nicht, warum du sie überhaupt heiraten musstest.«

Die Worte sind draußen, ehe ich es richtig begreife, und

dann ist es still zwischen mir und Daddy. Zu still, und ich rühre mich nicht.

Daddy dreht mich um, bis mein Gesicht dicht vor seinem ist, und ich kann ihm ansehen, dass er nicht weiß, was er sagen soll.

»Hör zu«, sagt er, »ich versteh doch, dass das alles nicht leicht für dich ist, aber es wird wieder gut, ich versprech's dir.«

Meine Kehle tut weh, meine Brust tut weh, und ich muss die Tränen wegblinzeln. »Aber was ist mit Momma?«, sage ich.

Daddy lehnt seine Stirn an meine, und seine Stimme ist ganz leise und tief. »Deb ist nicht so schlimm, wie du denkst«, flüstert er, »du musst ihr nur eine Chance geben.«

So knien wir, Kopf an Kopf, und etwas Schweres drückt mir auf den Magen, die Schultern, ein schweres Gewicht von allen Seiten, das ich nicht wegschieben kann.

»Bud, Honey«, ruft Deb. »Komm endlich.«

Sie steht da, Hände in die geblümten Hüften gestemmt, eine Strohtasche am Arm, hochhackige schwarze Pumps an den Füßen. Daddy winkt zu ihr herüber. Sie stellt ein Bein nach vorn und tippt auf ihre Armbanduhr.

»Tja, wir müssen wohl«, sagt Daddy. Er nimmt den Rucksack und hält ihn zwischen uns. Ich wische mir mit dem Handrücken übers Gesicht, den Kopf gesenkt, dass Deb mich nicht heulen sieht.

»Wieder gut?«, fragt Daddy.

Ich bekomme keine Worte mehr heraus. Ich nicke nur, ja, wieder gut, dabei ist gar nichts gut.

Daddy lächelt und legt mir die Hand auf den Kopf wie früher, als ich klein war. »So ist's recht.«

Ich schniefe noch einmal, und dann richte ich mich kerzengerade auf, Bauch rein, Brust raus. Ich nehme den Rucksack über die Schulter, hieve sein Gewicht in die Mitte und gehe zum Tor.

»Schöne Ferien, Juniper«, ruft Daddy mir nach.

Das Ferienlager heißt Jolly Roger Pirate Ranch, was ziemlich dämlich ist, weil Piraten aufs Meer gehören, nicht auf eine Ranch, und außerdem sind sowieso keine Piraten hier, bloß Pferde und Kühe und ein paar Ziegen. Es gibt ein Schwimmbecken, ein paar kleine weiße Holzhütten zum Schlafen und einen Stall, wo die ganzen Tiere nachts reinkommen.

Die Chefin auf der Jolly Roger Pirate Ranch ist Elizabeth, und sie sieht kein bisschen wie ein Pirat aus, sie ist einfach eine normale Frau in Shorts und T-Shirt und mit einer spiegelnden Sonnenbrille vor den Augen.

Elizabeth steht auf einer Betonveranda vor dem großen Haupthaus mit seiner Glasschiebetür. Auf der Veranda stehen vier weiße Plastikstühle, und auf einem sitzt ein Mann in Shorts und einem Trägerhemd. Elizabeth hält uns einen Vortrag über die Ranch, dass sie zu einer Kirche gehört, die Freedom Community Church heißt, und dass die Freedom Community Church den Menschen beibringt, das Leben von einer anderen Warte zu betrachten. Der Mann hinter Elizabeth nickt mit dem Kopf dazu, die Hände zusammengelegt wie beim Beten.

Die Freedom Community Church ist Debs Kirche, und irgendetwas stimmt hier nicht, obwohl ich nicht weiß, was. Ich schaue hin und her, und alle benehmen sich ganz normal, so als ob alles in Ordnung wäre. Also benehme ich mich auch normal, Kribbeln im Nacken und über die ganze Kopfhaut.

Elizabeth redet und redet, und ihr Gesicht ist vollkommen ohne Ausdruck dabei. Sie sagt, es gelten bestimmte Regeln, und wenn wir uns an die Regeln halten, können wir alle einen wunderbaren Sommer verleben, aber wer sich nicht an die Regeln hält, der bekommt Ärger. Was für Regeln das sind, sagt Elizabeth nicht, und ich frage mich, ob man wohl nachfragen darf. Ich lasse meine Hand unten, nur für den Fall, dass Nachfragen gegen die Regeln ist.

»Das ist John«, sagt Elizabeth. »John ist für das Freizeitprogramm und den Schwimmunterricht zuständig.«

Elizabeth sieht uns an, sieht John an. John nickt und steht auf. Er ist ein großer Blonder mit kantigem Gesicht. Er sieht auch nicht gerade wie ein Pirat aus. Jeder Tag hat seine feste Struktur, sagt er, Zeit zum Essen, Zeit zum Schwimmen, Zeit, einfach nur zu schweigen und das Leben von einer anderen Warte zu betrachten.

Nach den Reden bekommen wir alle weiße T-Shirts mit einem Piratenbild vorne drauf. Der Pirat hat eine Augenklappe, sein Gesicht ist voller Stoppeln, und er lacht, aber ein paar von seinen Zähnen sind schwarz. Ich rolle das T-Shirt zusammen und stecke es ganz unten in meinen Rucksack. Nie im Leben ziehe ich ein T-Shirt an, auf dem ein Pirat mit vergammelten Zähnen drauf ist.

Der Schwimmunterricht geht eine Stunde nach dem Mittagessen los, und er dauert bis eine Stunde vor dem Abendessen. Das Schwimmbecken sieht aus wie alle Schwimmbecken, so groß wie ein Hintergarten, vielleicht ein bisschen größer. Es hat ein tiefes Ende, ein seichtes Ende, ein Sprungbrett am tiefen Ende und Stufen am seichten.

Große Kinder, kleine Kinder, Jungen, Mädchen, alle stehen wir um das Becken. Ich habe einen nagelneuen Badeanzug, bei dem genau über meinem Herzen ein kleiner Vogel eingestickt ist. Der Vogel reckt sich so ein bisschen, das gefällt mir, er sieht aus, als ob er jeden Moment wegfliegen könnte.

John, der Schwimmlehrer, ist fast völlig nackt. Er hat eine von diesen winzig kleinen roten Badehosen an, und sein ganzer Körper ist braun, der Bauch flach, die Beine voller Muskeln. John sieht nicht wie ein lebendiger Mensch aus, eher wie eine Statue oder ein Bild in einer Illustrierten. Er steigt aufs Sprungbrett, eins, zwei, drei, und dann springt er, Kopf zwischen den Armen. Es platscht nicht, er macht nur eine kleine Welle beim Eintauchen, und er schwimmt die ganze Länge des Beckens unter Wasser. Am anderen Ende taucht er auf, wendet mit einer Rolle, stößt sich ab, und diesmal schwimmt er mit dem Kopf über Wasser.

Bryan steht direkt hinter mir. Er hat eine weite Shorts-Badehose an wie ein Surfer und drückt eine Schulter leicht gegen meinen Hinterkopf. »Angeber«, sagt er.

Bryan hat das Kinn vorgeschoben und die Arme verschränkt, und ich verschränke meine Arme auch. »Wieso?«, flüstere ich.

»Schau ihn doch mal an«, sagt Bryan. »So ein eitler Affe.«

Es klingt so komisch, wie er das sagt, eitler Affe, und ich halte mir den Mund zu, damit ich nicht loskichere.

John schwimmt drei ganze Bahnen, dann stemmt er sich heraus, und Wasser perlt ihm über den Rücken. Alle Kinder weichen zurück, um Platz für John und sein Handtuch zu machen. Bryan und ich weichen auch zurück. John fährt sich mit dem Handtuch übers Gesicht, über die Brust, hängt es sich um den Hals wie ein Seil.

»So schwimme ich«, ruft er. »Jetzt zeigt mir, wie *ihr* schwimmt.« Er schwenkt den Arm, zeigt mit ausgestrecktem Finger. »Viererreihen bilden, ein Meter Abstand, immer fünf hintereinander, dem Alter nach.«

Alle Kinder stellen sich in Reihen auf, und ich lande hinter Kenny und Ronny. John gibt die Anweisungen. Er wird auf seiner Trillerpfeife pfeifen, sagt er, und die Zeit stoppen. Die ersten vier stellen sich am Beckenrand auf, einer davon Bryan, und John bläst seine Trillerpfeife. Die vier springen ins Wasser, es spritzt, Arme und Beine rudern. Die vier schwimmen auf die andere Seite, und Bryan wird Zweiter.

John drückt auf seine Stoppuhr. »Nicht übel«, ruft er. »Nächste Gruppe antreten.«

Als Letztes drankommen ist schlecht, weil mehr Zeit zum Warten und Angsthaben bleibt, und ich bekomme eine Gänsehaut an den Armen. Kenny und Ronny haben beide grellgrüne Badeanzüge mit knallrosa Zickzackmuster an. Sie stehen da, die Arme auf genau die gleiche Art vor ihren Jungenskörpern gekreuzt. Alles an ihnen ist voller Sommersprossen, Arme, Beine, Rücken.

»Seid ihr gar nicht nervös?«, frage ich.

Kenny und Ronny schauen sich an, und dann schauen sie mich an, Ronny mit offenem Mund, so, als ob sie vergessen hätte, dass man ihn auch zuklappen kann.

»Nee«, sagt Ronny.

»Ich schon«, sage ich.

John pfeift, und die nächste Gruppe springt ins Wasser.

»Ich kann noch nicht richtig schwimmen«, sage ich, »ich hab gedacht, wir lernen das hier.«

Ronny macht die Augen schmal, Mund offen, Sommersprossen überall, sogar auf ihren Lippen. Sie und Kenny schauen sich an, reden ohne Worte, irgendetwas Geheimes, das nur sie beide wissen.

Dann schaut Ronny wieder mich an, Hände in die Hüften gestemmt. »Wenn man am Meer wohnt, kann man doch wohl schwimmen«, sagt sie.

»Aber echt«, sagt Kenny. Sie kichert, und Ronny kichert auch, wie über einen Geheimwitz.

Ich verschränke die Arme. »Ich mag das Meer nicht«, sage ich.

Ronny verzieht die Nase, als ob ich schlecht riechen würde, und dreht sich weg. Kenny schaut mich an, und dann zuckt sie die Achseln und dreht sich auch weg.

»Antreten!«, ruft John.

Ronny pufft ihre Schwester mit dem Ellenbogen. »Los«, sagt sie, »du bist dran.«

Kenny stellt sich am Beckenrand auf. John pfeift, und es klingt viel zu laut, mehr ein Kreischen. Kenny springt hinein und schwimmt auf die andere Seite. Sie gewinnt nicht, aber so, wie sie schwimmt, sieht es leicht aus.

Als Nächstes ist Ronny dran. Sie fährt mit den Fingern die Beinlöcher entlang, damit der Badeanzug nicht so an ihrem Jungenspo klebt.

»Antreten!«, ruft John.

Die Trillerpfeife kreischt, und Ronny springt. Sie ist ein grün-rosa Blitz im Wasser, sie schwimmt wie ein Fisch, viel besser als Kenny, viel besser als alle anderen.

Ich habe mir noch nie gewünscht, jemand anderes zu sein, außer früher mal Samantha aus *Verliebt in eine Hexe.* Aber jetzt wünsche ich mir, ich wäre Ronny, nur ohne die Sommersprossen.

Ronny klettert aus dem Wasser, und ihr rotes Haar ist ihr an den Kopf geklatscht. Sie und Kenny schlagen die Hände gegeneinander, und sie lachen über etwas.

»Antreten!«, ruft John.

Das gekräuselte Schwimmbeckenwasser glitzert in der Sonne wie lauter kleine Glasscherben. Zu viert stehen wir da, und ich frage mich, ob es normal ist, dass man so schwimmen lernt. Die anderen Kinder benehmen sich so, als wäre nichts. Ich tue auch so, als wäre nichts.

John schiebt sich seine Trillerpfeife in den Mund, und der Pfiff kreischt.

Ich mache die Augen zu und springe von der Kante. Mein Körper schlägt mit einem Platsch auf, Wasser brennt an meinem Bauch, und ich versinke mit den Füßen voran.

Kaltes Wasser auf allen Seiten, gedämpfte Stimmen irgendwo über mir, meine Augen fest zugepresst, und wie von selbst fangen meine Beine zu strampeln an und meine Arme zu rudern. Ich öffne die Augen, und ich kann sehen, sonniges, leuchtendes Blau überall, und so schlimm ist es gar nicht. Ich rudere und strample, bis mein Kopf über Wasser ist, und schwimme auf die andere Seite.

»Hey, hey, hey«, schreit John. »Was machst du denn da?«

Er kommt zu Kennys und Ronnys Reihe und stößt sie aus dem Weg.

Meine Hand greift nach dem Betonrand, und John packt mich ums Handgelenk, zerrt mich aus dem Wasser. Mir graust es vor seinen Händen, und sobald er loslässt, reibe ich das Gefühl weg.

»Was du da machst, hab ich gefragt!« John beugt sich vor, Hände auf den Knien, mein Gesicht in seiner spiegelnden Brille.

»Schwimmen«, sage ich.

»Schwimmen?«, sagt John.

Alle Kinder lachen, ihre Stimmen eine einzige, laute Stimme.

»He«, ruft Bryan, »sie kann noch nicht schwimmen.«

John richtet sich auf, rote Badehose vor meinem Gesicht, sein Pimmel ein kleiner, runder, eingezwängter Ball, der mir fast gegen die Nase stupst. Ich drehe mein Gesicht weg von dem Pimmel, weg von John.

Bryan steht auf den Zehenspitzen, damit man ihn sieht hinter all den anderen Köpfen, und ich bin froh, dass er da ist, dass er mir zu Hilfe kommt.

»Hat dich jemand gefragt?«, sagt John. »Halt dich da raus, ja?«

Bryans dunkle Augen sind kugelrund, und seine Backen werden unter ihrer braunen Farbe rot. Er schaut von mir zu John, und dann klappt er wieder auf die Fersen, wie die ganzen anderen Kinder auch.

John ist still, die Kinder sind still, und das Wasser im Becken ist auch glatt und still.

»Ich glaube, hier können wir alle etwas lernen«, sagt John. Er beugt sich wieder zu mir herunter. Mein Gesicht in seinen Brillenspiegeln ist nass, mit aufgerissenen, runden Augen.

»Du meinst also, du kannst schwimmen?«, fragt John.

Ich mache einen Schritt von John weg, Arme über Kreuz.

»Ich *bin* geschwommen«, sage ich.

John grapscht mit den Händen in der Luft herum wie eine Katze, die mit einem Wollknäuel spielt. »Ein scheußliches Hundspaddeln war das, sonst gar nichts«, sagt er.

Die Kinder lachen über John, über mich, und ich schaue ihre Gesichter an, Kinder, die ich nicht kenne, die mich nicht kennen, Fremde, alle miteinander.

»Wir machen jetzt die Übung noch mal«, sagt John, »und ich möchte, dass du dir vor Augen führst, was richtiges Schwimmen ist.«

John will mir die Hand auf die Schulter legen, aber ich weiche aus, damit er mich nicht noch mal anfassen kann. Er sieht mich eine Weile an, sein Mund ganz schmal. Dann lächelt er und schiebt sich die Pfeife zwischen die Lippen.

Alle Kinder stellen sich wieder auf, als ob nichts passiert ist. Ich reihe mich hinter Kenny und Ronny ein und wünsche mich weit weg. Kenny schaut mich kurz an, und dann dreht sie sich weg, als wäre ich gar nicht da. Ronny zupft sich den Badeanzug vom Po weg, und sie dreht sich kein einziges Mal zu mir um.

»Antreten«, ruft John.

Alles ist genauso wie beim ersten Mal: ein Pfiff, und die Kinder springen und schwimmen auf die andere Seite, und ich bin immer noch nicht schlauer als vorher.

»Los, kleines Hündchen«, ruft John, »zeig uns, was du kannst.«

Drei Kinder stehen neben mir, und sie lachen. Die Kinder drüben auf der anderen Seite lachen auch. Ich zwicke die Lider zusammen und versuche mir richtiges Schwimmen vor Augen zu führen, aber ich sehe nur Dunkelheit.

John bläst in seine Trillerpfeife.

Ich springe ins Wasser. Als ich wieder an die Oberfläche komme, paddle ich wie beim letzten Mal, weil ich nicht weiß, was ich sonst machen soll.

John kommt angerannt. »Schwimmen«, schreit er.

Ich strecke die Arme aus und lege mich flach aufs Wasser, versuche zu schwimmen wie alle anderen auch. Sofort sticht mir Chlorwasser in die Nase, läuft mir in den Hals, und ich reiße den Kopf wieder hoch und paddle, bis ich den Rand erreicht habe. John kommt und stupst meine Finger mit den Zehen an.

»Du kapierst es immer noch nicht«, sagt John. »Versuch's gleich noch mal.«

Ich ziehe die Hand weg und halte mich weiter seitlich fest. »Ich kann nicht.«

John stellt den Fuß wieder auf meine Finger, drängt sie mit den Zehen von der Kante. Ich halte mich noch ein Stück weiter drüben fest.

»*Kann nicht* gibt es in der Freedom Community nicht«, sagt John, »du *kannst* nicht nur, du *wirst* auch.« Er packt mich um die Handgelenke, und seine Finger sind hart und stark. Mit einem Schwung zieht er mich aus dem Wasser.

»Das ist eine Lektion, für die du mir einmal dankbar sein wirst«, sagt John.

Er schwenkt mich hoch in die Luft, mitten über das tiefe Ende. Dann lässt er los, und ich bin ganz allein in der Luft, in der Luft und dann unter Wasser, und Blasen blubbern um mein Gesicht und in meiner Nase. Alle Gedanken ans Schwimmen gehen unter, so schrecklich ist das, was hier mit mir passiert. Ich muss raus, ich muss weg hier, und mehr hat in meinem Kopf nicht Platz. Ich strample mit den Beinen, ich rudere mit den Armen, mein Kopf taucht auf, und ich paddle an den Rand.

»Schwimm«, schreit John, »du sollst schwimmen!«

Ich paddle ans seichte Ende, komme auf die Füße und versuche, durchs Wasser zu rennen.

John springt ins Becken.

Mein Fuß ist auf der untersten Stufe, meine Hand fasst nach dem silbernen Geländer, da packen mich Johns beide Arme um die Mitte und ziehen mich an seine Brust.

Ich strample und zapple. »Loslassen«, schreie ich.

»Du willst es nicht kapieren, wie?«, sagt Johns Mund an meinem Ohr.

Die Kinder stehen in einem Haufen an der Treppe, und meine Augen suchen nach Bryan. Ich weiß, er muss irgendwo in dem Haufen sein, aber ich finde ihn nicht.

»Weg da, hopp«, sagt John.

Die Kinder rücken auseinander, und John trägt mich die Stufen hinauf und wieder zurück zum tiefen Ende. Ich weiß, dass er mich hineinwerfen wird, ich weiß es, und ich strample und schreie und haue, und dann kratze ich John ins Gesicht. Er lässt mich auf den Beton fallen, ein scharfer Schmerz sticht mir durch beide Knie.

»Verdammte Scheiße«, brüllt John. Sein Gesicht ist voller roter Striemen, und er tupft auf den Blutstropfen, der an einer Stelle herausquillt.

Halb im Sitzen rutsche ich rückwärts von John weg. Dann spüre ich Gras unter den Fingern, und ich drehe mich um, rapple mich hoch, und meine Arme und Beine können sich frei bewegen.

John hinter mir, sein ganzes Gewicht in meinem Rücken, sein Arm um meine Taille presst alle Luft aus mir heraus, als er mich wieder an seine Brust zieht.

»Loslassen!«, brülle ich.

Ein Schlag gegen meine Schläfe, ein Stechen hinter meinen Augen, das Kinn entlang.

»Wirst du wohl schwimmen?«, sagt John ganz langsam.

Meine Augen tun weh, mein Kopf tut weh, mein Körper tut weh. Alle stehen da, niemand macht etwas, und John wirft mich wieder ins tiefe Ende.

Wieder und wieder und immer wieder, ich weiß nicht, wie viele Male. Sosehr ich es versuche, der Rest geht unter in lauter Angst, ich kann nicht denken, ich kann nicht schwimmen, ich kann nicht fliehen.

Die Schotterauffahrt zur Jolly Roger Pirate Ranch hat Baumreihen auf beiden Seiten, hohe Bäume mit weißer, sich schälender Rinde. Die Zweige hängen voll dünner runder Blätter, und wenn der Wind weht, klingen die runden Blätter wie ein sehr wohlerzogenes Publikum, das sehr zurückhaltend klatscht. Die Bäume stehen in einem breiten Streifen Erde zwischen dem Schotter und dem Zaun. Unter den Bäumen wachsen Unkrautstrünke, die größer sind als ich, und alle haben sie diese langen Dornen, die sich mir in die Hände bohren.

Ich habe zwanzig Strafpunkte wegen Hundspaddeln bekommen. Noch mal zwanzig dafür, dass ich mich sträube, das Leben von einer anderen Warte zu betrachten. Vierzig Strafpunkte heißt vierzig Stunden Arbeitsdienst, und Arbeitsdienst heißt auf der Jolly Roger Pirate Ranch Unkraut ausreißen.

Das Schlechte daran sind die ganzen Dornen. Das Gute am Unkrautausreißen ist, dass ich allein bin.

Ich bücke mich, lege beide Hände ganz unten um den Stiel, und die Dornen pieksen mich in die Haut. Ich halte den Atem an, ziehe, und der Strunk kommt mit allen Wurzeln aus der weichen Erde. Elizabeth sagt, wenn ich die Wurzeln nicht mit ausreiße, muss ich sie mit der Schaufel ausgraben.

Ich klopfe die Wurzeln ab, Erdstaub in meiner Nase, meinem Mund. Ich werfe den Strunk auf den Haufen zu den anderen toten Strünken.

Am Abend wird die Schwimmbadbeleuchtung eingeschaltet, und das Wasser sieht wie blauer Nebel aus. Abends ist freies Schwimmen, und alle Kinder dürfen die Autoschläuche benutzen, die Taucherbrillen und Schwimmflossen. Nach zehn Stunden Strünkeausreißen werde ich auch zum freien Schwimmen zugelassen.

Niemand redet mit mir, Bryan nicht, Kenny und Ronny

nicht. Aber alle beobachten mich, ich spüre ihre Augen. Wenn ich hinschaue, sehen sie weg, aber ich weiß es trotzdem.

Ich stehe am seichten Ende, mit dem Rücken zur Beckenwand, zwicke die Nasenlöcher mit zwei Fingern zusammen, hole tief Luft und tauche unter. Alle Geräusche sind leise unter Wasser, und ich zähle bis dreißig. Ich stelle mich hin, und die Geräusche sind wieder laut.

Niemand schaut mich an, niemand redet mit mir.

Ich halte mir die Nase zu, hole tief Luft und tauche unter. Ich zähle bis vierzig, komme wieder hoch. Ich halte mir die Nase zu, hole tief Luft, tauche unter. Sechzig. Hoch. Atem holen. Runter. Siebzig. Hoch.

Weiter und weiter, bis ich bei hundert Sekunden angelangt bin. Es kann nicht schaden, denke ich mir, wenn man es lange unter Wasser aushält.

Nach zwei Wochen auf der Jolly Roger Pirate Ranch habe ich nur noch zwanzig Strafpunkte, und ich kann hundertachtzig Sekunden lang unter Wasser den Atem anhalten – drei ganze Minuten. Ich kann auch die Augen aufmachen dabei, und wenn ich das tue, kann ich bis zum anderen Beckenende schauen.

Es ist freies Schwimmen wie immer am Abend, nur ist diesmal John dabei, dadurch ist es anders. John hat seine enge rote Badehose an, und er schlendert im Kreis ums Becken herum. Es macht mich nervös, dass er da ist.

Vor dem Sprungbrett stehen die Kinder Schlange. Kenny und Ronny warten mit den anderen, die Arme um den Körper gewickelt. Bryan wartet auch.

John stellt sich nicht hinten an. Er wedelt mit den Armen, und alles weicht zurück. John schlendert an der Schlange vorbei, steigt die Leiter hoch und geht bis ganz nach vorne. John steht da, als ob er der wichtigste Mensch auf der ganzen Welt ist, und wehe, jemand merkt es nicht.

Ich hasse John.

Ich halte mir die Nase zu, hole tief Luft und tauche unter. Es ist still unter Wasser, und ich lasse mich sinken, bis ich unten auf dem Boden sitze. Hunderteins, zähle ich, hundertzwei.

Drüben am anderen Ende durchschlägt Johns Hechtsprung die Stille, weiße Bläschen blubbern um seinen Kopf, seine Arme, die Beine. Er bleibt unter Wasser und tritt mit den Füßen nach etwas.

Mein Haar treibt mir ums Gesicht, und ich schiebe es weg. John unter Wasser, das sind zombieweiße Beine, zombieweiße Arme, zombieweißer Po, und da erst merke ich, dass er seine rote Badehose nicht mehr anhat.

Ich verzähle mich und komme wieder hoch.

Alles ist wie immer, alle Kinder spielen und lachen und spritzen herum. Niemand schaut mich an, niemand außer John. John schaut direkt zu mir her.

Mein Herz dröhnt in meinen Ohren, und ich tauche schnell wieder unter, stoße mich mit den Füßen von der Beckenwand ab und schwimme wie ein Fisch zu den flachen Stufen. Bei den Stufen stelle ich mich hin und reibe mir das Wasser aus den Augen.

John wartet schon oben an der Treppe, und er hat seine rote Badehose wieder an. Seine blonden Haare kleben ihm am Kopf wie eine Kapuze, und sein Gesicht ist hart, die Lippen ein Strich, Augen schmal. »Willst du wo Bestimmtes hin?«, fragt er.

Ich sehe mich um, sehe John an. »Ich?«

»Ja, du«, sagt John. Er streckt die Hand aus, als ob er mich packen will. Ich weiche zurück, ich will nicht, dass er mich anfasst.

»Komm da verdammt noch mal raus«, sagt er.

Meine Beine zittern, meine Arme zittern, in meinem Magen zittert es, Prickeln überall. »Ich hab nichts gemacht«, sage ich.

»Komm einfach raus, ja?«, sagt John.

Am tiefen Ende zieht Bryan sich am Beckenrand hoch, und er ist nah genug, dass ich ihn rufen könnte. Bryans Gesicht ist anders als noch eben, gleichgültig und leer, und sein Blick sagt mir, dass all der Ärger, den ich habe, meine eigene Schuld ist.

Ich steige aus dem Schwimmbecken. Wasser tropft auf den Beton um meine Füße.

John wirft mir ein Handtuch hin. Es fliegt mir ins Gesicht und fällt auf den Boden. »Trockne dich ab«, sagt John. »Los, beeil dich.«

Es ist still geworden im Schwimmbad, alle Kinder schauen zu uns her. Ich habe ein wundes Gefühl in mir, so, als ob ich Glasscherben verschluckt hätte, die mich von innen heraus schneiden. Ich bücke mich, nehme das Handtuch und hänge es mir um.

»Komm mit«, sagt John.

Die Jolly Roger Pirate Ranch ist voller Nachtgeräusche und Nachtdunkelheit. John und ich gehen vorbei an den weißen Holzhütten, vorbei an dem großen Haus, den Trampelpfad zum Stall entlang. Es riecht nach Heu und Pferden und Kühen. Eine Ziegenglocke bimmelt und hört wieder auf. Eine hohe Lampe vor dem Stall wirft einen Kreis aus Licht auf den Weg.

Das Handtuch liegt um meine Schultern, seine zusammengedrehten Zipfel in meiner Faust. Meine nackten Füße tappen über weiche Erde, und ich bleibe mitten in dem Lichtfleck stehen. »Wo gehen wir hin?«, frage ich.

»Komm einfach mit«, sagt John.

Ich will nicht mit John mitgehen, aber ich weiß nicht, was ich sonst machen soll. Weit weg höre ich die anderen Kinder im Schwimmbad, und vielleicht könnte ich schreien, vielleicht könnte ich davonrennen. John streckt die Hand aus, und ich biege mich weg, gehe schneller.

Hinterm Stall steht ein kleines Haus mit einer nackten Glühbirne davor, die ein Lichtdreieck auf die Haustür malt. John macht die Tür auf, drückt einen Schalter, und vor uns führt eine steile Treppe nach oben.

»Rauf mit dir«, sagt John.

Ich stemme die Fersen in den Boden. »Da geh ich nicht rauf«, sage ich.

Ich schaue mich um, Dunkelheit und Schatten, die Koppel, der Stall, noch mehr Dunkelheit. John pufft mich in den Rücken, und ich stolpere eine Stufe hinauf.

»Los«, sagt John.

Ich steige die Treppe hoch, John gleich hinter mir, sein Körper an meinem, mein Hinterkopf an seinem flachen Bauch. Es sind siebenundzwanzig Stufen, und oben halte ich an. John langt über meinen Kopf, stößt eine Tür auf, und in dem Zimmer dahinter ist es dunkel. Ich bleibe draußen stehen, und John schiebt sich an mir vorbei, geht im Dunkeln hin und her.

Die Hand noch auf dem Treppengeländer, schaue ich die siebenundzwanzig Stufen hinunter. John ist drinnen, ich bin draußen. Ich muss einfach nur die Treppe runterlaufen, zur Tür raus und im Dunkeln verschwinden. Ich muss einfach nur loslaufen, jetzt.

Ein Licht geht in dem dunklen Zimmer an, eine Birne mit einer Kette daran. Die Lampe schwingt hin und her, Glühbirnenschatten an den weißen Wänden, Glühbirnenlicht auf John.

Ich sehe zur Haustür hinunter. Ich muss nur loslaufen.

Ich schiebe meinen nackten Fuß über die Holzschwelle, und mit einem Satz ist John bei mir, bohrt die Finger in die weiche Haut innen an meinem Arm.

»Das könnte dir so passen«, sagt er.

Er zieht mich über die Schwelle und schließt die Tür, und das Geräusch hallt in meinem Kopf. Ich reibe die Stelle, wo er mich angefasst hat.

Auf dem Boden liegt eine Matratze mit einem glatten Leintuch und darüber einem zerwühlten. An der Wand Kleiderstöße: Shorts, T-Shirts, Unterhosen, Socken. Ich schaue auf den Boden, auf die Wände, auf Johns Schatten an der Wand.

John steht breitbeinig da, sein Handtuch um die Hüften gewickelt, über der Badehose. »Du kannst gleich gehen«, sagt er, »aber erst müssen wir zwei was klären.«

John fährt sich durch seine blonden Haare, die trocken und kurz von seinem Kopf abstehen.

Meine Haare liegen mir nass am Kopf an, und mein Badeanzug ist auch nass. Ich halte das Handtuch um die Schultern, Handtuchzipfel in meiner Faust und die Faust unterm Kinn, und ich friere am ganzen Körper.

»Du hast mir unter Wasser nachspioniert«, sagt John in einem eigenartigen Ton.

»Hab ich nicht«, sage ich.

»Lüg nicht«, sagt John. »Du hast mich ohne Badehose gesehen, und du hast gelacht.«

»Hab ich nicht«, sage ich.

»O doch«, sagt John. »Und deshalb wirst du jetzt vor mir deinen Badeanzug ausziehen.«

»Was?«, sage ich.

»Du hast mich gesehen«, sagt John, »jetzt bin ich dran.«

Johns Schatten an der Wand sieht aus, als würde John ganz schief stehen, als würde der Schatten umkippen. Mir ist schwindlig im Kopf, und ich habe das Gefühl, ich kippe auch um.

»Ich mach's dir sogar leicht«, sagt John. »Ich mach das Licht aus, und du ziehst deinen Badeanzug aus. Dann mach ich das Licht wieder an, und wir sind quitt.«

Meine Arme zittern, meine Beine zittern. Alles an mir zittert, und Tränen laufen mir heiß übers Gesicht. Ich halte das Handtuch fest über den Schultern zusammen, dass es kalt an meinem Rücken anliegt, an meinen Beinen.

John zieht an der Kette, und schwarze Dunkelheit hüllt mich ein. Die Kette klickt, es wird wieder hell, und ich blinzle im grellen Licht.

»Versuchen wir's noch mal«, sagt John.

Wenn ich nur stärker wäre, wenn ich nur nicht weinen würde. Aber wenn ich so richtig weine, lässt er mich vielleicht ja gehen.

John zieht an der Kette, und es ist dunkel im Zimmer.

John zieht an der Kette, und das Zimmer ist voll grellweißem Licht.

John wartet einfach, und ich weine so, dass es wehtut.

Ich verstehe nicht, wie ein Mensch es aushält, jemand so weinen zu sehen. Ich verstehe nicht, wie John ein richtiger Mensch sein kann, und plötzlich weiß ich, dass Tränen mir hier nicht heraushelfen.

»Nimm dich zusammen«, sagt John, »und wir versuchen's noch mal. Seine Stimme ist leise und vernünftig. Er legt den Kopf in den Nacken, blinzelt und zieht wieder an der Kette.

Ruhe fließt mir plötzlich durch Arme und Beine, stille, klare Ruhe. Ich lasse das Handtuch los, spüre es auf meine Füße fallen. Ein Träger, zwei Träger, und ich schäle mir den dunkelblauen Badeanzug vom Körper, ein Schmatzen von Nässe auf Haut.

Kühle Luft streicht um meinen Körper, aber mir ist nicht kalt. Ich mache die Augen fest zu und richte mich kerzengerade auf, Bauch rein, Brust raus.

Ich weiß, wie ich ohne Kleider aussehe. Ich bin ein dürres Gestell mit Narben an den Knien von dem Fahrradsturz vor ein paar Jahren, und eigentlich ist es fast ein bisschen komisch, denn wenn John das Licht anmacht, wird er wahrscheinlich lachen, weil gar nichts zu sehen ist. Eine Sekunde lang wünsche ich mir, ich hätte eine richtige Figur, irgendetwas Sehenswertes, damit er nicht lacht.

Das Licht klickt, hinter meinen Lidern wird es orange. Ich kneife die Augen zu, atme nicht, rühre mich nicht. Es bleibt sehr lange still, so still, als ob alles nur ein Albtraum wäre, aus dem ich aufwachen kann, wenn ich die Augen aufschlage. Aber als ich sie aufschlage, ist John immer noch da, nur dass er jetzt auch nackt ist. Johns Pimmel steht aus einem Nest von blonden Haaren heraus, sein Pimmel zeigt genau auf mich, und das ist das Letzte, was ich noch weiß, John nackt und ich nackt, weißes Licht um uns herum und eine Angst, wie ich sie in meinem ganzen Leben nicht erlebt habe.

Es ist die heißeste Zeit am Tag, heiß sogar noch im Schatten. Die Erde ist staubig trocken, Staub bläst mir ins Gesicht, in die Nase, die Augen, den Mund. Auf dieser Seite der Auffahrt habe ich das Unkraut schon fast zur Hälfte ausgerissen, noch mal zwei Wochen, dann bin ich hier fertig und kann mit der anderen Seite anfangen. Meine Hände sind voller Schrammen, Dornen sitzen mir wie Spreißel unter der Haut. Ich hasse Unkraut, ich hasse Dornen. Ich nehme einen Dorn am Handballen zwischen die Zähne, ziehe daran und spucke ihn aus. Über mir kreischt ein Vogel, und bei dem Geräusch macht mein Herz einen Satz, und ich zucke zusammen, als hätte jemand hinter mir »Buh« gesagt.

Von der Straße unten biegt ein Auto in die Auffahrt ein. Ich verstecke mich hinter einem Baum und drücke das Gesicht an die weißen Rindenfetzen. Das Auto ist rot. Das Auto hat einen fauchenden, dröhnenden Motor. Das Auto ist Red.

All meine Angst ist plötzlich wie weggeblasen. Ich trete zwischen den Strünken hervor, die Hände in die Hüften gestemmt. Schau her, heißt das. Hier bin ich.

Red wird langsamer, und hinter der staubigen Windschutzscheibe sehe ich Daddy in seinem tiefen Sitz. Er fährt zurückgelehnt, und er lenkt einhändig wie immer. Der Beifahrersitz ist leer. Ich hebe den Arm hoch und winke.

Daddy hupt dreimal ganz kurz. Er fährt an die Seite, hält

am Berg. Eine Staubwolke steigt um das Auto auf und hüllt uns ein, Staubgeschmack in meiner Nase, in meinem Mund.

Ich lege die Hände in das heruntergekurbelte Fenster. »Daddy?«

»Jenny?«, sagt Daddy.

»Du siehst anders aus«, sage ich.

»Du auch«, sagt er.

»Aber dein Gesicht«, sage ich.

Daddy streicht sich übers Kinn, und er hat jetzt einen Bart, Schnurrbart *und* Backenbart.

»Gefällt's dir?«, fragt Daddy.

»Nein«, sage ich.

Daddy nimmt die Hand herunter und räuspert sich. »Na ja, es war Debs Idee«, sagt er.

»Und eine Brille hast du auch«, sage ich.

Daddy tippt an den Bügel, Gold und Glas, ein Glänzen vor seinen Augen. »Deb findet, dass ich damit distinguiert aussehe«, sagt er.

»Distinguiert?«, sage ich.

Daddy holt tief Luft und fährt sich mit der Hand durchs Haar. Seine Lippen sehen zu dick aus zwischen den Barthaaren, wie Regenwürmer.

»Genug von mir geredet, schau dich an«, sagt er, »wie siehst du denn aus?«

Mein T-Shirt ist dreckig, meine Jeans ist dreckig, meine Hände sind dreckig. Ich versuche mich ein bisschen abzuklopfen, aber es nützt nichts.

»Was machst du hier draußen?«, fragt Daddy.

Ich wische mir das Gesicht mit dem Handrücken ab. »Ich hab mir Ärger eingehandelt«, sage ich.

»Ärger?«, sagt Daddy.

»Deshalb bist du doch da, oder?«, frage ich.

»Nein«, sagt Daddy, »ich hatte hier in der Nähe zu tun und wollte euch überraschen.«

Reds leises Brummen füllt die ganze stille Auffahrt aus.

»Warum hast du denn Ärger?«, fragt Daddy.

Wie kann ich das mit dem Schwimmen erklären? Wie kann ich das mit John erklären? Ich weiß nicht, was ich sagen soll, wo ich anfangen soll, ich habe viel zu viel Angst.

»Jenny?«

Durch Daddys glänzende, neue Brillengläser kann man nicht hindurchschauen, und ich schniefe laut, wische mir die Nase.

»Sag's mir doch.«

Ich starre auf meine Füße, meine Füße auf dem Kies, Erde an meinen Schuhen. »Ich kann nicht«, sage ich.

»Steig ein«, sagt Daddy, »dann fahren wir zusammen hoch und klären das.«

Ich schaue die Auffahrt hinauf, eine Seite ohne Unkraut, eine mit. »Bringst du mich nach Hause?«, frage ich.

»Was?«

»Können wir wegfahren? Jetzt sofort?«

»Nein«, sagt Daddy, »natürlich nicht.«

»Dann kann ich nicht zu dir einsteigen«, sage ich. »Ich krieg nur noch mehr Ärger.«

Daddy bekommt diesen Blick, den er hat, wenn er wütend ist. Er presst die Lippen zusammen. Dann atmet er tief durch und schaut mich wieder an. »Wie du willst«, sagt er, »dann fahre ich eben alleine und kläre das.«

Wir sehen uns an, und ich schniefe noch mal.

Daddy schüttelt den Kopf von einer Seite auf die andere, als ob aus mir nicht schlau zu werden ist, und ich weiß nicht, was ich machen soll.

»Bis gleich.« Er legt den Gang ein und fährt den Hügel hoch, dröhnend und fauchend, eine Wolke aus Schotterstaub hinter sich.

Ich will ihm nachrennen, ihm alles erzählen, damit ich sicher sein kann, dass auch wirklich alles in Ordnung kommt, aber ich bleibe, wo ich bin, und schaue auf die Strünke, die ich noch ausreißen muss.

Ich packe einen dicken Strunk unten am Stiel, gehe in die Knie, ziehe. Erdklumpen hängen an den Wurzeln, und ich schlage den Strunk an den weißen Zaun, bis alle Erde abgebröselt ist. Ich werfe ihn zu den anderen auf den Haufen, wische mir das Gesicht am Arm ab, bücke mich wieder und mache weiter.

Die anderen Kinder sind alle im großen Haus beim Abendessen, und Daddy und ich haben das Schwimmbad für uns, bevor er fährt. Daddy sagt, meine Strafpunkte sind alle weg und eigentlich dürfte ich keinen Ärger mehr haben.

Es ist diese Zeit zwischen Tag und Nacht, Sonnenuntergang mit nur noch einem winzigen bisschen Sonne darin. Ich stehe im Wasser, am seichten Ende, und Daddy schaut vom Rand aus zu. Er hat ein Knie auf dem Boden aufgestützt, und sein haariges Gesicht liegt in seiner Hand.

»Klar zum Gefecht?«, frage ich.

»Klar zum Gefecht«, sagt Daddy.

Es ist schön, dass ich Daddy für mich habe, dass er nur herkommen musste, und schon ist alles nicht mehr so schlimm. Ich stelle mich an die Beckenwand, Bauch rein, Brust raus. Daddy lächelt, als er das sieht. Er nickt einmal mit dem Kopf, und ich nicke zurück.

Ich halte mir die Nase zu, atme tief ein und lasse mich sinken, bis ich den Boden erreicht habe. Dann stoße ich mich mit den Füßen von der Wand ab und schwimme unter Wasser das seichte Ende entlang. Auf der anderen Seite tauche ich auf, Arme voraus.

»Ta-dah!«, sage ich.

Wassertropfen spritzen auf den trockenen Beton, um Daddys Hosenaufschläge.

»Das ist sehr gut«, sagt Daddy, »aber das ist kein Schwimmen. Kein richtiges jedenfalls.«

Meine Arme klappen herunter, und ich blinzle mir das Wasser aus den Augen.

»Ich meine, das hast du wirklich gut gemacht«, sagt Daddy, »aber ich dachte, du lernst hier schwimmen.«

»Ich kann hundertachtzig Sekunden lang den Atem anhalten«, sage ich. »Fast drei Minuten«, sage ich.

Daddy drückt die Hände aneinander, Handfläche an Handfläche, Finger an Finger. »Trotzdem, du musst auch richtig schwimmen lernen«, sagt er.

»Warum?«, frage ich.

Er nimmt die Hände auseinander, Finger gespreizt, Schultern hochgezogen. »Weil es sicherer ist«, sagt er. »Weil es Spaß macht.«

»Spaß?«, sage ich.

»Genau«, sagt er.

Das Wasser ist ein gewellter Spiegel, und Daddys Gesicht und Körper kräuseln sich darin, als ob er da ist und doch nicht da.

»Jenny?«, sagt Daddy. »Verstehst du, was ich dir sagen will?«

Ich gehe zur Treppe, steige die Stufen herauf, und Daddy gibt mir ein Handtuch. Ich nehme es, aber ich schaue ihn nicht an dabei, sondern auf meine Füße.

»Gut«, sagt Daddy, »der Sommer liegt ja noch vor dir.«

Ich wickle mir das Handtuch um die Schultern und starre auf meine Füße auf dem Beton, nur die Füße.

Daddy steht da, Hände in den Hosentaschen, und er klimpert mit seinen Schlüsseln. Er legt mir die Hand auf die Schulter, und die Hand ist schwer. Er muss jetzt los, sagt er, aber er kommt bald wieder, er wünscht mir einen wunderbaren Sommer und ich soll bitte versuchen, schwimmen zu lernen.

Der Himmel ist abendrosa, und ich biege den Kopf so weit nach hinten, wie es nur geht. Vögel fliegen in einem breiten V, alle genau im selben Takt, alle zum selben Ort.

Daddy nimmt die Hand von meiner Schulter und schaut auch hoch. Ich schaue Daddy an, ganz lange, aber die neue

Brille glänzt vor seinen Augen. Nichts wird je wieder so wie früher, das weiß ich plötzlich genau, und ich fühle mich völlig alleine, auch wenn ich es gar nicht bin.

Daddy lächelt ein liebes Lächeln mit Bart und dicken Lippen. Ich halte mein Handtuch enger und lächle zurück, aber es ist kein richtiges Lächeln, nur ein Gesicht, das ich mache, um das Einsamkeitsgefühl wegzudrängen.

II

Der Ort, in dem wir jetzt wohnen, heißt Fountain Valley, aber Brunnen habe ich hier noch keinen gesehen. Deb sagt, Fountain Valley ist außerhalb. Daddy sagt, Fountain Valley ist eine Übergangslösung.

Das Haus sieht so aus: Eingangstür, Wohnzimmer, und nach hinten gehen zwei lange Gänge weg, jeder mit drei Schlafzimmern, sechs Stück insgesamt. Die Gänge führen beide in die Küche, die ein einziger großer Raum mit einer Kochecke und einer Essecke ist. Von der Küche kommt man durch eine Schiebetür in einen Garten mit Swimming-Pool. Der Garten um den Swimming-Pool ist zubetontiert, kein Gras. Es ist ein schönes Haus, ein schöner Pool, alles ist schön, aber nur außen, nicht innen. Wenn etwas im Innern verkehrt ist, kann es noch so schön ausschauen, es hilft nichts.

Ich mache die Tür zu meinem neuen Zimmer zu, und es ist still hier drin, still und neu, nur weit weg kann ich Deb, Christopher, Kenny und Ronny hören, ein leises Stimmengemurmel. Ich knibble an dem Klebeband um den Jennys-Zimmer-Karton und ziehe es ab. Der Karton sieht aus wie immer, aber innen drin fühlt er sich ungewohnt an. Jemand war an meinen Sachen, jemand hat sie neu gefaltet, anders hingelegt.

Mein Herz klopft in meinem Kopf und meinen Ohren. Ich wühle mich bis ganz nach unten und taste nach den schwarzen Lackschuhen, die mir schon längst nicht mehr passen. Ich finde nichts, und ich nehme die Hände heraus, hebe den großen Karton mit beiden Armen an und kippe ihn aus. Alle meine zusammengefalteten Sachen fallen auf den Boden. Keine Schuhe, keine Socken, kein versteckter Schlüssel.

»Suchst du das?« In der Tür steht Deb, ihre Hand offen, mein Schlüssel in ihrer offenen Hand.

»Das ist meiner«, sage ich.

Deb biegt die Finger um den Schlüssel, und sie macht die Tür zu, nur wir beide in dem neuen Zimmer. »Ich dachte, wir zwei sollten uns mal unterhalten«, sagt sie.

Sie hat ein blau-weiß gestreiftes Hemd und eine Jeans an. Ihr Haar hängt ihr lang und glatt ums Gesicht, und sie wirft es sich dramatisch über die Schulter. Sie hat einen Fuß nach vorn gestellt, einen nach hinten, Hüften schräg wie bei einer Schaufensterpuppe.

Ich richte mich kerzengerade auf, Bauch rein, Brust raus, und strecke die Hand aus. »Krieg ich ihn wieder?«, sage ich. »Bitte?«

Debs grüne Augen schauen von meiner Hand zu meinem Gesicht. »Du magst mich nicht besonders«, sagt sie, »hab ich Recht?«

»Das stimmt nicht«, sage ich, »ich will nur meinen Schlüssel.«

»Ich akzeptiere es, dass du mich nicht magst«, sagt Deb, »ich kann es sogar nachvollziehen.«

Ich lasse die Hand sinken, grabe die Fingernägel in den Ballen.

»Aber ob du mich magst oder nicht«, sagt Deb, »du wirst mich respektieren.«

Mein Blick wandert zu meiner rosa Truhe, und ich klemme die Lippen zwischen die Zähne. Daddy sagt, Deb ist nicht so schlimm und ich soll ihr eine Chance geben. Ich wünsche mir, Daddy wäre hier, damit er die Deb sehen kann, die ich sehe.

»Kann ich meinen Schlüssel haben?«, sage ich noch einmal. »Bitte.«

Deb schaut auf ihre Hand mit dem Schlüssel, und dann schaut sie mich an, Katzenaugen, und macht ein kleines Schnalzgeräusch mit der Zunge, so als ob sie nachdenken muss. Schließlich atmet sie seufzend aus. »Also gut«, sagt sie.

Ich halte die Hand unter ihre Faust, und sie öffnet sie, und der silberne Schlüssel fällt aus ihrer Hand in meine.

Deb streckt den Rücken durch und verschränkt die Arme vor der Brust. »Ich weiß, was du in der Truhe hast.«

»Du hast in meinen Sachen rumgewühlt?«, frage ich.

»Und ich halte es für sehr wichtig, dass du dich an deine erste Mutter erinnerst.«

»Das sind meine Sachen«, sage ich.

»Aber du kannst nicht in der Vergangenheit leben, Jenny. Deine Mutter ist weg, und jetzt bin ich da.«

Es ist still in dem neuen Zimmer, leere Wände, leerer Schrank. Ich schaue Deb an, sie schaut mich an, und so stehen wir, ich weiß nicht, wie lange. Deb schaut als Erste weg, sie geht zur Tür, legt die Hand auf den Türgriff. Sie sagt etwas von einer Familienversammlung in zehn Minuten, aber ich halte einfach nur still, so still, als ob ich gar nicht da wäre.

Meine Arme und Beine werden schon steif, aber ich warte, bis ich Deb nicht mehr höre, und erst dann atme ich tief ein und mache leise die Tür zu. Ich knie mich hin und sperre die rosa Truhe mit dem silbernen Schlüssel auf, und vor mir liegen das Bild von Keith, der Barbie-Koffer und auf dem Barbie-Koffer das Album mit den Hochzeitsfotos. Das Hochzeitsalbum gehört *in* den Koffer, also hat Deb es herausgenommen. Meine Mutter und mein Vater und ihr früheres Leben sind von Deb angeschaut und angefasst worden.

Ich hole den Barbie-Koffer heraus und klappe ihn auf. Die Malibu-Beach-Barbie liegt in ihrem Fach, und sie hat ihr schwarzes Samtkleid und die schwarzen Stöckelschuhe an wie immer. Ganz, ganz vorsichtig ruckle ich die Schublade unten am Koffer heraus. Barbie-Schuhe, Barbie-Kleider quellen mir entgegen. Ich ziehe sie ganz heraus, und alles fällt auf den Teppich – Schuhe, Kleider, das zusammengerollte, verknitterte schwarze Samtsäckchen.

Dieses Geheimnis hat Deb nicht gefunden, das weiß ich plötzlich ganz sicher.

Ich hebe das Säckchen auf, wölbe die Hände darum, und es ist schwer, ein Gewicht, wie nur wichtige Dinge es haben. Mit zusammengekniffenen Lippen knote ich das Band auf. Die Perlenkette und der Ring sind wie immer, unverändert, unberührt, perfekt.

Wenn man so knapp davongekommen ist, dann ist das wie eine zweite Chance. Ich stecke die Perlen und den Ring wieder in das Samtsäckchen, verknote es und rolle es zu einem winzig kleinen Ball zusammen. Den Ball stopfe ich in die Schublade zurück, das Album hinterher, und dann packe ich die Schublade mit Barbie-Kleidern und Barbie-Schuhen voll und schiebe sie wieder hinein. Der Barbie-Koffer kommt in die rosa Truhe, und ich klappe den Deckel über ihm zu und sperre das silberne Schloss mit dem silbernen Schlüssel ab.

An meinen Shorts ist eine Tasche, aber sie ist zu weit. Sonst habe ich heute keine Taschen in meinen Kleidern. Vielleicht kann ich den Schlüssel ja in die Tasche einnähen. Vielleicht lege ich ihn ganz hinten ins oberste Schrankfach. Oder ich verstecke ihn in meinem Schuh.

Ich ziehe die Schuhbänder auf, lasse den Schlüssel unter meine Ferse fallen, ziehe den Schuh wieder an. Unter meiner Ferse drückt sich die Form des Schlüssels ab. Ich gehe ein paar Schritte, und der Schlüssel rutscht nach vorn, bis ich ihn am großen Zeh spüre.

Ich steige noch einmal aus dem Schuh und ziehe das Schnürband aus seinen Löchern. Ich fädle es durch den silbernen Schlüssel, und dann schnüre ich den Schuh wieder zu. Der kleine silberne Schlüssel steht hoch, und ich drehe ihn um, schiebe ihn unter die Lasche. Jetzt sieht man ihn fast gar nicht mehr, nur wenn man ganz genau hinschaut, nur wenn man danach sucht. Ich bewege meinen Fuß hin und her, wackle damit herum, und der Schlüssel bleibt, wo er ist, verborgen.

Bei einer Familienversammlung sitzen alle herum, und Deb redet. Deb sagt, Familienversammlungen sind eine entscheidende Komponente familieninterner Kommunikation. Keine Ahnung, was das heißen soll.

Deb und ihre Kinder, Daddy und wir, alle sitzen wir im Wohnzimmer in dem neuen Haus in Fountain Valley. Christopher sitzt in einem großen Sessel und liest ein Buch, als ob wir anderen gar nicht da wären. Kenny, Ronny und Bryan sitzen auf der Couch und spielen dieses dämliche Spiel mit Schere, Stein, Papier. Wenn Kenny oder Ronny gewinnen, machen sie ihre Finger mit Spucke nass und hauen sich gegenseitig auf die Unterarme. Wenn Bryan gewinnt, macht er bei ihnen Brennnessel.

Ich sitze auf dem Boden, meine Füße untergeschlagen, sodass ich meinen Schlüssel nicht sehen kann. Ich strecke die Beine aus, lege den Fuß auf die Seite, und da blitzt es ein bisschen heraus. Ich schlage die Beine wieder über Kreuz und verstecke den Schlüssel, sodass nichts mehr von ihm zu sehen ist.

Daddy und Deb sitzen auf dem langen grünen Sofa, und Daddy schaut aus dem Fenster, Bart, dicke Lippen, Brille über seinen Augen.

»Ich habe euch alle in der Schule angemeldet. Der erste Schultag ist Montag«, sagt Deb. »Jetzt zu euren Aufgaben hier im Haus. Kenny, du machst unter der Woche das Mittagessen. Christopher, du bist für den Garten verantwortlich, Unkraut jäten, Laub rechen, alles das.«

Deb schaut Daddy an und tätschelt sein Bein. »Bud mäht den Rasen«, sagt sie. »Bryan, du bist für den Müll zuständig, Mittwoch früh muss alles vorn an der Straße stehen.«

Bryan hat den Finger ins Ohr gesteckt und dreht ihn hin und her.

»Ronny sorgt dafür, dass das Haus ordentlich aussieht«, sagt Deb.

Ronny bohrt mit dem kleinen Finger in der Nase, schaut ihn an und steckt ihn sich in den Mund.

»Jenny übernimmt die Bäder«, sagt Deb.

»Übernehmen?«, sage ich.

Deb hat einen gelben Schreibblock auf dem Schoß liegen, auf dem alles steht, was sie sagen muss. Sie fährt mit dem Finger an den Zeilen entlang, damit sie nicht den Überblick verliert. »Wie bitte?«, sagt sie.

»Was soll ich machen?«, frage ich.

»Die Bäder, Fuzzi«, sagt Ronny.

Kenny kichert, und Ronny schaut Kenny an und kichert auch.

»Veronica«, sagt Deb.

Daddy beugt sich vor, wie er es nur macht, wenn er ganz konzentriert zuhört. Er sieht von Deb zu Ronny.

»Was war das?«, fragt Daddy. »Was hast du gerade gesagt?«

Ronny rutscht auf der Couch ganz nach hinten und schiebt sich die Hände unter den Po.

»Nichts«, sagt Ronny.

»Sie hat Fuzzi zu Jenny gesagt«, sagt Bryan.

»Fuzzi?«, sagt Daddy.

Christopher grinst, und ich muss auch grinsen, weil es komisch ist, wie jetzt alle Fuzzi sagen.

Daddy lehnt sich zurück und zieht die Luft durch die Nase ein. »Fuzzi«, sagt Daddy. »Sehr beeindruckend.«

»Bud«, sagt Deb. »Das ist nun wirklich nicht der richtige Ton.«

Daddy schaut Deb an, und sein haariger Kiefer mahlt hin und her wie immer, wenn er wütend ist. »Ach ja?«, sagt er. »Welcher Ton ist denn deiner Meinung nach richtig?«

Daddy und Deb sehen sich an, und Deb räuspert sich und legt den Kopf schief. »Besprechen wir das einfach später, ja?«, sagt sie mit hoher, zuckriger Stimme.

»Wie du willst«, sagt Daddy.

Die Luft im Zimmer ist dick und schwer, und als Deb schließlich weiterredet, klingt sie anders als vorher. Deb redet hoch und laut, lauter Sachen über Kooperation, Teamgeist, familieninterne Kommunikation, und dann, ohne Übergang, steht sie auf, geht zum Dielenschrank und macht ihn auf. Mit einem Armeschwenken fast wie im Fernsehen zeigt sie auf einen hohen Stapel Schuhkartons.

»Und deshalb wollen wir jetzt etwas ausprobieren, an dem die ganze Familie als Team teilnehmen kann«, sagt sie.

Sie winkt Christopher her, und er legt sein Buch auf die Sessellehne und fängt an, Schuhschachteln an alle auszuteilen, sogar an Daddy. In meiner Schachtel sind weiße Schuhe mit einem roten Streifen an der Seite, bei denen die Schnürsenkel nur durch ein Loch gefädelt sind. In jedem Schuh steckt ein zusammengeknülltes Stück Papier, und ich ziehe das Papier heraus und knete es in der Faust klein.

Bryans Schuhe sind blau mit einem weißen Streifen, und er hält sie von sich weg, als ob sie schlecht riechen würden. Rote Farbe kriecht an seinem Hals hoch, und er schaut Deb mit heruntergedrücktem Kinn an.

»Wie?«, sagt Bryan, »wir sollen alle laufen, als Sport?«

»Genau«, sagt Deb, »ist das nicht fantastisch?« Mit hochgezogenen Schultern sitzt sie auf der Sofakante. »Ihr Kinder werdet alle unheimlich von der Disziplin und dem Mannschaftsgeist profitieren.«

»Und wenn ich keine Lust habe?«, fragt Bryan.

Deb schlägt sich mit beiden Händen auf die Schenkel. »Tolle Einstellung!«

Daddy legt ihr die Hand auf den Arm, und Deb schaut die Hand an. »Er könnte es wenigstens erst mal probieren«, sagt sie.

»Ein bisschen Widerstand ist doch normal«, sagt Daddy. »Gib ihm eine Chance.«

Deb zieht den Arm weg, mit einer wilden, dramatischen Geste. »Ach, so ist das also?«, sagt sie. »Deine Kinder sollen eine Chance haben, aber meine nicht?«

Es wird still im Zimmer, und sie starren sich einfach nur an.

Daddy sieht zuerst weg, und dann nickt er zu Bryan und mir herüber. »Ihr könnt jetzt gehen«, sagt er.

Bryan nimmt seine Schachtel und steht auf. Ich packe meine Schuhe in den Karton, auf dem »Jenny« steht.

»Moment mal«, sagt Deb. »Wann meine Familienversammlung aus ist, bestimme immer noch ich.«

»Sie ist jetzt aus«, sagt Daddy.

Deb wiegt den Kopf hin und her wie ein eingesperrtes Tier, und aus ihrer Kehle kommt ein Geräusch, als könnte sie nicht recht glauben, was hier passiert.

Ich weiß nicht, was ich tun soll, bleiben oder gehen, etwas sagen oder den Mund halten. Daddy nickt noch einmal zu mir und Bryan herüber, und wenn Daddy so nickt, dann steht man auf und geht, keine Widerrede. Christopher, Kenny und Ronny bleiben sitzen, und ich kann spüren, wie ihre Blicke uns folgen.

Ich gehe den langen Flur entlang und lege die Hand auf meinen Türknopf. Bryan bleibt vor seiner Tür stehen und schaut zum Wohnzimmer zurück, und dann schaut er mich an.

Ich zucke die Achseln, und er zuckt auch die Achseln, und dann gehe ich in mein Zimmer und mache die Tür zu. Ich lehne mich dagegen und sehe auf meinen Schuh herunter, auf das Schlüsselschimmern gleich unter der Lasche, und ich wende den Fuß von einer Seite auf die andere. Vom

Gang her höre ich Stimmen, Debs hoch, Daddys tief, und Ronny schreit auch irgendwas. Ein Teil von mir möchte bei ihnen draußen sein und schauen, was passiert, ein anderer Teil möchte einfach nur hier drinnen bleiben.

Ich stoße mich von der Tür ab und hebe meine Kleider und Schuhe vom Boden auf. Ich falte die Blusen zusammen und lege sie auf einen Haufen, falte die Hosen zusammen und lege sie auf einen eigenen Haufen.

Es ist still in dem neuen Haus, keine Stimmen, und dann schreit Deb etwas, das ich nicht verstehen kann. Eine Tür knallt. Es klingt wie die Tür zur Garage.

Ich nehme die Stöße mit den Hosen und Blusen und lege sie auf Debs weiße Kommode. Red springt an, und Deb brüllt, dass Daddy ein Feigling ist. Ich höre Red aus der Garage donnern, höre die Gänge knirschen. Wenn es Streit gibt, fährt Daddy weg, so war das schon immer. Das hasse ich an ihm, dieses Wegfahren, und das erste und wahrscheinlich auch das einzige Mal habe ich das Gefühl, dass Deb Recht hat. Vielleicht ist Daddy wirklich ein Feigling.

Daddy sagt, ich muss Deb vertrauen. Daddy sagt, ich muss Deb eine Chance geben. Daddy sagt, wenn ich Deb erst richtig kenne, werde ich sie sehr mögen. Und ich versuche Deb zu mögen, ich versuche es wirklich.

Vom Aufstehen in der Früh bis abends zum Schlafengehen sagt Deb mir, was ich zu tun habe, und ich tue es. Deb sagt, ich soll Haferflocken statt Toast essen, also esse ich Haferflocken, obwohl mir morgens nichts außer Toast schmeckt. Deb sagt, ich soll mir die Zähne in kleinen Kreisen putzen statt quer, also putze ich mir die Zähne in kleinen Kreisen. Deb sagt, ich soll die Haare offen tragen statt in einem Pferdeschwanz oder mit Spangen, also trage ich sie offen.

Das Schlimme ist, dass es immer nur nach Deb gehen muss und ich selber gar nichts mehr zu bestimmen habe. Es ist, als ob ich in meinem eigenen Leben nur zu Besuch wäre.

Nicht mal meine Kleider darf ich mir selber aussuchen. Deb hat fast alle meine alten Sachen weggeschmissen und neue aus dem Sears-Katalog bestellt. Ich habe jetzt drei Röcke, drei Rollkragenpullover und drei Gymnastikanzüge, und sie sind weiß, lila und grün. Sie sucht aus, was ich anziehen soll, und legt es mir aufs Bett, und sie hat es geschafft: Ich laufe jetzt in Kombimode durch die Gegend.

Irgendwann hat Deb mir einen grünen Gymnastikanzug, einen grünen Rollkragenpullover und einen grünen Rock rausgelegt und behauptet, ich würde großartig aussehen damit. Ich habe ihr gesagt, dass kein normaler Mensch alles in derselben Farbe anzieht, aber es hat nichts genützt, und Kenny und Ronny und alle die anderen Kinder in meiner neuen Klasse haben mich den ganzen Tag das kleine grüne Männchen genannt, und keins von den Mädchen hat mich in der Pause beim Seilhüpfen oder bei Himmel-und-Hölle mitmachen lassen.

Daddy kann sagen, was er will, Deb hat kein Stilgefühl, und das war das letzte Mal, dass sie mir vorschreibt, was ich anziehen soll.

Der Mile Square Park, das sind flache Hügel, frisch gemähtes Gras und hohe Kiefern. Christopher, Kenny, Ronny, Bryan und ich gehören jetzt zu den Blue Angels, und die Blue Angels trainieren jeden Tag im Mile Square Park.

»Eine Meile bei einem Wettkampf, das heißt acht Meilen täglich«, sagt Trainer Don. Er trägt einen grauen Trainingsanzug und eine dunkelblaue Baseballmütze, und um seinen Hals hängt eine Trillerpfeife. Er geht im Kreis und schaut jedem von uns direkt in die Augen.

»Hab ich Recht?«, fragt Trainer Don und schaut mir in die Augen.

»Ja!«, sage ich.

Trainer Don senkt das Kinn, geht fünf Schritte weiter und schaut einem anderen Kind in die Augen.

»Wer gewinnen will, muss hart trainieren«, sagt Trainer Don. »Hab ich Recht?«

»Ja!«, sagt das Kind.

Trainer Don steht breitbeinig vor uns, und er stößt die Faust in die Hand, um seine Worte zu unterstreichen. »Er muss flink sein, fit sein, zäh sein«, sagt er. »Hab ich Recht?«

Der warme Wind riecht nach frisch gemähtem Gras, und wir alle wenden keinen Blick von Trainer Don. »Ja!«, rufen wir.

Deb steht mit ein paar anderen Müttern zusammen und wedelt mit den Händen in der Luft herum wie immer beim Reden. Am liebsten wäre es mir, sie würde einfach heimgehen.

»Wir haben acht Meilen vor uns«, sagt Trainer Don, »viermal Dauerlauf, viermal Kurzsprints.«

Ich stelle mich gerade hin und verschränke die Arme vor dem Körper, auch wenn es gar nicht kalt ist.

»Gebt euer Bestes«, sagt Trainer Don. »Wir treffen uns hier wieder.« Er steckt sich die Trillerpfeife in den Mund und bläst einmal kräftig hinein.

Ich drücke die Hände an die Ohren und kneife die Augen fest zu. Das Pfeifen sticht mir zwischen den Fingern hindurch, und als ich die Augen aufmache, laufen alle anderen Kinder schon zum Parkrand vor.

Trainer Don hat die Augenbrauen hoch in die Stirn gezogen, als ob er sagen will: »Und was ist mit dir?«

»'tschuldigung«, sage ich und renne so schnell ich nur kann, das Kinn auf der Brust, die Arme dicht an den Seiten. Ich renne, bis ich die anderen eingeholt habe, und dann verfalle ich in einen normalen Trab.

Ein Vogel, der aus der Luft herunterschaut, müsste den Mile Square Park als grünes Quadrat inmitten von schwarzem Asphalt sehen. Jede Seite ist genau eine Meile lang, und an den Rändern führt ein Lehmpfad entlang, der zum Laufen da ist.

An der ersten Ecke ist mein Seitenstechen schon so stark, als würde mir ein Messer unter den Rippen sitzen. Ich versuche mir den Schmerz wegzukneifen, aber das Messer bohrt sich nur noch tiefer. Ich werde langsamer, aber der Schmerz bleibt. Ich gehe, und nach einer Weile lässt der Schmerz locker.

Die Blue Angels sind kleine Punkte weit, weit vor mir, und ich kann nicht erkennen, wer wer ist. Noch ein anderes Kind da vorne hat zu rennen aufgehört, ein Junge, so, wie es aussieht, Bryan.

Ich laufe wieder los, und es sticht nicht mehr. Ich laufe auf den Jungen zu, und es ist Bryan. Sein Kopf ist gesenkt, und er zwickt sich die Seiten.

»He«, rufe ich.

Bryan schaut über die Schulter zurück und geht schneller.

»Ich bin's«, rufe ich. »Warte.«

Bryan trabt los, und ich versuche aufzuholen. Bryan rennt schneller, der Abstand zwischen uns wird größer. Das Messer bohrt sich mir in die Seite. So viel weiß ich über Seitenstechen: Weiterrennen hat keinen Sinn. Nur Gehen hilft.

Ich komme als Letzte an, als Allerallerletzte.

Debs Katzenaugen beobachten mich, wie ich ins Ziel komme, und ich weiß genau, dass sie sich über mich ärgert. Jeder Einzelne von uns reflektiert jetzt das Ganze, sagt Deb.

Ich trabe an Deb vorbei, an den anderen Müttern. Ich kann sie flüstern hören, und jemand lacht. Mit brennenden Backen renne ich bis zu Trainer Don.

»Hart, was?«, sagt er.

»Ich hatte Seitenstechen«, sage ich.

»Das kommt vor. Da müssen wir an deiner Atemtechnik arbeiten, das kriegst du hin. Hab ich Recht?«

»Ja.«

Trainer Don klopft mir auf die Schulter, und ich finde es nett, dass er mich behandelt, als ob wir Freunde sind.

»Also dann«, sagt er, »stellt euch auf, dann probieren wir es mit ein paar Sprints.«

Trainer Don bläst auf seiner Trillerpfeife, und die erste Gruppe Kinder rennt einen Hügel runter und den nächsten wieder rauf. Als sie stehen bleiben, pfeift Trainer Don wieder, und die Nächsten rennen los. Eine Gruppe nach der anderen läuft, bis alle durch sind, und dann das Ganze noch mal von vorn. Ausdauertraining. Ich stelle mich hinter Bryan auf, und er schaut auf mich runter, blinzelt und schaut dann weg, als ob ich überhaupt nicht da wäre.

Bryan ist anders, seit es Deb gibt. Er versucht zu sein wie sie, wie ihre Kinder, und er macht es nicht schlecht, nur wenn man ihm ganz genau in die Augen schaut, sieht man, dass etwas in ihm zugeklappt ist, wie eine Tür.

»Hey«, sage ich, »hast du mich nicht rufen hören?«

Bryan dreht sich weg, und sein Gesicht ist rot, ob vom Laufen oder vor Wut, weiß ich nicht.

»Ich hab dich gesehen«, sage ich, »ich hab versucht, dich einzuholen.«

Jetzt sieht er mich doch an, Kinn heruntergedrückt, Augen tief im Schatten. Ich mache einen Schritt zurück und lege die Hände auf den Rücken.

»Macht doch nichts, wenn du zwischendurch langsam gehst«, sage ich. »Ich bin auch gegangen. Rennen ist schwer. Sogar Trainer Don sagt, dass es schwer ist.«

»Ach, verpiss dich doch«, sagt Bryan, seine Stimme leise und tief.

»Warum bist du denn wütend?«, sage ich. »Ich hab überhaupt nichts gemacht.«

Bryan kehrt mir den Rücken zu, steht mit herunterhängenden Armen da.

»Ich wollte doch nur nett sein«, sage ich.

Er dreht sich halb um, schaut mich an und an mir vorbei,

und ich hasse diesen Blick, die Art, wie er durch mich hindurchgeht, als würde es mich gar nicht geben.

Trainer Don bläst in seine Trillerpfeife, und das Geräusch schrillt durch meinen Kopf bis in alle Knochen. Bryan rennt mit pumpenden Armen den Hang hinunter und auf der anderen Seite wieder hoch, und als er anhält, muss er sich vornüberbeugen, bis er wieder normal atmen kann.

Als das Training vorbei ist, versammeln sich die Blue Angels noch mal auf der Wiese im Park. Trainer Don sagt, dass es ein guter Tag war und jeder von uns sich hundertprozentig eingebracht hat.

Ich liege im Gras und strecke meine Beine aus.

Deb steht neben dem Auto, eine braune Papiertüte in der Hand. Ich weiß, dass in der Tüte fünf Äpfel sind und dass sie jedem von uns einen Apfel für die Heimfahrt geben wird. Ich weiß, dass Deb die ganze Heimfahrt über reden wird, Ronny ist sowieso eine Vollblutsportlerin, wird sie sagen, und Kenny läuft wie eine Gazelle, und Christopher ist der geborene Langstreckenläufer. Dann wird sie sagen, dass ich keinen Sportsgeist gezeigt habe, weil ich Letzte geworden bin, und sie wird sagen, Bryan hat auch keinen Sportsgeist gezeigt, weil er fast Letzter geworden ist. Deb wird sagen, dass jeder Einzelne von uns das Ganze reflektiert und dass eine Kette nur so stark ist wie ihr schwächstes Glied, und wenn man zu etwas kein Talent hat, muss man sich eben mehr anstrengen.

Es ist schwer, Deb gern zu mögen, wenn sie so redet, und ich wünsche mir, ich könnte Daddy fragen, was ich machen soll. Nur sehe ich Daddy fast überhaupt nicht mehr. Er hat sich selbstständig gemacht, und wenn man selbstständig ist, sagt er, muss man Tag und Nacht arbeiten. Außerdem ist Deb der Boss, sagt Daddy, und was Deb sagt, wird gemacht.

Der Wind bläst durch den Mile Square Park, und mich friert es am ganzen Körper. Ich schaue auf meinen Fuß. Der Schlüssel blitzt silbern zu mir hoch. Ich drehe den Fuß hin und her, sodass das silberne Blitzen mir übers Gesicht huscht.

»Die Blue Angels sind die Größten«, sagt Trainer Don. »Hab ich Recht?«

»Ja!«, schreien alle, und der Wind hebt unsere Stimmen in die Luft auf und trägt sie davon.

Deb schneidet Karotten klein, Brokkoli, Kartoffeln, alles mögliche Gemüse. Christopher hat Wasser in einem großen, silbernen Topf aufgesetzt. Ich muss das Brot aufschneiden, die Scheiben mit Margarine beschmieren und sie in den Ofen schieben. Mit dem Tischdecken ist entweder Kenny oder Ronny dran, wer, kann ich mir nie merken, und außerdem hocken sie sowieso bloß am Boden. Ronny hat die Beine gegrätscht und übt Spagat.

»Bin ich fast unten?«, fragt Ronny.

»Fast«, sagt Kenny.

»Drück mich doch mal runter«, sagt Ronny.

Kenny kniet sich hin und legt Ronny die Hände auf die Schultern.

Debs silberne Klinge über dem Schneidebrett hält still. »Mach das nicht, Kendall«, sagt sie. »Nicht dass ihr irgendwas reißt.«

Kenny zuckt die Achseln und nimmt die Hände herunter. Ronny versucht es selber noch mal, den Atem angehalten, ihr sommersprossiges Gesicht ganz rot.

»Jenny«, sagt Deb, »wasch dir die Hände, bevor du irgendwelche Lebensmittel anfasst.«

Sie wedelt mit dem Messer in meine Richtung, und ich kremple die Ärmel hoch und wasche mir die Hände an der Spüle.

Ronny setzt sich auf und zieht die Knie an die Brust. »Irgendwann schaff ich's«, sagt sie, »irgendwann krieg ich einen richtigen Spagat hin.«

»Lass mich mal probieren«, sagt Kenny.

»Ihr seid doch Läufer«, sagt Christopher, »ihr braucht doch gar keinen Spagat zu können.«

Kenny spreizt die Beine, stützt sich mit den Händen am Boden ab. »Wie weit unten bin ich?«, fragt sie.

»Trainer Don sagt, es ist wichtig, dass man flexibel ist«, sagt Ronny.

»Da hat Trainer Don ganz Recht«, sagt Deb. Sie schüttet das Gemüse in eine Schüssel und schiebt das Schneidebrett und das Messer zu mir hin. Ich wickle das Brot aus dem Papier, und es ist eine von diesen langen Stangen, die man schneiden kann, wie man will. Ich lege das Brot auf das Schneidebrett.

»Wisch das Brett erst ab, bevor du es für was anderes benutzt«, sagt Deb. »Mein Gott, wo hast du nur Kochen gelernt?«

Es ist still in der Küche, die Art von Stille, wo alle auf einen schauen und man sich wünscht, irgendetwas würde passieren und der Stille ein Ende machen. Ich klemme die Lippen zwischen die Zähne, beiße fest darauf. Ich wische das Brett mit einem Spüllappen ab, trockne es mit einem Stück Küchenrolle. Christopher reißt eine Packung Nudeln auf, schüttet sie in das kochende Wasser, und Dampf steigt ihm ins Gesicht. Deb wäscht ihre Hände an der Spüle. Ich spüre ihren Blick auf mir, auf dem Messer in meiner Hand, dem Brot auf dem Schneidebrett.

»Die Scheiben da sind zu dick«, sagt sie.

Ich schaue von dem Brot zu Deb und wieder auf das Brot.

»Du brauchst nicht aufzuhören«, sagt Deb, »mach's einfach nur richtig.« Sie dreht den Hahn zu und trocknet sich die Hände an einem Geschirrtuch ab.

»Wie dick willst du sie?«, frage ich.

Deb schaut zur Decke hoch. Ich schaue auch zur Decke hoch.

»Christopher«, sagt Deb, »mach du das.«

Christophers Gesicht ist rot und dampfig, die blonden

Locken kleben ihm an der Stirn, und er verdreht die Augen zu Deb hin. Er streckt die Hand nach dem Messer aus, aber ich weiche einen Schritt zurück, sodass er nicht hinkommt.

»Ich kann's schon«, sage ich, »du musst mir nur sagen, wie.«

»Vergiss es«, sagt Deb, »Christopher macht es.«

Sie holt einen Topf aus dem Schrank, stellt ihn auf den Herd und gießt Öl hinein, als ob ich gar nicht da wäre.

»Schaust du mal?«, sagt Kenny wieder vom Boden her, »wie weit unten bin ich jetzt?«

»Fast ganz«, sagt Deb.

Christopher und ich sehen uns an, und ich weiß nicht, was ich tun soll. Christopher ist anders als Deb und die Zwillinge. Bryan sagt, er ist ein Muttersöhnchen, aber ich glaube, das stimmt nicht. Er hat nur einfach etwas Ruhiges, Nachdenkliches an sich, so als ob er anderswo wäre, auch wenn er gleich neben einem steht. Mir gefällt das gut an Christopher.

Er streckt wieder die Hand aus, und ich gebe ihm das Messer, Griff zuerst.

»Deck doch einfach den Tisch«, flüstert er mir zu.

»Kenny oder Ronny ist dran«, sage ich.

Kenny hat ihre Versuche aufgegeben. »Bin ich nicht«, sagt sie.

»Bin ich nicht«, sagt Ronny.

Ich richte mich auf, Brust raus, und schaue den Zwillingen mitten ins Gesicht. »Doch«, sage ich.

Deb dreht die Flamme an, streicht sich mit den Händen ihre spitzen Hüften entlang, und sie baut sich vor mir auf und starrt mich an.

»Deine Einstellung ist inakzeptabel«, sagt sie.

»Inakzeptabel?«, sage ich.

»Ich werde wegen diesem Mangel an Kooperationsbereitschaft mit deinem Vater sprechen müssen«, sagt Deb, »diese Machtspielchen werden langsam ein bisschen langweilig.«

»Machtspielchen?«, sage ich.

Kenny und Ronny sitzen ganz genau gleich da, Arme um die Knie geschlungen, und Ronny macht ein Gesicht, wie wenn sie jeden Moment loskichern würde.

Christopher holt tief Luft und nimmt die Margarine aus dem Kühlschrank, verstreicht sie auf dem Brot. Deb steht in ihrer Schaufensterpuppenhaltung da, einen Fuß vorgestellt, einen zurück, die Finger über den Hüften gespreizt. Sie sieht mich an, als ob sie darauf wartet, dass ich irgendetwas sage oder tue.

»Also gut«, sage ich, »ich deck den Tisch.«

Deb wirft den Kopf zurück. »Nein«, sagt sie, »du gehst in dein Zimmer und denkst über Kooperation nach.«

»Aber …«, sage ich.

»Sofort«, sagt Deb.

Mit ihren Kindern redet Deb nie so, sie schickt sie nie in ihr Zimmer, sagt ihnen nie, was sie alles falsch machen. Es gibt die anderen, und es gibt mich, sie drinnen, ich draußen, da kann ich mir so viel Mühe geben, wie ich will.

Ich gehe den Flur entlang und mache die Tür zu meinem Zimmer zu. Deb, Christopher, Kenny und Ronny unterhalten sich wieder, alle ihre Stimmen durcheinander. Die Tür zu Bryans Zimmer ist zu, gedämpft kommt Musik dahinter hervor, und ich weiß, dass er da drin sitzt wie immer.

Ich stehe in meinem Zimmer, die Hand an der Tür. Ich schaue die Tür an, lange, und dann haue ich sie so fest zu, dass es mir die Hand bis rauf zum Ellenbogen staucht.

Totenstille. Ich stehe da und spüre den Knall im ganzen Körper.

»Du gehst heute ohne Abendessen ins Bett«, schreit Deb. Ihre Stimme fährt mir unter die Haut und den Nacken hoch, Fingernägel auf einer Schiefertafel. Ich halte die Hand in Richtung Tür, Mittelfinger hochgereckt. Wichser.

Bei einem Abendessen von Deb verpasst man nicht viel, es gibt eh nur gesunde Sachen. Keinen Zucker, nur Honig.

Kein Weißbrot, nur Körnerbrot. Keinen Käse, kein Salz, keine Butter. Ich trete mir die Schuhe von den Füßen, ziehe den silbernen Schlüssel aus dem Schnürband und kicke den Schuh gegen die Schranktür.

In meiner rosa Truhe liegen der Barbie-Koffer, das Bild von Keith und ein Stapel Bücher. Ich lange bis ganz runter und hole *Schneewittchen und die sieben Zwerge* mit seinem schwarzen Einband und der kupfergoldenen Schrift heraus.

Ich schaue zur Tür, ich drin, die anderen draußen. Dann lehne ich mich an die kühle Truhenwand, atme tief ein und wieder aus, schlage das Buch auf und sehe mir die Bilder an wie früher, als ich noch nicht lesen konnte.

Auf dem ersten Bild sitzt die Königin an ihrem Fenster, auf dem zweiten steht Schneewittchen barfuß im Wald, auf dem dritten kocht und wäscht Schneewittchen für die Zwerge.

Das vierte Bild zeigt das Königreich im Sonnenuntergang, Dunst über den Wäldern, Feldern und Burgen. Ein weißer Pfad schlängelt sich vom Wald bis zum Schloss und verliert sich am Horizont. In der Ecke ist noch ein anderes Bild, auf dem liegt Schneewittchen wie tot am Boden, und eine Frau in einem schwarzen Kleid läuft schnell weg.

Schneewittchen versteckt sich im Häuschen der Zwerge, sicher und doch nicht sicher, und dann verrät der Spiegel der bösen Stiefmutter, dass Schneewittchen in Wahrheit noch lebt und die Schönste im ganzen Land ist, und das erträgt die böse Stiefmutter nicht, sie kann Schneewittchen einfach nicht am Leben und in Frieden lassen. Nein, die böse Stiefmutter versucht Schneewittchen umzubringen, indem sie sich als eine nette Bauersfrau verkleidet, die Schneewittchens Kleid so eng schnürt, dass sie umfällt wie tot. Das Bild erzählt die ganze Geschichte, das Reich im Abendlicht, die Stiefmutter als nette Bauersfrau, Schneewittchen auf der Erde vor dem kleinen Häuschen.

Man ist nie in Sicherheit, solange jemand anderes einem

etwas nicht gönnt, auch dann, wenn es gar nichts ist, was man *hat*, sondern einfach nur das, was man *ist*.

Schneewittchen und die sieben Zwerge ist gar kein Märchen. Es ist eine wahre Geschichte, und ich könnte schwören, dass der Mensch, der sie geschrieben hat, eine böse Stiefmutter hatte.

Aus meinem Magen kommen hohle Hungergeräusche, durch die Tür Essensgeräusche, Essensgerüche. Ich klappe das Buch zu und halte es in meinen Händen, mein Kopf voll von der Schneewittchen-Geschichte.

Der Apfel von vorhin liegt auf der Kommode, und seine Schale ist glänzend rot. Ich nehme ihn, werfe ihn in die Höhe und fange ihn wieder auf, wiege ihn in der Hand. Mein Blick kehrt zurück zu der geschlossenen Tür. Ich drin, die anderen draußen.

An der Wand drüben steht ein Papierkorb aus Metall, der weiß und golden lackiert ist. Ich gehe hin, halte den Apfel darüber und lasse los. Debs roter Apfel fällt, mit einem lauten Plumps schlägt er auf dem Metall auf.

Die Blue Angels sind eine Mannschaft in einer Liga mit lauter anderen Mannschaften. Jeden Samstag treten die Blue Angels und die anderen Mannschaften gegeneinander an. Bei den Wochenendläufen kann man sich für die Bezirksmeisterschaften qualifizieren. Bei den Bezirksmeisterschaften kann man sich für die Landesmeisterschaften qualifizieren. Wer bei den Landesmeisterschaften mitmacht, der hat Chancen, in die Olympiamannschaft zu kommen.

Mir ist es egal, wie ich abschneide. Die Samstagswettkämpfe interessieren mich genauso wenig wie die Bezirksmeisterschaften und die Landesmeisterschaften und die Olympiamannschaft. Ich laufe, weil Daddy es sagt. Ich laufe, damit er sieht, wie viel Mühe ich mir gebe, mich mit Deb gut zu stellen, wie viel Mühe ich mir gebe, dazuzugehören.

An diesem Samstag ist Daddy schon ins Büro gefahren, als

ich aufstehe. Ich bin ganz allein in meinem Zimmer, und ich ziehe mein Blue-Angels-Trikot an und mache mir Rattenschwänze. Das Blue-Angels-Trikot besteht aus minikurzen blauen Shorts und einem blauen Oberteil mit einem weiß-rosa Streifen schräg über die Vorderseite. Der Streifen sieht aus wie eine Miss-Amerika-Schärpe, und ich binde mir jedes Mal zwei rosa Bändchen um meine Rattenschwänze, passend zu dem weiß-rosa Streifen. Deb sagt, es ist kein Schönheitswettbewerb und ich soll mich lieber um meine Leistung sorgen als um mein Aussehen, aber Deb kann mir gestohlen bleiben, sie hat kein Stilgefühl.

Christopher, Kenny, Ronny, Bryan und ich haben alle unsere Blue-Angels-Trikots an, und Deb fährt uns in dem großen braunen Auto nach Long Beach. Das Radio läuft, und Sly and the Family Stone singen »It's a Family Affair«. Bryan schaut zum Fenster raus, und ich nage an meinem Daumennagel, bis fast kein Nagel mehr übrig ist. Deb redet den ganzen Weg, wie jedes Mal. Was sie sagt, gilt nur für ihre eigenen Kinder: wie toll sie sind, wie fantastisch sie sich heute wieder schlagen werden, wie stolz sie auf sie ist.

Deb biegt auf den Parkplatz ein. Auf der anderen Seite lehnt Daddy gegen Red, die Arme verschränkt, als ob er schon seit ewigen Zeiten wartet. Deb hupt und winkt.

Bryan stößt seine Tür auf, und ich klettere über seine Beine.

»He«, sagt Bryan.

»Lass mich durch«, sage ich.

»Jetzt mal langsam«, sagt Deb.

»Daddy«, schreie ich.

Daddy lächelt, und ich laufe auf ihn zu. Er bückt sich, legt die Arme um mich, und ich wünsche mir so, er würde mich hochheben, wie er es früher immer gemacht hat. Ich lege ihm die Arme um den Hals, und er riecht nach Zigaretten, obwohl er eigentlich mit dem Rauchen aufgehört hat, weil Deb sagt, Rauchen ist ungesund.

Daddy drückt mich einmal, nur ein Mal, und lässt los, bevor ich loslasse. Er richtet sich auf, zupft an meinem einen Rattenschwanz. »Schöne Zöpfe hast du.«

»Die hab ich mir ganz allein gemacht!«

»Prima.«

»Deb sagt, es ist kein Schönheitswettbewerb, aber ich finde, zum Rennen braucht man Rattenschwänze.«

»Klar braucht man Rattenschwänze, die halten einem die Haare aus dem Gesicht.«

»Und außerdem kann man dann die Miss-Amerika-Schärpe auf meinem Trikot besser sehen.«

Deb wirft sich ihr Haar über die Schulter und sperrt die Autotür ab. Daddys Augen schauen weg von mir, über den Parkplatz, und ich weiß, dass er nicht mehr zuhört. Ich lege die Hand an seinen Gürtel, halte ihn fest.

»Bleibst du den ganzen Tag bei uns?«, frage ich.

Daddy geht auf Deb zu, und ich gehe mit ihm.

»Kommst du nachher mit nach Hause?«, frage ich.

Deb nimmt Daddys Gesicht in die Hände, küsst ihn auf den Mund, und ich ziehe an seiner hinteren Hosentasche.

»Ich hab mich schon gefragt, wo ihr so lang bleibt«, sagt Daddy.

»Wir sind spät losgekommen«, sagt Deb.

»Daddy?«, sage ich. »Kommst du nachher mit heim?«

Daddy sieht mich an, und Deb sieht mich auch an. Deb holt tief Luft, schlägt die Arme über Kreuz und schaut mit ihren Katzenaugen in den Himmel hinauf. Ich schaue auch hoch, aber außer Wolken ist da nichts.

»Was, Juniper?«, fragt Daddy.

»Heute Abend«, sage ich. »Musst du heute Abend arbeiten?«

»Ja«, sagt Daddy.

»Lauf endlich«, sagt Deb, »die anderen sind schon alle bei Trainer Don, du solltest dich auch langsam auf den Wettkampf einstellen.«

Sie streckt die Hand aus, und ich weiche hinter Daddy zurück. »Siehst du, womit ich mich hier rumschlagen muss?«, sagt sie.

Daddy lacht, und er fasst mich am Arm, zieht mich hinter sich hervor, sodass ich zwischen ihm und Deb stehe. »Jenny«, sagt er, »geh schön mit Deb mit.«

»Ich will aber bei dir bleiben«, sage ich.

Deb verschränkt die Arme vor der Brust.

»Du musst dich auf deinen Lauf vorbereiten, geh, wärm dich auf«, sagt Daddy. »Ich komm gleich nach.«

Deb schaut mich an, und ich schaue Deb an, und am liebsten würde ich ihr vors Schienbein treten. Fest.

»Gut«, sage ich, »aber ich kann allein gehen.«

Daddy lässt meinen Arm los, und er lächelt, als wäre damit alles in bester Ordnung. »So ist's recht«, sagt er.

Deb steht in ihrer Schaufensterpuppenhaltung da, die Lippen ganz schmal wie immer, wenn sie wütend ist. Ich gehe zu den anderen Blue Angels, aber ich spüre, wie sie mir nachschaut. Sobald ich weit genug weg bin, das wette ich, wird sie Daddy erzählen, dass ich nicht kooperativ bin, dass ich keinen Teamgeist habe, dass es so nicht weitergehen kann.

Ich hasse Deb.

Hunderte von Kindern machen bei den Wochenendläufen mit, und dazu sind mindestens so viele Erwachsene da, Trainer mit Stoppuhren und Trillerpfeifen, Eltern mit Stoppuhren und Trillerpfeifen, Funktionäre mit Stoppuhren und Trillerpfeifen. Ich hasse die vielen Pfeifen.

Kenny, Ronny und ich laufen mit den anderen Kindern unter zehn. Wir heißen Neun-abwärts, und unsere Strecke ist die Meile. Christopher und Bryan sind in anderen Altersklassen und laufen andere Strecken. Den ganzen Tag läuft eine Gruppe nach der anderen, bis alle durch sind und die Medaillen verteilt werden. Jeder kriegt eine Medaille, auch die Verlierer. Für den ersten, zweiten und dritten Platz gibt es außer der Medaille noch einen Pokal.

Ronny sagt, die Medaillen sind für Nieten und die Pokale für Asse. Ich habe lauter Medaillen, keinen Pokal. Kenny und Ronny haben beide jede Menge Pokale, aber Ronny hat mehr.

Kenny, Ronny und ich stehen mit den ganzen anderen Unter-Zehnjährigen an der Startlinie. Trainer Don ist auch da und baut uns auf, so nennt er das, jeden Blue Angel einzeln.

»Jetzt zahlt die Plackerei sich aus«, sagt Trainer Don zu mir. »Hab ich Recht?«

»Ja«, sage ich.

»Du läufst diesen Lauf, und du gibst dein Bestes, mehr kannst du nicht tun«, sagt Trainer Don. »Hab ich Recht?«

»Ja«, sage ich.

Trainer Don klopft mir auf den Rücken. »Schön locker«, sagt er, »und behalt den Trainingsanzug bis zum Zwei-Minuten-Pfiff an.«

»Ist gut«, sage ich.

Trainer Don klopft mir noch mal auf den Rücken, seine Hand drückt meine Schulter. Dann geht er weiter die Linie entlang, bleibt stehen, um Kenny und Ronny aufzubauen.

Der Himmel hier in Long Beach ist wolkig, der Sand nass, ein schneller, salziger Wind sticht mir in die Nase. Der Ozean dröhnt wie eine Autobahn, und schaumige Wellen krachen auf den Strand und schwappen wieder zurück. Ich stelle mich auf die Zehenspitzen und schaue über die anderen Kinder weg, ob ich zwischen all den Trainern und Eltern und Läufern irgendwo Daddy finde. Deb steht an der Seitenlinie, gleich neben Christopher. Daddy ist noch mit Bryan auf dem Parkplatz, er hat Bryan den Arm um die Schultern gelegt. Ich möchte wissen, was er ihm wohl sagt.

Ich beuge mich vor, dehne die Beinmuskeln, wie wir es gelernt haben, und versuche mich auf den Lauf zu konzentrieren. Eigentlich hoffe ich fast, dass Daddy meinen Lauf verpasst, weil ich ja sowieso nicht gewinne. Ronny ist die Schnellste, und sie gewinnt immer, und Kenny wird immer Zweite.

»Noch zwei Minuten«, ruft ein Funktionär.

Daddy redet mit Bryan, und ich ziehe die Trainingshose und die Trainingsjacke aus. Ich halte sie über dem Arm, meine Beine nackt, meine Arme nackt, kalter Wind an meiner Haut. Deb kommt und nimmt mir die Sachen aus der Hand.

»Und, startklar?«, fragt Deb.

»Glaub schon«, sage ich.

Deb wirft ihr Haar zurück, die Augenbrauen hochgezogen, als ob sie das ein bisschen wenig findet, und ich beiße mir auf die Lippe. Kenny und Ronny geben Deb ihre Sachen, und sie drückt sie beide gleichzeitig mit weit ausgebreiteten Armen.

Mein Magen hebt sich wie immer vor einem Lauf, und ich presse die Arme gegen den Bauch. Trainer Don sagt, das ist nur Lampenfieber, es ist normal, aber mein Magen fühlt sich eher an, als ob ich gleich brechen muss.

»Eine Minute«, ruft der Funktionär.

Daddy und Bryan sind nicht mehr auf dem Parkplatz, und ich schaue mich um, eilig, alles voller fremder Gesichter. Daddy steht an der Seitenlinie, sein Arm liegt um Debs Schultern, seine Hand ist in ihren langen Haaren vergraben. Wenn sie so nebeneinander stehen, sieht Daddy groß aus und Deb klein. Daddy fängt zu winken an, aber Deb sagt ihm etwas ins Ohr, und er nimmt die Hand herunter und hört ihr zu.

»Auf die Plätze«, ruft der Funktionär.

Er hat eine Pistole und zielt damit in die Luft. Ich schaue über den Strand, Hände auf die Knie gestützt, meine Augen auf den nassen Sand gerichtet.

»Fertig!«

Ich sehe die Startlinie entlang zu Daddy und Deb. Deb küsst ihn. Ich schaue wieder über den Strand, atme tief durch die Nase ein.

Der Startschuss knallt, und im nächsten Moment rennt alles. Ich renne auch, und nichts ist mehr wichtig als meine Arme und Beine, als Einatmen, Ausatmen.

Kenny und Ronny sind nur ein paar Meter vor mir. Der Wind bläst mir Salz in die Augen. Ronny rennt um die Fahne, dann Kenny, noch zwei andere Mädchen, und dann ich.

Trainer Don sagt, wir sollen durch die Nase ein- und ausatmen, und zwar so, dass auf einen Atemzug immer drei Schritte kommen. Ich atme, eins, zwei, drei, und pumpe mit den Armen. Ein Mädchen überholt mich, noch eins, und ich senke den Kopf und pumpe stärker. Von weit weg höre ich Leute schreien und klatschen, und als ich aufschaue, schwenkt die ganze Menge von Trainern und Eltern die Arme. Ronny ist weit, weit vorne, und sie kommt als Erste ins Ziel. Nach Ronny kommt Kenny an.

Ich senke den Kopf wieder, spanne meine Arme an, renne, renne, und als ich die Ziellinie erreiche, werden die Zwillinge schon von Deb umarmt und abgeküsst.

Das Beste am Laufen ist immer das Aufhören. Ich stemme die Hände in die Hüften, lege den Kopf zurück, Mund offen, als könnte die Luft einfach aus dem Himmel in mich hineinfallen.

»Gut gemacht«, sagt Daddy, »saubere Arbeit.«

Daddys Hand auf meiner Schulter ist zu schwer, und ich knicke nach vorn, die Hände auf den Knien.

»Das war dein bester Lauf bis jetzt«, sagt er. »Du hast richtig aufgedreht am Ende.«

Die anderen Kinder kommen ins Ziel, eins nach dem anderen, und ein Mädchen bricht mitten in den Sand. Ihr Vater hebt sie hoch und trägt sie vom Strand weg.

Ronny kriegt den Pokal für den ersten Platz, Kenny den für

den zweiten, und sie tragen sie beide vor sich her, dass auch ja niemand sie übersieht. Meine Medaille ist eine ovale Bronzescheibe an einem rot-weißen Band. Auf der Vorderseite steht AAU, die Abkürzung für Amateur Athletic Union, und in die Rückseite ist »6. Platz, Klasse Neun-abwärts«, eingraviert. An dem Band ist eine Sicherheitsnadel festgemacht, damit man sich die Medaille an die Jacke stecken kann.

»Alle Achtung«, sagt Daddy. »Sechster Platz.«

Ich halte meine Medaille hoch, und Daddy nimmt sie und wiegt sie in der Hand.

»Du kannst sie mit ins Büro nehmen«, sage ich, »damit du an mich denkst, wenn du arbeitest.«

Daddy schließt die Hand über der Medaille. »Ich denk doch auch so an dich, Juniper«, sagt er.

Ich schaue ihn an, meine Augen schauen direkt in seine, und es ist still zwischen uns. Daddy legt den Kopf schief, als ob er über etwas nachdenkt, und dann nickt er. Er lässt die Medaille in seine Tasche gleiten und streicht mir über die Schulter.

»Danke«, sagt Daddy.

»Bitte«, sage ich.

Deb ist es, die mir von der Geschäftsreise nach Catalina Island erzählt. Deb ist es, die mir sagt, dass Daddy mich mitnehmen möchte, mich als Einzige von allen Kindern.

»Mich?«, sage ich. Ich sitze auf der Stufe vor dem neuen Haus, Spätnachmittagssonne heiß auf meinen Beinen und Armen.

Deb steht auf dem Gehweg, und ihr Schatten ist lang und dünn. »Anscheinend«, sagt sie.

»Warum fragt er mich nicht selber?«, frage ich.

Deb schiebt den anderen Fuß vor und schickt einen Blick in den Himmel. »Er hat zu viel zu tun«, sagt sie.

»Warum hat er nicht Bryan gefragt?«

»Er hat gesagt, ich soll dich fragen. Warum musst du immer so nachbohren?«

»Ich bohre gar nicht nach, ich will es nur verstehen, das ist alles.«

Deb breitet die Hände aus, Schultern bis zu den Ohren hochgezogen. »Willst du jetzt mitfahren, oder willst du nicht?«

»Er geht also mit einem Kunden von ihm segeln«, sage ich, »und er will, dass ich mitkomme?«

»Ausgezeichnet, Jenny«, sagt Deb. Sie sagt es mit keiner freundlichen Stimme, und ich weiß, dass sie mich für schwachsinnig hält. »So besonders ist das auch wieder nicht, wenn du nicht willst, nimmt er eben eins von den anderen Kindern mit.«

Die Sonne steht genau hinter Debs Kopf, ihre Haare sind ein tiefes Braunrot, und wenn ich ihr ins Gesicht sehen will, muss ich mir die Hand über die Augen legen.

»Warum fährst du nicht mit?«, frage ich.

Deb sagt nichts, presst nur die Lippen zusammen, und ich kann sehen, dass sie darauf keine Antwort geben wird. Daddys Zeit ist so knapp, und ich weiß, dass sie ihn auch lieber öfters sehen würde.

»Also?«, sagt Deb. »Willst du mitfahren, ja oder nein?«

So, wie sie mich anschaut, ist klar, dass ich mich jetzt sofort entscheiden muss. Ich mag keine Segelboote, und den Ozean mag ich schon gar nicht. Das weiß Daddy auch. Aber er hat extra mich gefragt, und es scheint nicht recht, Nein zu sagen, denn wer weiß, ob er mich je wieder fragen wird.

Ich schaue zu Deb hoch, die Hand über den Augen. »Ja«, sage ich.

Am Morgen vor dem Segelausflug ist es wolkig, und es sieht nach Regen aus. Daddy sagt, es könnte uns ziemlich beuteln, und mir hebt sich der Magen bei dem Gedanken, auf dem Ozean herumgebeutelt zu werden. Daddy sagt, ich soll eine wasserdichte Jacke mitnehmen, und ich hole eine gelbe Ölhaut aus dem Schrank. Sonst ist noch niemand wach, als wir losfahren, das Haus voller Schlaf.

Im Auto schweigt Daddy, und ich schweige auch. Die ganze Zeit habe ich mit Daddy allein sein wollen, aber jetzt, wo ich es bin, ist plötzlich alles anders, so als würden wir uns gar nicht kennen. Er sieht sogar anders aus, mehr Furchen um die Augen, Müdigkeitslinien oder vielleicht auch Falten.

Daddy merkt, dass ich ihn anschaue, und lächelt. »Was ist?«, fragt er.

»Nichts«, sage ich.

»Bist du schon gespannt?«, fragt er.

»Gespannt?«, sage ich.

»Aufs Segeln?«, sagt Daddy. »Auf die große Jacht, auf Catalina?«

»Sicher«, sage ich.

Daddy beugt sich zur Windschutzscheibe vor, Augen auf der Straße, und er fährt auf den Highway. Es ist wieder still im Auto, nur der Motor brummt, und Daddy streckt die Hand aus und tätschelt mein Bein. »Ich freu mich, dass du mitkommst«, sagt er.

»Wirklich?«

»Und wie. Ich krieg dich ja sonst kaum mehr zu Gesicht.«

Ich drücke die Lippen aufeinander, und meine Kehle ist eng. Ich möchte ihm sagen, dass ich ihn überhaupt nie mehr sehe, aber ich bringe kein Wort heraus, sitze nur da und schaue aus dem Fenster. Daddy nimmt die Hand von meinem Bein und räuspert sich.

»Dieser Mann ist ein ziemlich wichtiger Kunde von mir. Wir werden sehr viel übers Geschäft reden müssen.« Und er macht sein ernstes Geschäftsgesicht dazu. »Was ich damit sagen will, ich möchte, dass du dich auf dem Boot mustergültig benimmst.« Er sieht mich an, dann sieht er wieder auf die Straße.

»Kannst du das?«

Ich bin schon fast neun, und Daddy redet mit mir immer noch wie mit einem Kleinkind. Ich setze mich ganz gerade hin, Schultern straff, Kinn vorgestreckt. »Natürlich kann ich das.«

Daddy sieht mich wieder an, und er lächelt. »Brav.«

Im Jachthafen ist es ruhig, alle Boote angedockt und vertäut. Der Himmel ist voll grauer Wolken, und die Luft ist salzig-kühl.

Der wichtige Kunde sieht auch nicht anders aus als andere Leute, und er schaut mich mit diesem Ausdruck an, den Erwachsene für Kinder haben, als ob ich gar nicht richtig da wäre. Daddy stellt mich vor, und der wichtige Kunde nickt. Daddy und der wichtige Kunde gehen vor mir her und führen Erwachsenengespräche über Boote und Segeln und das Wetter.

Das Boot von dem wichtigen Kunden ist eine riesige, vornehme Jacht mit einer Menge Masten und hübschem rotem Holz außen um die Kajüte.

»Mann«, sagt Daddy. »Was für ein Boot.«

»Nicht schlecht, wie?«, sagt der wichtige Kunde.

»Sie ist traumhaft«, sagt Daddy, und seine Stimme klingt fremd.

In seinem Gesicht ist ein Blick, wie Leute ihn haben, die sich ohne Hoffnung nach etwas sehnen, ein weit offener, nackter Blick, wie ich ihn an Daddy noch nie gesehen habe.

»Gönnen wir ihr ein bisschen Auslauf«, sagt der wichtige Kunde.

Ich schiebe meine Hand in Daddys Hand, meine Finger zwischen seine, und er schaut auf mich herunter, als ob er überrascht ist, dass ich überhaupt hier bin. Dann lächelt er und nimmt meine Hand und hilft mir aufs Deck.

Die Jacht ist so groß, dass man an einem Ende stehen könnte und jemand anderes am anderen Ende, und man würde sich nicht sehen. In der Mitte ist eine Kajüte mit einer Küche darin, in der es einen Tisch und Bänke zum Draufsetzen gibt. Der wichtige Kunde sagt, ich darf mir eine Limo aus dem Kühlschrank nehmen, wenn ich will, also gehe ich hinein. Im Kühlschrank sind Bier und Champagner und ausgefallene Käsesorten, die in buntes Papier eingewickelt sind. Die Limodosen stehen in der Tür, und ich nehme mir eine heraus.

Der wichtige Kunde erzählt Daddy, wie teuer die Jacht war und wie er damit in der Weltgeschichte herumsegelt und dass er sich nächstes Jahr ein besseres Boot kaufen will. Daddy hört zu und nickt, aber seine Augen sind weit draußen auf dem Meer. Der Wind bläst ihm das braune Haar aus der Stirn, und sein Gesicht ist anders, als ich es kenne, abwesend und irgendwie traurig.

Ich gehe wieder nach vorn, setze mich auf das Kissen und schaue aufs Wasser hinaus wie Daddy. Das Boot fährt schnell, und ich spüre, wie die Wellen es hochheben und loslassen, hochheben und loslassen. Über uns reißen die schweren Wolken auf, Sonne schimmert auf dem Wasser, und Daddy schaut mit diesem neuen, seltsamen Blick auf mich herab. Ich lächle ihn an, und Daddy schaut wieder über das Wasser.

Momma sagt, wenn etwas einen packt, dann ist man machtlos dagegen, und so, wie Daddy schaut, weiß ich, ihn hat das hier gepackt, Wind, Wasser, Schnelligkeit und Gefahr. Hier draußen auf dem Boot kann man sich mächtig fühlen, ganz egal, ob man es ist oder nicht.

Daddy hebt die Hand in den Wind, und ich schaue in die Richtung, in die sein Finger zeigt. Ein Stück Land ragt mitten aus dem Ozean, grün und braun und sehr weit weg.

»Siehst du es?«, sagt Daddy. »Siehst du die Insel?«

Ich nicke, und Daddy lässt den Arm sinken, legt die Hand wieder auf die Reling.

Daddy und ich sitzen im Flugzeug, und ich darf ans Fenster, damit ich den Ozean sehen kann, auf dem wir gerade noch gesegelt sind. Daddy sagt, der wichtige Kunde muss noch weitersegeln, und deshalb fliegen wir mit dem Flugzeug heim nach Los Angeles. Vor dem Fenster schwappende Wellen, Regenwolken, Catalina Island. Das Flugzeug steigt höher und höher, und dann sind Wolken unter uns, und um uns blauer Himmel, heller Sonnenschein.

Wir halten uns an der Hand, meine Finger in seinen, und seine Hand ist stark und wunderbar warm. Er schaut mit mir zum Fenster hinaus, sein Gesicht nah an meinem, seine zimtbraunen, gesprenkelten Augen ganz gebannt. Jetzt, in diesem Augenblick, habe ich Daddy so lieb, wie ich ihn noch nie in meinem ganzen Leben hatte, und es ist ein Gefühl, das schön und schlimm zugleich ist und mich ganz schwindlig im Kopf macht. Ich überlege, ob es dasselbe Gefühl ist, wie wenn man den Mann trifft, den man später heiraten wird. Ich überlege, ob das das Gefühl ist, das Deb bei Daddy hat, das Momma hatte.

Daddy setzt sich wieder gerade hin, ohne meine Hand loszulassen, und lehnt den Kopf zurück. »Was für ein Tag«, sagt er. »Was für ein Abenteuer.«

Er dreht seinen zurückgelehnten Kopf zu mir hin und schaut mich an, seine Augen zimtig, sprenklig. »Jenny? Hat's dir gefallen?«

Ich presse die Lippen aufeinander und schaue auf unsere beiden Hände. In meiner Brust tut es weh vor lauter Liebhaben, und ich bringe keine Worte heraus, ich nicke nur und sehe aus dem Flugzeugfenster, auf den Sonnenschein und die Wolken und den immerblauen Himmel.

12

Am Tag, an dem ich neun werde, wache ich davon auf, dass Daddy mir »Alles Gute zum Geburtstag« ins Ohr sagt, »alles Gute, alles Gute, alles Gute.« Es ist die schönste Art aufzuwachen, die es gibt, Daddy so nah und seine Stimme in meinem Ohr.

Ich reibe mir die Augen und setze mich hin. Daddy richtet sich auf, und mein Bett dellt sich ein unter seinem Gewicht.

»Neun Jahre alt«, sagt er, »neun Jahre!«

»Neun!«, sage ich.

Daddy lacht und schüttelt den Kopf. »Nicht zu fassen!«

Vom Gang her kommen Küchengeräusche herein, Deb macht das Frühstück.

»Und?«, sagt Daddy, »hast du irgendeinen besonderen Wunsch in diesem Jahr?«

»Alles, was ich will?«, frage ich.

»Alles«, sagt Daddy. »Im Rahmen.«

Ich tippe mit dem Finger auf seine Barthaare. Sie fühlen sich hart an, wie kleine Drähte. »Rasier den Bart ab«, flüstere ich.

Daddy blinzelt, und sein Gesicht hört zu lächeln auf. »Den Bart?«, sagt er.

»Du hast gesagt, alles, was ich will.«

»Schon, aber ich dachte, du wünschst dir ein Spielzeug oder ein Buch oder so was.«

Ich möchte Daddy sagen, dass Spielsachen und Bücher

nur Dinge sind und dass mir Geld und Dinge vollkommen egal sind. Ich beiße mir auf die Unterlippe.

Er sieht mich lange Zeit mit schief gelegtem Kopf an, und dann streicht er sich über den Bart. »Den Schnurrbart auch?«

»Den kannst du vielleicht dranlassen«, sage ich.

Daddy lacht ein tiefes Lachen, den Kopf im Nacken, sodass der Knubbel an seinem Hals auf und ab ruckt. Er sagt, er muss jetzt ins Büro, aber er wird drüber nachdenken und mir dann Bescheid geben.

Wenn jemand Geburtstag hat, dann sollten alle so nett sein, wie sie nur können, es sollte Geschenke geben und später einen Ausflug nach Disneyland. Dieses Jahr ist alles wie sonst auch, nur dass Deb und Christopher mir beim Frühstück zum Geburtstag gratulieren. Bryan vergisst es völlig, und Kenny und Ronny tun so, als ob ich Luft wäre.

Daddy und ich können nicht nach Disneyland fahren, Daddy hat zu viel zu tun, sagt er, und nirgends sind irgendwelche Geschenke, und wahrscheinlich habe ich meinen einzigen Geburtstagswunsch damit vertan, dass ich Daddy gebeten habe, sich den Bart abzurasieren. Wahrscheinlich wird mein Geburtstag ein Tag wie jeder andere, an dem man Debs Haferflocken isst, Debs Kombimode anzieht und in die Schule geht.

Vielleicht ist das ganz normal, wenn man größer wird. Vielleicht ist das ganz normal, wenn man einen Vater hat, der Tag und Nacht arbeitet und mit vierzig Millionär sein will. Vielleicht ist es völlig normal, und es muss nicht mal einen Grund dafür geben, es ist einfach so.

Als ich schließlich aus der Schule heimkomme, bin ich so bitterböse, dass ich mit tief gesenktem Kopf, angehaltenem Atem und lauten, stampfenden Schritten laufen muss. Ich stampfe den Gehsteig entlang, stampfe die Einfahrt hoch und falle fast über Red, der in der Einfahrt geparkt steht.

Daddy kommt nie mitten am Tag heim, nie, und ich trete so fest ich kann gegen den schwarzen Reifen.

Das Haus fühlt sich leer an, nirgends ein Laut. Ich knalle die Tür zu und halte dann vollkommen still, aber niemand sagt etwas.

Wenn man so bitterböse ist, geht man am besten in sein Zimmer und verkriecht sich. Ich stampfe durch das Wohnzimmer und den Gang entlang. Die Tür zu meinem Zimmer ist zu, und ich drehe den Griff und stoße sie auf.

Dahinter ist nicht mein Zimmer. Dahinter ist das Zimmer von jemand völlig anderem, mit Möbeln, die weiß und golden sind, rosa Gardinen an den Fenstern, einer rosa Tagesdecke auf einem Himmelbett mit rosa Vorhängen. Eine Kommode mit einem Spiegel steht da, ein Schreibtisch mit eigenem Schreibtischstuhl und zwei Bücherregalen, in denen schon meine Bücher warten.

Ich gehe hinein in mein Zimmer, mein fremdes Zimmer, mit einem so weit offenen Gefühl in der Brust, als würde die Luft einfach durch mich durchwehen. All die Wut in mir ist plötzlich wie weggeblasen, und mir ist ganz heiß vor lauter Scham.

»Herzlichen Glückwunsch zum Geburtstag, Juniper«, sagt Daddy.

Er steht an der Tür, und sein Gesicht ist wieder so wie früher, kein Bart mehr, nicht mal ein Schnurrbart. Ich starre ihn an, starre sein Gesicht an und bringe kein Wort heraus.

Daddy breitet die Arme aus. »Überraschung«, sagt er. »Wie gefällt's dir?«

Wie kann ich ihm sagen, dass ich gedacht habe, er hätte mich vergessen, und dass ich mich den ganzen Tag hohl bis in die Zehenspitzen gefühlt habe vor Einsamkeit? Ich heule und will gar nicht heulen, nur kann ich nicht anders, weil ich das schönste Geschenk und den besten Vater der ganzen Welt habe.

Ich wische mir über die Augen, und Daddy lacht und

sagt, dass ich zu rührselig bin. Dann gibt er mir sein Taschentuch und nimmt mich in den Arm.

Daddy zeigt mir alles in dem neuen Zimmer, den Himmel über dem Himmelbett, die drei verschiedenen Rosatöne auf der Tagesdecke, die sechs Kommodenschubladen und die vier Schreibtischschubladen und das goldene Polster auf dem Schreibtischstuhl, das zum Gold des Schreibtisches passt.

Er hat die Sachen selbst ausgesucht, sagt er, mit Debs Hilfe, und er hat sie ganz allein zusammengebaut. Es tut ihm Leid, dass wir nicht nach Disneyland fahren konnten, sagt er, es tut ihm Leid, dass mir sein Bart nicht gefallen hat, und es ist allerhöchste Zeit, dass ich ein Zimmer habe, das einer Prinzessin Ehre macht, denn das bin ich, seine kleine Prinzessin.

Daddy redet, und seine Stimme ist tief und warm. Ohne den Bart sieht er wieder aus wie früher, Filmstar und idealer Schwiegersohn in einem, der mich kennt und ich ihn, und alles Einsamkeitsgefühl ist verschwunden.

Daddy fängt meinen Blick auf, und er legt den Kopf auf die Seite. »Was schaust du so?«, fragt er.

»Nur so«, sage ich.

»Freust du dich?«, fragt er.

»Ja«, sage ich, »und wie.«

Weihnachten, Neujahr, Steuererklärungszeit. Ostern, Memorial Day, und dann der letzte Schultag. Daddy, Deb, Christopher, Kenny, Ronny, Bryan und ich, wir sind jetzt ein bisschen mehr wie eine Familie, auch wenn tief innen noch immer der Wurm drinsteckt. Dass der Wurm drinsteckt, merkt man hauptsächlich dann, wenn es Streit gibt, und gestritten wird viel in unserer Familie.

Daddy und Deb streiten wegen Geld, weil sie es schneller ausgibt, als er es heranschaffen kann. Bryan, Kenny und Ronny streiten sich um das Bad und darum, wer was im

Fernsehen sehen darf. Der Einzige, der überhaupt nie streitet, ist Christopher, der einfach nur in seinem Zimmer sitzt und liest, im Haus herumsitzt und liest, rausgeht und noch ein bisschen mehr liest. Er lebt in seiner eigenen Welt aus Worten, und mir gefällt das an ihm.

Ich lese auch viel. *Mary Poppins. Der Zauberer von Oz*, sämtliche Bücher von Laura Ingalls Wilder. Zu Weihnachten habe ich einen Kassettenrecorder und die Kassette von *West Side Story* bekommen, also kann ich den ganzen Tag in meinem Prinzessinnenzimmer sitzen, die *West Side Story* hören und dazu *Unsere kleine Farm* lesen.

Deb sagt, ich bin unkommunikativ, aber es ist mir egal, was Deb sagt, ich mache einfach die Tür zu, schalte den Kassettenrecorder ein, und Deb kann schauen, wo sie bleibt.

Dann kommt Daddy plötzlich von der Arbeit heim und sagt, wir ziehen in ein neues Haus. Noch am selben Tag fahren Daddy, Bryan und ich in Red hin, um das neue Haus anzuschauen. Deb und ihre Kinder fahren in dem großen, braunen Auto hinterher. Daddy sagt, das ist besser so, weil Deb dann alles auf ihre Art erklären kann.

Das neue Haus liegt direkt an einem Jachthafen, sagt Daddy, wo er eines Tages sein eigenes Boot haben wird, direkt vor der Haustür, wie es schon immer sein Traum war.

»Wow«, sagt Bryan.

Wir fahren jetzt durch eine Gegend mit breiten Straßen und großen Häusern. Daddy beugt sich zur Windschutzscheibe vor und liest laut die Straßennamen.

»Haltet nach Marina Ausschau«, sagt er, »Marina Drive.«

Daddy fährt langsam, biegt rechts ab und dann noch mal rechts.

»Da«, sagt Bryan, »Marina Drive.«

»Gut gemacht«, sagt Daddy. Er biegt wieder nach rechts, und da ist schon das Wasser, Segelboote auf der einen Straßenseite, Häuser auf der anderen.

»Ganz schön weit draußen«, sagt Bryan.

»Das da ist es«, sagt Daddy und zeigt auf ein Haus mit einem Maklerschild im Vorgarten. Das Haus hat eine von diesen Farben, die eigentlich gar keine Farbe sind, Braun mit ganz viel Weiß gemischt, Hellbeige, Creme. Die Fenster sind alle riesengroß, und der Rasen zwischen dem Haus und dem Gehsteig ist smaragdgrün und vollkommen eben.

Daddy fährt in die Einfahrt und stellt den Motor ab.

»Wow«, sagt Bryan, »das ist ja riesig.«

Daddy nickt, sieht erst Bryan an und dann das Haus. »Yessir«, sagt er, »ein richtiges Statussymbol.«

»Was ist ein Statussymbol?«, frage ich.

Daddy nimmt die Brille ab und reibt sich den Nasenrücken. »Ein Zeichen«, sagt Daddy, »dass wir auf der Erfolgsleiter nach oben steigen.«

Er putzt sich die Brille an seinem Pullover ab und setzt sie wieder auf. »Das soll mal einer nachmachen. Noch keine vierzig und schon so ein Haus.«

Es ist still im Auto, und Daddy atmet tief durch. Dann klatscht er in die Hände und stößt seine Tür auf. »Na, dann wollen wir mal«, sagt er.

Die Luft ist feucht, und es riecht nach Meer. Daddy, Bryan und ich gehen über den Rasen, ums Haus herum. Daddy hat die Hände in den Hosentaschen, klimpert mit Kleingeld und Schlüsseln. Auf dem Immobilienmarkt herrscht Flaute, sagt er, da kann man ganz unten einsteigen. Er redet über Finanzierungspläne und Hypotheken, und ich verstehe kein Wort.

Es ist ruhig hier, keine Kinder, keine Erwachsenen, keine Hunde, keine Autos. Alle Häuser sehen gleich aus, groß mit vielen Fenstern, Blumen und Sträuchern im Garten, das Gras frisch gemäht.

Ich setze mich auf die Stufe vor der Haustür, kühler Beton an meinem Po. Man sieht alles von hier, die Boote, die anderen Häuser, den ganzen Marina Drive von Anfang bis

Ende. Es sitzt sich nett auf der Stufe, es gefällt mir, wie ruhig und still alles hier ist.

Es ist nicht das Haus in der Mary Street, Weidenbäume, weißer Gartenzaun, immerblauer Himmel, und die Sierra Nevada mit ihren weißen Schneezungen. Es ist kein Zuhause, aber es ist nicht schlecht, ein bisschen, als würde man im *Architectural Digest* wohnen oder in sonst einer von diesen schicken Illustrierten, die Deb immer liest.

Daddy und Bryan stehen um die Ecke, ihre Stimmen laut in der Stille. Daddy sagt, es ist ein Haufen Geld, vielleicht mehr, als er sich leisten kann, aber verdammt, dann muss er eben mehr arbeiten.

13

Vor Debs Zeit waren wir katholisch, aber das einzig Katholische an uns war, dass wir vor dem Abendessen und dem Schlafengehen gebetet haben.

Daddy sagt, die katholische Kirche ist gut und schön für Leute, die Spaß an undurchschaubaren Ritualen haben, aber ihm ist die Freedom Community Church lieber, denn sie hilft einem, sein Leben besser in den Griff zu bekommen, indem man seine Sicht auf die Dinge ändert.

Bevor man ordnungsgemäß in die Freedom Community Church aufgenommen wird, muss man eine Prüfung ablegen, und geprüft wird man von einem Mitglied des Kirchenvorstands, das zu einem ins Haus kommt. Das ist Vorschrift so. Meine Prüfung ist Ende November, und Deb sagt, wenn ich sie bestehe, dann kann ich im neuen Jahr aufgenommen werden. Christopher, Kenny und Ronny sind schon Mitglieder, und Bryan hat auch gerade seine Prüfung bestanden. Mir ist es ziemlich egal, ob ich aufgenommen werde oder nicht, aber Deb ist ganz aufgeregt, so als ob sie geprüft wird und nicht ich. Sie hat eine braune Hose an, einen ockergelben Pulli, den sie sich weit über die spitzen Hüften herunterzieht, und sie hat sich sogar geschminkt. Debs Gesicht mit Schminke darauf sieht völlig verkehrt aus, wie ein Clownsgesicht.

Ich habe meine Schulkleider an, einen lila-grün gemusterten Pullover mit dazu passendem lila Rock und weißen Gymnastikhosen. Deb hat mir neue Schuhe gekauft, schwarze

Lackschuhe ohne Schnürsenkel, einfach nur mit einem Riemen zum Zuschnallen. Der Schlüssel zu meiner rosa Truhe steckt in meinem Schuh, und ich rutsche mit dem Fuß hin und her und spüre ihn an meiner Ferse.

»Hör mit dem Gezappel auf«, sagt Deb, »setz dich hin.« Sie wirft das Haar über die Schultern zurück, geht den Flur entlang, und ihre Absätze klappern auf den Fliesen vor der Haustür. Sie macht die Tür auf, schaut hinaus, macht sie wieder zu.

»Sitz ganz ruhig und sammel dich«, sagt sie.

»Ich hab's satt, mich zu sammeln«, sage ich.

Das Haus am Marina Drive hat weiße Wände, hohe Decken und große Fenster mit Blick auf den Hafen. Deb hat es mit lauter Ledersofas und Glastischchen und silberglänzenden Lampen eingerichtet, und es taugt besser zum Anschauen als zum Darinwohnen.

Es klingelt, lauter Glocken, die eine nach der anderen anschlagen. Deb klappert den Flur entlang, und ihre Hände fuchteln.

»Setz dich gerade hin«, sagt sie. »Nein, steh auf. Nein, stell dich hierher.«

Rauf aufs Sofa, runter vom Sofa, zwei Schritte, drei Schritte, und Deb hält die Hand hoch. »Da, bleib genau da stehen.«

Sie holt tief Atem und dreht den Knauf in derselben Sekunde, als die letzte Glocke verstummt.

»Mr Gray? Herzlich willkommen«, sagt Deb, »hahaha, bitte, treten Sie ein, hahaha.«

Der Kirchenvorsteher hat eine Aktentasche in der Hand und trägt einen dunklen Anzug. Deb macht die Tür zu und streckt die Arme aus. »Darf ich Ihnen den Mantel abnehmen?«, sagt sie.

Der Kirchenvorsteher schüttelt den Kopf. Deb lässt die Hände sinken und hält sich damit den Bauch, als ob ihr Bauch festgehalten werden müsste.

»Ist alles bereit?«, fragt Mr Gray.

»Selbstverständlich«, sagt Deb, »hier steht Jenny schon. Sag Mr Gray guten Tag.«

»Guten Tag, Mr Gray«, sage ich.

»Guten Tag«, sagt Mr Gray.

Dann wird es still im Haus, völlig still, und Mr Gray räuspert sich.

»Ja«, sagt Deb, »dann … Ich habe Ihnen nämlich einen eigenen Bereich hergerichtet …«

Deb, Mr Gray und ich steigen die Treppe hinauf zu Daddys und Debs Schlafzimmer. Es ist das erste Mal, dass ich es von innen sehe. An einer Wand steht ein großes, modernes Bett mit einem niedrigen Rahmen und eingebauten Nachtkästchen auf beiden Seiten. Gegenüber dem Bett ist ein hohes Fenster mit Aussicht auf den Hafen, auf die Bootsmasten, die auf dem Wasser auf und ab wippen. Zwischen dem Bett und dem Fenster steht ein Schreibtisch mit einer Glasplatte und zwei schwarzen Stühlen davor. Daddys Stuhl steht hinter dem Schreibtisch.

Deb bleibt an der Schwelle stehen. Mr Gray stellt seine Aktenmappe auf den Schreibtisch und lässt sie aufschnappen.

»Kann ich Ihnen irgendetwas bringen?«, fragt Deb, »Kaffee, Tee, Wasser?«

Mr Gray schüttelt den Kopf und packt weißes Papier aus, einen Bleistift, einen Füller, ein Klemmbrett und eine kleine, viereckige Uhr. Dann schaut er auf, so, als wäre er erstaunt, dass Deb immer noch da ist. »Sorgen Sie bitte dafür, dass wir nicht gestört werden«, sagt er.

»Selbstverständlich«, sagt Deb. Sie verschwindet aus dem Zimmer, ihr Gesicht ist rot und verlegen. Die Tür schließt sich leise, nur ein ganz kleines Klicken, dann ist Deb weg.

Mr Gray nickt mir zu, und ich setze mich auf einen der schwarzen Stühle und spüre durch meine Gymnastikhose das kühle Polster. Mr Gray setzt sich auf Daddys Stuhl und schreibt in einer Schrift, die ich nicht lesen kann, etwas auf ein weißes Blatt Papier.

Es ist still im Schlafzimmer, und in meinem Kopf schwirren die ganzen Freedom-Community-Sprüche: das Leben von einer anderen Warte betrachten, Widrigkeiten standhalten, die eigene Bestimmung erkennen.

»Hiermit beginnt die Prüfung von Jennifer Lauck«, sagt Mr Gray. Seine Augen sind hellblau, weißlich blau, und ich schaue ganz genau, aber es gibt nichts zu sehen darin.

»Ich stelle dir jetzt eine Reihe von Fragen«, sagt Mr Gray. »Bitte antworte unverzüglich und ohne nachzudenken. Dein Name?«

»Den wissen Sie doch«, sage ich, »Sie haben ihn doch gerade gesagt.«

Mr Gray schreibt etwas auf sein Blatt. »Alter?«

»Neun, fast zehn, in zwei Wochen.«

Mr Gray hebt seinen Füller in die Luft, ein Strich hoch, einer runter. »Präzise Antworten bitte«, sagt er.

»Präzise?«, sage ich.

»Kurz«, sagt Mr Gray, »sachlich. Du bist neun, nicht zehn, richtig?«

»Aber ich bin fast zehn«, sage ich.

Mr Gray sieht mich an und kneift die Augen zusammen. »Aber heute bist du neun. Ja oder nein?«

»Ja«, sage ich, »aber …«

»Kein Aber«, sagt Mr Gray. Er schreibt etwas auf sein Blatt.

Draußen vor dem Fenster die leere Straße, Häuser, Boote auf dem Wasser. Ganz hinten kommt ein rotes Auto den Marina Drive entlang, das wie Red aussieht, nur kann es nicht Red sein, Daddy kommt schließlich nicht mitten am Tag heim.

»Geburtsdatum?«, fragt Mr Gray.

»Was?«, frage ich.

Mr Gray schreibt etwas auf sein Blatt.

Das rote Auto schlingert, Schlangenlinien hin und her.

»Adresse?«, fragt Mr Gray.

Ich beuge mich zum Fenster vor, über die Stuhllehne, und es ist Red. Red, hin und her schlingernd.

»Adresse!«, sagt Mr Gray.

Red macht einen weiten Schlenker in die Einfahrt, ganz schief, und er fährt fast den Briefkasten um. Die Tür geht auf, und Daddy steigt aus, fällt heraus, Daddy auf dem Rasen, als ob er hingefallen ist. Ich rutsche vom Stuhl, drücke das Gesicht gegen die kühle Fensterscheibe.

»Setz dich bitte wieder hin«, sagt Mr Gray.

»Daddy!«, rufe ich.

»Setz dich bitte hin«, sagt Mr Gray.

»Ihm ist was passiert«, sage ich.

Daddy steht aus dem Gras auf und macht ein paar Schritte, die Hand an der Brust. Red steht halb auf der Straße, halb in der Einfahrt, Lichter an, Türe offen.

Mr Gray stellt sich auch ans Fenster, und ich höre ihn atmen. Unten schreit Deb etwas, und Daddy redet mit leiser Stimme. Ich stoße mich von der Scheibe ab und laufe zur Tür. Daddy kommt schon die Treppe herauf, und er hält den Arm, als ob er sich wehgetan hätte, vielleicht ist der Arm gebrochen.

»Ach, Juniper«, sagt er, »jetzt hab ich dir deine Prüfung verdorben.«

»Überhaupt nicht«, sage ich, »was ist mit dir?«

Daddy geht zum Bett, setzt sich, lehnt, kippt um. Er atmet durch den Mund wie jemand, der gerannt ist, wie jemand, der keine Luft kriegt. »Ich muss mich hinlegen«, sagt er.

An der Tür steht Deb, und auch sie hat den Mund offen, auch sie hat die Hand an der Brust. »Was mach ich denn jetzt?«, schreit sie. »Ich weiß nicht, was ich machen soll.«

Mr Gray sieht Daddy an. »Rufen Sie den Arzt«, sagt er, »rufen Sie einen Krankenwagen.«

Er packt seine Sachen wieder in die Aktenmappe, geht

aus dem Zimmer, und ich höre seine Absätze die Treppe hinunterklacken.

Deb schaut von Daddy zu der Tür, durch die gerade Mr Gray verschwunden ist, und wieder zu Daddy. »Bud?«, sagt sie.

Sie legt Daddy die Hand auf die Schulter, und Daddy atmet in langen, flachen Zügen, zusammengekrümmt, die Augen geschlossen.

»Bud?«, schreit Deb.

In meinem Nacken kribbelt es, die Kopfhaut hoch bis runter in die Nase, als müsste sie jeden Augenblick zu bluten anfangen.

Deb greift nach dem Telefon neben dem Bett und sieht mich an. »Geh jetzt runter.«

»Daddy?«, frage ich.

»Mach verdammt noch mal, dass du rauskommst!«, schreit Deb.

Auf dem Schild an Bryans Tür steht EINTRITT VERBOTEN. Ich lehne mein Gesicht an die Tür. Drinnen ist alles still. Ich mache die Tür auf und schaue rein. Bryan liegt auf seinem Bett, Augen zu.

»Bryan?«, sage ich.

Bryan öffnet die Augen, dreht mir den Kopf zu. »Kannst du nicht klopfen?«

Ich stoße die Tür noch ein bisschen weiter auf, halb drinnen, halb draußen. »Es ist was mit Daddy«, sage ich, »Daddy ist was passiert.«

Bryan setzt sich ganz schnell auf, beide Hände auf dem Bett, die Füße auf dem Boden.

»Er hat sich den Arm gebrochen, glaub ich«, sage ich. Meine Finger liegen um die Türkante, so fest, dass es wehtut.

»Den Arm?«, sagt Bryan.

»Ich weiß es nicht«, sage ich, »ich weiß es nicht.«

Bryan starrt mich an, seine Augen bohren sich durch mich hindurch. Ich halte den Arm an die Brust wie Daddy vorhin. Der Arm zittert, alles an mir zittert, alles an mir ist kalt.

»Jetzt heul nicht«, sagt Bryan.

Ich schniefe und wische mir die Nase mit dem Handrücken. »Ich glaub, es ist was Schlimmes.«

Bryan kommt an die Tür und zieht sie ganz auf. Er schaut den Flur entlang, in die eine Richtung, dann in die andere. Dann schaut er wieder mich an. Ich beiße mir auf die Oberlippe.

»Komm«, sagt Bryan.

Es ist kein gebrochener Arm, es ist ein gebrochenes Herz. Herzinfarkt.

Christopher, Kenny, Ronny, Bryan und ich sitzen um den Küchentisch. Deb lehnt mit der Hüfte gegen die Küchenzeile, und ihre Stimme ist leise und ruhig, zu leise, zu ruhig.

»Es ist zu früh, um etwas zu sagen«, sagt Deb, »was sich tun lässt, wird getan.«

Bryan hat die Ellenbogen auf den Tisch und das Kinn in die Hände gestützt. »Und was heißt das?«, fragt er.

Deb holt tief Atem und wirft die Haare zurück. »Genau das, was ich gesagt habe«, sagt sie.

Bryan haut mit der Hand auf den Tisch. »Aber du sagst doch überhaupt nichts! Ist er wach? Kommt er heim?«

Christopher, Kenny und Ronny sitzen alle in einer Reihe auf der anderen Tischseite. Christopher beobachtet Deb, sein Mund ganz schmal. Ronny stülpt die Lippen nach außen wie einen Fischmund. Kenny wackelt mit den Fingern, schaut ihren Fingern beim Wackeln zu.

Die Uhr an der Wand hat eins von diesen Zifferblättern ohne Zahlen, nur Striche und zwei Zeiger, die auf die Striche zeigen. Auf der Uhr ist es zehn. Zehn Uhr abends während der Schulzeit.

Deb faltet die Arme auseinander, breitet sie aus, Handflächen zur Decke. »Ich sage genau das, was die Ärzte mir gesagt haben.«

»Warum bist du nicht im Krankenhaus?«, fragt Bryan, »warum sind wir nicht alle im Krankenhaus?« Er steht auf und macht mir ein Zeichen. »Wir müssen zu Daddy. Was ist, wenn er aufwacht und niemand ist da? Wir müssen bei ihm sein.«

Deb sieht hilflos aus, ihr Gesicht ist ganz leer. »Bryan«, sagt sie, »ich bin doch nur deshalb nicht im Krankenhaus, damit ich hier bei euch sein kann, damit ich euch alles erklären kann. Beruhige dich, bitte. Wir müssen jetzt alle Ruhe bewahren.«

»Ruhe bewahren?«, schreit Bryan sie an. »Er ist mein Vater!«

Deb streckt Bryan die Hände hin, Handflächen nach oben. »Bitte, Bryan«, sagt sie.

Bryan schaut ihre Hände an und schüttelt den Kopf, setzt sich auf den Stuhl neben meinem.

Totenstille.

Dann sagt Deb uns, wie es jetzt weitergeht. Wir sollen einfach weitermachen, als ob alles wie immer wäre. Jetzt ist es Zeit fürs Bett, morgen haben wir Schule, Hausaufgaben, Training. Feste Abläufe helfen, sagt Deb.

Alles ist wie immer, nur dass alles anders ist. Ich frühstücke, ich putze mir die Zähne, ich gehe in die Schule, ich komme aus der Schule heim und lerne die Präsidenten der Vereinigten Staaten auswendig. Washington, Adams, Jefferson. Ich schreibe sie alle auf, immer wieder von vorne, aber ich bleibe jedes Mal bei Jefferson stecken.

Deb macht Makkaroni mit Gemüsesoße, stellt sie auf den orangenen Resopaltisch, dazu einen Krug Milch. Alles ist wie immer: Ronny jammert, dass sie Makkaroni mit Gemüsesoße nicht ausstehen kann, Kenny sagt, dass Makkaroni mit Gemüsesoße ihr Lieblingsessen ist, und Christopher isst, ohne irgendwas zu sagen, mit einem Blick, als wäre er ganz weit weg. Aber Bryan isst nicht, Bryan starrt nur in seinen Teller.

»Komm, Bryan«, sagt Deb, »du musst etwas essen. Du auch, Jenny.«

»Ich will zu meinem Vater«, sagt Bryan.

Auf der Uhr ist es sechs.

»Ich auch«, sage ich.

Deb setzt sich uns gegenüber und beugt sich über den Tisch. Christopher, Kenny und Ronny schauen Deb an.

Totenstille.

»Es tut mir Leid, Bryan«, sagt Deb, »aber Kinder sind gegen die Vorschrift. Der Einzige von euch, der alt genug ist, ist Christopher.«

»Christopher?«, sagt Bryan.

»Christopher?«, sage ich.

Christopher lehnt sich zurück, ganz überrascht, dass jemand seinen Namen sagt. »Was?«, fragt er.

»Das Krankenhaus«, sagt Bryan, »du bist der Einzige, der ins Krankenhaus darf.«

»Ich?«, sagt er, »ich will nicht ins Krankenhaus.«

»Ich auch nicht«, sagt Ronny, »Krankenhäuser sind eklig.«

»Aber echt«, sagt Kenny.

»Wer redet denn von euch«, sagt Bryan, »ihr könnt ja eh nicht gehen.«

»Ganz ruhig, alle«, sagt Deb. »Und so schlimm ist das Krankenhaus auch wieder nicht, Bud sieht nur ein bisschen unheimlich aus mit den ganzen Schläuchen im Mund und in der Nase.«

»Igitt«, sagen Kenny und Ronny im Chor.

»Warum haltet ihr nicht einfach das Maul?«, sagt Bryan.

»Schläuche?«, sage ich, »was für Schläuche?«

»Schläuche, die ihm beim Atmen helfen, Jenny«, sagt

Deb, »und die sind nicht igitt, sondern sie retten ihm das Leben.«

»Er kann nicht atmen?«, frage ich.

»Nein, nein«, sagt Deb, »atmen kann er schon, das Gerät hilft ihm nur dabei.«

Sie setzt sich gerade hin, wirft ihre langen roten Haare zurück und lächelt uns an. »Aber ich habe auch eine gute Nachricht. Die Freedom Community hat sich bereit erklärt, ihre Heiler ins Krankenhaus zu schicken.«

»Was?«, fragt Bryan.

»Schaden kann's ja wohl nicht«, sagt Deb.

»Die Freedom Community darf zu meinem Vater, aber ich nicht«, sagt Bryan. »Na klasse.«

»Die Freedom Community Church hat sehr viel Macht«, sagt Deb, »sie kann Bud helfen, das Leben von einer anderen …«

»Ach, hör doch auf«, sagt Bryan, »ich kann diesen Scheiß nicht mehr hören.«

Deb fasst sich an den Hals. »Wie bitte?«, sagt sie.

Bryan stößt seinen Stuhl zurück und lässt uns stehen, Deb, Debs Kinder, mich. Die Tür zu seinem Zimmer knallt zu. Debs Augen sind weit aufgerissen, und ihr Gesicht ist rot. Es sieht aus, als ob sie kaltes Wasser ins Gesicht bekommen hat, so verblüfft ist sie.

»Ich hab keinen Hunger«, sage ich, »darf ich auch aufstehen?«

Deb presst die Lippen zu einem dünnen Strich zusammen. »Wie du willst«, sagt sie.

Daddy ist jetzt schon zwei Nächte und zwei Tage weg, und alles fühlt sich verkehrt an. Ich sitze in der Schule, ich esse mein Mittagessen, und in der Pause lehne ich einfach nur an der Mauer. Es ist, als ob ich hier wäre und zugleich weit weg.

Nach der Schule setze ich mich auf die Stufe vor unserer

Haustür und schaue zum Hafen hinüber. So viele Segelboote, aber heute segelt niemand. Daddy hat kein Boot da drüben, noch nicht. Nächstes Jahr könnte es reichen, sagt er.

Von der Garage kommt ein Geräusch, ein Maunzen. Ich stehe auf und gehe den Kiesweg entlang; mein Körper schiebt einen langen Schatten vor sich her. Am Garagentor hockt eine grau-rot gefleckte Katze mit Augen, die wie große Glasmurmeln aussehen, viel grüner als die von Deb. Die Katze macht eine Bewegung, als ob sie weglaufen möchte, und ihre Augen sind groß und verschreckt. Ich knie mich ein Stück entfernt hin, ganz langsam, und die Katze kauert sich wieder zusammen.

»Na, Miezekatze«, sage ich, »was machst du denn hier?«

Die Katze schaut mich nur an und blinzelt. Ich strecke die Hand aus, Handfläche nach oben, und reibe die Fingerspitzen aneinander.

»Hast du dich verirrt?«, frage ich.

Die Katze schaut von meiner Hand zu mir. Sie steht auf und macht zwei Schritte. Dann bleibt sie stehen, denn das ist Katzenart: Den letzten Schritt musst du selber tun. Ich beuge mich vor und berühre ihren Kopf, kraule sie zwischen den Ohren.

Zwei Minuten später schnurrt die Katze auf meinem Arm, an meinem Herzen, und ich weiß, wir gehören zusammen. Ihr Körper ist in der Mitte geschwollen und überall sonst mager, wie ein Hungerbauch fühlt es sich an. Ich trage sie in die Küche, und Deb sagt, das ist eine Glückskatze, vielleicht eine Streunerin, vielleicht hat sie sich auch nur verlaufen.

»Ich nenne sie Natascha«, sage ich.

»Natascha?«, sagt Deb.

Ich drücke Natascha an meine Brust und kraule sie zwischen den Ohren. »Natascha«, sage ich. »Sie braucht was zu fressen.«

»Moment mal«, sagt Deb, »einen ganz kleinen Moment mal. Du kannst sie nicht behalten.«

»Wieso nicht?«, frage ich. »Ich hab sie gefunden.«

»Wieso nicht!«, sagt Deb. »Weil sie irgendwem gehört, sie muss ja jemandem gehören.

»Wir müssen für sie sorgen«, sage ich, »wir müssen sie füttern.«

»Wenn du sie fütterst«, sagt Deb, »dann wird sie denken, sie wohnt hier.«

Ich halte Natascha, und ihr Katzenkörper fühlt sich rund und genau richtig an. Ich schaue Deb an, weiter nichts.

»Also von mir aus«, sagt Deb, »aber sie bleibt in der Garage.«

»Ist gut.«

»Und wenn jemand sie holen kommt, musst du sie hergeben.«

»Ist gut.«

»Und gewöhn dich lieber nicht zu sehr an sie, denn es wird sie höchstwahrscheinlich jemand holen kommen.«

Natascha macht ihre Katzenaugen einen Spalt auf, sieht Deb an, und dann zwickt sie sie wieder zu. Katzen müssen nicht sprechen können, es reicht, dass sie schauen. Natascha ist müde und hungrig, und sie gehört mir, jedenfalls fürs Erste.

»Ich besorge Katzenfutter, wenn ich vom Krankenhaus zurückfahre«, sagt Deb.

»Und Katzenstreu«, sage ich.

»Und Katzenstreu«, sagt Deb.

Am nächsten Morgen komme ich in die Garage, und Natascha steht in einer Kiste voller Katzenstreu.

»Hallo, Miezchen«, sage ich.

Natascha schlenkert die Pfoten ein bisschen, steigt aus der Kiste und schüttelt die Streu von den Füßen. Ich streichle ihr über den Kopf und den Rücken entlang bis zum Schwanz, und Natascha drückt sich in meine Hand und hebt ihr Hinterteil, damit ich sie weiterstreichle. Eine

Schachtel Trockenfutter steht auch da, und ich schütte etwas davon in ein Schüsselchen. Dann nehme ich das andere Schüsselchen und hole ihr Milch.

In der Küche lächelt Deb mich an, ein richtig vergnügtes Lächeln, und ich lächle zurück.

»Danke für die Katzenstreu und das Futter«, sage ich.

»Gern geschehen«, sagt Deb.

»Ich bringe ihr schnell noch ein bisschen Milch«, sage ich.

»In Ordnung«, sagt Deb. »Aber kommt danach gleich zurück, weil ich Neuigkeiten von eurem Vater habe.«

»Neuigkeiten?«, sage ich.

»Gute Neuigkeiten«, sagt Deb.

So, wie sie dieses Wort sagt, gute Neuigkeiten, kriecht mir sofort wieder das schlimme Gefühl den Nacken hoch. Ich höre ihre Stimme jetzt draußen auf dem Gang, alle sollen aufstehen und in die Küche kommen, ruft sie, sie hat gute Neuigkeiten.

Mir ist schlecht, meine Beine zittern, und ich stehe einfach nur in der Küche, Nataschas leere Schüssel neben mir auf dem Büfett. Christopher, Kenny, Ronny und Bryan kommen herein, und alle setzen sich an den Tisch. Deb stellt sich dramatisch vor uns hin, ein strahlendes Lächeln im Gesicht, und sie legt die Hände vor der Brust ineinander.

»Die Heilung hat gewirkt«, sagt sie. »Bud hat seinen Geist befreien können.«

Ich schaue Bryan an, und Bryan steht auf, eine Hand auf dem Tisch, die andere auf dem Büfett.

»Was heißt das?«, fragt er.

»Das heißt«, sagt Deb, »dass er vom Beatmungsgerät genommen werden kann, und wenn alles glatt läuft, kommt er morgen raus.«

»Morgen?«, sage ich.

»Morgen«, sagt Deb. »Vielleicht schon in der Früh, wahrscheinlich am Nachmittag.«

Die gute Neuigkeit ist wirklich gut, und Bryan setzt sich hin und legt den Kopf in die Hände. Deb redet über die Macht der Freedom Community und die Macht der inneren Sammlung.

In dieser Nacht ist in dem Haus am Marina Drive alles still. Ich kann nicht schlafen, weil ich immer an Natascha denken muss, die da draußen mutterseelenallein in der Kälte sitzt. Ich schleiche mich den Flur entlang und knipse in der Garage das Licht an. Natascha richtet sich in ihrem Korb auf und blinzelt mit ihren grünen Katzenaugen. Ich nehme sie hoch und halte sie in beiden Armen. Sie reibt den Kopf unter meinem Kinn und schnurrt. Ich streichle ihren Kopf mit der ganzen Hand, immer und immer wieder. »Möchtest du bei mir schlafen?«, frage ich sie.

Nataschas grüne Augen sind halb offen, schläfrige Katzenaugen, und ich drücke sie eng an mich, schalte das Garagenlicht aus und trage sie in mein Zimmer.

Das Schönste, wenn ich morgens in meinem Zimmer aufwache, ist das Sonnenlicht, das durch die rosa Gardinen hereinscheint und die weißen Wände rosa-golden färbt. So stelle ich es mir im Inneren von Muscheln vor, warm und geborgen und nichts als Schönheit ringsum.

Natascha liegt zu einer kleinen Kugel zusammengerollt auf meiner Bettdecke. Ich rapple mich hoch und lehne mich in die Kissen, kuschlig und warm, meine Hand in Nataschas weichem Fell.

Vor meiner Tür ein Geräusch, jemand geht auf dem Gang vorbei. Dann öffnet sich die Tür plötzlich, und auf der Schwelle steht Deb.

»Ich bringe sie gleich raus«, sage ich, »ich hab sie bloß über Nacht reingeholt, ausnahmsweise.«

Debs Gesicht ist fleckig und rot, und sie sieht Natascha gar nicht. »Schon gut«, sagt sie.

Sie kommt ganz herein und macht die Tür zu. Sie kommt zu mir ans Bett und setzt sich auf die Bettkante. Das hat sie noch nie gemacht, kein einziges Mal, und in meinem Nacken fängt es zu prickeln an, Kribbeln überall auf meiner Kopfhaut, in meiner Nase.

Natascha reckt sich und streckt sich, stemmt die Pfoten gegen Debs Hüfte, und Debs lange, dünne Finger streicheln über ein Fleckchen rostbraunes Fell.

»Jenny«, sagt Deb mit einer leisen, komischen Stimme. Ihre Haare fallen um ihren Kopf wie ein Vorhang, aber ich sehe die Tränenspuren auf ihren Backen trotzdem, und sie schaut auf ihre Hände, nicht auf mich. Ich weiß, was jetzt kommt, und wenn man so etwas weiß, dann will man nicht weiterhören.

»Es tut mir so Leid«, sagt Deb, »es tut mir so Leid, Jenny.«

»Du hast gesagt, er kommt heim«, sage ich, und es klingt nicht wie meine Stimme. »Du hast gesagt, es geht ihm besser.«

»Ach, Jenny«, sagt Deb, »ich weiß, dass ich das gesagt habe, und es war ja auch so, es ging ihm besser.«

Deb hat ein zerknülltes Papiertaschentuch in der Hand, und sie wischt sich damit übers Gesicht. Ihre Augen sind weit offen, und sie schüttelt den Kopf, als ob sie gar nichts mehr versteht. »Es war ein neuer Herzinfarkt«, sagt sie, »sie wissen nicht, warum. Es ist einfach passiert.«

Sie sieht mich an, lange, wendet den Blick nicht von mir, als ob sie darauf wartet, dass ich ihr zu Hilfe komme.

Ich habe niemals einen Menschen so sehr gehasst wie Deb, und jetzt, in diesem Augenblick, möchte ich mit Fäusten auf sie eindreschen, auf ihr Gesicht, ihren Oberkörper, ihre Beine. Ich beiße mir auf die Lippen und hebe Natascha hoch. »Geh weg«, flüstere ich.

»Was?«, sagt Deb.

»Verschwinde«, sage ich. »Und nimm die Katze gleich mit.« Ich schubse Natascha gegen Debs Beine.

»Jenny«, sagt Deb, »in einem solchen Moment solltest du nicht allein sein.«

»Hau ab«, schreie ich. Ich verschränke die Arme vor der Brust, ziehe unter der Decke die Knie hoch und sitze stocksteif da. Ich weiß, dass Deb mich ansieht, ich spüre ihre Augen, aber ich werde nicht zu ihr hinschauen, und mit ihr reden auch nicht.

Deb räuspert sich, eine Mischung aus Husten und Weinen. Ich spüre, wie sie aus dem Zimmer geht, höre das kleine Geräusch, mit dem die Tür zuklickt.

Wenn ich völlig stillhalte, wenn ich nicht atme, wenn ich nicht einmal blinzle, vielleicht ist es dann nicht wahr. Ich sitze da, stumm und still und steif, und dränge das, was ich weiß, von mir weg. Nur hilft es nicht viel, die Wahrheit ist stärker als ich, und bald schon laufen mir die Tränen übers Gesicht und tropfen auf meine nackten Arme. Ich weine lange so, ich weiß gar nicht, wie lang.

Eine tiefe Lücke klafft zwischen dem, was war, und dem, was sein wird. Eine Stunde, ein Tag, ein Monat, wer weiß. Es könnten genauso gut Jahrmillionen vergangen sein, als ich die Tür von meinem Prinzessinnenzimmer aufmache und den Flur entlanggehe. Das Licht ist anders, Schatten ohne Ränder, die weißen Wände jetzt ein stumpfes Grau.

In dem Wohnzimmer mit den silbernen Lampen und Ledersofas sitzen Deb, Christopher, Kenny und Ronny. Sie sitzen eng beieinander, Christopher an Kenny gelehnt, Deb mit einem Arm um Ronny und dem anderen um Kenny. Debs Hand liegt auf Kennys Brust, und ihre Finger tappen wie Herzschläge. Sie schauen mich an, als ich hereinkomme, dann schauen sie weg.

Es ist geweint worden hier drin, und ich weiß nicht mehr, was normal ist und was verrückt. Ich möchte sie alle zusammen anschreien: *Ihr habt kein Recht, um meinen Vater zu weinen, ihr habt ihn ja nicht mal lieb gehabt.* Aber ich sage nichts, stehe nur da und balle die Fäuste, damit die Verrücktheit nicht aus mir herausschwappt.

Bryan steht an dem großen Fenster, die Arme vor der Brust gekreuzt. Ich gehe leise zu ihm hin, und er senkt den Kopf, als er mich kommen hört. Meine Stirn reicht ihm gerade bis zur Schulter, ich spüre seine Wärme an meinem Arm. Ich würde gern irgendetwas sagen, aber nichts passt so richtig.

Bryan streckt das Kinn vor, und sein Blick geht ein bisschen in meine Richtung, als ob er gegen seinen Willen hinguckt. »Was ist?«, sagt er.

Ich breite die Hände aus, Handflächen nach oben, und Bryan verschränkt die Arme noch fester vor der Brust und dreht sich zum Fenster.

Mit leisen Schritten gehe ich wieder weg von ihm, aus dem Wohnzimmer. Ich mache die Tür zur Garage auf und knipse das Licht an. Das große, braune Auto ist vorwärts eingeparkt und Red rückwärts. Red hat einen Kratzer an der Stelle, wo Daddy gegen den Briefkasten gefahren ist, und obwohl das erst ein paar Tage her ist, fühlt es sich an wie eine Ewigkeit.

Ich tippe gegen den Kratzer an Daddys Auto, kleine, rote Lackbrösel rieseln auf den Beton. Hinter dem Auto maunzt es, halb ein Miau, halb ein Schreien. Ich gehe um Red herum, und da hockt Natascha in ihrem Katzenkorb, beide Augen fest zugezwickt.

Ich versuche sie zwischen den Augen zu kraulen, aber sie drängt meine Hand weg, und ein tiefes Geräusch kommt aus ihrem Katzenkörper. Etwas rutscht aus ihr heraus, so als würde sie ein Geschäft mitten in ihr Körbchen machen, aber ich weiß, dass es kein Geschäft ist. Vor ewig langer Zeit, ich weiß gar nicht, wie lang, hat Diana in dem Haus in der Mary Street Junge bekommen. Nicht zu nah hingehen, hat Momma gesagt, man muss Platz machen, wenn Babys kommen, selbst wenn es Katzenbabys sind.

Garagengeruch überall, Öl und Pappe und Beton. Ich weiche zurück, mein Po stößt an Daddys Auto. Natascha presst und presst, und sie drückt ein Kätzchen heraus, zwei Kätzchen, drei, vier. Sie kommen mit zugekniffenen Augen zur Welt, werfen die Köpfe hin und her, als müssten sie sich gegen etwas wehren.

Momma hat gesagt, jede Geburt ist ein Wunder, und ich wusste nicht, was sie meint. Jetzt weiß ich es, und ich wünschte, sie wäre hier, damit ich es ihr sagen kann.

Natascha schleckt ihre Jungen sauber, und dann packt sie sie und zieht sie an ihren Bauch. Ich lehne an Red und schaue Natascha und ihren Kindern zu. Ich heule und wische mir die Nase. Nichts wird je wieder so sein wie vorher.

Es ist sonnig und heiß, und die Luft riecht frisch. Es sollte stürmen heute, es sollte so scheußlich sein, dass man am liebsten im Bett bleiben würde.

Alle versammeln sich draußen im hellen Sonnenschein, auf einem grünen Rasen mit Bäumen und Büschen. Wir stehen an der Seitentür von einem alten Gebäude, das als Kapelle oder Kirche genutzt wird, aber es gehört nicht zur Freedom Community Church, es ist irgendeine andere Kirche, die Deb ausfindig gemacht hat. Wir warten draußen, während die anderen zum Haupteingang hineingehen. Unsere Plätze sind sowieso reserviert, sagt Deb, und sie will auf gar keinen Fall länger auf dem Präsentierteller sitzen als nötig. Sie kann darauf verzichten, sich an einem Tag wie diesem Löcher in den Hinterkopf starren zu lassen.

Eine Menge Leute kommen zu Daddys Beerdigung, Männer in Schwarz, Frauen in Schwarz. Keine Kinder. Bryan sagt, es müssten auch alle möglichen Verwandten von Daddy da sein, und ich halte nach Gesichtern Ausschau, die ich erkennen sollte, die ich vergessen habe.

»Da ist Tante Margie«, sagt Bryan. Er zeigt zum Haupteingang und blinzelt mit den Augen. Eine dicke Frau hebt die

Hand gegen die Sonne hoch, winkt Bryan zu, als ob sie ihn kennt, und dann hört sie auf zu winken, als wäre sie sich doch nicht sicher. Ich erinnere mich nicht an Tante Margie, kein bisschen.

»Tante Margie?«, frage ich.

»Diese fette Kuh?«, fragt Ronny.

»Aber echt«, sagt Kenny.

Ronnys sommersprossige Nase ist gerümpft wie bei einem schlechten Geruch, und Kenny kichert.

»Kendall, Veronica«, sagt Deb, »so was sagt man nicht.«

Christopher beugt sich zu Ronnys Ohr herab. »Außerdem ist sie nicht fett«, sagt er, »sie ist schwanger.«

»Kotz, würg«, sagt Ronny.

Christopher stellt sich wieder gerade hin und holt tief Atem. Er steht ganz ruhig und schaut über den Rasen, seine Augen weit weg. Mir gefällt das gut an ihm, und ich stelle mich so hin wie er und schaue über den Rasen.

»Da ist Onkel Larry«, sagt Bryan, »und Tante Ruth.«

Onkel Larry ist Daddys einziger Bruder, aber er sieht Daddy kein bisschen ähnlich. Seine Haut ist ganz weiß, sein Gesicht rund mit roten Flecken hoch oben an den Backen. Sein Körper ist weich und dick, und er hat eine Brille auf, die seine Augen vorquellen lässt wie zwei riesige Murmeln.

»Können wir jetzt reingehen?«, fragt Bryan. »Alle sind da.«

Debs sämtliche Kleider sind schwarz, sogar eine schwarze Sonnenbrille hat sie auf, und sie sieht damit aus wie eine Hexe.

»Nein«, sagt Deb, »noch nicht. Lass sie erst noch ein bisschen zur Ruhe kommen.«

Ronny geht ein Stück den Weg entlang, schlägt die Hände gegeneinander, dreht sich um und geht wieder zurück. »Also, ich werd nicht flennen«, sagt sie.

»Aber echt«, sagt Kenny. »Ich auch nicht.«

»Na und?«, sagt Bryan. »Ist doch keine Kunst.«

»Es ist völlig in Ordnung, zu weinen«, sagt Deb.

»Nur Babys flennen«, sagt Ronny. »Wer als Erster flennt, ist ein Baby.«

»Aber echt«, sagt Kenny.

»Mein Gott, seid ihr kindisch«, sagt Christopher.

Deb legt Kenny und Ronny die Hand auf die Schultern, führt sie ein Stück von uns weg und sagt etwas, das nur sie hören können. Ronny verschränkt die Arme, Kenny verschränkt auch die Arme, und sie machen beide böse Gesichter. »Die spielen sich bloß auf«, sagt Christopher. »Tut mir echt Leid.«

Bryan schaut auf seine Schuhe hinunter, stößt beide Hände in die Hosentaschen und geht mit langsamen Schritten auf den Haupteingang zu. Auf halbem Weg zwischen der Tür und uns bleibt er stehen. »Gehen wir jetzt endlich rein?«, fragt er.

Aus der Kirche hört man Schweigen, das Schweigen von vielen Leuten. Deb nickt und streckt den Arm vor, wie um uns den Weg zu weisen. Erst komme ich, dann Bryan, Kenny, Ronny und Christopher, und ganz als Letztes, mit gesenktem Kopf, Deb. Ich spüre all die Leute hinter uns, die Blicke, mit denen sie uns anstarren.

Vorne vor den Bankreihen sind weiße Rosen, gelbe Margeriten, lila Gladiolen. Ein Mann tritt vor, und er hat eine Gitarre. Er setzt sich auf einen Hocker und redet über Daddy, was für ein Mensch Daddy war, wie sehr er das Leben und die Musik und den Ozean geliebt hat. Der Mann sagt, dies sollte kein Tag der Trauer sein, sondern ein Tag der Freude, weil Daddys Leben ein Geschenk war.

Ich drehe mich in meiner Reihe um zu all den Leuten in den Reihen hinter mir. Keiner hat ein fröhliches Gesicht, keiner freut sich. Tante Margies Augen sind nass, und sie lächelt mich traurig an. Onkel Larry sitzt aufrecht da, und ich kann nicht sagen, ob er froh oder traurig ist, weil die dicke Brille seine Augen verdeckt.

Der Mann da vorne kann viel erzählen, es ist nicht recht, heute fröhlich zu sein, und ich denke gar nicht daran, zu klatschen und zu singen und was weiß ich noch alles. Daddy ist fort und ich bin hier, und ich würde alles darum geben, ihn für einen einzigen Tag wiederzuhaben.

Ronny ein paar Plätze weiter schaut zu mir her und zeigt mit einem sommersprossigen Finger auf mich. Deb klapst Ronny aufs Bein, und dann knipst sie ihre Handtasche auf, holt eine Packung Taschentücher heraus und gibt sie an mich durch. Bryan weint nicht, Christopher weint nicht, Kenny weint nicht, und Ronny sieht beinah vergnügt aus.

Ich halte die Taschentuchpackung zwischen den Händen und drücke sie flach, bis sie sich wie ein kleines Kissen anfühlt. Der Mann vorne spielt ein Cat-Stevens-Lied, über den Wind seiner Seele, auf den er gehört hat, und darüber, dass man nicht wissen kann, wohin der Weg einen noch führen wird.

Es ist mir egal, was Ronny und Kenny denken, manchmal kann man nichts machen gegen die Tränen, und ich lasse sie kommen, ich lasse sie über mein Gesicht laufen, ich sitze einfach da und weine, und vielleicht höre ich nie wieder auf.

Es ist seltsam, wenn jemand gestorben ist. Ich weiß, dass Daddy fort ist, natürlich weiß ich es, aber nur mit dem Kopf. Mein Herz will es nicht einsehen. Ich wache auf, gehe in die Schule, gehe ins Bett, aber das ist alles nur äußerlich.

Nachts bleibe ich wach, für den Fall, dass er heimkommt. In der Früh mache ich die Augen auf und horche, ob ich seine Stimme höre. Nachmittags sitze ich auf der Betonstufe vor dem Haus am Marina Drive und warte, dass Red um die Ecke biegt. Ich weiß, dass er fort ist, aber ich kann es nicht ändern, ich warte trotzdem.

Mein Geburtstag kommt und dann Weihnachten, lauter Tage, die man schnell hinter sich bringen will, aber Weihnachten ist am schlimmsten, weil alle Geschenke für Daddy von Deb ausgepackt und auf einen Haufen gelegt werden. Daddys Geschenke ohne Daddy, das ist so furchtbar, dass ich den ganzen Tag in meinem Zimmer sitze und heule.

Nach Neujahr sagt Deb, dass wir jetzt Nataschas Kätzchen weggeben müssen. Kenny und Ronny suchen sich eins zum Behalten aus, und sie nennen es Buttermilk. Die anderen werden eins nach dem anderen verschenkt, und ich glaube, Natascha ist traurig darüber, weil sie immer weiter nach ihren Jungen sucht, genau wie ich nach Daddy.

Aber Natascha ist schlauer als ich. Eines Tages verschwindet sie einfach aus dem Haus am Marina Drive. Deb sagt, sie hatte wahrscheinlich Heimweh, aber ich weiß, dass sie ihre Jungen sucht.

Deb sagt, es ist alles entschieden, Bryan und ich bleiben bei ihr und ihren Kindern. Tante Margie, Onkel Larry, Grandma und Grandpa Lauck haben beschlossen, dass es so doch am besten ist, sagt sie, dabei wusste ich gar nicht, dass sie überhaupt über uns geredet haben.

»Wir sind eine Familie«, sagt Deb, »Familien gehören zusammen.«

Es ist wie bei einer Familienversammlung, wir sitzen alle in dem Leder-und-Glas-Wohnzimmer. Bryan hängt in einem Ledersessel, Kinn auf die Brust gedrückt. Deb, Christopher, Kenny und Ronny sitzen zusammen auf dem Ledersofa. Ich sitze in dem anderen Ledersessel, ganz vorn an der Kante, und habe die Hände unter die Beine geschoben.

Deb breitet beide Arme aus, tätschelt Kenny und Ronny die Knie, langt hinüber zu Christopher. Sie schaut Bryan und mich an. »Das ist für uns alle schmerzhaft«, sagt Deb, »aber das Leben geht weiter. Wir müssen an die Zukunft denken.«

»Zukunft?«, frage ich.

»Das Haus zum Beispiel«, sagt Deb. »Hier können wir nicht bleiben.«

Christopher, Kenny und Ronny machen Gesichter, als ob sie schon wissen, worum es geht.

»Ziehen wir um?«, frage ich.

»So ist es«, sagt Deb, »wir ziehen nach Palo Alto.«

»Palo Alto?«, sagt Bryan. Seine Stimme schnappt über, und er hustet.

»So ist es«, sagt Deb. »Palo Alto. Die Freedom Community Church hat eine wunderbare Schule da, eine experimentelle Schule, und mir bieten sich in Palo Alto auch ganz neue Chancen.« Sie schaut ihre Kinder an, während sie redet, und so, wie sie zurückschauen, wissen sie schon längst Bescheid.

Bryan setzt sich in seinem Sessel auf, rutscht zur Kante vor. An seinem Hals, gleich über dem Kragen, leuchten knallrote Flecken.

»Ich habe ein fantastisches Haus gefunden, das wir mieten können, es ist genug Platz da für ein Pferd, vielleicht sogar ein paar Ziegen«, sagt Deb. »Es wird fantastisch.«

»Moment mal«, sagt Bryan, »Pferde, Ziegen, wovon redest du eigentlich?«

»Wir brauchen einen Neuanfang«, sagt Deb, »wir müssen eine neue Seite aufschlagen. Das hätte dein Vater auch so gewollt.«

Mein Blick wandert zu dem großen Fenster, als müsste Daddy da draußen den Weg entlangkommen, den Mantel über dem Arm und die Aktenmappe in der Hand.

»Mein Vater hat nie was von Palo Alto gesagt«, sagt Bryan, »er hat nie was von irgendwelchen experimentellen Schulen gesagt. Mein Vater wollte, dass ich hier aufs College gehe.«

Deb blinzelt, und ihr fröhliches Lächeln ist verschwunden. »Vielleicht geht ihr drei schon mal in eure Zimmer«, sagt sie, »damit ich mich ein bisschen mit Bryan und Jenny unterhalten kann.«

Christopher, Kenny und Ronny stehen sofort auf und gehen ohne einen Blick zurück hinaus. So schnell gehen sie sonst nie, und mein Nacken fängt an zu kribbeln. Bryan und ich sehen uns an. Es ist ganz still im Wohnzimmer.

Deb räuspert sich, wirft ihre langen Haare über die Schultern zurück und stemmt die Hände gegen die Knie. »Bryan«, sagt sie, »ich kann dir nachfühlen, dass du trauerst, aber es wird langsam Zeit, sich innerlich frei zu machen.«

»Was?«, sagt Bryan.

Deb hält die Hände hoch, Innenflächen nach oben. »Du musst deine Situation von einer anderen Warte betrachten, dann bist du frei.«

»Was soll der Blödsinn?«, fragt Bryan.

Deb legt den Arm die Sofalehne entlang, hält den Kopf schief, und ihre Stimme klingt sehr ruhig. »Es fällt euch vielleicht schwer, das zu glauben, aber für mich ist diese Sache um kein Haar leichter als für euch. Es ist nämlich so, dass Bud keinerlei Vorsorge für euch getroffen hat.«

Deb sieht zu mir herüber, dann wieder zu Bryan. »Es tut mir in der Seele weh, euch das sagen zu müssen, aber der Grund, warum ihr hier bei mir seid, bei uns …«

Deb bricht ab und schaut in die Runde, als wäre das ganze Wohnzimmer voller Leute, und dann richtet sie ihre unheimlichen Katzenaugen direkt auf Bryan. »In der Familie eures Vaters hat euch niemand gewollt, keinen von euch.«

Bryan setzt sich kerzengerade hin, sieht von Deb zu mir und wieder zurück. Deb hat sich vorgebeugt, Ellenbogen auf den Knien, Kinn in die Hände gestützt.

»Es ist so gut wie kein Geld da«, sagt sie ruhig. »Ich kann mit Mühe und Not die laufenden Rechnungen bezahlen. Und was euer Vater mir an Schulden hinterlassen hat … Ich darf überhaupt nicht dran denken. Herrgott noch mal, ich werde sogar diesen verdammten Sportwagen verkaufen müssen.«

Bryans Kopf ruckt hoch, rote Flecken bis zu den Ohren.

»Das kannst du nicht machen«, sagt er.

Deb lacht ein hartes, böses Lachen. »Dein Vater war kein Gott, Bryan. Er war auch nur menschlich, er war sogar grausam. Wusstest du, dass er einem seiner Klienten einen Herzinfarkt gewünscht hat?«

Bryan schüttelt den Kopf, Tränen laufen ihm aus den Augen, und er reibt sie heftig mit dem Handrücken weg.

»Es ist wahr«, sagt Deb, »hast du noch nie von Karma gehört? Deshalb ist er selber am Herzinfarkt gestorben. Negative Energie strahlt aus und strahlt zurück.«

»Halt den Mund«, schreit Bryan.

»Im Prinzip hat dein Vater Selbstmord begangen«, sagt Deb.

»Du sollst den Mund halten«, brüllt Bryan, mit einer Stimme, die mir in den Ohren wehtut.

Ich verstehe nicht, was Deb da sagt, ich kann es nicht glauben.

Bryan ist aus seinem Sessel aufgesprungen, er sieht aus, als ob er auf Deb losgehen will. Er hat die Fäuste geballt, aber sie schaut ihn einfach nur an, ihre grünen Augen ganz ruhig.

Es ist still, eine furchtbare Stille, in der irgendwer irgendwas tun müsste. Warum kommt Daddy nicht und holt uns hier raus?

»Außer mir habt ihr niemanden mehr«, sagt Deb. »Gewöhnt euch besser dran.«

Bryan starrt Deb an. Und dann, ganz plötzlich, fallen seine Schultern nach vorne, und er setzt sich wieder hin.

Vierter Teil

Palo Alto und Los Angeles 1974-1975

14

Deb sagt, jeder muss seine Probleme selber lösen. Deb sagt, wer seine Probleme selber löst, ist autonom. Deb sagt, ein funktionierendes Familienteam besteht aus autonomen Individuen, die miteinander kooperieren.

»Deb kann mich mal«, sagt Bryan. Er lehnt mit dem Rücken gegen meine Zimmertür und reckt den Mittelfinger in die Luft. »Ist dir schon mal aufgefallen, dass die Frau nur Schwachsinn redet?«

»Gleich hört sie dich«, sage ich.

Bryan stößt den Mittelfinger in Richtung Decke.

»Wenn sie dich hier drin erwischt«, sage ich, »kriegst du Ärger.«

»Lass Deb mal meine Sorge sein.« Bryan schiebt sich das Haar aus den Augen und lächelt breit, mit lauter geraden, weißen Zähnen. Bryan ist jetzt völlig anders als früher, fast schon nett, und die Veränderung ist mir nicht ganz geheuer. Er hilft mir, mein Himmelbett zusammenzubauen, obwohl Deb gesagt hat, ich soll es alleine machen, und als wir mit dem Bett fertig sind, stellt er mir auch noch die Regale auf.

»Was noch?«, fragt er.

»Das war's«, sage ich.

Bryan schaut sich um und kratzt sich hinterm Ohr. »Musik brauchst du noch«, sagt er, »wo hast du dein Radio?«

Ich zeige auf die rosa Truhe. »Da drin.«

»Na, dann hol's raus«, sagt Bryan, »wo ist der Schlüssel?«

Ich stehe da und überlege hin und her. »Ich sperr gleich auf«, sage ich dann, »aber du darfst nicht gucken.«

»Warum?«, fragt Bryan.

»Dreh dich um, ja?«

Bryan dreht sich mit dem Gesicht zur Wand. Ich steige aus meinem Schuh, ruckle den Schlüssel an seinem Schnürband heraus und sperre damit das Schloss auf. Ich sehe mich nach Bryan um, und er schaut über die Schulter.

»Nicht gucken«, sage ich, ziehe den Schuh wieder an und schiebe den Schlüssel unter die Lasche zurück. »Jetzt.«

Bryan dreht sich um und schaut mit seinen dunklen Augen zwischen der Truhe und mir hin und her. Der Radiowecker liegt auf dem Hochzeitsalbum. Ich hole ihn heraus, und Bryan nimmt ihn.

»Und?«, fragt er, »was ist jetzt der Witz?«

»Gar nichts«, sage ich.

»Warum durfte ich dann nicht gucken?«, fragt er.

»Darum«, sage ich, »weil das hier mein Zimmer ist, ja?«

»Ist ja gut«, sagt er, »jetzt werd nicht gleich zickig.« Er setzt sich auf den Boden, den Radiowecker aus der Nr. 1 auf dem Schoß. »Dass du dieses Ding immer noch hast!«

»Es funktioniert«, sage ich.

Er schaut auf die rosa Truhe und deutet mit dem Kinn. »Was ist da überhaupt drin?«

»Nichts.« Ich will den Deckel zuklappen, aber Bryan streckt die Hand aus und hält ihn fest.

»Nur Bücher und solches Zeug«, sage ich. »Mädchensachen.«

Bryan schaut von mir zu der Truhe.

»Nichts, echt«, sage ich. »Wir brauchen Musik.«

Aber er achtet gar nicht auf mich und klappt den Deckel ganz zurück. Meine Sachen kommen mir klein und piepsig vor unter seinen Blicken, und gleich wird er mich auslachen, ich weiß es.

Aber Bryan lacht überhaupt nicht, er macht nur den Arm

lang und greift nach dem Hochzeitsalbum. »Wo hast du das her?«

Es ist still im Zimmer. Ich halte den Atem an. Das Hochzeitsalbum wirkt klein in seinen großen Händen, und er sitzt da und schaut auf den Einband.

»Tante Carol hat es mir gegeben«, sage ich.

Ich knie mich neben ihn, Po auf den Fersen. Von so nah riecht Bryan nach Salz und nach Schweiß. Erinnerungen drängen von allen Seiten heran, und ich atme tief durch und fahre mit dem Finger die Goldschrift nach wie damals Tante Carol. Meine Hand zittert, aber ich kümmere mich nicht darum. Ich fasse den Deckel an der rechten unteren Ecke und schlage das Buch auf, und da ist das Schwarzweißfoto von Momma in ihrem schönen weißen Brautkleid. Sie lächelt und steht ganz alleine da, ihre Wangen sind weich und rund, und ihre dunklen Augen blitzen. Ich streiche mit der ganzen Hand über das Bild.

»Wie eine Prinzessin hat sie ausgesehen«, flüstere ich.

Bryan starrt auf das Foto. Seine Augenlider zucken, und zum ersten Mal fällt mir auf, was für dunkle, lange Wimpern er hat. Ich beiße mir auf die Lippen, fasse die Seite an der rechten unteren Ecke und blättere um.

Auf dem Bild steht Momma mit Grandma Rowena und Grandpa Ivan vor einem Haus, und im Schatten von Mommas Kleid schläft eine Katze.

»Sie haben in Reno geheiratet«, sage ich.

Bryan schaut mich an, und ich schaue ihn an, und es ist still im Zimmer, so still, als hätte die Zeit aufgehört. Ich streiche über das Bild, nehme die rechte untere Ecke zwischen zwei Finger und schlage die nächste Seite auf.

Momma steht neben einem Auto, und ein Mann hält die Tür auf. Der Wind bläst Mommas Schleier in die falsche Richtung, und sie hält ihn fest, damit er nicht wegfliegt.

»Es war ein sonniger Tag«, sage ich. »Sonnig und windig.«

Bryan sieht mich an, und er macht ein Geräusch, das wie Lachen klingt, aber dabei kurz und hart wie ein Huster. Ich räuspere mich, und als meine Hand wieder ruhig ist, blättere ich weiter.

Daddy im weißen Smoking mit drei anderen Männern, die auch alle einen weißen Smoking anhaben. Momma in ihrem schönen weißen Brautkleid mit drei Frauen in kurzen, hellen Kleidern. Alle lächeln.

»Onkel Charles war Trauzeuge«, sage ich, »und Tante Ruth war eine von den Brautjungfern.«

Bryan nickt, und ich weiß, dass er die Leute alle erkennt. Ich streiche über das Bild, blättere weiter.

Auf diesem Bild stehen Momma und Daddy vor dem Altar. Daddys Augen sind froh, kleine Fältchen kräuseln sich auf seiner Nase, und sein viereckiges Kinn hat genau in der Mitte ein Grübchen.

Es ist so schwer, Momma und Daddy zu sehen, so, wie sie damals waren. Ich denke daran, was Tante Carol gesagt hat, dass Daddy ein Glückspilz war, und ich überlege, ob ich das auch sagen soll.

Ich schniefe, und dann schaue ich Bryan mitten in seine dunklen Augen.

»Daddy hat immer gesagt, was für ein Glückspilz er war, dass Momma ihn geheiratet hat«, flüstere ich.

Tränen laufen mir übers Gesicht und tropfen auf die Schutzhülle über dem Foto. Ich möchte nicht heulen, ich wünschte, ich wäre stärker, und ich senke den Kopf und blinzle heftig.

»Ein Glückspilz?«, sagt Bryan. Seine Augen sind weit offen, und sein Mund ist nur ein schmaler Lippenstrich in seinem Gesicht.

Ich wische mir die Backen ab und nicke. »Das hat Tante Carol mir erzählt.«

Es sind noch mehr Bilder in dem Album, viel mehr, aber so, wie mir zumute ist, und so, wie Bryan schaut, weiß ich, es reicht. Ich nehme das Hochzeitsalbum von seinem Schoß herunter und klappe es zu.

»Es ist nicht gut, zu viele auf einmal anzuschauen«, sage ich. »So viele Erinnerungen können wehtun.«

Bryan beobachtet mich, wie ich das Album in die rosa Truhe zurücklege.

»Sie gehören mir nicht richtig«, sage ich. »Ich meine, du kannst sie immer anschauen, wenn du willst.«

Seine Augen stehen voller Tränen, aber vor mir wird er nicht weinen, das weiß ich.

»Du solltest bloß nicht zu viele auf einmal anschauen«, sage ich, »ja?«

Bryan nickt, und er zieht die Knie an die Brust, schlingt die Arme um die Knie und legt den Kopf darauf. Dann macht er die Augen zu, und wir beide sitzen ganz still da.

Die Straßen in Palo Alto sind kurvig und die Hügel steil. Unser neues Haus ist direkt an den Hang gebaut. Es sieht aus, als hätte einfach jemand ein Stück Berg herausgesägt, und in der Kerbe steht jetzt ein Haus. Eine steile Auffahrt windet sich zu dem Haus hoch, und auf halber Höhe liegt die Koppel. Der Korral, sagt Deb.

Unser Haus ist eins von diesen spanisch aussehenden Häusern mit Stuck an den Wänden und dunklen Holzbalken an der Decke. Hinter dem Haus ist ein Swimming-Pool mit Sprungbrett, und gleich hinter dem Swimming-Pool geht es weiter bergauf. Wenn man sich zurücklehnt und hochguckt, steht da oben noch ein Haus, und wenn der Hang wegbrechen würde, müsste das Haus eigentlich genau auf uns draufkippen.

Deb kauft ein Pferd, und Ronny nennt es Chiquita. Jede Woche ist ein anderes Kind an der Reihe, dem Alter nach abwärts, und der, der dran ist, darf alles machen, reiten, füttern, striegeln, Stall ausmisten. Ich muss einen Monat warten, bis ich auf Chiquita reiten darf.

Deb kauft auch zwei junge Ziegen und sagt, von jetzt ab stellen wir unseren eigenen Ziegenkäse und unsere eigene Ziegenmilch her. Jede Woche ist ein anderes Kind an der Reihe, dem Alter nach aufwärts, und der, der dran ist, muss alles machen.

Ich bin als Erste dran. Wenn die Ziegen Hunger haben, quäken sie wie kleine Babys, und man muss ihnen aus Weinflaschen zu trinken geben, in denen eklig riechende Milch und Melasse ist.

Heute Morgen regnet und stürmt es, und meine Sachen sind klatschnass, weil ich ewig im Korral rumstehen und die dämlichen Ziegen mit Milch füttern musste. Ich wasche die Flaschen im Spülbecken mit heißem Wasser aus. Das Fenster über der Spüle beschlägt, und ich lasse das Wasser laufen, bis der Dampf so dick ist, dass man nicht mehr rausschauen kann. Dann stelle ich mich auf die Zehenspitzen, mache eine Faust und drücke sie seitlich an die dampfige Scheibe. Der Abdruck sieht aus wie ein Babyfuß, und dann nehme ich den kleinen Finger und tupfe noch fünf Babyzehen dazu.

»Lass das«, sagt Debs Stimme, »du verschmierst ja das ganze Fenster.«

Ich zucke zusammen und lege die Hände auf den Rücken, als ob ich etwas verstecken müsste. Deb hat ihren Bademantel an, und die Haare kleben ihr am Kopf. Sie fährt sich mit den Fingern durch die Haare und gähnt, ohne sich die Hände vor den Mund zu halten.

»Herrgott noch mal«, sagt Deb, »und die Füße hast du dir auch nicht abgewischt. Schau den ganzen Dreck an, den du hereingeschleppt hast.«

Meine Schuhe und meine Jeans sind nass und lehmig, und überall auf dem Boden sind kleine Schmutzpfützen.

»'tschuldigung«, sage ich, »es ist so nass draußen.«

»Es ist mir egal, wie es draußen ist«, sagt Deb, »du trittst dir die Füße ab, ehe du hier reinkommst.«

»Ich hab doch gesagt, dass es mir Leid tut«, sage ich. »Ich mach's gleich weg.«

Deb antwortet nichts, sondern schaut mich nur an, als ob meine Dummheit zu unglaublich ist, um es mit Worten auszudrücken. So ist das jetzt, Deb verstellt sich nicht mehr wie früher, als Daddy noch da war. Jetzt merke ich es an ihren Augen, an ihrer Stimme, und ich weiß, dass hier kein Platz für mich ist.

Deb dreht sich weg, als ob ich Luft wäre. Sie holt einen Messbecher und einen Topf heraus und schüttet Wasser in den Topf. Ich trage meine Schuhe die Treppe hinunter und wische den Boden mit einem alten Handtuch sauber.

Wir frühstücken jetzt jeden Morgen im Esszimmer, und zwar mit den alten Esszimmermöbeln aus dem Haus in der Mary Street. Sie waren eingelagert, aber Deb hat sie mitgenommen, als wir nach Palo Alto gezogen sind, den Tisch, die Vitrine und die Anrichte mit dem dunklen Holz und den Tulpen und Blätterranken.

Ich setze mich ans Tischende und fahre mit dem Finger von einer roten Tulpe zur nächsten, zwanzig rote Tulpen insgesamt. Deb deckt sechs Schälchen, sechs Löffel, Milch und einen Topf mit Weizenbrei. Sie schichtet Toaste auf einen Teller und stellt ihn auf den Tisch. Ich nehme mir einen Toast, lege ihn auf eine Serviette und greife nach dem Honigbär. Als Deb an den Tisch zurückkommt, drückt sie lauter weiße Plastikdosen voller Pillen an ihre Brust. Ein Honigfaden schnörkelt sich auf meinem Toast, und ich tue so, als ob Deb nicht da wäre.

»Wo sind die anderen?«, fragt Deb.

Ich stelle den Honigbär auf den Tisch zurück, den Blick auf meinen Toast gerichtet, nur auf den Toast.

»Frühstück!«, schreit Deb.

»Die Treppe ist auch ganz dreckig«, sagt sie. »Wisch da drüber, bevor du gehst.«

Du kannst mich mal, Deb.

»'tschuldigung«, sage ich.

Deb setzt sich an das andere Ende von Mommas Tisch und schlägt ein Buch auf. *Unsere Vitamine,* steht auf dem Einband. Ich kaue mit geschlossenem Mund und sehe dabei Deb an. Sie schaut zurück, und ich schaue weg. Einer nach dem anderen kommen Christopher, Kenny, Ronny und Bryan aus ihren Zimmern und an den Tisch.

»Warum so spät?«, fragt Deb.

»Christopher hat stundenlang das Bad blockiert«, sagt Ronny.

»Hab ich nicht«, sagt Christopher.

»Wir haben drei Bäder«, sagt Deb.

»Das andere hat Bryan verstunken«, sagt Ronny.

»Halt den Mund«, sagt Bryan. Er ist rot im Gesicht, und er schaut zu mir hin, schaut wieder weg.

Christopher nimmt eine von den Pillendosen und hält sie schräg. Die Pillen darin klappern. »Wozu sind die alle?«, fragt er.

Deb klappt ihr Vitaminbuch zu und legt die Hand auf den Einband. »Vitamine sind der Schlüssel zu Gesundheit und einem langen Leben«, sagt sie.

Christopher pustet Luft aus und zuckt wurstig die Achseln.

Deb schraubt eins von den Gläsern auf und schüttelt eine Hand voll Tabletten heraus. »Wir werden ab jetzt alle Vitamine nehmen.« Sie macht sechs Häufchen, gelbe Pillen, weiße Pillen, grüne Pillen, Namen wie Meeresalgen, A, E, C. Als sie fertig ist, liegen so viele Pillen da, dass es aussieht wie die reinste Pillenschlacht.

Bryan und ich sehen uns an.

»Die sollen wir alle nehmen?«, frage ich.

»Nur deine«, sagt Deb. »Ein Haufen für jeden.« Sie schiebt die Vitamintabletten über den Tisch und gießt sechs Gläser mit Orangensaft voll.

Deb sagt, Vitamine sind der neueste Durchbruch, die moderne Medizin ist ein Komplott gegen die Gesundheit, und eine Revolte gegen das medizinische Establishment ist auch im Sinne der Freedom Community Church.

Christopher, Kenny und Ronny stopfen sich die Vitamine in den Mund und schlucken sie runter.

Bryan schiebt seine Pillen von sich weg. »So was nehm ich nicht«, sagt er.

Christopher, Kenny, Ronny und Deb glotzen Bryan an.

Deb zieht ihren Bademantel über den Beinen zurecht. »Ist das ein Versuch, meine Autorität zu untergraben?«, fragt sie.

»Nein«, sagt Bryan, »ich nehm sie bloß nicht.«

Ich werfe einen Blick zu ihm herüber, ganz kurz nur, dann schaue ich wieder auf den Pillenhaufen vor mir.

Deb stützt die Ellenbogen auf Mommas Tisch, auf die roten Tulpen und braunen Blätterranken. Ihre Hände sind aneinander gelegt, und sie sieht Bryan an. »Dir wird nichts anderes übrig bleiben«, sagt sie. »Ihr habt niemanden außer mir, vergiss das nicht.«

Bryan schaut zu Deb hin, sein Gesicht rot vom Hals bis zu den Backen. Dann schaut er auf seine Pillen und klemmt die Unterlippe zwischen die Zähne. Ich wünsche mir, dass er die Hand hochrecken und Deb den Finger zeigen würde.

Bryan streckt die Hand aus, holt die Pillen wieder zu sich her, und dann nimmt er sie eine nach der anderen, mit einem Gesicht, als müsste er gleich kotzen.

Deb räuspert sich und sieht ihre Kinder an, und sie lächelt, als wären Bryan und ich überhaupt nicht da. Sie hat einen reichen Witwer kennen gelernt, der ein Stück weiter bergauf wohnt, sagt sie, ein ganz charmanter, hochinteressanter Mann, und irgendwann diese Woche wollen sie zusammen ein Glas Wein trinken gehen, ist das nicht wunderbar?

Bryan vermeidet meinen Blick, er sitzt nur da und starrt vor sich hin.

Nach dem Frühstück sperre ich mich im Bad ein und nehme die Vitamintabletten aus der kleinen Tasche an meiner Jeans, eine nach der anderen, und werfe sie in die Kloschüssel. Dann drücke ich den silbernen Hebel, und mit lautem Rauschen strudelt das Wasser im Kreis und saugt die Pillen weg. Ich warte, bis das Strudeln aufhört, und als es wieder still geworden ist, strecke ich den Mittelfinger vor und ziele damit auf die Kloschüssel.

Du kannst mich mal, Deb.

In Palo Alto gibt es keine Blue Angels, aber Deb sagt, wir müssen trotzdem in Form bleiben. Sie hat einen Wochenplan für uns aufgestellt, montags und freitags eineinhalb Meilen, dienstags und donnerstags drei Meilen und am Mittwoch fünf. Deb sagt, unser Ansporn sollen die fünfundvierzig Cent sein, die sie uns an Taschengeld gibt, aber laufen müssen wir, mit Geld oder ohne. Das ist eine von ihren Regeln.

Bryan sagt, Regeln sind dazu da, dass man gegen sie verstößt.

Heute ist ein Drei-Meilen-Tag, und ich renne die lange Auffahrt hinunter. Unten an der Straße biege ich nach rechts ab und schaue mich um, ob mir auch niemand folgt. Die Straße ist leer, hohe Bäume, pendelnde Schatten, und ich höre auf zu rennen. Mein Schatten fällt schräg über die Straße. Ich gehe im Zickzack. Der Schatten zickzackt auch, und ich muss laut lachen. Meine Stimme ist das einzige Geräusch.

Ich weiß, dass Daddy fort ist, natürlich weiß ich es. Trotzdem schaue ich die Straße entlang, als müsste er jeden Augenblick um die Ecke biegen. Ich weiß genau, wie er aussehen wird, was er anhaben wird, wenn ich zu ihm hinrenne und seine Hand nehme, denn das würde ich, ich würde einfach zu Daddy hinrennen und meine Finger in seine schieben.

Deb sagt, die Eineinhalb-Meilen-Marke ist da, wo die Straße einen scharfen Linksknick macht. An dem Knick kehre ich um und gehe den Weg zurück. Wenn Deb fragt, kann ich ihr sagen, ich bin drei Meilen gelaufen, und es ist nicht mal gelogen, nicht richtig jedenfalls.

Die Einfahrt hoch renne ich zur Sicherheit wieder. Vor dem Haus steht ein brauner UPS-Wagen, und ein UPS-Mann zieht Papprollen aus dem Laderaum. Als er mich sieht, kneift er die Augen zusammen und winkt. Ich winke zurück. Er kommt zu mir herüber, eine von den Papprollen unterm Arm, in der Hand ein Klemmbrett.

»Kannst du hier mal kurz unterschreiben?«, fragt er.

»Keine Ahnung«, sage ich, »ja.«

Der UPS-Mann hat eine braune Hose an, braunes Hemd, braune Mütze, alles, was man von ihm sieht, ist braun. Er hält mir das Klemmbrett hin und deutet auf das Papier. »Du musst bloß deinen Namen schreiben«, sagt er, »gleich hier auf dem Strich.«

Ich nehme den Stift, den er mir gibt, schreibe meinen Namen in Schreibschrift, und der UPS-Mann dreht das Brett wieder zu sich um.

»Jennifer Lauck?«, sagt er.

»Genau«, sage ich.

Er streckt mir die Papprolle hin, und ich nehme sie mit beiden Händen. »Bitte sehr, Jennifer Lauck«, sagt er.

Es gefällt mir, wie er meinen ganzen Namen sagt. Er holt noch drei Rollen aus seinem Wagen, und ich lade sie auf meinen Arm.

»Was ist da drin?«, frage ich.

Der UPS-Mann zuckt die Achseln und schaut auf seinen Zettel. »Von der Audubon-Gesellschaft«, sagt er, »wahrscheinlich Vogel-Drucke. Ziemlich teure, nach der Versicherung hier zu schließen.«

Die Rollen sind aus Pappkarton, und ich muss mich nach hinten lehnen, damit sie alle auf meinem Arm Platz haben.

»Geht's?«, sagt der UPS-Mann, »oder soll ich dir helfen?«

»Geht schon«, sage ich, »ich hab sie.«

Er langt sich an die Mütze. »Dann einen schönen Tag noch, Jennifer Lauck«, sagt er.

»Danke«, sage ich.

Im Haus ist es still, keiner daheim. Ich lege die Papprollen auf den Esszimmertisch. Dann gehe ich in die Küche und mache den Kühlschrank auf. Kalte Luft fächelt mir gegen Beine, Arme und Gesicht.

Deb sagt, zwischen den Mahlzeiten darf man nicht essen. Ich hole einen Plastikbecher mit Tunfisch und einen Laib Brot heraus. Ich mache mir ein Sandwich und fege zur Sicherheit alle Krümel von der Anrichte.

»He«, sagt Bryan.

Seine Stimme schwappt über mich wie kaltes Wasser aus einem Eimer, und ich bekomme eine Gänsehaut.

»Hast du mich erschreckt«, sage ich.

»Wenn Deb dich erwischt, bist du dran«, sagt Bryan.

»Lass Deb mal meine Sorge sein«, sage ich.

Bryan lacht, und ich lache auch.

»Möchtest du die Hälfte?«, frage ich.

»Okay«, sagt er.

Wir gehen ins Esszimmer und setzen uns an den Tisch. Bryan gibt den Papprollen einen Stoß. »Was ist das?«, fragt er.

Ich breche das Brot in zwei Teile. »Vogel-Drucke«, sage ich, »wahrscheinlich.«

Bryan nimmt seine Hälfte und beißt gleich die Hälfte davon ab.

»Der UPS-Mann meint, dass sie ziemlich teuer sind«, sage ich.

Bryan stupst mit dem Finger gegen eine der Rollen und dreht sie um, sodass er das Etikett lesen kann. »Von wegen pleite«, sagt er.

»Wie?«, sage ich.

»Deb hat gesagt, wir sind pleite, aber ist dir mal aufgefallen, wie sie das Geld raushaut?«

Ich drücke das Brot mit den Fingern zusammen, bis es ganz flach ist, dann erst beiße ich ab. Bryan lehnt sich zurück und verschränkt die Arme vor der Brust.

»Ich weiß, dass Dad eine Versicherung hatte«, sagt er, »und vom Staat kriegt sie außerdem noch Geld.«

»Was heißt das?«, frage ich.

Bryan zieht die Lippen zwischen die Zähne und beugt sich zu mir vor. Sein Atem riecht nach Tunfisch. »Hier kommen Schecks auf meinen und deinen Namen an, und Deb streicht das Geld ein«, sagt er. »Ich hab sie gesehen, aber Deb hat gesagt, es ist eigentlich nicht für uns, es ist für sie.«

»Schecks?«, sage ich.

»Ja«, sagt Bryan, »Geld vom Sozialamt. Es ist wegen Dad, und es ist ziemlich viel, ich hab reingeschaut.«

Über Geld wird hier bei uns nicht geredet, nie. Deb gibt uns Taschengeld und sagt, wir haben ein Konto, das uns sparen helfen soll, aber das ist auch schon alles. Hauptsächlich erzählt sie uns, dass wir pleite sind und dass es Daddys Schuld ist, aber was das genau heißen soll, weiß ich nicht, schließlich haben wir ein schönes Haus und alles.

Bryan schaut mich an, die Arme auf den Tisch gestützt. »Ich wette, das ist der einzige Grund, dass wir hier sind«, sagt er, »ich meine, warum sonst?«

»Wieso?«, frage ich.

Bryan sieht sich im Esszimmer um, und sein Stuhl knarzt. »Weil wir die Kinder von Dad sind«, sagt er, »ohne uns gibt's keine Knete.«

Ich schaue Bryan an, und er schaut mich an. Ich habe keinen Hunger, kein bisschen, aber ich esse mein Tunfischbrot trotzdem. Es schmeckt salzig.

»Was wird mit uns?«, frage ich.

»Wenn das Geld aufgebraucht ist, meinst du?«, sagt Bryan.

»Aufgebraucht?«, sage ich.

Bryan wischt sich mit der Hand über den Mund, und sein Blick ist genauso ratlos wie meiner. Von draußen kommen Stimmen.

»Ich verzieh mich«, sagt Bryan. Er steht auf und schiebt seinen Stuhl an den Tisch.

»Bryan?«, sage ich.

Die Haustür geht auf, geht wieder zu, und ich höre Deb, Christopher, Kenny und Ronny lachen und reden.

»Bis dann«, sagt Bryan.

Im Haus bin ich für die Badezimmer zuständig, und Fernsehen ist erst erlaubt, wenn alle Hausarbeit erledigt ist. Ich scheuere das Klo mit der Klobürste und spüle den Schaum weg.

Alle anderen sind im Fernsehzimmer, weil jetzt *Drei Mädchen und drei Jungen* kommt. *Drei Mädchen und drei Jungen* ist meine Lieblingssendung. Ich wische den Spiegel sauber, nur am oberen Rand sind noch Schmierer.

Die Titelmelodie ist schon fast vorbei, gleich fängt es an. Ich gehe ins Fernsehzimmer und bleibe an der Tür stehen, das Wischtuch noch in der Hand. Christopher liest, und er schaut mich über sein Buch hinweg an.

»Ich mach's bei der Reklame«, sage ich.

Christopher zuckt mit den Schultern und liest weiter. Ich sehe Bryan an, und Bryan zuckt auch mit den Schultern. Ich stoße mich vom Türrahmen ab und setze mich auf den Boden, den Rücken ans Sofa gelehnt.

Auf dem Sofa sitzen Kenny und Ronny, und sie haben einen Hund zwischen sich, den Deb ihnen gekauft hat. Deb sagt, es ist ein Basenji und Basenjis kosten vierhundert Dollar. Von wegen pleite.

In *Drei Mädchen und drei Jungen* will Marsha, dass Mr Brady zum Vater des Jahres gewählt wird, aber sie gerät von einer Patsche in die andere. Es ist eine Folge, die ich schon kenne, aber ich bleibe trotzdem sitzen, auch während der Reklame. Christopher schaut mich an, und ich schaue zurück. Er beißt sich auf die Lippen.

»Putz das Bad fertig, ja?«, sagt er.

»Nachher«, sage ich.

»Mach's lieber gleich«, sagt er, »meine Mutter möchte es so, und wir sollten uns an ihre Regeln halten.«

Ich schlage die Arme über Kreuz und starre auf den Bildschirm. Es läuft eine Reklame für einen Schokoriegel. Ich weiß nicht, warum ich plötzlich gegen die Regeln verstoßen will, ich will es einfach.

»Jetzt lass sie doch«, sagt Bryan, »Deb ist ja nicht mal da.«

Es freut mich, wie er mich anschaut und lächelt, so, als ob ich zähle, als ob wir ein Geheimnis miteinander haben. »Ich mach's ja fertig, Christopher«, sage ich, »nur eben nicht jetzt.«

»Die Regeln hab nicht ich mir ausgedacht«, sagt Christopher. »Wir können meine Mutter ja anrufen, dann kann sie entscheiden.«

Bryan lacht, ein ziemlich hässliches Lachen. »Viel Glück, Muttersöhnchen«, sagt er. »Meinst du echt, sie geht ans Telefon, während sie's gerade miteinander treiben?«

Christophers Gesicht wird mit einem Schlag ernst, und er setzt sich gerade hin.

»Wer treibt was?«, fragt Kenny.

Bryan schnaubt durch die Nase, und er schaut Kenny an, als ob sie das Dümmste ist, was rumläuft. »Wer wohl?«, sagt er. »Deb und ihr ›Bekannter‹.«

Es klingt komisch, wie Bryan »Bekannter« sagt, und ich muss lachen.

»Du hältst die Klappe«, sagt Ronny.

»Halt doch selber die Klappe«, sage ich.

Kenny sieht von mir zu Ronny. Christopher schaut die Zwillinge an, und es ist das erste Mal, dass ihn etwas aus der Ruhe bringt, sein Gesicht ist ganz heiß und rot.

»Streng dein Hirn an«, sagt Bryan, »was meinst du denn, was sie machen? Sich unterhalten? Über die Tagespolitik diskutieren?«

»Halt's Maul«, sagt Ronny, »du lügst.«

»Gott, Veronica, wie naiv bist du eigentlich?«, fragt Bryan.

»Als ob du so schlau wärst«, sagt Christopher, »du hast doch selber keine Ahnung, wovon du redest.«

Bryan lehnt sich in seinem Sessel zurück und macht ein selbstgefälliges Gesicht, so, als ob er sehr wohl weiß, wovon er redet. Das Beste ist im Moment, auf seiner Seite zu stehen, auf der Seite, die Bescheid weiß. Ich lehne mich auch zurück und schaue so selbstgefällig, wie ich nur kann.

Man hört nur den Fernseher, alle schweigen böse. Ronny rutscht auf dem Sofa herum und stellt einen Fuß auf den Boden. Ihre sommersprossigen Zehen stoßen fast an meinen Arm, und ich schlage die Arme über Kreuz, damit ich sie nicht berühren muss. Ronny rutscht noch ein Stück näher und reibt den Fuß an mir.

»Lass das«, sage ich.

»Kannst ja rücken«, sagt Ronny.

»Eben«, sagt Kenny, »du bist im Weg.«

»Bin ich nicht«, sage ich.

Ronny wippt mit dem Fuß, stupst mit der Ferse gegen mich, und Kenny kichert.

»Lass das bleiben«, sage ich.

»Ich war zuerst hier«, sagt Ronny.

»Also was?«, sage ich.

»Also verpiss dich«, sagt Ronny.

»Genau«, sagt Kenny, »verpiss dich.«

Die ganze Wut hier im Zimmer scheint sich plötzlich in meiner Brust zusammenzuballen. Ich darf genauso hier sein wie sie, ich habe es satt, ständig herumgeschubst zu werden, draußen zu sein statt drinnen, bei den Nieten statt bei den Assen. Ich stelle mich vor Ronny hin und schaue sie an, schaue sie einfach nur an. Sie tut erst so, als ob sie nichts merkt, und dann blinzelt sie mit ihren blauen Augen und starrt zurück.

»Mach ein Foto«, sagt sie, »das hält länger.«

Ich gehe ins Bad und hole den Besen aus der Ecke. Ich nehme ihn mit dem Stiel nach unten und den Borsten nach oben und stelle mich damit zwischen Ronny und den Fernseher.

»Geh da weg, Blödmann«, sagt Ronny, »ich seh ja gar nichts.«

Ich schaue zu Bryan rüber, und Bryan schaut zurück.

»Du kannst mich mal, Veronica«, sage ich.

Ich hole aus wie mit einem Schläger und haue Ronny mit dem Besenstiel gegen die Beine, Holz gegen Knochen, und Ronny schreit, und Kenny schreit auch, dabei habe ich sie gar nicht angerührt. Ich schwinge den Besen in die andere Richtung. Kenny springt mit einem Satz aufs Sofa und hält sich die Arme vor die Knie. Christopher ist aufgestanden und schreit, wir sollen aufhören. Ronny stürzt sich auf mich, und bevor ich auch nur Luft holen kann, liege ich schon auf dem Boden. Sie reißt mir den Besen weg und hebt ihn hoch über den Kopf. Ronnys Wut ist größer, als meine jemals werden kann, in ihren blauen Augen blitzt es. Sie haut mir den Besen ins Gesicht, einmal, zweimal, dreimal, und es ist ein Schmerz, wie ich ihn in meinem ganzen Leben noch nicht erlebt habe.

Kenny kreischt. Christopher brüllt Bryan an, er soll mich hier rausschaffen. Bryan zerrt Ronny von mir herunter. Ronny schreit und will sich losreißen, und Kenny springt Bryan auf den Rücken und versucht ihn von Ronny wegzuzerren.

Ich rolle mich auf den Bauch, und auf dem Boden ist Blut. Ich hebe die Hand hoch, und das Blut kommt aus meinem Mund.

»Raus hier, schnell«, schreit Bryan, »beeil dich.«

Auf allen vieren krieche ich ins Bad und sperre die Tür ab. Ronny brüllt, dass sie mich umbringt, und Kenny klingt, als ob sie heult, und Christopher sagt immer nur, dass alle sich beruhigen sollen.

Mein Blut tropft rot auf die weißen Fliesen, den weißen Waschtisch, das weiße Waschbeckenporzellan. Mein Kinn, mein Hals, mein T-Shirt, alles ist voller Blut, und ich beuge mich über das Waschbecken und spucke aus. Ein Zahn scheppert gegen das Porzellan, dann noch einer.

»Mach die Tür auf«, sagt Bryan.

Ich lege das Ohr an die Tür. Im Fernsehzimmer ist alles still. Bryan schlägt wieder an die Tür, und ich drehe den Knopf. Bryan ist allein, und er macht die Tür zu, sperrt sie ab. Ich trete zurück, die Hand vor dem Mund.

»Sie hat mir zwei Zähne ausgeschlagen«, sage ich.

»Scheiße«, sagt Bryan, »zeig her.«

Ich schniefe, und in meiner Kehle schmeckt es nach Blut. »Sie liegen im Waschbecken.«

Bryan schaut ins Waschbecken und fischt die Zähne heraus, hält sie hoch. »Scheiße.«

Er legt die Zähne neben das Waschbecken, dreht das Wasser auf. Dann nimmt er einen weißen Waschlappen und hält ihn unter den Strahl. »Hör auf zu heulen und komm her.«

Im Spiegel kann ich Bryans Rücken und mein blutiges Gesicht sehen. Er wischt mir das Kinn und den Hals ab, und der Waschlappen ist kalt auf meiner Haut.

»Es sieht schlimmer aus, als es ist«, sagt er, »das meiste ist einfach nur Blut.« Er spült den Waschlappen aus, rosa verflecktes Weiß, dreht den Hahn zu und wischt um meine Nase herum. »Tut dir sonst noch was weh? Glaubst du, sie hat dir die Nase gebrochen?«

»Nein.« Ich beuge mich zum Spiegel vor. Um meine Nase, die Augen, die Lippen ist alles lila und rot. Ich fahr mit der Zunge hin und her und spucke Blut ins Waschbecken.

Bryan lehnt sich mit der Hüfte gegen den Waschtisch und verschränkt die Arme. »Du hast ja ganz schön hingelangt.«

»Ich war einfach so wütend«, sage ich. »Ich hab Ronny so satt. Ich hab sie alle satt.«

Bryan lacht und schüttelt den Kopf. »Das hat man gemerkt.«

Sein Blick sagt mir, dass er genau weiß, wie das ist, wütend zu sein und alles satt zu haben. Zum ersten Mal kann ich mir vorstellen, wie es in ihm aussieht.

Ich wische das Blut vom Waschtisch und aus dem Becken. Bryan beobachtet mich, und als ich den Waschlappen mit kaltem Wasser ausspüle, begegnen mir seine Augen im Spiegel, und er lächelt.

»Du bist echt beinhart«, sagt er.

»Eine beinharte Gruseltante«, sage ich.

»Genau.« Er pufft mich in die Schulter, aber nicht fest. Ich drehe das Wasser aus und sehe seine Augen im Spiegel an, wir beide drinnen, nicht draußen.

Chiquita ist blassbraun wie Trinkschokolade, und zwischen ihren blassbraunen Augen hat sie einen weißen Fleck. Sie riecht wie die Ziegen, aber irgendwie süßer und wärmer, und es ist ein Geruch, den ich gern rieche. Ich striegle sie von Kopf bis Fuß, und dann sattle ich sie und führe sie aus dem Korral. Die Ziegen meckern, als ob sie schon wieder Hunger haben, und ich riegle das Tor ab, damit sie nicht rauskönnen.

»Ihr bleibt hier, blöde Meckerziegen«, sage ich.

Chiquita schwenkt ihren Kopf auf und ab, so, als würde sie die Ziegen auch blöd finden. Ich reibe an ihrem Gesicht entlang und führe sie hinunter zum Reitweg.

Pferde sind so groß und stark, aber man muss sie nur anschauen, um zu wissen, dass in ihren Köpfen Hunderte und Tausende von Gedanken wohnen. Niemand braucht mir zu sagen, dass ich Chiquita gut behandeln soll, es ist völlig klar, dass man zu Pferden lieb sein muss, sonst geht es einem schlecht im Leben.

»Ich steig jetzt auf«, sage ich, »in Ordnung?«

Chiquita steht still, und ich stelle den Fuß in den Steigbügel, ziehe mich hoch und setze mich im Sattel zurecht. »Such's dir aus«, sage ich, »heute darfst du bestimmen, wo's hingehen soll.«

Chiquita schaut hin und her und steigt dann mit vorsichtigen Schritten den schmalen Pfad bergauf. Früher oder später landet sie jedes Mal auf dem Windmill Hill, wo es eine Wiese mit Blumen und langen, süßen Gräsern gibt. Der Windmill Hill ist der einzige Fleck, wo der Himmel nicht von Bäumen verdeckt wird, und als wir oben ankommen, steige ich ab und lege mich hin. Über mir nur Weite und Blau, es riecht nach Gras und Wind und frischer Luft, und ich komme mir vor wie der einzige Mensch auf der Welt. Chiquita macht Pferdegeräusche und rupft ein Maul voll Gras aus dem Boden.

Die Sonne scheint warm auf mein Gesicht, und ich schließe die Augen, ein orangener Schimmer hinter meinen Lidern. Früher konnte ich Daddy in Farbe vor mir sehen, ich konnte That-Man-Rasierwasser und Zigaretten riechen und seine Stimme hören. Wenn ich jetzt die Augen schließe, ist er fast immer in Schwarzweiß, wie in alten Filmen, und meistens sieht er so aus wie damals auf unserem Ausflug nach Catalina. Wenn er jetzt hier wäre, dann könnte ich ihm von den zwei Zähnen erzählen, die Ronny mir ausgeschlagen hat, und dass Deb behauptet hat, es wäre ganz allein meine Schuld, und ich fünf Tage nur Wasser und Brot bekommen habe.

Warmer Pferdeatem pustet mir ins Gesicht. Ich öffne die Augen wieder, und das Schwarzweißbild von Daddy ist verschwunden. Chiquita schnuppert und macht ein Geräusch, als ob sie lachen würde. Ich streichle ihr über die Nase, die weich wie Samt ist. Sie schnuppert an meiner Hand und rupft ein paar Halme ab, gleich neben meiner Schulter.

Bryan wartet am Korral, als wir zurückkommen. Er sitzt auf dem Zaun, die Füße zwischen die Latten geklemmt. »Wo warst du so lange?«, fragt er.

»Wieso?«, frage ich.

»Deb läuft Amok«, sagt er, in einem Ton, dass ich laut lachen muss, und klopft Chiquita auf den Bauch. »Ich glaub, ihr alter Knacker hat ihr den Laufpass gegeben.«

»Echt?«, frage ich.

Bryan hält Chiquita. Ich mache das Gatter auf, dränge die Ziegen zurück, und Bryan führt Chiquita in den Korral.

»Sie ist völlig hysterisch und will sofort eine Familienversammlung abhalten«, sagt er. »Ich soll dich holen.« Er macht das Gatter zu, nimmt Chiquita das Zaumzeug ab und hängt es an die Schuppenwand.

»Ich muss sie erst noch trockenreiben.« Ich schnalle den Gurt auf und nehme den Sattel herunter, um ihn in den Schuppen zu tragen.

»Ich helf dir«, sagt Bryan.

Wir schweigen beide. Bryan füllt Chiquitas Wassertrog nach und gibt ihr ein bisschen Luzerne. Ich bürste ihr den Rücken ab, die Flanken, den Hals und die Beine.

»Wie lange braucht ihr zwei denn noch?« Deb steht auf der Veranda, beide Hände am Geländer.

Bryan schirmt die Augen mit der Hand ab und blinzelt. »Wir kommen schon«, ruft er.

»Aber ein bisschen dalli«, schreit Deb. Die Tür knallt, und Deb ist im Haus verschwunden.

Bryan lacht und schüttelt den Kopf. »Die tickt nicht mehr richtig«, sagt er.

Ich schlage mit der Hand auf die Bürste, und eine Staubwolke steigt ins Sonnenlicht.

Bryan hat Recht, Deb tickt nicht mehr richtig. Sie will plötzlich nach Los Angeles zurückziehen. Sie sagt, dass sie Lehrerin bei der Freedom Community Church wird, denn man hat sie für die Freedom-Community-Spezialausbildung zugelassen, und zwar zu einer sehr moderaten Kursgebühr, sagt sie. Deb redet, und es ist, als würde man jemandem im Fernsehen zuhören. Bryan wechselt über den Tisch einen Blick mit mir. Ronny sieht aus, als würde sie gleich zu heulen anfangen, Kenny heult schon, und Christopher ist käseweiß im Gesicht.

»Aber Mom«, sagt Ronny, »ich will nicht schon wieder umziehen.«

»Ich auch nicht«, sagt Kenny und wischt sich über die Nase.

Deb legt sich die Hand auf die Brust, das Gesicht zum Fenster gewandt, als würde sie da draußen die Zukunft sehen. »Wir werden nicht gefragt«, sagt Deb, »an mich ist ein Ruf ergangen.«

Die Zeit scheint ausgesetzt zu haben, so still ist es, und ich schaue mich am Tisch um. Dann hustet Bryan, und die Zeit setzt wieder ein.

»Findest du das etwa komisch?«, fragt Deb.

»Nein«, sagt Bryan.

»Gibt es etwas, was du sagen möchtest?«, fragt Deb.

Bryan beugt sich vor und sieht Deb mit seinem selbstgefälligen Ausdruck an. »Was ist mit deinem Bekannten?«, fragt er.

Der Blick in Debs Augen ist schlimmer als nur wütend, und sie presst die Lippen zu einem dünnen Strich zusammen. »Das geht dich einen Scheißdreck an«, sagt sie.

Bryan zieht seine dunklen Brauen hoch und grinst in sich hinein. »Pardon«, sagt er.

Ich fahre mit dem Finger von einer roten Tulpe zur anderen. Als ich aufschaue, sieht Bryan zu mir her, als ob wir ein Geheimnis miteinander haben.

»Mom«, sagt Ronny, »wir können doch nicht einfach von hier wegziehen.«

»Echt, Mom«, sagt Kenny.

»Kinder«, sagt Deb, »das Schicksal ruft, und wir folgen.«

15

L. A. ist heiß und grau und dreckig. Wenn ich hochschaue, sehe ich Smog. Wenn ich runterschaue, Beton mit schwarzen und grauen Flecken darauf. Wer weiß, was für Zeug das alles ist und wo es herkommt.

Deb trägt eine Sonnenbrille mit runden Gläsern wie aus *Twen-Police,* dazu hochhackige Stiefel und eine kurze Wildlederjacke, die um ihre dünne Taille geschnürt ist. Mit den langen Haaren, die ihr um die Schultern fliegen, sieht sie aus wie eine Rächerin aus einem Comic.

Deb und ich sind allein unterwegs, mitten in dem Lärm von Bussen und Autos, Hupen und Sirenen. Ein alter Mann in einem langen Mantel schlurft auf uns zu. Sein Gesicht ist schmutzig, seine Nase schält sich, und in jeder Hand hat er eine Plastiktüte voller Schuhe. Er bleibt vor Deb stehen, und er riecht nach Müll und Pisse.

Deb tritt einen Schritt zurück, fasst sich an ihre *Twen-Police*-Sonnenbrille, und so, wie sie ihn anschaut, denkt man, gleich greift sie in ihre Lederhandtasche und zieht einen Revolver, um die Stadt gegen Penner zu verteidigen.

»Haben Sie ’n bisschen Kleingeld übrig, Ma’am?«, fragt der Mann mit einem zahnlosen Lächeln.

Deb wirft ihr Haar über die Schulter zurück, als ob sie gar nichts gehört hätte. »Kommst du?«, sagt sie zu mir.

Ihre Stiefelabsätze klacken eine Steintreppe hoch, aber ich bleibe unten auf dem Bürgersteig stehen. Die Treppe führt zu einem großen, alten Haus mit vielen Fenstern hinauf. Es ist das einzige Haus in all dem Dreck und Grau und Lärm. Es liegt hinter einem schwarzen Eisenzaun, und vor dem Zaun wachsen braune Grasbüschel und ein paar Bäume.

Deb steht oben an der Haustür, eine Hand auf dem Türgriff, die andere an ihrer spitzen Hüfte. »Worauf wartest du?«, sagt sie.

Meine Füße machen ein scharrendes Geräusch auf dem Stein, in den Stufenecken haben sich Papierfetzen und Zigarettenstummel angesammelt. Als ich oben bin, drehe ich mich um und schaue auf den Bürgersteig runter.

Ich weiß, dass er fort ist, ich weiß es ganz genau, aber trotzdem warte ich darauf, dass Daddy um die Ecke biegt und mir die Hand entgegenstreckt. Stattdessen berührt mich Deb an der Schulter, und mir wird eiskalt da, wo sie mich anlangt. Ich ziehe die Schulter unter ihrer Hand weg und gehe durch die offene Tür. Im Haus ist es ruhig und kühl, und es riecht wie fast immer in alten Häusern. Die Decken sind hoch, die Wände weiß gestrichen, und die Türen und Fenster haben Rahmen aus dunklem Holz. Der Boden ist auch dunkel und aus Holz. Vom Ende eines langen Gangs hört man Stimmen, und ich sehe einen Schatten, der einem Mann gehören muss. Niemand kümmert sich um uns.

»Wo sind wir hier?«, frage ich.

Deb nimmt ihre Sonnenbrille ab, klappt sie zusammen und geht vor mir her. »Hübsch ist das«, sagt sie, »frühviktorianisch, vielleicht auch spätviktorianisch, das bringe ich immer durcheinander.«

Sie schaut in einen Raum, der vom Eingang abgeht: ein Sofa, ein paar Sessel, ein offener Kamin. Sie dreht sich um und schaut durch eine andere Tür. »Das muss es sein.«

»Was?«, frage ich.

Sie steckt die Sonnenbrille in ihre Jackentasche und holt einen weißen Zettel heraus. Sie liest ihn, schaut wieder in das Zimmer, faltet den Zettel zusammen und schiebt ihn in die Tasche zurück. »Ja, das ist es.«

Sie geht vor mir her in das große Zimmer, und es ist lang und breit, mit Wandleuchten an den Wänden. Das Zimmer ist leer bis auf einen einsamen Teppich und mehrere Matratzen auf dem Boden, zehn Stück, doppelte und einzelne, die meisten davon mit Leintüchern und Decken. Ein paar Matratzen sind nackt, und auf dem blau-weißen Matratzenstoff sind dunkle Flecken. Am hinteren Zimmerende bilden die Fenster einen Halbkreis. Tageslicht fällt in einem Winkel herein und malt ein Rechteck aus Helligkeit auf den dunklen Holzboden. Deb geht mit klackenden Absätzen darauf zu. Ich bleibe in dem grauen Schatten, wo die Sonne nicht hinreicht.

»So was Entzückendes«, sagt Deb, »wie ein Erker, ein ganzes Erkerzimmer.«

Wenn etwas nicht stimmt, merkt meine Haut es als Erstes. »Ziehen wir hier ein?«, flüstere ich.

Deb beugt sich zu mir herunter, ihre grünen Augen starren in meine. »Nicht wir. Du.«

»Wie?«

Deb zeigt mit beiden Armen auf die Fenster und lächelt. »Trautes Heim, Glück allein. Deine neue Wohnung.«

»Lässt du mich hier?«

Deb stellt einen Fuß vor, einen zurück, ihre Schaufensterpuppenhaltung, nichts als Hüften und Ellenbogen. »Das wolltest du doch immer«, sagt sie, »allein sein. Du bekommst, was du dir gewünscht hast.«

»Was soll das heißen?«, frage ich.

Deb bückt sich, und sie schaut mich an, einfach nur an. Ich schaue auf meine Füße am Boden hinunter, aber ich spüre ihre grünen Katzenaugen immer noch auf meinem Scheitel. Dann richtet sie sich auf und rückt den Gürtel um ihre Taille gerade. »Deine Schule ist die Hoover Street Elementary. Da kannst du zu Fuß hingehen.« Sie fährt mit dem

Schuh über etwas Klebriges am Boden, Kaugummi vielleicht. »Du wirst dir deinen Lebensunterhalt selber verdienen. Hier in der Küche, und nach der Schule in der Freedom Community.«

»Was wird mit Bryan?«, frage ich.

Deb geht einmal im Kreis, ihre Stiefel klacken über den Holzboden. »Es wird für dich jeden Tag etwas zu tun geben«, sagt sie, »und ich werde verständigt, wenn du deine Pflichten vernachlässigst.«

»Wo ist Bryan?«, frage ich.

Deb hört auf zu laufen, die Hände auf dem Rücken. »Immer musst du nachbohren«, sagt sie.

Nichts ist wirklich, nichts ergibt einen Sinn, und ich schaue im Zimmer umher. In meinem Kopf stehen die Fragen Schlange, sie rempeln gegeneinander, drängen aus mir heraus.

»Aber«, sage ich, »wie lange muss ich denn hier bleiben?«

»Das liegt ganz bei dir«, sagt Deb.

»Bei mir?«, sage ich.

Deb sieht zum Fenster hinaus, Hände in die Hüften gestemmt, Finger weit gespreizt.

»Wieso?«, frage ich. »Wie kann das an mir liegen?«

Deb schaut aus dem Fenster, als hätte sie mich gar nicht gehört.

»Woher weiß ich, wo ich hingehen muss?«, frage ich.

Sie schnippt mit den Fingern. »Das wirst du schon rauskriegen«, sagt sie, »Kampf ums Dasein nennt sich das.«

Sie langt in ihre Manteltasche, holt einen Zehndollarschein heraus und legt ihn aufs Fensterbrett. »Für unvorhergesehene Ausgaben. Unkosten.«

»Deb«, sage ich, »das kannst du doch nicht machen.«

Deb presst die Lippen zu einem Strich, die dünnen Augenbrauen tief über ihren unheimlichen Katzenaugen, und ich weiß, das war's. Sie geht weg, ihre Absätze klacken bis zur Haustür. Sie schaut nicht zurück, kein einziges Mal.

»Du kannst mich nicht einfach hier lassen«, schreie ich.

Deb bleibt an der Tür stehen, nimmt ihre *Twen-Police*-Sonnenbrille aus der Tasche und setzt sie auf. »Du wirst mir noch dankbar sein«, sagt sie.

Damit macht sie die Tür auf, geht hinaus und zieht die Tür hinter sich zu.

Dann bin ich allein, ganz allein mit dem Rechteck aus Sonne und der Stille in dem alten Haus. Ich renne zum Fenster, stelle mich auf die Zehenspitzen und sehe gerade noch Debs Hinterkopf, bevor sie um die Ecke biegt und weg ist.

Ich lehne mich an die Wand und lasse mich einfach rutschen, bis ich auf dem Holzboden sitze, die Knie angewinkelt. Staubgeruch sticht mir in die Nase, und ich drücke mir die Finger fest gegen die Augen, aber es ist schon zu spät. Heiße Tränen quellen zwischen meinen Fingern hindurch, laufen mir an den Armen herunter, tropfen von meinen Ellenbogen.

Ich weiß nicht, wie lange ich so sitze, es kommt mir wie eine Ewigkeit vor, und dann ruft jemand meinen Namen. Meine Brust, mein Herz haben gar kein Gewicht mehr, und ich weiß, es ist Daddy. Ich nehme die Hände vom Gesicht, und ein Mann in einem orangenen Overall schaut mich an.

»Hallo«, sagt der Mann, »wartest du zufällig auf Möbel?«

Mit schweren Armen und Beinen rapple ich mich vom Boden auf. Da, wo ich gesessen habe, ist ein großer dunkler Kreis im Staub, und ich wische mir den Hosenboden ab.

»Alles in Ordnung?«, fragt der Mann.

Ich schniefe und reibe mir die nassen Finger an meiner Jeans. In mir drin ist alles stumpf und leer. »Ja«, sage ich, »sicher.«

Der Mann schaut auf sein Klemmbrett, und dann schaut er wieder auf mich. »Irgendwie kann das nicht stimmen«, sagt er, »aber ich habe hier eine Ladung für Jennifer Lauck.«

»Das bin ich.«

Ich schiebe die Hände in die Hosentaschen und schaue ihn an.

Er guckt noch mal auf seinen Zettel und zuckt dann die Achseln. »Also gut«, sagt er, »wo soll das Zeug hin?«

Die Möbelpacker heißen Darryl und Chuck. Darryl ist der mit dem orangenen Overall. Chuck hat Jeans und ein Sweatshirt an, auf dem »Keep on Truckin« steht. Sie tragen meine ganzen Sachen in den Halbkreis aus Fenstern: das Kopfbrett, die Matratze, den Matratzenrost, die Kommode, den Schreibtisch, den Spiegel, den Stuhl mit dem goldenen Bezug und alle vier Pfosten für mein Himmelbett.

Als Letztes kommt meine rosa Truhe. Darryl trägt sie gegen seine Brust gekippt.

»Vorsicht«, sage ich, »die Sachen da drin sind zerbrechlich.«

Darryl lässt die Truhe auf den Boden herunter, und ich höre es darin rumpeln. Er reibt sich die Hände, tritt einen Schritt zurück, und Chuck sagt, das wär's dann.

Darryl schaut noch einmal auf sein Klemmbrett, dann streckt er es mir hin. »Da musst du unterschreiben«, sagt er.

Ich schreibe meinen Namen in Schreibschrift. Darryl liest ihn mit schief gelegtem Kopf. Chuck und er sehen sich an, sehen mich an, und Chuck steckt die Hände in die Taschen.

»Hilft dir denn irgendwer beim Aufstellen?«, fragt Darryl.

Ich schaue auf all die Teile von meinem Zimmer und fahre mir mit der Zunge über die Lippen. »Ich brauch keine Hilfe«, sage ich, »ich kann das schon.«

Chuck lacht, und er stößt die Hände noch tiefer in seine Taschen, als ob er sich an die Knie zu fassen versucht.

Darryl kratzt sich am Kopf. »Verdammt«, sagt er. »Ich kann doch ein kleines Mädchen nicht dieses ganze Zeug zusammenbauen lassen. Sollen wir nicht wenigstens das Bett aufstellen und die Sachen da hinrücken, wo du sie haben willst?«

Wer seine Probleme selber löst, ist autonom.

Du kannst mich mal, Deb.

»Danke«, sage ich, »aber ich schaff's allein.«

Darryl schaut mich durchdringend an. »Na gut, wenn du meinst.«

»Ehrlich«, sage ich, »ich kann das.«

Deb hält sich für so schlau, sie denkt, sie weiß alles über mich, dabei weiß sie einen Dreck, und ich werde ihr schon zeigen, dass ich nichts brauche, nichts und niemanden.

Ich schiebe ein Bücherregal, die Kommode und das zweite Bücherregal aneinander, sodass ihre Rückseiten nach außen zeigen und die Vorderseiten nach innen. Meine Prinzessinnenmöbel stehen als Mauer zwischen mir und dem restlichen Zimmer, und hinausschauen kann man nur, wenn man durch die Ritzen guckt.

Mein Himmelbett kommt zwischen die Möbelmauer und den Halbkreis aus Fenstern, und ich lehne das Kopfbrett an die Wand. Dann hebe ich die Seitenteile auf und lasse sie zwischen Kopf- und Fußteil einrasten.

Bryan sagt, mein Bett ist wie ein Puzzlespiel, also baue ich es so zusammen wie er, immer nur ein Teil auf einmal. Schweiß läuft mir den Bauch und den Rücken hinunter, und ich wische mir mit dem Arm übers Gesicht.

Das Bett hat noch kein Bettzeug, und der Anblick ist nackt und roh. Ich hocke mich auf den Matratzenrand. Zum Fenster kommen Hupgeräusche herein, irgendwo weit weg heult eine Sirene, und dann schreit jemand etwas auf Spanisch. Ich schiebe meinen Schuh mit der Fußspitze über die Ferse herunter. Er fällt gegen die Wand unterm Fenster, und ich hebe ihn auf und lasse den Schlüssel gleich dran, als ich die rosa Truhe aufsperre.

Mein Bettzeug, die Tagesdecke und die Kissen sind zu meinen Büchern, dem Radiowecker und allen meinen Geheimsachen dazugepackt.

Ich stopfe das Laken und die Decke fest, falte die Tagesdecke auseinander und zupfe sie zurecht, bis sie ganz glatt liegt. Ich knuffe das Kopfkissen dreimal und lege es obendrauf. Ich trage meinen Schreibtischstuhl zum Bett, klettere hinauf und schüttle den rosa Betthimmel aus. Die vier Ecken gehören über die Pfosten gespannt, und befestigt werden sie mit einem Zierknauf, der auf den Pfosten gesteckt wird. Ich mache alle vier Ecken fest, und der Himmel breitet sich über mein Bett, rosa und beschützend.

Die Schneewittchen-Lampe ist dabei, die Lampe für das Bücherregal, mein Radiowecker und der Kassettenrecorder mit der *West Side Story*-Kassette. *Mary Poppins, Der Stier Ferdinand* und *Schneewittchen und die sieben Zwerge* kommen ins Regal. Ich räume die Sachen ein, als ob alles völlig normal wäre, dann setze ich mich mit meinem alten Schneewittchen-Buch auf das Bett. Mein Körper ist müde, und das Einsamkeitsgefühl klopft und pocht, als ob in mir drin jemand eingesperrt wäre. Aber mein Zimmer ist hübsch, es ist ein richtiges Zimmer, Deb würde sich wundern.

In den schwarzen Leineneinband sind ein Rabe und eine Taube geprägt, und zwischen den beiden Vögeln blüht eine Blume. Das habe ich noch nie bemerkt, und ich streiche mit dem Finger darüber, betaste die Vögel und die Blume, bevor ich das Buch aufschlage und mir die Bilder anschaue. Das erste Bild zeigt die Königin an ihrem Ebenholzfenster. Das zweite Bild zeigt Schneewittchen barfuß im Wald. Das dritte Bild zeigt Schneewittchen mit den Zwergen. Das vierte Bild zeigt das ganze Königreich bei Sonnenuntergang.

Auf dem fünften Bild scheint der Vollmond zum Fenster herein, und die böse Stiefmutter hält einen Apfel ins Mondlicht. Sie steht an einem Holztisch mit Wurzeln und Kräutern darauf, Blumen und einem Buch, das bei einem Giftrezept aufgeschlagen ist. Eine schwarze Kreuzspinne spinnt in der Ecke ihr Netz, und drei Tarotkarten liegen offen da, die Todeskarte zuoberst.

Die Stiefmutter schmiedet Mordpläne, weil es ihr nicht genügt, im Schloss zu wohnen und Königin zu sein, sie muss auch die Schönste im ganzen Land sein. So ist das mit manchen Leuten, sie haben so viel und sind trotzdem unglücklich.

Aus dem großen Raum kommen Geräusche, und ich öffne die Augen. Es ist dunkel und kalt in meinem Erkerzimmer, Lichtbögen scheinen hinter der Trennwand hervor. *Schneewittchen und die sieben Zwerge* liegt auf dem Boden, und ich hebe es auf und klappe es zu.

Ich gucke durch den Spalt zwischen der Kommode und dem Regal. Unter einer von den Lampen sitzt eine Frau mit einem geflochtenen Zopf. Die Frau liest in einem Freedom-Community-Church-Buch mit lauter Vögeln auf dem Einband, und um ihre Matratze liegen schmutzige Kleider verstreut. Ein paar Matratzen weiter steht ein Mann mit einem Rucksack, er steht da und schaut auf die Matratze, sonst nichts.

Ich gehe hinaus in den großen Raum. Die Frau liest weiter und schaut mich nicht an. Ich gehe an dem Mann mit dem Rucksack vorbei, und er hebt den Kopf, nickt, dann starrt er wieder auf die Matratze. An der Tür drehe ich mich um und schaue zurück zu meiner Ecke. Man sieht die Rückwand von der Kommode und den Regalen, und dahinter einfach Dunkelheit.

Eine Treppe führt nach oben, zweiundzwanzig Stufen, eine scharfe Kehre, und dann noch mal zweiundzwanzig Stufen. Oben ist ein Badezimmer, und darin steht eine altmodische Badewanne mit Füßen. Ich mache die Tür zu und taste die Wand nach einem Lichtschalter ab. Das Licht geht über dem Spiegel an, nur eine nackte Birne.

Schwarze Streifen ziehen sich über meine Backen bis runter zum Kinn. Ich drehe den Wasserhahn auf, beuge mich über das Waschbecken und wasche mir die schmutzigen

Tränenspuren ab. Ich drehe den Hahn zu und probiere ein Lächeln, höre wieder auf zu lächeln und schaue mir in die Augen. Ich weiß nicht, was an mir ist, dass Deb mich so hasst. Ich weiß nicht, was an mir ist, das alles so schwer macht. Ich sehe nur mich im Spiegel, und eigentlich sehe ich aus wie jedes andere Kind auch.

Ich trockne mir das Gesicht mit Klopapier ab, putze mir die Nase und werfe das Klopapier in den Mülleimer, wische die Wasserspritzer ums Waschbecken mit noch mehr Klopapier auf und werfe es auch weg.

Draußen auf dem Gang riecht es nach Staub und Gewürzen. Die Türen sind alle zu, und ich kann hören, dass in den Zimmern Leute sind. Zweiundzwanzig Stufen die Treppe hinunter, Kehre, noch mal zweiundzwanzig Stufen, und ich stehe wieder am Hauseingang. Der Gang hier ist dunkel, und am anderen Ende klappert Geschirr. Ich gehe fünfzehn Schritte den Gang entlang und komme in eine große Küche, bei der eine Hälfte fürs Kochen hergerichtet ist und die andere Hälfte fürs Essen. Die Küche ist gelb gestrichen, braunes Linoleum am Boden, und zwischen Herd und Spüle steht ein großer Holztisch. Über dem Tisch hängt ein Drahtgestell, an dem alle möglichen Geräte baumeln, Kochlöffel, Töpfe, Schüsseln, Schneebesen.

Ein Mann und eine Frau stehen da und kochen. Der Mann rührt etwas in einem Topf auf dem Herd um, und die Frau schneidet Brot. Der Mann schaut mich an, dann seinen Topf, dann wieder mich.

»Wer bist du denn?«, fragt er.

Die Frau schaut auch zu mir hin, und sie hat eine weiße Schürze umgebunden.

»Jenny«, sage ich.

Die Frau lächelt, ein freundliches Willkommenslächeln. Sie hat die schönsten Haare, die ich jemals gesehen habe, Blond und Rot und Braun durcheinander gemischt, und sie bauschen sich lang und lockig um ihre Schultern.

Die Frau kommt hinter dem Tisch hervor. Ihr Bauch ist riesig und rund und vorgewölbt. Sie streicht sich ihre Locken hinters Ohr zurück und lächelt ihr freundliches Lächeln. »Dann gehören alle diese hübschen Möbel im Vorderzimmer wohl dir«, sagt sie. »Ich hab sie vorhin schon heimlich bewundert. Ich heiße Karen.«

Sie gibt mir die Hand, wie Erwachsene es machen, wenn sie andere Erwachsene kennen lernen. Ihre Haut ist weich und warm.

»Und das ist Max«, sagt sie.

Max schneidet eine Grimasse, als ob es ihn irgendwo jucken würde, und er hält mir auch die Hand hin. Er hält sie zum Abklatschen hoch, und ich weiß nicht, was ich machen soll, abklatschen oder nicht. Ich sehe die Hand an, sehe Max an. Er hat schwarze Augen, schwarze Haare und einen schwarzen Bart. Er zieht seine Hand zurück, bevor ich mich entscheiden kann, stemmt beide Hände in den Rücken.

»Wir haben dich schon erwartet«, sagt er.

»Sie haben gewusst, dass ich komme?«

Karen lässt die Hände auf ihrem Bauch kreisen. »Wir können die Hilfe gut brauchen«, sagt sie.

Max lehnt sich mit der Hüfte an den Tisch und schaut an mir auf und ab. »Ich hab dich mir ein bisschen älter vorgestellt«, sagt er. »Verstehst du denn was vom Kochen?«

Ich richte mich kerzengerade auf, Bauch rein, Brust raus, Hände auf dem Rücken. »Ich kann Toast machen«, sage ich, »und belegte Brote. Und Rühreier kann ich auch.«

Karen lacht, ein heller, hoher Ton. Max lacht auch, und er reibt sich das Kinn dabei.

»Ich bin schon fast elf«, sage ich.

»Elf?«, sagt Karen.

Sie hört auf zu lächeln, sie schaut Max an und dann wieder mich. Sie reden ohne Worte, und ich weiß, etwas stimmt nicht.

»Ich wirke älter«, sage ich. »Glaube ich.«

Karen sieht mich an. Ihr Gesicht ist auf einmal traurig. »Herzlich willkommen, Jenny«, sagt sie.

Sie bindet mir eine weiße Kochschürze um, und von nahem rieche ich den Gewürzduft aus dem oberen Stock an ihr. Meine Schürze reicht bis zum Boden, über meine Schuhe, und Karen macht ein paar Schritte zurück und lacht. Max lacht auch.

Ich wasche mir an der großen Spüle die Hände. Die Seife riecht bitter und scharf, und sie brennt auf meiner Haut. Karen sagt, es ist selbst gesiedete Seife. Max sagt, sie ist so scharf, damit sie alle Keime abtötet. Ich rieche sie auch noch, als meine Hände schon längst wieder trocken sind, und Max lacht, als er sieht, wie ich an meinen Fingern schnüffle, und sagt, dass ich mich schon daran gewöhnen werde.

Max zeigt mir das ganze Geschirr für den Esstisch. Ich soll es einfach an einem Ende aufstapeln, sagt er, dann kann sich jeder selbst bedienen.

Man kann in der Küche essen oder in dem Zimmer vorne, das ist egal. Die einzige Regel ist, dass die Leute im Haus sich an den Essenskosten beteiligen. Man darf nur mitessen, wenn man Geld in den Krug wirft, der auf dem Tisch steht, aber ich muss kein Geld in den Krug werfen, sagt Max, weil ich ja in der Küche mithelfe.

Ich decke einen Stapel tiefe Teller und einen Stapel flache, Löffel und Messer.

Ich bin so hungrig wie in meinem ganzen Leben noch nicht, und mein Magen knurrt laut. Karen schöpft mir eine Schüssel mit Eintopf voll und sagt, ich darf mir eine Scheibe Brot dazu nehmen. Sie und Max nehmen sich auch von dem Eintopf und setzen sich mit an den Tisch, Karen mir gegenüber, Max neben Karen. Sie essen, ich esse, und es ist still in der Küche. In dem Eintopf sind Karotten und Kartoffeln und Brokkoli in einer braunen Soße. Er schmeckt gut, richtig gut.

Leute kommen in die Küche, werfen Geld in den Krug, nehmen sich Eintopf, nehmen sich Brot. Manche gehen damit weg, manche bleiben. Die Frau mit dem Zopf kommt herein und setzt sich ans andere Tischende. Sie schaut weder Max noch Karen noch mich an, isst einfach nur mit niedergeschlagenen Augen.

Als ich einmal aufblicke, beobachtet Karen mich mit einem kleinen Lächeln im Gesicht. »Wo ist deine Familie?«, fragt sie.

Auf dem Tisch stehen drei große Topfpflanzen, breite Blätter in der Mitte und oben rote Blüten. Ich strecke die Hand aus und tippe gegen einen von den Töpfen, kühler Ton unter meinen Fingerspitzen.

»Das ist ein bisschen schwierig«, sage ich.

Die Dame mit dem Zopf schaut zu mir herüber und wieder weg. Ich nehme die Finger von dem Blumentopf und lege beide Hände in den Schoß.

»Du musst uns gar nichts erzählen, Mann«, sagt Max, »ist schließlich deine Sache.«

»Gehörst du zur Freedom Community?«, fragt Karen.

»Karen!«, sagt Max.

»Ich frag ja nur«, sagt Karen, »ich meine, ein Kind hier, das erleb ich zum ersten Mal.«

»Waren vor mir noch nie Kinder hier?«, frage ich.

»Karen!«

Karen und Max sehen sich an, und Max reißt ein Stück von seinem Brot ab und tunkt es in seinen Eintopf.

»Na ja«, sagt Karen, »einmal war ein kleiner Junge da, aber mit seiner Mutter.«

»Das passt schon, Mann«, sagt Max, »deine alte Dame hat mir erzählt, dass sie grade ein bisschen knapp bei Kasse ist. Und du kannst zupacken, das passt schon.«

»Meine alte Dame?«, sage ich.

»Deb?«, sagt Max. »Oder so ähnlich? Ist das nicht deine Mutter?«

»Nein«, sage ich und starre in meinen Teller.

»Meine Mutter ist tot«, sage ich. »Mein Vater auch.«

Es ist die furchtbarste Art von Stille, die es gibt, eine hallende Stille, meine Stimme noch immer in meinen Ohren, meine Worte auf dem Tisch zwischen den roten Topfpflanzen.

Die Dame mit dem Zopf steht auf, trägt ihren Teller zum Spülbecken, spült ihn aus und trocknet ihn ab.

Karen beugt sich vor und streckt mir die Hand hin. »Das tut mir schrecklich Leid«, sagt sie.

Ich schaue auf Karens Hand, ihre weiche, weiße Innenfläche, und ich wünsche mir, ich hätte nichts gesagt. Ich bin so dumm, so dumm, so dumm.

Karen räuspert sich und nimmt die Hand wieder an sich.

»Ist schon in Ordnung«, sage ich.

Karen lächelt betrübt, mit schief gelegtem Kopf.

»Sachen gibt's«, sagt Max.

»Mhm«, sagt Karen.

Wir schweigen eine lange Zeit, Max und Karen und ich, und schließlich sagt Max, so, er erklärt mir jetzt, wie's hier läuft. Er sagt, das Haus gehört zur Hälfte der Gemeinde, und Leute, die nur kürzere Zeit da sind, übernachten in dem großen Vorderzimmer. Max und Karen wohnen im oberen Stock, und ein anderes Paar wohnt auch noch da. Max sagt, ich muss beim Frühstück und beim Abendessen mithelfen, halb sieben und halb sechs, ich solle einfach in die Küche kommen, sagt er, dann zeigt er mir schon, was ich tun muss.

Als Max zu reden aufhört, ist es still in der Küche, und ich weiß, dass ich aufstehen und gehen sollte. Ich würde gern hier bleiben, bei Max und Karen und den Blumen und der Stille. Sie sehen mich an, und ich sehe sie an, aber mir fallen keine Worte ein.

Ich stehe vom Tisch auf, spüle meinen Teller aus und trockne ihn mit einem Geschirrtuch ab. Ich ziehe die weiße

Schürze aus und falte sie zu einem kleinen Viereck zusammen.

»Wie spät ist es jetzt?«, frage ich.

Karen und Max lächeln mich an, und Max schaut auf seine Uhr. »Halb neun«, sagt er.

»Danke«, sage ich. »Bis dann.«

»Morgen früh«, sagt Max. »In alter Frische.«

In meiner Zimmerecke ist alles unverändert, und ich setze mich auf die Bettkante, nehme den Radiowecker und stelle die Uhr auf halb neun. Den Wecker stelle ich auf sechs Uhr früh, und ich drehe das Radio so hin, dass ich die Zahlen vom Bett aus sehen kann.

Eine Straßenlaterne scheint weiß und hoch zu den Fenstern herein, und auf dem rosa Betthimmel zacken weißes Licht und schwarzer Schatten. Der Wind bläst in den Sträuchern draußen, und ihre Zweige schaben gegen das Fensterglas. Es ist unheimlich hier, unheimlich so allein, aber mein Prinzessinnenzimmer ist hübsch geworden, und ein bisschen geborgen fühle ich mich doch.

Ich reibe mir mit beiden Händen übers Gesicht, auf und ab, und dann ziehe ich die Schuhe aus und schlüpfe unter meine Decken. Ich rolle mich ganz fest zusammen und mache die Augen zu. Zweige scharren an der Fensterscheibe, und ich mache die Augen wieder auf, schaue auf die Schmutzstreifen auf dem Glas. Dann ziehe ich mir die Zudecke über den Kopf und schließe die Augen wieder. Wenn jemand hier reinkommt, dann muss ich nur auf den Gang rauslaufen und laut schreien, Max und Karen helfen mir bestimmt.

Ich lege beide Arme um mein Kopfkissen und drücke es so fest an die Brust, wie ich kann. Wärme kriecht mir die Beine und den Rücken hoch, und schließlich denke ich gar nichts mehr.

16

Wenn man in seinen Kleidern schläft, dann ist das nicht richtig Schlafen, es ist Warten, dass aus der Dunkelheit Helligkeit wird.

Ich schlage die Augen auf, und heller Morgen scheint zu dem Halbkreis aus Fenstern herein. Auf dem Radiowecker ist es sechs, und das Radio geht automatisch an. Ein Mann redet im Radio über Gott, über den Glauben; das Leben ist ein Mysterium, das wir nicht ohne das Licht des Glaubens begreifen können, sagt er. Ich drücke auf den Knopf, schalte die Stimme ab, stelle das Radio zurück ins Regal. In dem großen Raum ist es still, Leute liegen unter Wolldecken, unter Schlafsäcken. Fünf von den Matratzen sind belegt, die anderen fünf leer.

Fünfundzwanzig Schritte durch das Zimmer, zweiundzwanzig Stufen hoch, Kehre, noch mal zweiundzwanzig Stufen, und die Tür zum Bad steht offen. Hinter einer Tür ein Stück weiter kommt Musik hervor, eine traurige, langsame Musik.

Ich mache Licht und sperre die Badezimmertür ab. Ich ziehe eine frische Unterhose an, Jeans, ein T-Shirt mit einem Sonnengesicht auf der Brust, frische Socken und meine Schuhe mit dem silbernen Schlüssel am Schnürsenkel.

Dann putze ich mir die Zähne und wische mir die letzten Schlafkrusten aus den Augen. Meine Haare stehen mir vom Kopf weg, und ich schüttle sie alle auf eine Seite und kämme von den Spitzen nach oben. Nach dem Kämmen bürste ich sie, bis sie ganz glatt sind, und dann mache ich einen Pferdeschwanz. Ich ziehe mir mein graues Sweatshirt über, rolle die schmutzigen Kleider zusammen und sammle meine Sachen ein.

Als ich herauskomme, läuft eine andere Musik, es klingt wie die Beatles. Das ist fast meine Lieblingsmusik, gleich nach Michael Jackson. Mit langsamen Schritten gehe ich bis zu der Tür und horche. Es sind die Beatles, »The Long and Winding Road«, ich hab's ja gewusst.

Max ist allein in der Küche, schlägt Eier in eine große Schüssel und lächelt vergnügt. Ich reibe verlegen die Hände gegeneinander. »Pünktlich auf die Minute«, sagt Max, »das lob ich mir.«

»Wo ist Karen?«, frage ich.

»Karen hilft nur beim Abendessen«, sagt Max. »Wasch dir die Hände und komm her.«

Ich wasche meine Hände mit der stinkenden Seife, und Max wirft mir die weiße Schürze von gestern Abend zu, die noch zusammengefaltet ist.

»Ich hab oben Musik gehört«, sage ich, »die Beatles.«

Max nickt, schwarzer Bart, weiße Zähne. »Karen steht auf die Beatles«, sagt er.

Ich binde die Schürzenbänder zu.

»Dann wollen wir mal«, sagt Max, »komm hierher, wir schlagen ein paar Eier auf.«

Er rückt einen Schemel an den Holztisch, und ich steige hinauf. Er nimmt ein Ei in eine Hand, schlägt es gegen den Schüsselrand, knickt die Schale mit den Fingern auseinander, und das Innere fällt in die Schüssel zu den ganzen anderen Eiern, mindestens zwanzig Stück.

»Einhändig«, sagt Max. »So, jetzt du.« Er stemmt die Hände in die Hüften, über seine heruntergeschlagene weiße Schürze, und er riecht nach Kaffee und Gewürzen, Zimt, Muskat.

Ich nehme ein Ei aus der Schachtel, schlage es mit einer Hand gegen den Schlüsselrand wie Max und knicke. Max zieht meine Hand weiter in die Mitte und spreizt mir die Finger, und das Eigelb plumpst heraus, Eiweiß rinnt in einem langen Faden. Max' Hand auf meiner fühlt sich trocken und kratzig an, und er führt meine Hand hoch und runter, sodass das restliche Eiweiß heraustropft.

»Nicht schlecht«, sagt Max, »vielleicht noch mit ein bisschen mehr Zug. Fertig?«

Ich lege die Eierschale in die Schachtel zurück und nehme ein neues Ei heraus. Ich mache alles wie beim letzten Mal, und es klappt. Ich schaue Max an, um mich zu vergewissern, und er nickt und lächelt.

»Mach die Schachtel alle, und dann quirl sie ordentlich durch«, sagt er.

Er reckt sich hoch, langt einen Schneebesen von dem Drahtgestell herunter, legt ihn auf den Tisch, und ich nehme das nächste Ei. Max geht um den Tisch herum, fängt an, ein Brot aufzuschneiden, schiebt vier Scheiben in einen großen Toaster neben dem Herd. Er hantiert in der Küche, als ob Kochen das Selbstverständlichste von der Welt ist. Er holt eine große, schwarze Pfanne heraus, wirft einen Batzen Butter hinein und stellt die Flamme an. Er schaut kurz zu mir und meinen Eiern herüber, lächelt, kehrt sich dann wieder der großen, schwarzen Pfanne zu und verteilt die Butter mit einem Spatel.

Zwischendurch greift er nach einem weißen Becher und schlürft. »Kaffee willst du ja wahrscheinlich keinen?«, sagt er.

Ich wische mir die Hände an der Schürze ab. »Ich hab noch nie welchen probiert.«

Max holt noch einen Becher aus dem Schrank, schenkt ihn halb voll und stellt ihn neben mich auf den Tisch. »Lass ihn erst noch ein bisschen abkühlen, und dann sag mir, was du davon hältst.«

Ich lege die letzte Eierschale in die Schachtel, nehme den Schneebesen und schlage die ganzen einzelnen Eier zu einem gelben Eierbrei. Max kommt um den Tisch herum, guckt in die Schüssel und nickt. Er nimmt mir Schüssel und Schneebesen ab und rührt noch ein bisschen weiter, während er die Schüssel zum Herd hinüberträgt.

Der Toaster schnappt hoch, vier Toaste springen heraus, und Max schüttet die Eier in die Pfanne.

»Nimm die Toastscheiben«, sagt Max mit einem Kopfnicken zum Toaster hin, »leg sie auf einen Teller, und mach die nächsten vier. Butter und Marmelade darf sich jeder selber nehmen. Die Butter ist da drüben im Kühlschrank.«

Ich tue, was Max sagt, schichte Toaste, schneide Brot, toaste es, und ich hoffe, es ist in Ordnung so. Max sagt nichts, kontrolliert fast nichts nach, also mache ich es wahrscheinlich richtig. Ich decke den Tisch mit Tellern und Gabeln und Kaffeebechern. Ich mixe einen Krug mit Orangensaft, vier Büchsen Saft, sechzehn Büchsen voll Wasser.

Leute kommen in die Küche, während Max die Eier brät und ich den Toast röste. Sie setzen sich um den großen Tisch. Manche sagen: »Morgen, Max«, oder: »Wie geht's, Mann?« Mit mir spricht niemand.

Als alle Leute ihren Toast und ihre Eier aufgegessen und ihren Kaffee ausgetrunken haben, sind Max und ich wieder allein.

»Bisschen hektisch«, sagt er, »aber das war's auch schon.«

»Das war's?«, sage ich.

»Ja. Frühstück ist keine große Sache hier, die Hauptmahlzeit ist das Abendessen.« Er geht zum Tisch, stellt den Krug mit dem Geld auf den Kopf, sodass die Scheine und Münzen herausfallen. Er stapelt Geldstücke aufeinander, zählt die Dollarscheine. »Du kannst jetzt auch essen. Nimm dir einfach.«

Vom Gang her höre ich die Haustür auf- und zuklappen, höre die Leute hinausgehen. Ich möchte gern essen, vielleicht ein bisschen Rührei, vielleicht auch Toast. Der Becher, den Max mir eingeschenkt hat, steht noch drüben auf dem Holztisch, aber der Kaffee ist kalt geworden. Ich gieße ihn ins Spülbecken, schenke neuen nach und schaue zu, wie sich über dem Schwarz der Dampf kräuselt. Ich trinke einen Schluck, einen ganz kleinen Schluck nur, weil der Kaffee so heiß ist, und es schmeckt bitter.

Max kommt herüber, legt drei Dollar neben den Kaffeebecher. »Die sind für dich.«

»Für mich?«

»Für deine Hilfe, gestern Abend und heute. Viel ist es nicht, aber besser als gar nichts.«

Ich starre auf das Geld, und dann nehme ich die drei Dollarscheine, falte sie einmal in der Mitte und dann noch mal und stecke sie in die Tasche, als ob ich es gar nichts Besonderes finde, dass man mich bezahlt. »Danke.«

Er nickt in Richtung Küchenzeile, wo eine kleine weiße Schale steht und eine Tüte mit etwas darin, das Halb-und-Halb heißt. »Da drüben sind Milch und Zucker, wenn er dir zu stark ist.« Er kommt mit seinem Kaffee an den Tisch und löffelt sich Rührei auf einen Teller. Dann nimmt er ein Stück Toast, schwingt das Bein über einen Stuhl und setzt sich hin.

Mit Milch und Zucker drin schmeckt der Kaffee gleich viel besser. Ich trage den Becher zum Tisch zurück, setze mich ein paar Plätze von Max entfernt hin. Max hält die Gabel mit der Faust, er isst mit gesenktem Blick. Ich nehme mir einen Toast von dem Stapel und lege ihn auf eine Serviette. Dann nehme ich einen Löffel, rühre den Honig um, ziehe den Löffel heraus und lasse Honigfäden auf meinen Toast schnörkeln.

»Ich hätte mal eine Frage«, sage ich.

»Nur zu«, sagt Max.

Der Honig sammelt sich zu einem See, versickert, und ich tröpfle damit im Kreis.

»Ich soll in die Schule gehen«, sage ich. »Hoover Street.«

Max schiebt sich einen Bissen Rührei in den Mund und nickt.

»Wo ist das?«, frage ich.

Max setzt sich gerade hin und schluckt. Seine Augen sind weit, als ob er überrascht ist. »South Hoover? Das ist ungefähr zwanzig Blocks von hier entfernt«, sagt er.

Ich beiße von meinem Toast ab und nicke, als wäre mir das schon klar. Dann schlucke ich, trinke von meinem Kaffee, alles in bester Ordnung. »Und die Freedom Community Church?«, frage ich. »Wie komme ich da hin, ich meine von hier aus?«

Max nimmt einen Toast, hält ihn hoch und schwenkt ihn hin und her, als würde er eine Karte in die Luft malen. »Du kannst vorn am Park einen Bus nehmen«, sagt er, »mit dem fährst du mehr oder weniger quer durch die Stadt.«

»Ist gut«, sage ich.

Es ist still in der Küche, und ich starre auf meinen Toast, von dem nur zwei Bissen gegessen sind. Max beugt sich über seinen Teller, die Hände flach auf dem Tisch.

»Mir kommst du eigentlich sehr nett vor«, sagt er.

»Wie?«, sage ich.

»Na ja«, sagt Max, »ich mein ja nur, das ist schon ein bisschen hart, wenn du diese ganzen Sachen allein rauskriegen musst.«

Ich schiebe die Toastkrümel auf der Tischplatte zusammen. »Das gehört alles dazu«, sage ich. »Deb sagt, es gehört dazu.«

Max schaut mich an, aber ich kann einfach nicht zurückschauen, weil ich weiß, dass ich sonst zu heulen anfange, und ich will nicht heulen, nicht hier, nicht jetzt, nicht schon wieder.

Oben an der Treppe vor der Haustür bleibe ich erst mal stehen. Nichts hat sich verändert seit gestern, aber alles ist anders. Ich bin völlig allein, niemand ist da, der mir sagt, was ich tun soll. Ich schaue mich nach Deb um, nach Bryan, nach irgendjemand Bekanntem, aber es ist einfach nur ein ruhiger Morgen, auf der anderen Straßenseite steht ein Bus, und ein paar Vögel picken in dem dürren Gras vor dem alten Haus.

Ich gehe die Stufen hinunter, und unten auf dem Bürgersteig, an die Betonmauer gelehnt, sitzt ein Penner. Er sitzt unter einen dunkelgrauen Mantel zusammengeduckt, das Kinn auf der Brust, und es sieht aus, als ob er schläft.

Ich schleiche auf Zehenspitzen an ihm vorbei, an dem bitteren Geruch, der um ihn herumhängt. Sein Kopf bewegt sich ein bisschen, auf und ab, und ich wende mich eilig ab und gehe davon, die Hände tief in die Taschen geschoben.

Zweiundvierzig Schritte sind es für jeden Häuserblock, zehn über die Straße und drei für jeden Gehsteigabschnitt. Wenn Deb meine Mutter sein soll, können mir die Ritzen zwischen den Steinplatten egal sein. Ich mache noch drei Schritte und springe dann mit beiden Füßen auf die Ritze. *Du kannst mich mal, Deb.*

Man muss in beide Richtungen schauen, wenn man an eine Straße kommt, das ist eine eiserne Regel. Wenn die Ampel rot ist, wartet man, bis es grün wird und man gehen darf. Jetzt ist es rot, und niemand steht hinter mir, niemand steht auf der anderen Seite, kein einziges Auto ist zwischen der anderen Seite und mir. Die Ampel bleibt rot. Ich schaue mich noch mal um. Eigentlich ist die Regel ziemlich schwachsinnig, wenn kein Mensch da ist.

Ich renne über die Straße, trotz Rot, renne bis zur nächsten Kreuzung und über die nächste Kreuzung hinüber, ich überquere alle Straßen bei Rot, und nichts passiert. Schwachsinnsregel.

Ich höre zu rennen auf und gehe einfach, ohne irgendwas zu zählen. Nirgends ist etwas anderes zu sehen als Bürgersteig und Straße, Busse und Autos, und ich denke schon, ich habe mich verlaufen. An einer Bushaltestelle wartet ein Mann mit einer Zeitung unterm Arm. Er sagt, bis zur Hoover Street sind es nur noch zwei, drei Straßen. Ein paar Blocks weiter höre ich Stimmen, die rufen und durcheinander schreien. Ich gehe bis zur nächsten Kreuzung und sehe einen Pausenhof voller Schulkinder.

Deb sagt, ich muss in die Schule gehen, es ist alles abgesprochen.

Ich gehe bei Rot über die Straße und außen an dem Pausenhof entlang, die Hand am Maschendrahtzaun. Die Kinder hinter dem Zaun werfen sich Bälle zu, spielen Himmel-und-Hölle, Fangen, lauter solche Pausenspiele. Es sind alle möglichen Kinder da, schwarze, weiße, braune, und sie reden und rufen in vielen verschiedenen Sprachen. Eine Glocke schrillt, und die Kinder rennen alle vom Hof, bis nur noch leerer Asphalt zu sehen ist und ein paar Bälle, die an den Zaun kullern. Es ist keiner da, der mir sagt, dass ich reingehen muss, und ich denke, vielleicht beobachtet Deb mich ja aus irgendeinem Versteck. Ich schaue mich um, Unterlippe zwischen den Zähnen. Niemand da, nur ich. Ich gehe um das Schulhaus herum und ziehe eine Doppeltür auf. Dahinter ist ein dunkler Gang mit glänzendem Boden. Von dem Gang gehen Türen ab, eine neben der anderen, manche offen, manche zu.

Es ist, als ob ich in einer Welt ganz für mich wäre hier draußen auf dem Gang, und ich hole tief Luft. In allen Zimmern das Gleiche, Kinder an Pulten, ein Lehrer, der redet und an die Tafel schreibt. Ich komme an einem Trinkbrunnen vorbei und drehe an dem silbernen Hahn, Wasser tröpfelt, viel zu wenig zum Trinken.

Das Sekretariat ist die sechste Tür links. Darin sitzt eine Dame mit Brille, die telefoniert, und eine zweite Dame, die Schreibmaschine schreibt. Ob die beiden wissen, dass ich zu spät komme, dass ich schon längst hier sein sollte? Die Dame mit der Brille legt auf und schaut mich an. Die Dame an der Schreibmaschine tippt einfach nur weiter.

»Kann ich dir helfen?«, fragt die Dame mit der Brille.

»Ich soll hier in die Schule gehen«, sage ich.

Sie lässt sich meinen Namen geben, geht zu einem Schrank, zieht ein Kärtchen aus einer Schublade, und es ist klar, dass sie mich nicht kennt und nichts von meinem Zuspätkommen weiß. Sie schaut etwas nach, sagt, dass ich zu Mrs Greene in die fünfte Klasse komme und dass Mrs Greenes Klasse in Raum acht ist.

Ich gehe zur Tür hinaus, als ob ich genau weiß, wo ich hinmuss und was ich zu tun habe.

Das war's, schon bin ich wieder in einer Schule. Nur ist die Schule vollkommen unwirklich, wenn man anders als die anderen ist, wenn man nicht normal ist, alles hier kommt mir unwirklich vor. Da sitzen die Kinder, da steht die Lehrerin, aber sie haben nichts mit mir zu tun und ich nichts mit ihnen. Sie gehören dazu, und ich gehöre nicht dazu. So einfach ist das.

Nach der Schule gehe ich den Weg zurück, den ich hergekommen bin. Warme Nachmittagssonne scheint auf alles herunter. Ich trage eine braune Tüte mit Büchern, Heften und Hausaufgaben.

In dem großen Haus hat mein Himmelbett, das ich gemacht habe, bevor ich gegangen bin, eine Hinterndelle mitten auf der Tagesdecke. Neben der Delle liegt ein Zettel. *Jenny* steht auf dem Zettel, und die Schrift ist die von Deb.

Ich sehe mich um, ob Deb sich irgendwo versteckt hat. Auf dem Zettel steht, dass ich zur Freedom Community Church fahren und mich bei einem Mann namens Ray melden soll; ich habe Arbeit als Putzhilfe, und Ray wird mir alles erklären. Deb hat mir die Adresse aufgeschrieben; ich soll den Transitbus nehmen, schreibt sie.

Sie ist nicht hier, aber es fühlt sich an, als ob sie es wäre, und es macht mich wütend, dass sie in meinem Zimmer war, dass sie auf meinem Bett gesessen und es mit ihrem spitzen Hintern eingedellt hat. Ich ziehe die Tagesdecke glatt, damit keine Spur von Deb bleibt.

Es kommen jede Menge Busse, aber keiner heißt Transitbus, und ich weiß nicht, welchen ich nehmen muss. Eine Frau wartet an einer Haltestelle am Park, und ich frage sie, wo der Transitbus fährt. Sie lächelt und zeigt auf die Haltestelle auf der anderen Straßenseite.

Man muss das Fahrgeld genau abgezählt haben, sonst darf man nicht mitfahren. Ich gehe in einen 7-Eleven-Laden, um einen Dollar zu wechseln. Der Mann an der Kasse sagt, er kann mir nur wechseln, wenn ich was kaufe.

Ich schaue mich im Laden um, die Regale mit Klopapier, Kartoffelchips und Süßigkeiten entlang. Ich gehe zu den Süßigkeiten, nehme mir ein Mars, einen Karamellriegel und ein Döschen Tictac aus dem Regal. Der Mann tippt alles in seine Kasse, sagt vierzig Cent, und ich gebe ihm einen Dollar. Er packt meine Süßigkeiten in eine braune Tüte, und dann nickt er, die Lippen aufeinander gedrückt. Ich nehme die Tüte und mein Wechselgeld und nicke auch. Dann knicke ich den Tütenrand um, noch mal und noch mal, bis ich nicht mehr weiterknicken kann, und gehe zurück zum Bus.

Das Gebäude, in dem die Freedom Community Church untergebracht ist, sieht eher wie ein altes Lagerhaus aus. Über der Tür hängt ein Schild, auf dem *Freedom Community* steht, und unter der Schrift ist ein Regenbogen, und in die Farben sind fliegende Vögel gemalt.

Ich bleibe vor der großen Glastür stehen. Aus der Scheibe schaut mein Spiegelbild zurück. Das Sweatshirt ist ordentlich um die Taille gebunden, der Pferdeschwanz hält noch. Ich ziehe das Haargummi fester und schaue links und rechts, nach Deb oder Bryan oder irgendwem sonst, den ich kenne.

Es ist niemand da, also mache ich die Tür auf und gehe rein.

Ray ist ein Schwarzer mit schokoladenbraunen Augen, bei denen das Weiße rot ist, und er geht mit schwingenden Armen und federnden Knien. Ray sagt, meine Aufgabe ist es, die Papierkörbe auszuleeren und bei der Big Lady im Büro sauber zu machen. Big Lady, so nennt er sie, und die Big Lady ist hier der Boss.

Ray geht langsam und redet langsam. Er zeigt mir, wo die leeren Müllsäcke sind, wo ich die vollen abstellen muss, wo die Putzsachen stehen. Dann bringt er mich ins Büro der Big Lady, wo ich Staub wischen und den Papierkorb ausleeren soll, außerdem einmal die Woche das silberne Teeservice hinter dem Schreibtisch polieren. Ray sagt, ich darf nur sauber machen, wenn die Big Lady weg ist, und auf keinen Fall reingehen, wenn sie noch drinnen ist, das ist ganz wichtig.

Ich mache alles, wie Ray es mir gesagt hat, leere den Papierkorb aus, wische mit dem Staubtuch um die Bücher im Bücherschrank, hinter dem Schreibtisch, um die Schreibmaschine neben dem Schreibtisch. Dann wische ich den Schreibtisch selber ab, rund um das Telefon und das eine Foto, das da steht. Die Frau auf dem Bild könnte die Big Lady sein, aber so besonders groß ist sie gar nicht, sie ist nur eine kleine alte Dame mit weißen Haaren, roten Bäckchen und einem fröhlichen Lächeln.

Als ich durch bin, suche ich, bis ich Ray gefunden habe, und sage ihm, dass alles fertig ist. Ray grinst, Zähne mehr gelb als weiß, und sagt: »See you later, alligator.«

Ich muss lachen, weil das so lustig klingt, aber Ray sagt, dass man antworten muss: »In a while, crocodile.«

Ich lache so furchtbar, dass ich gar nicht mehr reden kann. Ray sagt, so witzig ist es auch wieder nicht, aber darüber muss ich nur noch mehr lachen. Ich lache so, dass ich mir den Bauch halten und mein eines Bein um das andere legen muss. Ray schaut mir zu, reibt sich den Hinterkopf und sagt, ich bin schon ein ziemlich verrücktes weißes Mädchen.

Irgendwie klingt es nett, wie er »verrücktes weißes Mädchen« sagt, und er hat Recht, ich bin verrückt, werde immer verrückter.

Es ist fast dunkel, als ich am Park aus dem Transitbus steige. Ich renne bei Rot über die Straße, renne den Gehsteig entlang und die Stufen zu dem großen Haus hoch.

Drinnen ist alles noch so wie vorhin, als ich gegangen bin, und ich schaue in das große Zimmer, auf meine ganzen Sachen hinten im Schatten. Am liebsten würde ich auch den Weg zur Küche noch rennen, aber ich beherrsche mich.

Max und Karen sind schon da.

»Entschuldigung«, sage ich. »Entschuldigung, dass ich zu spät bin.«

»Bist du doch gar nicht«, sagt Max, »du kommst haargenau richtig.«

Ich beuge mich vor und stütze die Hände auf die Knie, völlig außer Atem. Karen kommt hinter dem Tisch hervor und zu mir. Sie riecht nach Blumen und nach irgendetwas Süßem.

»So genau nehmen wir's hier sowieso nicht«, sagt sie, »bei uns muss man nicht auf die Minute pünktlich sein.«

Karens Augen sind grün und braun; und ihre schönen Haare sind alle hochgesteckt.

»Es tut mir Leid«, sage ich.

Sie legt mir die Hand auf die Schulter, so leicht, dass ich sie fast gar nicht spüre. »Wieso denn? Komm, wir holen dir eine Schürze.«

Ich weiß nicht, wie lange ich schon allein in dem großen Haus bin, ein paar Tage, eine Woche, einen Monat, als ich mitten in der dunkelsten Nacht mit fürchterlich juckenden Händen aufwache. Sie jucken so schlimm, dass ich nicht mehr einschlafen kann und hoch ins Bad gehen und sie unter das kalte Wasser halten muss, bis es ein bisschen besser wird. Wenn man genau hinschaut, ist die weiche Haut innen an der Hand voller Höcker, so viele, dass ich sie gar nicht zählen kann, und die Höcker haben winzig kleine Bläschen in der Mitte. Wenn man auf die Bläschen draufdrückt, platzen sie auf, und eine klare Flüssigkeit läuft heraus.

Als Nächstes sind es meine Augen. Ich wache morgens auf, und sie sind zugeklebt. Mit Fingern und Fäusten reibe ich an ihnen herum, aber sie gehen nicht auf, und mein ganzer Körper fühlt sich wie eingeschlafen an. Ich setze mich auf, Augen zugeklebt, nichts als Dunkelheit um mich herum.

»Ich bin blind«, schreie ich, »ich bin blind!«

Niemand antwortet mir, niemand kommt. Ich weiß, dass da draußen Leute sind, ich weiß, dass mich jemand gehört haben muss.

»Hilfe«, rufe ich, »ich bin blind!«

Es bleibt still, das einzige Geräusch ist meine Stimme. Niemand kommt.

Wenn man aufwacht und um Hilfe ruft, dann muss jemand kommen, so ist das überall, nur nicht hier. Hier kann ich so blind sein, wie ich will, keiner hilft mir, und als ich das merke, fange ich zu heulen an, Hände vor dem Gesicht. Ich heule und heule, und die Tränen schmelzen die krustige Schmiere weg, gerade genug, dass meine Augen einen kleinen Spalt aufgehen und Licht von draußen hereindringt.

Ich höre auf zu heulen, steige aus dem Bett, taste mich die Wand entlang ins große Zimmer. Fünfundzwanzig Schritte bis zur Tür, zehn Schritte bis zur Treppe. Ich kann meine Füße auf dem Boden sehen, und wenn ich den Kopf nach hinten lege, sehe ich auch die Stufen. Hand ans Geländer, und ich halte mich daran fest und klettere langsam die Treppe hinauf. Zweiundzwanzig Stufen, Kehre, noch mal zweiundzwanzig. Oben lege ich wieder den Kopf zurück, die Tür steht offen, und ich gehe die fünf Schritte ins dunkle Bad.

An der Wand entlang taste ich mich bis zum Klo und von da zum Waschbecken, drehe beide Hähne auf. Ich halte die Hände unter den Strahl und reibe an meinen Augen. Die restliche Schmiere löst sich, und meine Augen gehen ganz auf.

Sie sind nass und rot und rundherum verklebt. Ich spüle und spüle, bis alle Schmiere aus den Wimpern und den Augenwinkeln weggewaschen ist, aber die Augen bleiben rot, und sie jucken.

Mit vorsichtigen Schritten gehe ich die Treppe wieder hinunter und in das große Zimmer. Es ist voller Leute, alles Leute, die mich um Hilfe rufen gehört haben, die mich schreien gehört haben, dass ich blind bin. Niemand hier drin schert sich um einen, alle tun sie so, als wäre man Luft, genau wie Deb.

Ich richte mich kerzengerade auf, Bauch rein, Brust raus. Ich brauche sowieso keine Hilfe. Ich brauche überhaupt niemanden. Ich gehe sehr schnell durch das große Zimmer, in meine Ecke, und mache mein Bett.

Meine Hände heilen nicht, meine Augen bleiben rot, und dann passiert das Allerschlimmste.

Eines Tages komme ich von der Arbeit in der Freedom Community Church heim, und mein Zimmer ist auf den Kopf gestellt. Meine Bücher sind auf dem Boden verstreut, bei meinem Radiowecker ist der Stecker herausgezogen, die Lampen liegen auf dem Bett, und der Kassettenrecorder ist weg. Die Kassette mit der *West Side Story* fehlt, und mein hölzernes Schmuckkästchen ist leer. Die Sachen in meinen Schubladen sind alle durcheinander geworfen, als ob jemand darin herumgewühlt hätte. Sogar mein Kamm ist weg. Ich kann es nicht fassen, dass jemand meinen Kamm gestohlen hat.

Zwei Leute sind in dem großen Zimmer, neue Leute, die

ich nicht kenne, ein Mann und eine Frau. Sie sitzen auf einem Bett, mit den Gesichtern zueinander, aber ihre Augen sind zu. Ich möchte sie anbrüllen, aber ich mache gar nichts, stehe einfach nur da.

Das Blut dröhnt mir in den Ohren. Ich wende mich ab und schaue mich in meinem Zimmer um. Die rosa Truhe ist ein Stück vorgerückt, und in dem Metall um das Schloss sind Kratzer. Ich zerre mir den Schuh vom Fuß und sperre auf. In der Truhe ist noch alles, wie es war: Barbie-Koffer, Hochzeitsalbum, das schwarze Samtsäckchen mit Mommas Perlenkette und ihrem Trauring, das Bild von Keith, 1971. Ich richte mich in die Hocke auf, die Hände aufs Herz gedrückt, und es klopf hart zwischen meinen Fingern.

Still ist es, still bis auf mein Atmen, und nichts hier ist mehr, wie es war. Ich gehe auf und ab und nehme meine Sachen von der Kommode, aus den Regalen, vom Schreibtisch und stopfe alles in die rosa Truhe. Meine Bücher, mein Radiowecker, mein Schmuckkästchen, alles ist in Gefahr. Mit beiden Händen drücke ich den Deckel ins Schloss und schiebe die Truhe unters Bett. Mein Zimmer ist leer ohne meine Sachen, aber das ist jetzt egal. Mir wird keiner mehr etwas wegnehmen, was mir gehört, nie wieder.

Ich ziehe den Schuh wieder an und binde den Schnürsenkel mit dem Schlüssel daran zu einem Doppelknoten.

Ich hasse alle hier, alle. Irgendwer hier in diesem Haus hat meine Sachen gestohlen.

In der Küche steht Max und schneidet Zwiebeln. »Hallo«, sagt er.

Vielleicht hat ja Max meine Sachen gestohlen. Ich schaue ihn an, schaue wieder weg und nicke. Karen sitzt an dem großen Tisch und trinkt etwas aus einem Becher. Sie lächelt zu mir herüber, und ich lächle zurück, ganz kurz nur. Ich wasche mir die Hände mit der Stinkeseife, hole eine Schürze aus der Schublade neben dem Spülbecken und ziehe sie mir über den Kopf. Ich kann spüren, dass Max und Karen mich anschauen. Sollen sie doch schauen. Ich binde mir die Schürzenbänder.

»Alles in Ordnung?«, fragt Max.

»Klar«, sage ich, »wieso nicht? Also, was soll ich machen?«

Max sieht von Karen zu mir. »Es gibt Spaghetti«, sagt er, »kannst du vielleicht den Topf da für die Nudeln aufsetzen?«

Ich ziehe den großen Topf aus dem Regal unter dem Holztisch und hebe ihn mit beiden Händen hoch.

»Hilf ihr lieber mit dem schweren Topf«, sagt Karen.

»Ich kann das alleine.« Mit einem Knall stelle ich den Topf in die Spüle. Max langt nach dem Schemel, aber ich schüttle den Kopf. »Ich sag doch, ich kann's alleine.«

Ich schiebe den Schemel vor die Spüle, klettere hinauf und drehe den Hahn auf. Karen kommt herüber und gießt den Rest von ihrem Becher aus, Pfefferminzgeruch steigt auf.

Ich starre auf das laufende Wasser, nur das Wasser, und dann stelle ich es ab. Karen und ihr Bauch bleiben, wo sie sind, und ich spüre, dass sie mich ansieht.

»Geht's dir gut?«, fragt sie.

Ihre Stimme ist weich und lieb, und es ist schwer, so wütend zu sein, wenn sie so nah bei mir steht mit ihrem Blumenduft.

»Nicht besonders«, sage ich.

»Nein?«, sagt Karen. »Magst du mir erzählen, warum?«

Genau da kommt Max an die Spüle und fasst den großen Topf mit dem Wasser an. Er grunzt, als er ihn hochhebt.

Ich schaue ihm zu und atme tief ein. »Wir müssen kochen«, sage ich, »was soll ich machen?«

Karen lässt die Blicke durch die Küche wandern, Hände in die Hüften gestemmt, Bauch rausgedrückt. »Du kannst das Brot schneiden«, sagt sie, »und schon mal Butter draufstreichen, wie wäre das?«

Ich stelle mich an den Tisch, schneide lange Baguettestangen in Scheiben und streiche Butter darauf.

Max sagt zu Karen, dass seit heute Morgen kein warmes Wasser mehr da ist, und Karen sagt, sie hat schon den Klempner bestellt. Max sagt, dieser alte Kasten braucht neue Leitungen, und Karen sagt, dieser alte Kasten braucht so ziemlich alles neu. Sie reden und reden, und meine Wut wird weniger, während wir so arbeiten.

Max brät die Zwiebeln in einer großen Pfanne, und Karen öffnet sechs große Dosen mit Tomaten. Max nimmt eine Packung Hackfleisch aus dem Kühlschrank und rührt es unter die Zwiebeln. Auf dem Regal neben dem Herd liegt eine Rolle Alufolie, und ich reiße mir ein langes Stück ab und wickle das Brot darin ein, eine lange Stange aus Brotscheiben. Ich schaue Max an und ziehe die Backofentür einen Spalt auf. Max macht mir Platz und beugt sich von der Seite herüber, um die Flamme anzustellen.

»Deine Augen sind ziemlich rot«, sagt er. »Das sind sie jetzt schon seit einer Weile, oder?«

Ich schneide das nächste Baguette auf, die Augen gesenkt. »Nicht sehr«, sage ich, »eigentlich sind sie ganz in Ordnung.«

Karen bückt sich ein bisschen, sodass ihr Bauch auf den Boden zeigt. »Jucken sie?«, fragt sie.

»Nein«, sage ich, »nicht richtig. Ein bisschen.«

Karen richtet sich wieder auf. »Wie lange jucken sie jetzt schon?«, fragt sie.

»Ich weiß nicht«, sage ich, »eine Weile, nicht furchtbar lang.«

Karen sieht Max an. Max sieht Karen an.

»Es könnte eine Entzündung sein«, sagt Max.

»Eine Entzündung«, sage ich.

»Vielleicht«, sagt Karen.

»Vielleicht auch nicht«, sage ich.

Max nimmt die Tomatendosen, schüttet sie in die Pfanne

zu dem Hackfleisch und den Zwiebeln, und es zischt. Max und Karen schweigen, und ich schaue zu ihnen hin, schaue zu Boden, die Hände an meine Schürze gedrückt.

»Es ist gar nichts«, sage ich, »meine Augen jucken ein bisschen, aber mehr nicht.«

Max lächelt, ein sehr kurzes Lächeln, und holt tief Atem. Karen stellt sich wieder an den Tisch und zupft einen Salatkopf auseinander. Max rührt seine Soße um, schaut in den Nudeltopf, und Dampf stiegt ihm ins Gesicht. Ich wickle das Brot in Alufolie ein und schiebe es zu dem anderen in den Ofen. Die Spaghetti sind im Küchenschrank, und ich hole sie raus und lege sie auf die Tischdecke. Max nimmt die Packung und reißt sie auf.

Er schaut mich nicht an, und meine Haut fängt zu kribbeln an.

»Seid ihr jetzt böse?«, frage ich.

Max schüttet die ganze Packung Spaghetti in den Topf, blinzelnd von dem Dampf. »Böse nicht«, sagt er, »aber wenn es eine Entzündung ist, solltest du deine Augen untersuchen und dir eine Medizin verschreiben lassen.«

Karen wischt sich die Hände ab und legt den Kopf schief. »Es könnte infektiös sein«, sagt sie.

»Infektiös?«, frage ich.

»Ansteckend«, sagt sie. »Wenn es infektiös ist, dann könnten es auch andere bekommen.«

Ich streiche mit den Händen an meiner weißen Schürze auf und ab. Daran, dass jemand anderes juckende Augen bekommen könnte, vielleicht auch juckende Hände, habe ich nie gedacht. Es ist still in der Küche, und ich schaue auf meine Füße auf dem braunen Boden.

»Ich sollte wahrscheinlich lieber weggehen«, sage ich, »ich sollte nicht hier bleiben.«

»Unsinn«, sagt Karen, »du solltest nicht weggehen.«

»Nein«, sagt Max, »wir kochen jetzt erst mal fertig.«

Ich binde mir die Schürze ab, falte sie zusammen und lege

sie auf den Tisch. Die Schürze könnte voller juckender Keime sein, überall an mir könnten Keime sein, die Karen krank machen, die ihr Baby krank machen. Ich nehme die Schürze wieder.

»Ich werf sie nur schnell in die Wäsche«, sage ich.

»Ist gut«, sagt Karen.

Die Waschküche ist unten im Keller, eine lange Holztreppe hinunter. Der Keller ist klamm und kalt, und ich werfe die Schürze in den Korb mit der Schmutzwäsche und lehne mich an die Waschmaschine. Es gibt jede Menge Schatten hier, jede Menge dunkle Ecken, und ich wette, die Ecken sitzen voller Spinnen. Ich wickle meine Arme um mich, meine ganze Haut kribbelnd vor schlechtem Gefühl.

Als ich wieder oben bin, mache ich leise die Tür zu, schaue nach beiden Seiten und gehe den Gang entlang in das große Zimmer. Es ist leer, wahrscheinlich sitzen schon alle in der Küche und essen. Ich gehe nach hinten in meine Ecke und setze mich im Dunkeln aufs Bett.

»Jenny?«, sagt Karen flüsternd. Sie kann mich nicht sehen in meiner Dunkelheit, aber ich sehe sie. Sie hält eine Flasche in einer Hand und in der anderen einen Teller mit Spaghetti und Brot.

Ich knipse die Lampe neben meinem Bücherregal an, und warmes gelbes Licht fließt über den Boden bis zum Bett. Karens dicker Bauch schiebt sich in die Lücke zwischen dem Schreibtischstuhl und der Wand, sie passt kaum durch.

»Hübsch hast du's hier«, sagt sie. »Und so privat.« Sie stellt den Teller mit dem Essen auf die Kommode und nimmt die dunkelbraune Plastikflasche in beide Hände. »Ich hab dir was zu essen gebracht.«

Ich stehe auf, bleibe neben dem Bett stehen, und ich weiß nicht, was ich mit meinen Händen anfangen soll, was ich mit mir anfangen soll, mit Karen im Zimmer. Ich schaue sie an, schaue auf das Bett, mein Bücherregal mit den leeren Fächern.

»Ist es dir recht, wenn ich mich hinsetze?«, fragt Karen.

»Mhm«, mache ich.

Karen geht zwei Schritte und setzt sich aufs Bett. Ihr Gewicht drückt die ganze Matratze herunter. Sie klopft neben sich auf das Bett, immer noch mit der braunen Flasche in der Hand. »Können wir ein bisschen reden?«, fragt sie.

»Mhm«, mache ich und setze mich aufs Bett, ganz vorn an die Kante, Füße auf dem Boden. Ich schaue auf das Essen auf meiner Kommode, auf den Dampf von der Hackfleischsoße und den Nudeln, der sich vor den schmutzigen Fenstern hochkringelt.

»Das an deinen Augen, das ist wahrscheinlich einfach eine richtig scheußliche Bindehautentzündung«, sagt Karen.

»Bindehautentzündung?«

Karen nickt und hält die braune Flasche in meine Richtung. »Das hier ist Borsäure.«

Sie lacht, und es klingt nett, wie sie lacht.

»Hört sich ziemlich gefährlich an«, sagt sie, »aber Borsäure ist die beste Medizin gegen Bindehautentzündung.«

»Wirklich?«, sage ich.

Karen lächelt und nickt und gibt mir die Flasche. Das Etikett ist weiß mit blauer Schrift. BORSÄURE steht da in großen Buchstaben, und darunter stehen lauter Sachen in ganz kleiner Schrift, und dazu lauter Warnungen.

Karen tippt mit dem Finger auf das Etikett. »Ich habe eine Freundin angerufen, die Kinder hat, und sie sagt, du musst nur ein bisschen in den Deckel schütten und es dir ins Auge tropfen. Dann legst du den Kopf zurück, damit sich die Borsäure in deinem Auge verteilen kann. So machst du es mit beiden Augen, mehrmals am Tag, und das war's schon.«

»Tut es weh?«, frage ich.

Karen schüttelt den Kopf, die Hände im Schoß gefaltet.

»Sollte es nicht. Meine Freundin sagt, es heilt einfach nur, sonst nichts.«

Es ist still in meiner Zimmerecke, und ich starre auf die braune Flasche, auf die verschwimmende Schrift. Meine Tränen tropfen auf die Buchstaben. Ich schniefe und wische mir die Nase und wünsche mir, ich wäre kein solches Baby, das ständig nur heult.

»Danke«, sage ich.

Karen legt mir eine Hand auf die Schulter, und es fühlt sich gut und warm an.

»Nichts zu danken«, sagt sie.

17

Nach ein paar Tagen sind meine Augen wieder in Ordnung, genau wie Karen gesagt hat. Ich wache auf und öffne sie einfach, und ich weiß gar nicht mehr, wie lange es her ist, dass ich das zum letzten Mal konnte.

Dass man glücklich ist, merkt man erst richtig, wenn man lange Zeit unglücklich war, und als meine Augen wieder normal aufgehen, bin ich glücklich. Es ist ein helles, leichtes Gefühl, und ich muss immerzu lächeln. Ich möchte Karen mit irgendwas eine Freude machen, vielleicht mit etwas zum Anziehen für ihr Baby oder Blumen.

Ich mache mein Bett wie jeden Tag. Ich nehme meine Kleider und gehe hoch ins Bad wie jeden Tag. Ich bürste mir die Haare wie jeden Tag. Seit mein Kamm geklaut ist, komme ich hinten im Nacken nicht mehr richtig durch, und das Haar wird immer verfilzter, zu verfilzt für einen Pferdeschwanz, aber das macht mir nichts aus, nicht heute Morgen. Ich stecke mir die Haare mit Spangen zurück. Ich lache mich im Spiegel an, und es ist ein Klang, der mir gefällt.

In der Küche nimmt Max eine Schüssel und den Schneebesen von dem Drahtgestell und stellt sie auf den Tisch. Er nickt, und ich nicke nicht bloß zurück, nicht heute Morgen.

»Guten Morgen, Max«, sage ich.

»Guten Morgen, Sunshine«, sagt Max.

Wir schauen uns an, und eine Gänsehaut kriecht mir über Beine und Arme.

»So hat meine Mutter mich immer genannt«, sage ich.

Max legt die Hände vor dem Bauch aneinander. »Ach je«, sagt er.

»Macht nichts«, sage ich, »du kannst es ruhig auch sagen, wenn du magst.«

Max streicht sich übers Kinn, befühlt seinen Bart. Dann zuckt er die Achseln und grinst. »Du bist ja blendend gelaunt heute.«

Ich zeige auf meine Augen, meine normalen Augen.

»Besser?«, fragt Max.

»Und wie«, sage ich.

»Prima«, sagt Max.

Mehl, Eier, Milch und Zucker stehen auf dem Tisch aufgereiht, und ich schiebe mir den Schemel heran. »Pfannkuchen?«

»Erraten.« Max geht zum Kühlschrank und holt eine Packung Schinkenspeck heraus. Dann nimmt er eine schwarze Pfanne aus dem Regal neben dem Herd, stellt sie auf die Kochplatte und dreht die Flamme an.

Für die Pfannkuchen braucht man vier Tassen Mehl, eine halbe Tasse Zucker, sechs Eier und eine Tasse Milch. Ich messe alles ab und schütte es in die silberne Schüssel. Max zieht die Speckscheiben auseinander und legt sie alle einzeln in die heiße Pfanne, wo sie brutzeln und ihren Speckgeruch in der ganzen Küche verbreiten. Ich decke den Tisch, Sirupflaschen, Butterdose, und dann lege ich vier Lagen Küchenrollen auf einen Teller. Max holt sich die Schüssel mit dem Pfannkuchenteig vom Tisch und schaut zu mir und meinem Teller herüber. Er lächelt und nickt.

»Du bist mir zuvorgekommen«, sagt er, »danke schön.«

»Bitte schön«, sage ich.

Ich mag die Art, wie Max redet, so, als ob er einem immer einen Schritt voraus ist. Er backt die ersten vier Pfannkuchen, fischt braune Speckstreifen aus der Pfanne und legt sie auf die Küchenrolle.

Ich nehme einen sauberen Kaffeebecher aus dem Schrank und schenke ihn zur Hälfte voll. Ich schütte Milch und Zucker dazu und lehne mich gegen die Küchenwand, sodass ich zuschauen kann, wie die Leute kommen und essen und wieder gehen.

Ein kleines Mädchen kommt herein, das ein hellblaues Kleid anhat wie Alice im Wunderland, nur ist es ihr zu groß und sie sieht wie verkleidet damit aus. Ihre Haare sind lang und so blond wie heller Sonnenschein, und sie dreht den Kopf so schnell hin und her, dass die blonden Haare von einer Seite zur anderen fliegen. Sie sieht sich alles ganz genau an, Max, mich, das Essen, den Tisch.

Hinter dem kleinen Mädchen kommt eine Frau, die dem Mädchen die Hände auf die Schultern legt. Die Frau ist klein, und sie hat glattes, braunes, nach hinten gebundenes Haar. Sie trägt einen Blumenrock und einen braunen Pulli, einen von diesen weiten Pullis, die bis über die Hüften gehen. Sie flüstert dem Mädchen etwas ins Ohr, und das Mädchen macht den Arm lang und wirft Geld in den Geldkrug, Dollarscheine und ein paar Münzen.

Die Frau nimmt sich einen Pfannkuchen, einen Streifen Speck, ein Stückchen Butter für den Pfannkuchen, Sirup dazu. Sie schneidet den Pfannkuchen in kleine Vierecke und schiebt den Teller dem Mädchen hin. Ich schaue zu, und mit einem Schlag ist das Glücksgefühl verschwunden, und in meiner Brust ist wieder alles eng und schwer.

Das kleine Mädchen redet mit einer hellen, hohen Stimme, Momma, sagt sie, und ihre Mutter antwortet ihr leise und ruhig, genau, wie es sein muss bei Müttern und ihren Kindern.

Ich drehe mich um und kippe meinen Kaffee weg, brauner Kaffee in dem weißen Becken. Ich spüle meinen Becher aus und räume ihn in den Geschirrspüler. »Bis dann«, sage ich.

»He, Schätzchen«, sagt Max. »Ganz ohne Frühstück?«

»Ich hab keinen Hunger.«

Ich spüre Max' Blick, und ich schaue auf meinen Fuß runter, auf den silbernen Schlüssel unter den Schnürbändern, und gehe aus der Küche.

Es ist kalt heute, und ich ziehe mir die Kapuze von meinem Sweatshirt über den Kopf und mache den Reißverschluss bis oben hin zu. Mit in den Taschen vergrabenen Händen gehe ich die Treppe hinunter, die Betonmauer entlang und weiter in Richtung Hoover Street. Meine Schulsachen sind noch in meinem Zimmer, aber das ist mir egal. Alles ist egal, wenn man sich so fühlt, traurig und böse und alles Schlechte zwischendrin.

Den Kopf gegen den Wind gesenkt, überquere ich eine Kreuzung, drei Kreuzungen, zehn Kreuzungen. Vor mir geht noch jemand mit gesenktem Kopf, und an der Bushaltestelle auf der anderen Straßenseite wartet ein Mann in einem alten Militärmantel. Er läuft im Kreis, schwankend, als ob er zu viel getrunken hat.

Es ist zu kalt für Los Angeles. Ich bohre die Hände noch tiefer in die Taschen und drücke das Kinn an den Hals. Ich zähle Schritte, eins, zwei, drei, ich trete mit beiden Füßen auf die Ritze zwischen den Steinplatten, noch mal drei Schritte, und ich springe auf die Ritze, so fest ich nur kann.

Dann plötzlich ein Schrei, ein Kreischen, und ein furchtbares Geräusch, ein Aufschlagen.

Ein Bus hat angehalten, wo sonst nie ein Bus hält, mitten auf der Straße, und vor dem Bus liegt der Mann, der gerade noch herumgeschwankt ist. Er liegt mit dem Gesicht nach unten auf dem Asphalt, die Hände auf der Straße, Ellenbogen hochgewinkelt. Er liegt da, als müsste er sich jeden Moment hochstemmen, abklopfen und wieder anfangen, an der Haltestelle im Kreis zu laufen.

Aber er steht nicht auf.

Der Mann hat eine Glatze, und über die Glatze zickzackt ein Riss. Blut sickert aus dem Riss und läuft auf das Pflaster.

Sirenen jaulen, Bremsen kreischen, und zwei Polizeiautos halten mitten auf der Straße. Hinter mir stehen Leute, und jemand sagt, der Mann wäre gesprungen. Meine Augen können sich nicht losreißen von der Glatze mit dem Riss darin und dem Blut, das aus dem Riss läuft. Warum macht niemand etwas, warum versucht niemand, das Blut zu stillen? Jemand muss ihm doch helfen, aber die Erwachsenen, die um ihn herumstehen, glotzen nur, und keiner rührt einen Finger.

Ich dränge mich rückwärts weg, remple gegen einen Mann oder eine Frau, keine Ahnung, und dann laufe ich weiter die Straße entlang, drei Schritte, Spalte, drei Schritte, Spalte. Die Ampel ist rot, und ein Auto kommt, aber ich warte nicht, ich gehe einfach rüber. Das Auto hupt, und ich strecke dem Fahrer meinen Mittelfinger hin.

Ich gehe und gehe, wie lang, weiß ich nicht, und als ich schließlich anhalte, bin ich in einer Gegend mit Bäumen und frei stehenden Häusern. In dem Vorgarten von einem blauen Haus fährt ein kleines Kind Dreirad, und ich stehe einfach da und schaue es an.

Ich höre Leute reden, Stimmen, die lachen und Sachen sagen, aber die Worte verstehe ich nicht. Ich drehe mich um, aber da ist niemand. Ich schaue auf die andere Straßenseite, und irgendwo weit weg läuft ein Radio. Die Stimmen sind nicht draußen, sie sind in meinem Kopf, in meinen Ohren. Ich drücke die Hände auf die Ohren, aber das macht es nur schlimmer, die Stimmen werden noch lauter.

Ich räuspere mich, und das Geräusch verscheucht die Stimmen ein bisschen. Ich gehe den Weg zurück, den ich gekommen bin, und zähle dabei laut die Schritte.

»Eins, zwei, drei«, sage ich. »Ritze.«

»Vier, fünf, sechs. Ritze.«

»Sieben, acht, neun. Ritze.«

Es dauert, aber ich finde zurück zu dem großen Haus. Ich

bleibe unten auf dem Bürgersteig stehen und schaue zur Eingangstür hoch, und die Stimmen in meinem Kopf lachen und reden.

»Ruhe«, sage ich, und meine eigene Stimme ist irgendwo außerhalb von meinem Kopf.

Ein Mann mit einem Pappbecher mit Kaffee in der Hand geht vorbei. Er bleibt stehen und glotzt.

»Nicht Sie«, sage ich, »ich hab nicht mit Ihnen geredet.«

Der Mann zuckt die Achseln und geht weiter. Ich wechsle die Straßenseite und stelle mich an die Haltestelle für den Transitbus. Die Stimmen in meinem Kopf murmeln und reden.

»Ruhe«, sage ich.

Drei Erwachsene warten mit mir, und sie sehen mich alle an, als ob ich etwas verbrochen hätte. Ich schaue weg, zu dem Smoghimmel hinauf, in den Park, auf meine Füße und den silbernen Schlüssel. Die Stimmen lachen und reden, und ich presse die Hände auf die Ohren.

Als der Bus kommt, steige ich die Stufen hinauf und werfe mein Geld in den kleinen Kasten vorne beim Fahrer. Meine Münzen fallen hinein zu den anderen Münzen, es klingelt, und der Busfahrer nickt. Alle Leute im Bus starren mich an, als ich den Gang entlanggehe. Ich tue so, als würde ich sie gar nicht sehen, tue so, als wäre mein Kopf nicht voller Stimmen, und setze mich mit dem Rücken zum Fenster. Die Stimmen in meinem Kopf lachen und flüstern und reden. Ich stampfe mit dem Fuß, als würde ich eine Wanze zertreten, und da endlich hören die Stimmen auf.

In der Freedom Community Church kann ich Ray nirgends finden. Bei dem Schrank mit den Putzsachen ist er nicht, draußen bei den Mülltonnen ist er nicht, und bei den Büros ist er auch nicht. Kein Ray, es ist bestimmt noch zu früh. Ich mache den Schrank selber auf und nehme eine Flasche Fensterreiniger heraus, eine Rolle Küchenpapier und das Silberputzmittel.

Das Büro von der Big Lady sieht aus wie immer, so sauber, dass man kaum weiß, was man putzen soll. Ich staube die Bücherregale ab, die Ablage hinter ihrem Schreibtisch und die Schreibmaschine mit der Plastikhülle darüber. Die Stimmen in meinem Kopf bleiben verschwunden.

Ich nehme das silberne Teeservice aus seinem Regal und stelle es auf den Couchtisch. In der Gebrauchsanleitung für das Silberputzmittel steht, man soll die Sachen mit der Paste einreiben, sie trocknen lassen und dann mit einem sauberen Lappen polieren. Nebenan klingelt ein Telefon, und jemand hebt ab und sagt Hallo.

Das Teegeschirr liegt kühl in meiner Hand. Ich fahre mit dem Finger über die Blätter und Blumen, mit denen das Silber verziert ist. Eins nach dem anderen poliere ich die Teile und reihe sie auf dem Couchtisch auf. Ich reibe das Silber so blank, dass ich mich in der Teekanne spiegle. Dann stelle ich alles zurück auf das Tablett und schraube das Silberputzmittel zu.

»Was machst du da?«, sagt eine Stimme.

An der Tür steht ein Mann, den ich nicht kenne. Er hat ein weißes Hemd und eine dunkelblaue Hose an, die ihm zu kurz und zu eng ist.

»Was du da machst, hab ich gefragt«, sagt er.

Ich stehe auf, und das Silberputzmittel fällt herunter und rollt unter den Couchtisch. »Ich mache sauber, ich soll hier drin sauber machen.«

»Davon weiß ich nichts«, sagt er, »ich kenn dich nicht. Unbefugte haben hier keinen Zutritt.«

»Ray hat mir gesagt, dass ich hier putzen soll«, sage ich, »ich komme jeden Tag.«

Der Mann verschränkt die Arme und lehnt sich zurück. Ich weiß, dass er mir nicht glaubt, ich sehe es ihm an den Augen an. »Bist du ein Gemeindemitglied?«, fragt er.

»Ja«, sage ich, »ich meine, nein, ich bin auch Mitglied, aber ich arbeite hier, und ich muss hier im Büro sauber machen und den Papierkorb ausleeren und einmal die Woche das Teeservice putzen.«

Der Mann kommt über die Schwelle und stellt sich so dicht neben mich, dass ich seinen Zigarettengeruch rieche. Er packt mich grob an der Schulter. »Komm mit«, sagt er und schiebt mich vorwärts.

»Warum?«, sage ich, »ich mach doch gar nichts, ich bin noch nicht fertig.«

»O doch, du bist fertig«, sagt er. Seine Hand ist hart, und er stößt mich aus dem Büro und den Gang entlang.

Die Freedom Community Church ist ein einziger großer Raum mit Trennwänden, die die offene Fläche in lauter kleine Büros für die Leute unterteilen, die hier arbeiten. Der Mann führt mich durch das Labyrinth von Trennwänden, so schnell, dass ich neben ihm herstolpern muss.

Der Mann drängt mich in ein leeres Büroabteil und stößt mich in einen Stuhl vor einem leeren Schreibtisch. Er greift nach dem Telefon und wählt, und ich weiß, dass er Deb anruft, und sie wird herausfinden, dass ich die Schule geschwänzt und den toten Penner gesehen habe, und ich werde so schlimmen Ärger kriegen wie in meinem ganzen Leben noch nicht.

Meine Stimme zerreißt mir die Ohren, ich schreie so, dass mein ganzer Kopf wehtut. Der Mann starrt mich an. Ich stehe auf und schmeiße das Telefon von seinem Schreibtisch, dass es laut auf den Boden kracht.

»Was zum Teufel ist denn hier los?«, ruft eine Dame in einem pfefferminzgrünen Kostüm.

»Keine Ahnung«, sagt der Mann. »Die dreht durch.«

Ich kneife die Augen zu und drücke mir die Hände an die Ohren. Ich schreie und schreie, und dann packt der Mann mich und hebt mich hoch, und als ich die Augen wieder öffne, rennt er mit mir wie mit einem Football den Gang entlang, durch das Labyrinth aus Trennwänden, und alle Leute starren uns an. Die Dame in dem pfefferminzgrünen Kostüm läuft armefuchtelnd hinter uns her. Ich kreische noch lauter, und es ist das fürchterlichste Geräusch, das ich jemals gehört habe.

Der Mann stemmt die große Glastür auf und wirft mich auf das Pflaster. So, wie er mich anschaut, hält er mich für komplett wahnsinnig, und ich recke den Mittelfinger hoch.

»Lass dich hier bloß nicht mehr blicken!«, schreit er. »Das nächste Mal ruf ich die Bullen!«

Ich nehme den Finger erst runter, als er in der Freedom Community Church verschwunden ist. Meine Handflächen sind voll weißer Schrammen, und an manchen Stellen quellen Blutströpfchen hervor. Ich stehe auf und drücke die verkratzten Hände an meinen Bauch, und eine Sekunde lang hören sie auf zu brennen.

Man soll nie denken, schlimmer geht's nicht, aber jetzt gerade weiß ich wirklich nicht mehr, wie es noch schlimmer werden könnte. Irgendwie ist das komisch, und ich lache laut.

Die Straße ist voller Verkehr, Busse von rechts und von links, hupende Autos. Ein Mann in einem Plastikponcho schiebt einen Einkaufswagen voller Dosen und Flaschen vor sich her, und eins von den Rädern ist lose und rattert.

Ich drehe mich um und gehe weg von der Freedom Community Church. Ich werde nie mehr zurückkommen, nie, nie, nie.

Es ist mitten am Tag, aber das ist mir egal. Als ich wieder in meinem Zimmer in dem großen Haus bin, lege ich mich auf meine Tagesdecke und mache die Augen zu. Die Stimmen in meinem Kopf sind weit weg, Flüstern, Murmeln, Zischeln. Ich klemme die Hände zwischen die Knie und rolle mich noch kleiner zusammen. Die Stimmen sind nicht wirklich, ich weiß, dass sie nicht wirklich sind. Ich versuche mir Daddy vorzustellen, sein Gesicht, seine Augen, sein Lächeln.

Ein Geräusch kommt aus dem großen Raum, ein Geräusch wie von langsamen, vorsichtigen Schritten. Ich schlage die Augen auf, und im Eingang zu meinem Zimmer steht das kleine Mädchen mit den blonden Haaren. Ich setze mich im Bett auf und räuspere mich. Das kleine Mädchen streckt das Kinn vor und blinzelt einmal. »Bist du krank?«, fragt sie.

»Krank?«, sage ich. »Nein.«

»Warum liegst du dann im Bett?«, fragt sie.

Meine Augen sind müde, und ich reibe sie mit den Knöcheln. »Warum nicht?«, sage ich.

Ich lächle, aber das kleine Mädchen lächelt nicht zurück. Ihre Augen haben die gleiche Farbe wie der Himmel ohne Smog, immerblau, und sie sieht mich an, als ob ich eine wichtige Persönlichkeit wäre.

»Sind das alles deine Sachen?«, fragt sie.

»Ja«, sage ich.

»Die sind aber hübsch«, sagt sie.

Ich stehe auf und streiche die Tagesdecke glatt. »Eigentlich ist es noch viel hübscher«, sage ich.

»Wirklich?«, fragt sie.

»Ja«, sage ich, »eigentlich gehören lauter Sachen in die Regale und auf die Kommode und den Schreibtisch, aber die kann ich nicht mehr draußen lassen.«

Ihre Augen sind ruhig und ernst. »Warum nicht?«, fragt sie.

»Einfach so«, sage ich und reibe die Hände gegeneinander, als ob mir kalt ist, dabei friere ich gar nicht. »Spielst du gern mit Barbies?«

»Barbies?«, fragt sie.

»Kennst du keine Barbies?«, sage ich.

Sie schüttelt heftig den Kopf, und ich kann es gar nicht fassen. Was Barbies sind, weiß doch jeder.

Das Mädchen heißt Zoë, und ich sage ihren Namen immer

wieder laut vor mich hin, so schön finde ich ihn. Zoë und ich spielen mit der Malibu-Beach-Barbie, wir ziehen ihr abwechselnd alle ihre verschiedenen Kleider an, bis Zoë bestimmt, dass Barbie jetzt das Haus erkunden soll. Zoë, Barbie und ich marschieren also einmal rund um das ganze große Zimmer, über sämtliche leeren Matratzen, und machen Pause in der vorderen Zimmerecke, wo Zoë und ihre Mutter wohnen werden.

Zoës Mutter hat ein trauriges Gesicht mit nach unten zeigenden Mundwinkeln und Augenwinkeln. Zoë erklärt ihrer Mutter, dass ich ihre heiß ersehnte neue Freundin bin, dass ich in einem Prinzessinnenzimmer wohne und dass wir auf Entdeckungsreise sind. Zoës Mutter sagt, was Mütter immer sagen: Zoë soll nicht zu weit weglaufen und niemandem auf die Nerven gehen. Zoë nickt so ein typisches Kindernicken, ganz gehorsam, dabei hört sie ihrer Mutter gar nicht richtig zu.

Zoë, Barbie und ich ziehen weiter auf unserer Entdeckungsreise, über den Flur in das Nebenzimmer mit dem Sofa und dem offenen Kamin und den beiden großen Sesseln. Ich habe hier im großen Haus noch nie gespielt, ich war nie zuvor in diesem Zimmer. Ich gehe immer nur daran vorbei. Zoë führt Barbie über das Sofa, lässt sie die Lehne entlangspazieren und in die Kissen hüpfen. Weiter, vom Sofa auf den Sessel, und Zoë ist erst zufrieden, als Barbie wirklich jeden Winkel kennt, das Fensterbrett, das kleine Einbauschränkchen neben dem offenen Kamin.

Die Leute im Haus sind anders, wenn Zoë da ist. Sie lächeln, wenn sie mit Barbie in der Hand an ihnen vorbeistiefelt. Zoë achtet überhaupt nicht auf sie, sie trägt nur Barbie im Arm und hält Ausschau nach neuen Entdeckungen. Dabei redet sie die ganze Zeit laut. Das ist das Sofa, sagt sie, das ist der Sessel, das ist der Boden, das ist der Kamin, das ist das Fenster.

So viel Spaß hatte ich mit Barbie noch nie, und ich folge

Zoë einfach nur durchs Haus und höre ihrer hübschen hellen Stimme zu, die sagt: »Das ist die Treppe, das ist das Treppengeländer, das ist das Bad.«

Ich habe jetzt ein Schummel-Ich und ein wahres. Das Schummel-Ich steht in der Früh auf, zieht sich an, hilft in der Küche und macht sich auf den Weg in die Schule. Mein wahres Ich läuft durch die Straße mit den chinesischen Essensgerüchen, die Straße mit den mexikanischen Essensgerüchen, die Straße, wo es nach frischem Brot und Doughnuts und Muffins riecht.

Manchmal gehe ich in die Doughnutbäckerei und kaufe mir drei Doughnuts für fünfundzwanzig Cent, alle mit Schokoladenglasur. Ich setze mich an den allerhintersten Tisch, meine drei Doughnuts auf drei Papierservietten. Ich tue so, als ob Daddy und ich die Doughnuts essen, als ob wir zum Frühstück verabredet sind, nur esse ich die Doughnuts natürlich ganz allein, einen nach dem anderen, bis auf den letzten Krümel. So bleibt das bis zu den Sommerferien, dann ist Schluss mit dem Doughnutfrühstück.

Nachmittags geht es weiter mit dem Schummeln. Mein Schummel-Ich fährt mit dem Bus zur Arbeit in die Freedom Community Church wie immer. Mein wahres Ich sitzt im Kino. Doppelvorstellung, fünfundzwanzig Cent plus Popcorn und Cola.

Nur das Ich, das Angst hat, bleibt die ganze Zeit gleich. Angst, dass ich erwischt werde, Angst, dass plötzlich Deb auftaucht, Angst, dass alle dahinter kommen, dass ich lüge.

Samstag ist Waschtag, keine Schule, keine Freedom Community Church, kein Geschummel. Am Samstag bin ich ich selber.

Zoë sagt, Samstag ist der Tag der langen Röcke. Ich habe einen Rock bei den Fundsachen entdeckt, tannengrüner Samt mit einer gelben Borte untenrum. Zoë trägt einen Rock von ihrer Mutter, einen dreistufigen mit Rüschen in Grün und Blau und Lila. Zoë sagt, der Tag der langen Röcke ist der Tag, an dem die Prinzessinnen sich aller Welt zeigen dürfen, und wir müssen uns extra fein machen, damit die Leute erkennen, wer wir in Wahrheit sind. Eigentlich fühle ich mich kein bisschen wie eine Prinzessin, aber wenn ich mit Zoë in ihrer Fantasiewelt bin, ziehe ich meinetwegen sogar lange Röcke an.

Zoë und ich machen uns in meinem Zimmer fein, weil Zoë sagt, mein Zimmer ist das Prinzessinnenzimmer, und dann laufen wir nach vorne, damit Zoës Mutter uns anschauen kann. Um ihre Matratze sind zwischen drei Stühlen drei Betttücher ausgespannt, zum Schutz gegen fremde Blicke, und man sitzt darin wie in einer Festung. Zoë hockt auf dem Matratzenrand, ihr dreistufiger Rock ausgebreitet wie ein Rad, und ihre Mutter kämmt ihr das lange blonde Haar von oben nach unten.

»Machst du mir einen Zopf zu meinem langen Rock?«, fragt Zoë.

»Einen französischen?«, fragt Zoës Mutter. »Oder einen normalen?«

»Einen eingeflochtenen«, sagt Zoë. »Und Jenny muss auch einen kriegen.«

Zoës Mutter lächelt, aber nur ganz wenig. Ich glaube, Zoës Mutter mag mich nicht besonders, wahrscheinlich findet sie, ich bin zu groß, um mit Zoë zu spielen, auch wenn sie nie etwas sagt.

Ich zupfe ein paar weiße Flusen von meinem grünen Samtrock. »Danke«, sage ich, »aber ich brauch keinen Zopf.«

»Doch«, sagt Zoë, »alle Prinzessinnen brauchen Zöpfe.«

Zoës Mutter schaut mich an, diesmal richtig, und ihr Lächeln nimmt ein bisschen zu. »Ich mach dir gern einen«, sagt sie.

»Nein, nein«, sage ich, »das geht auch so.«

»Du musst einen Zopf kriegen«, sagt Zoë, »du musst.«

»Zoë, Herzchen«, sagt ihre Mutter, »jetzt halt doch mal still.«

Zoë verschränkt die Arme, schiebt die Lippen vor und dreht sich weg von mir. So macht sie es immer, wenn sie ihren Willen nicht bekommt, sie verschränkt die Arme und schaut einen nicht mehr an. Zoë böse auf mich, das halte ich nicht aus, und ich beuge mich zu ihr vor und flüstere ihr ins Ohr, dass es schon in Ordnung ist, ich lasse mir auch einen Zopf flechten.

Zoë klatscht in die Hände, und ihre Mutter schüttelt den Kopf. »Du sollst stillhalten!« Sie zieht Zoë einen Scheitel, und dann teilt sie ihre blonden Haare in drei Stränge.

Das kleine Zimmer von Zoë und ihrer Mutter besteht nur aus einer Matratze mit einer gelben Decke darüber, aufeinander gestapelten Telefonbüchern als Tisch und den drei Stühlen mit den Betttüchern gegen fremde Blicke. Zoës sämtliche Kleider sind in einer Reisetasche, so, als ob sie gleich wieder abreisen wollten. Mir wäre wohler, wenn sie eine Kommode hätten, in die sie ihre Sachen reinpacken könnten.

Zoës Mutter bindet ein Gummi um das Ende von Zoës ganz und gar perfektem Zopf, nimmt die Hände hoch, und Zoë fasst sich an den Nacken.

»Ach«, sage ich, »das hab ich vergessen, ich muss ja noch was erledigen.«

»Jetzt du«, sagt Zoë.

Ich stehe auf und schüttle den grünen Samtrock aus, damit er richtig fällt. »Nein«, sage ich, »ich muss zu Max in die Küche, und außerdem sind meine Haare viel zu schmutzig, ich müsste erst baden.«

»Das macht doch nichts«, sagt Zoës Mutter, »ich brauch nicht lang, Max wird schon warten.« Sie klopft auf den Matratzenrand und sieht mit ihren traurigen Augen zu mir hoch.

Zoë steht auf, drei Lagen Rüschen um ihre Knöchel, und sie legt ihre Hände auf meine, kleine, weiche, warme Finger. »Du hast es versprochen.« Sie zieht mich auf den Boden, und ich beiße mir auf die Lippe. Ich setze mich mit dem Rücken zu Zoës Mutter und drehe mich halb zu ihr um.

»Es ist nur«, sage ich, »ich hab so ein furchtbares Nest da hinten.«

»Ich hab dauernd Nester«, sagt Zoë, »Nester sind grässlich.«

»Zeig her«, sagt Zoës Mutter. Sie hebt meine Haare hoch, kühle Luft weht mir über den Nacken, und sie streicht über die verfilzte Stelle. Es fühlt sich wund an, und ich klemme die Lippe so fest zwischen die Zähne, dass ich Blut schmecke.

Zoë hält ihren Rock mit beiden Händen hoch, lässt sich auf die Knie fallen und pustet mir in den Nacken. »Es ist ganz rot«, sagt sie, »dein Hals ist wütend.«

Meine Finger tupfen vorsichtig an die Stelle, und die Haut ist heiß.

»Das hast du schon eine ganze Weile, oder?«, fragt Zoës Mutter.

Sie fängt an zu kämmen, kleine Ziepser um das Nest herum. Es tut so gut, die Haare gekämmt zu bekommen, und ich mache die Augen zu, wische mir über die Backen. Zoë schiebt ihr Gesicht direkt vor meins, ein Geruch nach Zahnpasta und Milch.

»Du musst dir keine Sorgen machen«, sagt sie, »meine Momma richtet das schon.«

»Zoë, Herzchen«, sagt Zoës Mutter, »kannst du mir vielleicht ein Glas Wasser aus der Küche holen?«

»Warum?«, fragt Zoë.

»Weil ich Durst habe, lauf schon.«

Zoë steht auf, breitbeinig, um das Gleichgewicht zu halten, und dann bückt sie sich und zieht die blaue Bahn von ihrem Dreistufenrock hoch. Sie läuft um die Wand aus Betttüchern, und ihre Füße machen ein patschendes Geräusch draußen auf dem Gang.

Zoës Mutter beugt sich zu meinem Ohr vor, ihr Atem warm auf meiner Haut. »Denk dir nichts dabei«, sagt sie, »Haare, wie du sie hast, verfilzen immer leicht.«

Sie zerrt an den Haaren in meinem Nacken, und ich halte den Kopf gerade, drücke mir die Handkanten in die Augen, so fest ich kann, weiße und schwarze Pünktchen vor meinen Augen.

»Wie ist es denn so schlimm geworden?«, fragt sie.

»Irgendwer hat mir meinen Kamm geklaut«, sage ich.

Zoës Mutter hört auf zu kämmen. »Hier im Haus?«, fragt sie. »Wann? Wann ist das passiert?«

Meine Achseln zucken, und ich schniefe, wische mir unter der Nase durch. »Vor Ihnen und Zoë«, sage ich, »ich weiß nicht.«

Zoës Mutter kämmt und kämmt, und es tut so gut, die Nester herausgezupft zu bekommen.

»So«, sagt sie schließlich.

Meine Hand tastet über meinen Nacken, weiches, glattes Haar. Ich fahre mit den Fingern hindurch, bis runter zu den Spitzen. Dann berühre ich noch einmal die Stelle im Nacken, und die Haut da ist wund und warm. Ich drehe mich zu Zoës Mutter um.

»Erzählen Sie's niemand, bitte«, sage ich.

»Was?«, fragt sie.

»Das von meinen Haaren«, sage ich. »Von dem geklauten Kamm.«

Zoës Mutter sieht mich mit schief gelegtem Kopf an. Zoë kommt um die Festung herumgerannt, ihre Füße patschen laut über den Boden, und das Glas, das sie bringt, ist nur noch halb voll. »Es geht los«, ruft sie. »Max hat gesagt, es geht los.«

»Was geht los?«, fragt Zoës Mutter.

Zoë lässt ihren Rock fallen und gibt ihrer Mutter das Glas. »Das Baby«, schreit sie, »das Baby kommt!«

Ich sitze mit Zoë auf dem Boden vor Max' und Karens Zimmer, meine Knie unter meinen langen Rock gezogen. Leute gehen in das Zimmer hinein und kommen heraus, und wenn die Tür offen ist, sieht man fast nur das Sonnenlicht, das zu einem Halbkreis von Fenstern hereinscheint. Karen hat durchsichtige lila und weiße Tücher vor den Fenstern aufgehängt, und das Licht fällt gelb und lila auf die Dielenbretter. Auf dem Plattenspieler läuft eine Beatles-Platte, »Sergeant Pepper's Lonely Hearts Club Band«, und es riecht nach Räucherstäbchen. Karen atmet schnell und schwer und geht vor den Fenstern auf und ab. Sie stemmt sich die Hände in den Rücken, und ihr Kugelbauch drückt sich durch ihr Blümchenkleid. Karens Bauch ist so dick wie ihr ganzer restlicher Körper.

Wenn die Tür zu ist, flimmert unter ihr eine dünne Lichtlinie, und wir können immer noch »Sgt. Pepper's Lonely Hearts Club Band« und Karens schnellen, schweren Atem hören.

Zoës Mutter ist mit im Zimmer, Max, und dann noch eine andere Frau, eine Hebamme. Karen sagt, wir dürfen hereinkommen, wenn das Baby kommt. Zoë und ich sind das Empfangskomitee, sagt sie.

Zoë weiß alles über Babys und sagt, dass sie da rauskommen, wo man Pipi macht. Keine Sekunde lang glaube ich, dass ein ganzes Baby aus einem Pipilöchlein rauskommen kann, aber Zoë sagt, es stimmt wirklich, alle Frauen drücken ihre Babys da raus.

»Woher weißt du das?«, frage ich.

»Momma hat es mir gesagt«, sagt Zoë, »Momma hilft ständig Frauen beim Kinderkriegen, sie weiß so was.«

Darum sind Zoë und ihre Mutter also hier, jetzt verstehe ich das, und mir wird mulmig.

Die Musik im Zimmer hört auf, und Max macht die Tür

auf. Max sieht froh und ängstlich aus und noch irgendwie anders, ich weiß nicht wie, anders eben. »Okay«, flüstert er, »los geht's. Wascht euch die Hände und kommt rein.«

Zoë und ich stehen vom Boden auf, waschen unsere Hände mit Stinkeseife und heißem Wasser. Zoë rennt zur Tür zurück, und ich komme langsam hinterher. Zoë hat gar keine Angst, und sie läuft gleich zu ihrer Mutter und Karen. Ich bleibe bei der Tür stehen, mit dem Rücken an den Türknopf gelehnt.

Ein hölzerner Ausziehtisch ist vor die großen Fenster gerückt, und auf dem Tisch liegt Karen mit einem himmelblauen Leintuch über dem Bauch und den Beinen. Am unteren Tischende, bei Karens Füßen, steht die Hebamme, ihr Blick gelassen und weise.

Zoës Mutter berührt Karen an der Stirn. Sie flüstern miteinander. Das ganze Zimmer ist wie gebannt vor lauter Erwartung, und man muss mir nicht erst erklären, dass das hier mehr bedeutet als alles andere auf der Welt.

Max nimmt die Sergeant-Pepper-Platte vom Plattenspieler, lässt eine neue Platte aus einer ganz weißen Hülle rutschen und legt sie auf. Es klickt, klickt noch einmal, und dann kommen wieder die Beatles.

Karen wendet Max den Kopf zu. »›Blackbird‹«, sagt sie.

»Ist gut«, sagt Max. Er hebt die Nadel von der Platte und setzt sie ein Stück weiter wieder auf.

Zoë winkt mir, dass ich herkommen soll. Ich stoße mich von der Tür ab und gehe langsam näher heran. Karen schaut mir entgegen, ihre schönen grünbraunen Augen glitzern von Tränen.

Zoës Mutter steht auf, den Blick auf die Hebamme gerichtet. Max steht an Karens anderer Schulter, und er schaut auch auf die Hebamme. Es ist ganz still, nur Beatles-Musik und Karens Atem, schnell und schwer, und dann nickt die Hebamme mit dem Kopf.

Zoës Mutter und Max heben Karen ein Stück hoch, schieben sie näher an die Hebamme heran, die Karen die ganze Zeit über zwischen die Beine schaut. Karens Augen sind zugepresst, ihr Gesicht dunkelrot, und ihr Keuchen, als Max und Zoës Mutter sie wieder hinlegen, klingt laut wie ein starker Wind.

Zoë steht genau am unteren Tischende, hinter der Hebamme, wo sie alles sehen kann, und sie winkt mich her, winkt und zeigt. Ich stelle mich neben sie, mit dem Rücken zur Sonne, und Karen ist zwischen den Beinen weit offen. Es ist nicht, wie ich gedacht habe, nicht schrecklich oder unheimlich, nur ein winziger dunkelhaariger Kopf, der sich aus ihr herausschiebt, genau, wie Zoë gesagt hat, und es sieht aus, als wäre Karen nur dafür gemacht.

Sie ziehen sie noch einmal höher; ihr Gesicht ist klatschnass, ihre Stirn und ihre Backen verklebt von lockigen Haarsträhnen. Die Hebamme sagt: »Jetzt«, und Karen holt Luft, als ob sie untertauchen wollte. Zoë holt auch tief Luft und drückt sich die Hand vor den Mund. Die Beatles singen: »Blackbird singing in the dead of night«, und ein kleines Mädchen rutscht aus Karen heraus, ein winzig kleiner, vollkommener Mensch.

Die Hebamme gibt das Baby Zoës Mutter. Zoës Mutter hält es hoch ins Sonnenlicht. Es ist nicht zu fassen, wie jemand so klein sein kann. Sie legt es Karen behutsam auf die Brust, und Karen fasst es an, als ob es aus Glas wäre. Das Baby schreit nicht, es macht nur ein kleines wimmerndes Geräusch, das fast gar kein richtiges Geräusch ist.

Die Beatles singen: »Take these broken wings and learn to fly«, und die Hebamme sagt: »Da kommt noch eins, Karen.«

Max starrt die Hebamme an, und Zoës Mutter fängt an zu lachen. Noch ein dunkelhaariger Kopf guckt heraus, und die Hebamme sagt Karen, sie soll noch ein bisschen stärker pressen, und dann, einfach so, kommt noch ein kleines Mädchen.

Alle lachen und weinen und schütteln die Köpfe und geben sich die Hände und wischen sich die Tränen aus den Augen.

Auf der Platte hört man nur noch die Amseln zwitschern. Karen hat zwei klitzekleine Babys an ihrer Brust liegen. Max küsst Karens schweißiges Gesicht und murmelt »Ich liebe dich« gegen ihre Nase. Zoës Mutter wischt sich die Tränen aus dem Gesicht und schüttelt den Kopf über die zwei Babys.

»Zwillinge«, sagt die Hebamme, »kerngesunde Zwillinge.«

Zoë drängelt sich zwischen ihre Mutter und Karen. Neben den beiden Babys ist sie richtig groß. Max lächelt und legt mir die Hand auf die Schulter, und ich schiebe mich näher heran, damit ich die Babys auch sehen kann. Zoë streckt einen Finger aus und stupst eins von den rosa Händchen an, als ob sie sich genau mit Neugeborenen auskennt. Ich strecke auch einen Finger aus, stupse damit gegen die kleine rosa Hand von dem zweiten Baby, und die Finger fassen zu und halten mich fest.

Alles ist auf einmal anders als vorher, auch wenn ich nicht sagen kann, wie, Momma nicht mehr da, Daddy nicht mehr da, und ich ganz allein, aber nicht so allein, wie ich dachte. Da sind die Babys und Karen und Max und Zoë, und jetzt, in diesem Moment, ist es, als würden wir alle zusammengehören. In meinen Augen sticht es, und ich streiche mit dem Daumen über die weiche Babyhand.

Zoë stellt sich auf die Zehenspitzen und beugt sich ganz dicht über die neugeborenen Babys.

»Willkommen«, flüstert sie, »willkommen auf der Welt.«

18

*D*rei Tage nach den Zwillingen liegt auf meinem Bett eine Nachricht in Debs Schrift. Auf einem Zettel steht *Familienversammlung* und der Name von einem chinesischen Restaurant, nur der Name und sonst nichts, so, als würde ich jeden Tag da hingehen.

Ich sehe mich um, aber Deb ist nicht da. Ich gehe zum Fenster und schaue raus, aber da ist Deb auch nicht.

Max sagt, das Restaurant ist in der Straße mit den chinesischen Essensgerüchen, und man erkennt es an der roten Fahne davor. Ich ziehe mir eine Jeans und eine weite lila Blümchenbluse an, die ich aus der Fundstelle habe. Die Bluse hat einen Rüschenkragen und Rüschenärmel, und wenn ich die Arme bewege, flattern die Ärmel wie Flügel.

Alle meine Kleider sind jetzt Fundsachen, Jerry Garcias Gesicht auf einem grauen Hemd, ein großes Friedenszeichen auf einem T-Shirt mit gebatikten Sonnenstrahlen drauf, die lila Blümchenbluse. Einen zu großen orangenen Overall habe ich auch, und abgeschnittene Schlabbershorts. Jedes Mal, wenn ich mir etwas aus der Sammelstelle mitnehme, lasse ich dafür welche von meinen alten Sachen dort, zum Ausgleich.

Ich bürste mir die Haare und binde sie mit der Lederspange mit dem Holzstab, die Zoës Mutter mir gegeben hat, zu einem Pferdeschwanz zusammen.

Vor dem chinesischen Restaurant hängt die rote Fahne, wie Max gesagt hat, und drinnen sieht es ziemlich voll aus. Ich schaue von draußen hinein. Um einen runden Tisch sitzen Deb, Christopher, Kenny, Ronny und Bryan mit Essensschälchen vor sich.

Ein Glöckchen klingelt, als ich die Tür aufmache. Niemand achtet auf mich, und ich gehe auf den Tisch zu. Ronny hängen die Haare ins Gesicht, Kenny hat eine Baseballmütze auf, und Christophers hübsches, glattes Gesicht ist voller roter Pickel. Bryan muss gewachsen sein, und er sieht mich als Erster, schaut mich einfach nur an mit seinen dunklen Augen, und es ist ein wütender Blick.

Meiner ist mindestens genauso wütend. Wichser.

Deb verteilt mit zwei Löffeln Reis. Man hört ihre Stimme im ganzen Raum. »Ihr müsst unbedingt die Dim-Sums probieren«, sagt sie. »Die Pflaumensoße ist köstlich.«

Sie sieht Bryan an, sieht an mir vorbei durch das Restaurant, stockt dann und schaut mir direkt ins Gesicht. »Da bist du ja endlich. Hm … interessanter Aufzug.«

Alle hören auf zu essen und starren mich an. Ich richte mich kerzengerade auf, Bauch rein, Brust raus.

»Du siehst bescheuert aus«, sagt Ronny.

»Aber echt«, sagt Kenny.

»Du kannst mich kreuzweise, Veronica«, sage ich. »Du auch, Kendall.«

Deb lacht ein bisschen, wirft das Haar zurück und schaut auf dem Tisch herum. »Setz dich einfach hin, ja?«

Sie zeigt auf einen freien Stuhl zwischen Kenny und Christopher, gegenüber von Bryan und Ronny. Ich setze mich hin, und Deb schaut noch mal im Kreis. Sie lacht ein dämliches kleines Lächeln.

Es wird wieder lebendig um den Tisch, Arme strecken sich aus, Gabeln stochern, und alle essen, ohne zu reden. In der Tischmitte steht eine von diesen Drehplatten mit Sojasoße, einer roten Soße und gelbem Senf. In einer Schüssel ist Reis, in einer Gemüse mit irgendwelchen Nüssen, dann gibt es noch eine braune Pampe mit Nudeln drin und eine andere mit Ananasstücken.

Deb fragt, ob ich nicht Tee möchte. Und ich soll das Schweinefleisch süß-sauer probieren, sagt sie, es ist einfach traumhaft.

Bryan hält seine Gabel wie eine Waffe. Sein Hals ist rot verfleckt wie von einem Ausschlag.

Deb gießt Tee in eine weiße Tasse mit einem dünnen, roten Rand und dreht die Drehplatte. Ich lasse die Tasse an mir vorbeifahren und vor Bryan stehen bleiben.

»Die ist für dich, Jenny«, sagt Deb.

»Ich will keinen Tee«, sage ich. »Und Schweinefleisch süß-sauer will ich auch keins.«

Deb langt sich kurz ans Haar. »Na gut«, sagt sie, »da wir vollzählig sind, würde ich sagen, wir fangen einfach an.« Sie rutscht ein Stück vor und stützt beide Ellenbogen auf den Tisch. »Wir verlassen die Freedom Community Church.«

Dann stößt sie einen langen Atemzug aus, beide Hände aufs Herz gepresst, und strahlt uns an. »Puh«, sagt sie, »das ist ein Gefühl. Ich bin richtig überwältigt. Was für eine Erleichterung, euch das sagen zu können, jetzt, wo wir alle wieder zusammen sind.«

Sie nimmt eine von den weißen Papierservietten und tupft sich damit die Augen. Christopher streckt die Hand aus und legt ihr die Finger aufs Handgelenk. Sie schaut ihn lange an, und dann holt sie tief Luft, zieht die Schultern hoch, lässt sie fallen.

»Okay«, sagt sie und biegt die Finger um die Tischkante, so fest, dass sie ganz weiß werden und man denkt, gleich steht sie auf und versucht den Tisch hochzuheben.

»Die Freedom Community ist schlecht, grundschlecht«, sagt Deb. »Ich habe lange nicht begriffen, wie schlecht.« Sie lässt den Tisch los und greift sich wieder ans Herz. »Ich habe der Freedom Community alles gegeben, ich habe alles geopfert. Alles.«

Sie nimmt die Hände von der Brust, um erst auf mich zu zeigen, dann auf Bryan. »Ich musste meine Familie opfern«, sagt sie, »meine Kinder auseinander reißen zum Zeichen meines Glaubens.«

Und sie schüttelt langsam den Kopf, Hände wieder aufs Herz geklappt, ihr Blick auf einem Teller mit Dim-Sums. »Wie konnte ich das ahnen?«, fragt sie.

Bryan und ich sehen uns an. Ich weiß nicht, was ich denken soll, ich weiß nicht, ob Bryan diese ganze Zeit über bei Deb war oder nicht. Ich weiß überhaupt nichts mehr.

Deb nimmt ihre Serviette, dreht sie zwischen ihren langen Fingern, und Tränen steigen ihr in die Augen. »Ihr Kinder seid das Einzige, was mir auf der Welt noch geblieben ist. Diese verbrecherische Kirche hat mir alles andere geraubt, jeden Cent.« Sie drückt sich die Serviette ans Gesicht.

Christopher legt die Arme um ihre zuckenden Schultern. »Ist ja gut, Mom«, sagt Christopher, »es kommt schon alles in Ordnung.«

Mir ist nach Lachen und Weinen gleichzeitig zumute, und am liebsten würde ich einfach aufstehen und rausgehen, als ob das alles hier nur ein Traum wäre.

Ich sehe es genau vor mir: Ich gehe durch die Tür mit dem Glöckchen hinaus, Wind im Gesicht, Großstadtlärm in den Ohren, und Daddy kommt auf mich zu und streckt mir die Hand hin. *Es war nur ein böser Traum, Juniper,* sagt er und lacht, *ein böser Traum und sonst gar nichts,* und er geht mit mir zum Strand hinunter, und wir beide schauen in den Sonnenuntergang.

Deb sagt, wir müssen in ein Haus in der Nähe der Figueroa Street ziehen, auf der anderen Seite der Stadt, wo die verbrecherische Kirche uns nicht finden kann. Sie wird irgendwie genug Geld zusammenkratzen, sagt sie, um ein Restaurant zu eröffnen, sie hat ja schon immer so gern gekocht. Christopher, Ronny und Kenny nicken dazu, als ob alles völlig normal wäre. Bryans Gesicht ist rot bis zu den Ohren, und er starrt in seine Reisschüssel.

»Umziehen?«, sagt er.

Deb hört auf, sich die Augen zu tupfen, und schaut mich an. »Und zwar sofort«, sagt sie.

»Ich zieh nicht um«, sage ich.

»Du scheinst mich nicht richtig verstanden zu haben«, sagt sie. »Wir schweben alle in höchster Gefahr. Du kannst unter gar keinen Umständen dort bleiben.«

»Aber Zoë«, sage ich. »Und Karen und Max und die Babys.«

»Was redest du da?«, fragt Christopher.

Alle schauen mich an, als ob ich nicht ganz dicht wäre.

Ich stehe auf und schüttle den Kopf. »Ich zieh nicht um. Du kannst mich nicht zwingen.«

Deb lacht ein bisschen. »Und ob ich das kann«, sagt sie. »Du setzt keinen Fuß mehr in dieses Haus, hast du verstanden?«

»Nein«, schreie ich.

Im Restaurant wird es still, und ich spüre, wie alle mich anschauen. Ich setze mich wieder hin und halte mich an der Stuhlkante fest. Am liebsten würde ich Debs traumhaftes Schweinefleisch süß-sauer nehmen und es ihr ins Gesicht schmeißen. Ich sehe mich kreischen und mit Essen schmeißen und toben, aber das passiert nur in meinem Kopf. Nach außen ist alles völlig normal.

Armanita wohnt in einem großen gelben Haus, zusammen mit ihrem Sohn, der Sam heißt. Sam und Armanita haben beide schokoladenbraune Haut und lockige, schokoladenbraune Haare. In ihrem Haus führt gleich hinter der Haustür eine Treppe zu einem Gang mit lauter Schlafzimmern hoch. Unten sind Wohnzimmer, Küche und ein Flur, und hinten am Haus ist das Zimmer, in dem ich wohnen soll, der Anbau, sagt Armanita.

Es ist kalt in dem Anbau, und der Boden fällt ein bisschen ab. Heizen kann man nur mit einem kleinen, weißen Heizstrahler in der Ecke, den man mit einem schwarzen Rädchen hoch- und runterdreht. Das Gute an dem Anbau ist, dass ich hier ganz für mich bin. Das Schlechte ist die Kälte und dass die großen Fenster auf einen Garten voller schattiger Bäume und Büsche hinausgehen, wo alle möglichen Leute sich verstecken und zu mir reingucken können.

Armanitas Haus steht zwischen lauter großen Häusern und Wohnblöcken, und die Straße ist mit Autos zugeparkt. Die meisten davon sind uralte Sportwagen, zum Teil ohne Reifen und ohne Sitze, die einfach in der Gegend rumstehen. Hohe Bäume wachsen am Straßenrand, und ihre Wurzeln drücken die Pflastersteine nach oben, sodass die Gehsteige rissig und holprig sind.

Die Leute hier sitzen alle nur auf ihren Treppen herum oder lehnen an den Autos. Ich kann spüren, wie sie mich beobachten, und ich weiß, das kommt daher, dass ich nicht von hier bin. Ich gehe mit langsamen, gleichmäßigen Schritten, vorbei an einem Haufen Männer, die um einen Kassettenrecorder stehen, aus dem laute Musik dröhnt.

»Yo«, sagt einer von ihnen.

»Hey, sister«, sagt ein anderer, »little sister.«

Ich stecke die Hände in die Taschen und lächle, aber ich bleibe nicht stehen. Ich gehe vor zur Kreuzung, schaue nach rechts und links und überquere die Straße bei Rot.

Deb sagt, das große Haus ist zehn Häuserblöcke entfernt, höchstens fünfzehn, und ich muss einfach nur die Figueroa Street entlanggehen, bis die Straßen nummeriert sind. Als ich zu den nummerierten Straßen komme, sehe ich schon den Park und gleich danach das große Haus.

Zoë und ihre Mutter sind nicht da, sie sind für zwei Tage weggefahren, Zoës Vater besuchen, glaube ich. Woher hätte ich denn wissen sollen, dass ich auf einmal ausziehen muss und nicht mal mehr auf Wiedersehen sagen kann?

Zoës Bett hinter der Wand aus Betttüchern ist sauber und glatt unter seiner gelben Decke, und ich stehe einfach nur da und schaue es an. Karens Tür im oberen Stock ist zu. Ich lehne den Kopf gegen das Holz. Max sagt, wir sollen nie klopfen, weil Karen und die Babys viel Schlaf brauchen, also steige ich die Treppe wieder herunter und gehe in die Küche, wo es dasselbe ist, keiner da.

Ich gehe in das große Zimmer, in meine Zimmerecke, und schaue im Kreis. Mein Himmelbett. Meine Möbel. Die rosa Truhe unter dem Bett. Ich setze mich an den Prinzessinnenschreibtisch und nehme einen Stift und ein Blatt Papier. Ich schreibe ganz deutlich, mit großen Buchstaben, damit Zoë es lesen kann, und versuche alles zu erklären: Debs Gefahr, Armanitas Haus und dass ich von hier wegmuss und nie wiederkommen darf, obwohl ich nicht verstehe, wieso. Dann kann ich das Papier nicht mehr richtig sehen, denn Tränen tropfen auf die Worte. Ich wische mir die Nase mit einem lila Vogelflügelärmel und klemme den Stift fester zwischen Daumen und Mittelfinger.

Ich schreibe, richtig behalten darf Zoë meine Barbie nicht, aber sie darf auf sie aufpassen und mit ihr auf Entdeckungsreise gehen. Die Barbie bleibt deshalb da, schreibe ich, damit ich irgendwann wiederkommen und mit ihr spielen kann. Meine Buchstaben sind krumm und schief, und ich starre lange auf das Blatt. Dann falte ich es dreimal in der Mitte und schreibe ZOË darauf.

Ich sperre die rosa Truhe mit dem Schlüssel an meinem Schuh auf, ziehe den Schuh wieder an. In meinem Barbie-Koffer ist noch alles an seinem Platz: die Malibu-Beach-Barbie, Kleider, Schuhe, Plastikkleiderbügel. Ich ziehe die Schublade mit den Barbie-Schuhen ganz heraus und schütte alles auf den Boden. Das schwarze Säckchen ist zusammengeknautscht, der Samt ist ganz knittrig. Ich nehme es und lege es in die Truhe unter das Hochzeitsalbum.

Niemand liebt meine Barbie so sehr wie Zoë, deshalb ist es schon richtig so. Ich schiebe die Schublade wieder rein, zuoberst den Brief, und lege den Barbie-Koffer mitten auf Zoës Bett.

Deb sagt, in Zeiten der Not muss man doppelt autonom sein. Das bedeutet, dass ich mit meinen Möbeln ganz alleine umziehen muss, weil Deb keine Zeit hat und wir uns keine Möbelpacker leisten können.

Es sind zwölf Kreuzungen, acht Ampeln, und die Leute glotzen mich an, als ob ich nicht ganz bei Trost wäre. Wer glotzt, kann mich kreuzweise. Ich tue so, als würde es die glotzenden Leute nicht geben, und schaue einfach vor mich hin auf den Gehsteig. Leckt mich doch alle.

Ich lege mir die beiden Seitenteile von meinem Bett über die Schulter und trage sie über zwölf Kreuzungen und acht Ampeln bis in den Anbau.

Ich hake die Finger unter den Holzrahmen um den Matratzenrost, sodass das hintere Ende übers Straßenpflaster schleift, und ziehe den Rost über zwölf Kreuzungen und acht Ampeln bis in den Anbau.

Ich packe das Unterteil von meinem Bücherregal mit beiden Armen und trage es über zwölf Kreuzungen und acht Ampeln bis in den Anbau.

So geht es den ganzen Tag. Regalaufsatz, der Schreibtischstuhl mit dem goldenen Bezug, der Prinzessinnenspiegel, drei ineinander gestapelte Kommodenschubladen und dann die rosa Truhe.

Das Letzte ist meine Prinzessinnenkommode selbst, und ich stehe davor und schaue sie an. In meinen Armen und Beinen kribbelt es vor lauter Müdigkeit, und der Bund von meiner Schlabberjeans ist klatschnass geschwitzt. Die Schubladen sind alle schon weg, und man sieht das Holz und die Schrauben und den Leim an der Innenseite. Ich könnte Max bitten, dass er mir hilft, und er würde mir auch helfen, nur ist jetzt gerade Abendessenszeit.

Ich gehe in die Küche, und da steht Max mit einem fremden Mann in einer Kochschürze. Sie schauen beide auf, als ich hereinkomme, und Max wischt sich die Hände an seiner umgeschlagenen Schürze ab.

»Na?«, sagt Max.

»Ich muss umziehen«, sage ich.

»Ich weiß«, sagt Max.

»Woher?«, frage ich

Max kratzt sich den Nacken. »Deine alte Dame war vor ein paar Tagen hier.« Er hört auf zu kratzen, die Hände an den Hüften. »Die ist ja vielleicht 'ne Nummer.«

»Das kannst du laut sagen«, sage ich.

Max lacht, und ich lache auch, und es ist ein schönes Gefühl. Der andere Mann steht bloß da und schaut.

»Sie sagt, ich darf nicht mehr hierher kommen«, sage ich, »nie wieder.«

Es ist eine von den Gelegenheiten, wo man mehr sagen möchte, nur weiß man nicht, wie. Ich schaue auf meine Füße hinunter, und meine Zehen haben kleine Löcher vorn in die Schuhe gewetzt.

»Sag Karen auch noch auf Wiedersehen«, sagt Max.

In meiner Brust tut es weh, ganz tief innen, und ich reibe mit der Hand darüber. Max streckt mir die Hand hin zu einem richtigen Händedruck, und ich lege meine Hand in seine.

»Du bist schwer in Ordnung«, sagt Max, »du schaffst es.«

Er lässt meine Finger los. Sie sind warm, wo er sie gedrückt hat.

Oben fällt ein Lichtschein unter der Tür durch, und ich klopfe mit den Fingerspitzen. Karen öffnet, schaut heraus, schaut nach unten, und dann macht sie die Tür weit auf.

»Hallo, Jenny«, sagt Karen, »komm doch rein.«

Im Zimmer brennt warmes Lampenlicht, Tücher sind über die Lampen gehängt, sodass das Licht blau und rot ist. Der Plattenspieler läuft, eine süße, traurige Musik ohne Singen.

»Ich muss hier weg«, sage ich.

Karen macht einen Schritt nach hinten, die Arme ausgebreitet, und kniet sich vor mich hin. »Ich weiß, Herzchen«, sagt sie, »ich hab's schon gehört.«

Karen riecht nach Babypuder, süßer Milch, Räucherstäbchen. Ich spüre ihre weichen, lockigen Haare an meinem Gesicht, und sie ist warm und dünn und irgendwie anders als vorher.

Sie lehnt sich zurück und sieht mich an. »Es wird schon werden. Es ist bestimmt besser, wenn du bei deiner Familie bist.«

Ich wische mir mit beiden Händen übers Gesicht. »Ich soll nicht mehr hierher kommen, nie wieder.«

Karen runzelt die Stirn und legt mir ganz fest die Hände auf die Schultern. »Du bist hier immer willkommen. Das weißt du doch, oder?«

»Ja«, sage ich.

Babygeräusche kommen aus dem Korbbettchen, und kleine Hände recken sich in die Höhe. Karen legt die Hand über das eine rosa Deckenbündel. Das andere Baby schläft, Augen zu, winzig kleine Wimpern. Das Baby unter Karens Hand hört auf zu zappeln, blinzelt nur und schaut uns an.

Karen sagt, sie hat ihren Töchtern Blumennamen gegeben, weil sie so süß sind: Die eine heißt Rose, die andere Daisy.

Etwas, ich weiß nicht was, sagt mir, dass ich die Babys nie wiedersehen werde, und Karen werde ich auch nie mehr sehen. Ich werfe beide Arme um Karen und drücke das Gesicht gegen ihren Bauch, damit ihr Duft nach Blumen und Kräutertee mir immer in Erinnerung bleibt.

Der Barbie-Koffer liegt noch genauso da, wie ich ihn hingelegt habe, und ich klappe ihn auf und nehme den Zettel, auf dem ZOË steht, wieder heraus. Ich stecke ihn in die Tasche und klappe den Deckel wieder zu. Zoë wird Bescheid wissen, wenn sie sieht, dass die Barbie da ist und alle meine Sachen weg, auch ohne irgendwelche dämlichen Briefe.

Ich zerre die Kommode aus der Fensternische, durch das ganze große Zimmer bis zur Haustür.

Im großen Zimmer ist niemand, und das ist seltsam, irgendwelche Neuen kommen normalerweise immer. Ich schaue mich noch einmal um, schaue zurück zu meinem Halbkreis aus Fenstern, und dann nehme ich mir wieder die Kommode vor. Ich ziehe die Tür auf und drücke den Türstopper herunter, damit sie nicht zufällt. Erst hieve ich das Vorderende über die Schwelle und die oberste Stufe, sodass die Kommode schräg steht. Dann gehe ich um sie herum und stemme auch den Rest nach draußen.

Die Prinzessinnenkommode hängt schief auf der Treppe. Ich packe das untere Ende und rucke es mit lautem Krachen eine Stufe nach der anderen hinunter. Schließlich steht das ganze Ding unten auf dem Gehsteig, und ich muss mich vornüberbeugen, um zu verschnaufen. Die einzige Möglichkeit ist, rückwärts zu gehen und die Kommode zu ziehen, und ich schleife sie über den Gehsteig, rumple Bordsteine hoch und wieder runter, über elf Kreuzungen. Wenn irgendwer mich anschaut, mache ich nur die Augen schmal und denke »Wichser!«, und er schaut weg.

An der letzten Ampel warte ich, bis es grün wird, und dann zerre ich die Kommode über den Randstein und auf die Straße. Es ist eine breite Straße mit vielen Spuren, und ich bin gerade erst in der Mitte, als die Ampel umspringt und von allen Seiten Autos auf mich zurollen. Meine Arme tun weh, meine Beine tun weh, und ich ziehe, so fest ich kann.

Ein fremder Mann kommt auf die Straße gelaufen und packt mit an. Autos hupen, und ich mache die Augen schmal, denke »Wichser«, aber das stört den Mann nicht. Er hebt sein Ende hoch und nickt mir zu. Ich packe mein Ende, und wir tragen die Kommode gemeinsam.

Auf der anderen Seite setze ich mein Ende ab. »Danke«, sage ich, »vielen Dank.«

Der Mann nickt heftig mit dem Kopf, immer wieder. »Weiter, weiter«, sagt er.

»Nicht nötig«, sage ich, »ab hier schaff ich's allein.«

»No, no«, sagt er, »weiter, weiter.«

Es ist leichter zu zweit. Ich nehme mein Ende wieder, gehe rückwärts und lasse ihn vorwärts gehen. Der Mann schaut mich immerzu an, und sein Gesicht hört gar nicht mehr auf zu lächeln. Er hat schwarze Haare, dunkle Augen und tiefe Narben ums Kinn und an den Backen.

Vor Armanitas Haus ist es still, und ich setze die Kommode auf einem Wurzelhöcker auf dem Pflaster ab. »Danke«, sage ich, »das war's.«

Der Mann lächelt und schüttelt den Kopf. »Mehr helfen«, sagt er, »weiter, weiter.«

»Nein«, sage ich, »das reicht schon.«

Der Mann lässt sein Ende los und hebt stattdessen die ganze Kommode hoch. Er balanciert sie auf seinem Kopf und steigt damit die Stufen zu Armanitas gelbem Haus hinauf. Es sieht lustig aus, weil er so klein ist und trotzdem so stark, und die Kommode so hoch in der Luft sieht auch lustig aus. Ich laufe die Treppe hoch und mache die Tür auf. Der Mann trägt die Kommode ins Haus.

Ich zeige ihm den Weg zum Anbau, und der Mann trägt sie ganz bis rein. Als er sie hinstellt, ist sein ganzes Gesicht nass vor Schweiß, und seine Narben glänzen. Er schaut sich in meinem Zimmer um, schaut zum Fenster raus, schaut mich an. Er steht da, als ob er überhaupt nicht mehr gehen will, und mein Nacken und meine Kopfhaut fangen zu prickeln an.

Ich klatsche in die Hände, dass es hallt in dem stillen Zimmer. »Danke, vielen Dank«, sage ich. »Also dann, Wiedersehen.«

Der Mann steht breitbeinig da, die Hände in die Hüften gestemmt. Er hat eine gelbe Jacke an, eine schwarze Hose und schwarze Schuhe.

»Du bezahlen?«, sagt der Mann.

Geld, er will Geld, und ich schlage mir die Hand an die Stirn. Natürlich, er will Geld, und ich habe ja Geld, von meiner Arbeit in der Küche. Ich wedle mit den Armen und deute auf den Flur. »Warten Sie draußen«, sage ich, »ich hole Geld.«

Der Mann schüttelt den Kopf und macht einen Schritt auf mich zu. »Kein Geld«, sagt er, »kleiner Kuss.«

Ein wildes Panikgefühl schießt mir vom Kopf bis in die Zehenspitzen. Der kleine Mann legt mir die Hand an den Ellenbogen, um den Ellenbogen, und ich versuche den Arm wegzuziehen. Er hält mich fest, nicht schlimm, aber er lässt auch nicht los.

Gut, aber er hat mir ja auch geholfen, und wenn er bloß einen Kuss haben will, ist das vielleicht nicht so schlimm. Wenn ich ihm nur ganz schnell einen Kuss gebe, dann war's das, dann geht er. Ich beuge mich vor und will ihn auf die Backe küssen, aber er dreht mein Gesicht zu sich her und küsst mich auf den Mund, richtig auf den Mund.

Ich schreie wie am Spieß. Ich will den Arm wegzerren, aber er hält ihn fest. Ich trete gegen sein Bein, mit solcher Wucht, dass er loslässt. Ich renne durch den Flur und die Treppe hoch, immer zwei Stufen auf einmal. Niemand zu sehen hier oben, Deb nicht, Christopher nicht, Kenny, Ronny, Bryan, Armanita, Sam, einfach niemand.

Vom Ende des Flurs kommt düstere Musik, Bryan muss also da sein. Ich stoße die Tür auf, und da sitzt er im Schneidersitz vor dem Plattenspieler.

»In meinem Zimmer ist ein Mann!«, schreie ich.

»Blödsinn«, sagt Bryan.

»Das ist kein Witz«, schreie ich, »er hat mir mit meiner Kommode geholfen, und dann wollte er mir die Zunge in den Mund stecken, und jetzt ist er bei mir drin!«

»Du lässt fremde Leute hier rein?«, fragt Bryan.

»Du kannst mich mal!«, schreie ich.

Bryan sieht mich eine Weile an, und dann stemmt er sich vom Boden hoch. »Okay«, sagt er, »schauen wir nach.«

Draußen ist es schon fast dunkel, der Himmel schwarzblau, vor den Fenstern die Schatten von Bäumen und Büschen. Das Deckenlicht im Anbau leuchtet grell in den Fensterscheiben, auf meinen Prinzessinnenmöbeln. Da steht mein Schreibtisch, das Bett, die Kommode, die Regale.

Bryan hat ein grünes T-Shirt und ausgefranste Shorts an, und seine Füße sind nackt, lange Zehen, schmutzige Streifen von den Sandalenriemen.

»Und?«, fragt er.

»Schau im Schrank nach«, sage ich.

Bryan schiebt die Schranktür auf und schüttelt den Kopf. »Nichts.«

Im Anbau ist niemand außer Bryan und mir, nirgends eine Spur von dem kleinen Mann. Ich zittere am ganzen Körper, ich muss mir einen Arm an den Bauch drücken und mich mit dem anderen an der Kommode festhalten.

»Vielleicht ist er in einem von den anderen Zimmern«, sage ich, »vielleicht hat er sich versteckt.«

»Ach!«, sagt Bryan.

Ich zeige auf den Boden, auf den Teppich vor meinen Füßen. »Da hat er gestanden«, sage ich, »genau da, ich schwör's.«

Bryan breitet die Arme aus und lässt sie wieder fallen. Er geht zur Tür, reißt sie ganz plötzlich auf und schaut dahinter. Dann lacht er und schüttelt den Kopf.

»Das ist nicht witzig«, sage ich.

»Lügnerin«, sagt Bryan. »Verpiss dich.«

»Ich hab nicht gelogen«, schreie ich.

»Wehe, du kommst noch mal und nervst mich«, sagt er. Er geht hinaus, und ich höre seine Schritte auf dem Flur.

»Keine Angst«, schreie ich, »ganz bestimmt nicht, du Riesenarschloch!«

Genauso gut könnte es Zoë, Karen, Max und die Zwillinge nie gegeben haben. Auch die Freedom Community Church nicht, die bei Deb nur noch die Verbrecherkirche heißt. Alles ist wieder wie früher, Regeln und Familienversammlungen und Haushaltspflichten. Christopher, Kenny, Ronny, Bryan und ich streiten uns darüber, was im Fernsehen geguckt wird, wer zuerst ins Bad darf, wer was isst.

Gut, jetzt gibt es auch noch Armanita und Sam, aber die sehe ich fast nie, weil Armanita den ganzen Tag arbeitet und Sam im Kinderhort ist. Ich glaub, Armanita kann mich nicht leiden, jedenfalls macht sie immer ein Gesicht, als ob ich komisch rieche.

Richtig anders ist nur, dass jetzt nie Geld da ist. Deb ist pleite, und das Einzige, was uns über Wasser hält, sagt sie, ist ihre Arbeit im Schuhgeschäft und der Scheck vom Staat jeden Monat. »Dem Himmel sei Dank für die Sozialhilfe«, sagt sie.

Mir ist das Geld egal, ich überlege nur immer, wie ich heimlich zurück zu dem großen Haus und zu Zoë schleichen kann, aber ich weiß, es geht nicht.

Ich versuche, nicht mehr an Zoë zu denken, aber das ist schwer. Sie fehlt mir so. Am meisten fehlt sie mir, weil sie so vergnügt ist und vor nichts Angst hat und weil sie in allem das Besondere sieht. Ohne sie gibt es wieder nur mich, und nichts ist mehr besonders. Ich brauche sie mehr, als ich Essen und Trinken brauche, und ich weiß, das ist nicht normal, es ist ein Zeichen von Schwäche, und vielleicht bedeutet es sogar, dass ich ein schlechter Mensch bin.

19

Ein Monat vergeht, vielleicht zwei. Es ist die heißeste Zeit im Sommer. Niemand außer mir weiß, dass der Samstag der Tag der langen Röcke ist, und obwohl ohne Zoë nichts mehr etwas Besonderes ist, halte ich mich trotzdem daran. Ich ziehe meinen langen, grünen Rock mit der gelben Borte an, mein gelbes T-Shirt und meine Schlappen. Schlappen haben keine Schnürsenkel, deshalb trage ich den silbernen Schlüssel in der Tasche an meinem T-Shirt.

Samstag ist außerdem Spaziergehtag, und irgendwann lande ich jedes Mal auf dem Gehsteig gegenüber dem großen Haus, falls zufällig Zoë zur Tür rauskommt. Zoë kommt nie heraus. Auch heute kommt sie nicht, und nach einer Weile gebe ich auf.

Ein Stück weiter sitzt eine Frau auf einer Bank und streut den Tauben Körner hin. Ich mache einen großen Bogen um die Vögel und die Körner und gehe zu der Ecke, wo der Fußgängerübergang ist. Es sind viele Leute unterwegs, die meisten in Trägerhemdchen und Shorts, weil es so heiß ist. Niemand außer mir läuft im langen Rock herum.

Die Ampel wird grün, und ich gehe mit den ganzen Leuten über die Straße. Sie drängeln so, dass ich neben dem Zebrastreifen laufen muss. Auf der anderen Seite ist eine Telefonzelle. Ich stecke den Finger in den Münzschacht, aber er ist leer.

Vor einer Bar steht ein Schwarzer, der rosa Zettel verteilt und dazu ruft: »Hüllenlos nonstop! Hüllenlos nonstop!«

Ich schaue den Mann nicht an und nehme den Zettel nicht. Ich schaue meinen Schlappen zu, wie sie sich unter dem Rocksaum vorschieben und wieder verschwinden, vorschieben und wieder verschwinden. Fuß, Rock, Fuß, Rock.

»Jenny«, ruft eine Stimme.

Um mich herum Erwachsenengesichter, aber keins, das mich ansieht. Ich halte mir die Ohren zu, aber die Stimme kommt nicht von drinnen, diesmal nicht. Ich ziehe meinen grünen Rock zurecht. Der Bund ist durchgeschwitzt. Ich drücke die Hand auf die Tasche an meinem gelben T-Shirt, auf den Schlüssel unter dem Stoff, und richte mich kerzengerade auf. Bauch rein, Brust raus, so gehe ich weiter den Gehsteig entlang, Fuß, Rock, Fuß, Rock, und dann kommt neben mir eine Ritze zwischen den Pflastersteinen, und ich mache einen Schritt zur Seite, sodass ich genau drauftrete.

Du kannst mich mal, Deb.

»Jenny«, ruft eine Frau, »Jenny, bleib stehen.«

Ich kann meinen Namen auf der Haut spüren, ein Prickeln im Nacken. Auf den Zehenspitzen drehe ich mich einmal im Kreis. Um mich Gehsteiggedränge, Parkuhren, Fremde, »Hüllenlos nonstop«, und plötzlich sehe ich eine Dame mit braunen Armen, braunen Beinen und perfekt geschnittenem kurzem Haar. Ich kneife die Augen zusammen und blinzle.

»Jenny«, ruft sie, »warte doch.«

Die Frau trägt eine weiße Handtasche unterm Arm, sie hat eine blau-weiß gestreifte Bluse und dazu passende weiße Shorts an, Kombimode, sportiv, und auf einmal weiß ich es wieder.

»O mein Gott«, ruft Tante Georgia.

Dünn ist sie, vogeldünn, und sie breitet ihre braunen Arme weit aus, zieht mich an ihre Brust und wiegt mich hin und her, als ob sie nie wieder loslassen will. Ich versuche, ein Stück zurückzuweichen, aber Tante Georgias starke Finger halten meine Oberarme fest, und sie studiert mein Gesicht.

Ich erkenne sie und erkenne sie doch nicht, wie wenn man tief geschlafen hat und plötzlich geweckt wird.

»O Jenny«, sagt Tante Georgia, »ich kann's gar nicht glauben.« Sie dreht mich von einer Seite auf die andere und schaut an mir auf und ab. »Wie du gewachsen bist! So ein großes Mädchen.«

Ihre Stimme klingt wie Lachen und Weinen zugleich, und sie umarmt mich wieder, die ganze Hand flach auf meinen Rücken gedrückt. Sie riecht nach Kaffee und Pfefferminz, und ich weiß nicht, was ich tun soll, sie auch umarmen oder weglaufen oder einfach stocksteif stehen bleiben.

»Ach je«, sagt Tante Georgia, »jetzt bin ich Onkel Charles einfach davongerannt.« Sie steht auf und nimmt meine Hand. Die andere Hand legt sie sich über die Augen und schaut die Straße entlang, dann zu mir, dann wieder auf die Straße. »Chuck! Hier sind wir.«

Ich folge ihrem Blick, und da, mitten in Los Angeles, zwischen all den fremden Menschen, ist Onkel Charles in weißen Kniestrümpfen, komischen Schottenshorts und einem hellgrünen Hemd. Er hat eine Sonnenbrille auf, halb geht er, halb rennt er und fuchtelt dabei mit den Armen.

»Ich fass es nicht«, sagt er. »Das ist tatsächlich Jennifer.«

Onkel Charles setzt seine Sonnenbrille ab, und seine Augen sind himmelblau und so hell, dass man meint, es scheint ein Licht dahinter. Er bückt sich, schiebt mir die Arme unter den Po und hebt mich hoch. Ich stütze mich mit den Händen an seinen Schultern ab, damit ich abrutsche, und ein bisschen muss ich doch lächeln, so eine Freude ist es, jemanden zu sehen, der mich kennt.

»Dein Anblick ist eine Labsal für meine müden Augen«, sagt Onkel Charles. »Wir haben überall nach dir gesucht.«

»Nach mir?«, sage ich.

»Ich hab's dir ja gesagt, Chuck«, sagt Tante Georgia. »Ich wusste gleich, dass sie es ist.«

Onkel Charles drückt mich an seine Brust, auch wenn ich

schon viel zu groß dafür bin. Er kitzelt mich am Bauch und lacht sein tiefes Lachen. »Wir haben die ganze Stadt nach dir abgesucht«, sagt er, »wie nach der Stecknadel im Heuhaufen.«

Ich lege meine Hand über Onkel Charles' kitzelnde Finger, schiebe sie ein bisschen weg, und darüber muss er wieder lachen. Tante Georgia lacht auch und tätschelt mir den Rücken.

»Es ist ein Wunder«, sagt Tante Georgia, »ein richtiges Wunder.«

Das Auto von Tante Georgia und Onkel Charles steht ein paar Straßen entfernt. Sie halten mich beide an der Hand, als ob ich sonst verschwinden könnte, und als wir das Auto erreichen, machen sie die hintere Tür auf und sagen, ich soll einsteigen. Auf dem Rücksitz sitzen, blond und blauäugig, Carrie Sue und Jeff. Carrie Sue hat zwei wunderbar gleichmäßige Rattenschwänze, und sie trägt rosa Shorts und ein dazu passendes rosa T-Shirt. Jeff hat kurzes, sauber geschnittenes Haar, seine Shorts sind blau und das T-Shirt dazu blau-weiß gestreift. Beide haben schneeweiße Tennisschuhe und weiße Söckchen an.

Ich lasse Tante Georgias und Onkel Charles' Hände los und mache einen Schritt weg von dem Auto und den Kindern auf dem Rücksitz. Der Saum von meinem grünen Rock ist voller Straßenschmutz, mein verwaschenes gelbes T-Shirt hat einen großen, runden Colafleck, und meine Haare sind längst wieder verfilzt.

»Was ist denn, Schätzchen?«, fragt Tante Georgia. »Das sind nur deine Cousine und dein Cousin, die beißen nicht.«

Ich drücke die Hand auf die Tasche an meinem gelben T-Shirt und spüre den silbernen Schlüssel unter den Fingern. Ich kann nicht in dieses Auto einsteigen, zu Carrie Sue und Jeff, die so fein und sauber sind. Alle schauen mich an, und ich fange an zu weinen.

Onkel Charles kniet sich hin und legt mir beide Arme um die Schultern. »Das ist völlig normal, dass du Angst hast«, sagt er. »Aber dir passiert nichts, ich versprech's dir. Du kannst auch vorne sitzen, wenn dir das lieber ist. Möchtest du vorne sitzen?«

Seine Stimme ist so tief und warm wie sonst nur die Stimmen in meinen Träumen. Ich starre auf meine Füße, nur meine Füße, reibe mir mit dem Handrücken über die Nase und wische die Hand an meinem T-Shirt ab.

»Besser?«, fragt Onkel Charles.

Aus meiner Kehle kommen keine Worte, und ich nicke nur und schniefe laut. Eigentlich weine ich gar nicht mehr, aber die Tränen laufen mir trotzdem aus den Augen wie aus einem kaputten Wasserhahn.

Tante Georgia reicht mir eine kleine Schachtel Papiertaschentücher. Außen auf der Schachtel ist eine Karte der Vereinigten Staaten. Ich drehe sie in den Händen und muss lachen, weil sie so winzig klein und perfekt ist. Reisetaschentücher.

Tante Georgia und Onkel Charles schauen mich verblüfft an, und dann lachen sie auch, alle lachen wir, miteinander, als könnte es gar nicht anders sein.

Ich sitze zwischen Tante Georgia und Onkel Charles und sage ihnen, wie sie fahren müssen. Von der Figueroa Street sind es nur noch ein paar Abzweigungen, dann zeige ich auf das große gelbe Haus. »Da«, sage ich. »Das ist Armanitas Haus.«

Tante Georgia starrt aus dem Fenster, die Hand aufs Herz gedrückt. »Hier *wohnt* ihr?«

»Georgia«, sagt Onkel Charles.

Er parkt zwischen zwei von den alten Sportwagen und stellt den Motor ab. Dann holt er eine Packung Zigaretten heraus und steckt sich mit einem silbernen Feuerzeug eine an. Es riecht nach Feuerzeugbenzin und Rauch.

»Und?«, sagt Onkel Charles, »was jetzt?«

Er kurbelt das Fenster herunter. Tante Georgia sieht ihn an, als ob er den Verstand verloren hat, und er kurbelt das Fenster wieder hoch, bis nur noch ein winziger Spalt offen ist.

Tante Georgia schaut zu mir herunter und räuspert sich. »Ist B. J. da?«

»Weiß ich nicht«, sage ich.

»Was heißt das, du weißt es nicht?«

»Ich weiß nicht, wo er ist. Wir machen nicht viel zusammen.«

Tante Georgia und Onkel Charles wechseln einen Blick, und Onkel Charles bläst seinen Rauch zu dem schmalen Fensterspalt hoch.

»Ich bleibe bei den Kindern«, sagt er, »und ihr zwei geht rauf und holt B. J., und dann gehen wir was essen. Hast du Lust, Jenny?«

»Ich will aussteigen«, sagt Jeffs Stimme von hinten.

Tante Georgia fährt herum, wirft den Arm über die Rückenlehne, und der Türknopf klickt. »O nein, das wirst du nicht«, sagt sie.

Ich tippe Onkel Charles' grünes Hemd an, nur den Stoff am Ärmel. »Nicht B. J.«, sage ich.

Onkel Charles dreht sich zu mir um. »Nicht B. J.?«

»Er mag es nicht, wenn man B. J. zu ihm sagt«, sage ich, »er heißt jetzt Bryan. Frag mich nicht, wieso.«

Onkel Charles schaut mit zusammengekniffenen Augen durch die Windschutzscheibe, als würde er etwas in weiter Ferne beobachten, und schiebt sich die Zigarette zwischen die Lippen. Tante Georgia streicht sich das Haar hinter die Ohren zurück und nimmt ihre Handtasche fest in beide Hände.

»Beeil dich, Georgia«, sagt Onkel Charles. »Hol Bryan, und dann fahren wir.«

Wenn Bryan in seinem Zimmer ist und sein »Eintritt verboten«-Schild herausgehängt hat, darf keiner ihn nerven. Tante Georgia und ich stehen auf dem Flur, und ich lege das Ohr an die Tür. Drinnen spielt die düstere Musik, also nicke ich. Tante Georgia nimmt eine Hand von ihrer Handtasche und streckt sie nach dem Türgriff aus.

»Klopf lieber erst«, sage ich.

Tante Georgia zieht die Hand zurück. Dann räuspert sie sich, richtet sich hoch auf und öffnet die Tür. Das »Eintritt verboten«-Schild fällt auf den Boden. Die Fenster sind mit Decken verhängt, um das Licht auszusperren. Bryan hat Kopfhörer auf. Ich bleibe draußen im Flur und stoße das »Eintritt verboten«-Schild mit dem Fuß an.

Aus Bryans Zimmer kommt Tante Georgias helle, fröhliche Stimme, die sagt: »Du bist ja ein richtiger junger Mann geworden. Komm und sag Onkel Charles Guten Tag, wir wollen alle zusammen essen gehen.«

Bryan sitzt auf dem Boden und zieht sich alte Tennisschuhe ohne Schnürsenkel an. Er schaut mich an, und ich breite die Hände aus. Es ist das erste Mal, seit wir hier wohnen, dass wir uns auch nur ansehen.

Tante Georgia führt mich und Bryan an der Hand wie kleine Kinder. Als wir gerade zur Haustür hinauswollen, kommt Armanita und fragt: »Wer zum Teufel sind Sie und wo wollen Sie mit den Kindern hin?«

Armanita ist groß, nicht dick, aber groß und breit. Sie ist eine Frau, mit der man sich lieber nicht anlegt. Tante Georgia schaut weder erschrocken noch überrascht, sie steht nur sehr aufrecht da und hält mich fest bei der Hand.

»Die Mutter dieser Kinder ist die Schwester von meinem Mann«, sagt Tante Georgia, »nein, *war* die Schwester von meinem Mann, meine Schwägerin. Wir waren in Disneyland, mein Gott, ist das eine Fahrerei, den ganzen Weg über die Sierra hierher nach Los Angeles, und wir wollten nur kurz vorbeischauen und mit den Kindern essen gehen.«

Tante Georgia redet und redet, und jetzt weiß ich auch wieder, wie Tante Georgia reden kann, endlos, ohne zwischendurch auch nur Atem zu holen. Tante Georgia erzählt, und aus Armanitas drohendem Blick wird ein erstaunter Blick, bis sie schließlich aussieht, als ob sie wünscht, sie hätte gar nicht erst gefragt.

Tante Georgia schickt Bryan und mich zum Auto vor, damit wir die Kinder begrüßen. Sie will Deb nur schnell eine Nachricht mit der Telefonnummer von dem Hotel hinterlassen, in dem sie übernachten, sagt sie, und wenn Deb irgendwelche Fragen hat, kann sie da anrufen.

Tante Georgia und Onkel Chuck fahren zu ihrem Hotel, wo sie in zwei Zimmern mit einer Verbindungstür dazwischen wohnen. Die Zimmer haben jedes zwei Betten und ein Bad. Und einen Fernseher hat auch jedes.

Carrie Sue, Jeff, Bryan und ich sind in dem einen Zimmer, und im Fernsehen läuft eine Sendung übers Angeln. Carrie Sue und Jeff hocken zusammen auf dem Bett und schauen zu, wie ein Mann einen Wurm auf seinen Haken spießt und die Angel auswirft. Bryan sieht aus dem Fenster zum Swimming-Pool hinüber, der hell erleuchtet ist, und er sagt, eigentlich könnte er zu Armanitas Haus zurückgehen und seine Badehose holen, so weit ist es ja nicht. Ich sitze Carrie Sue und Jeff gegenüber, gegen das Kopfbrett gelehnt, damit ich höre, was im anderen Zimmer passiert. Der Fernseher drüben läuft auch, irgendeine Nachrichtensendung. Tante Georgia und Onkel Charles telefonieren.

Etwas passiert hier, etwas Wichtiges. Ich schaue zu Bryan hin, aber der hat nur Augen für den blödsinnigen Swimming-Pool.

Tante Georgia kommt zu uns herüber, aber ich kann Onkel George weitertelefonieren sehen, die Stirn in die Hand gestützt.

»Alles in Ordnung bei euch?«, fragt sie.

»Ich hätte meine Badehose mitnehmen sollen«, sagt Bryan, »vielleicht hol ich sie noch schnell.«

»Nein, nein«, sagt Tante Georgia, »wir essen jetzt erst mal, und dann kaufen wir dir eine neue Badehose. Wie findest du das?«

»Ich hab Hunger, Momma«, sagt Jeff.

»Ich auch«, sagt Carrie Sue.

Bryan beißt sich auf die Lippen und schaut wieder aus dem Fenster. Tante Georgia wuschelt in Jeffs blonden Haaren.

»Ich weiß, dass ihr Hunger habt, Schätzchen«, sagt sie. »Wir machen uns nur noch ein bisschen frisch, und dann fahren wir.«

Carrie Sue und Jeff sollen sich das Gesicht waschen, sagt sie, und die beiden laufen los. Tante Georgia klappt einen Koffer auf und kramt zwischen den Kleidern. Sie holt Shorts und ein T-Shirt heraus.

»Kommst du mal mit«, sagt sie zu mir, »damit wir dich ein bisschen frisch machen?«

»Frisch machen?«, frage ich.

»Nur ganz schnell«, sagt sie, »einverstanden?« Sie nimmt mich bei der Hand, und wir gehen ins andere Zimmer. Onkel Charles sitzt auf dem Bett, den Hörer am Ohr. Er schaut auf und lächelt.

»Was macht Onkel Charles da?«, frage ich.

Tante Georgia schiebt mich ins Badezimmer und drückt die Tür zu. »Nichts«, sagt sie, »wir müssen nur kurz ein paar Anrufe erledigen.«

Das Bad hat braune Kacheln auf dem Boden und an den Wänden, und über dem Waschbecken hängt ein großer Spiegel. Tante Georgia kniet sich hin und will mir meine Sachen ausziehen. Ich lege die Hände auf ihre.

»Ich kann das selbst«, sage ich.

Tante Georgia lässt die Hände sinken und stützt sie auf die Knie.

»Entschuldige«, sagt sie. »Ich bin es nur so gewohnt, Carrie Sue zu helfen. Aber du bist ja schon richtig erwachsen, nicht wahr? Soll ich kurz rausgehen?«

Tante Georgias Stimme klingt durch das ganze Bad, von den Wänden, von der Decke, und ich weiß nicht, was ich tun soll. Ich will sie nicht rausschicken, sie soll mir nur nicht beim Ausziehen helfen. Die Shorts und das T-Shirt auf dem Waschtisch sind weiß und rosa und sauber, und eigentlich kann sie ruhig dableiben, solange ich mich nur alleine ausziehen kann.

»Brauchst du nicht«, sage ich.

Tante Georgia steht auf und dreht sich zum Waschbecken, damit ich ein bisschen für mich bin. Sie lässt Wasser einlaufen und macht einen Waschlappen nass. Ich schlüpfe eilig aus meinem Rock, klemme ihn unters Kinn und falte ihn zu einem kleinen Viereck zusammen. Das Viereck lege ich auf den Klodeckel. Es sieht schlaff und schmutzig aus. Tante Georgia schaut mich nicht an, ihre Hand hält mir nur die Shorts hin. Die Shorts sind rosa, und als ich sie anziehe, kratzt mich ein kleines Schildchen an der Seite. Tante Georgia streckt den Arm aus, reißt das Schildchen ab und wirft es in den Mülleimer.

»Und?«, fragt sie, »passen sie?«

Ich rücke den Bund gerade. Die Shorts sind funkelnagelneu und ganz genau richtig. »Wem gehören die?«, frage ich.

»Die haben wir für dich gekauft«, sagt Tante Georgia.

»Für mich?«, sage ich.

»Für dich«, sagt sie. »Ich weiß doch noch, wie du dich immer über hübsche Anziehsachen gefreut hast.«

Und während sie redet, zieht sie mir, schwupp, mein T-Shirt über den Kopf. Kühle Luft streicht mir um den Bauch, und der silberne Schlüssel schlittert über die braunen Kacheln. Ich bücke mich schnell danach, schließe die Faust darum.

»Was ist das?«, fragt Tante Georgia.

»Nichts«, sage ich, »nur ein Schlüssel, mein Schlüssel.«

Ich verschränke die Arme vor der Brust, als ob ich friere, dabei friere ich gar nicht, es ist nur Verlegenheit. Tante Georgia schaut mich mit schief gelegtem Kopf an, von ganz nah, und alle meine Erinnerungen sind mit einem Schlag wieder da: wie hübsch sie ist und wie ernst, und wie in ihren Augen ein Blick ist, als würde irgendwo tief in ihr etwas wehtun.

Sie lächelt ein bisschen, so, als ob sie das mit dem Schlüssel schon versteht, und wirft mein altes T-Shirt auf den Waschtisch. Dann streift sie mir das neue über den Kopf. Es ist weiß mit rosa Rändern an den Ärmeln und am Kragen, und auf der Brust hat es eine kleine rosa Tasche mit einem Muster aus weißen Vögeln. Ich stecke den Schlüssel in die Tasche, und Tante Georgia lächelt.

»Jetzt siehst du wieder wie ein kleines Mädchen aus«, sagt sie. Sie dreht mich einmal im Kreis, aber dann, als ich mit dem Gesicht zur Wand stehe, lässt sie plötzlich los. »Du liebe Güte.«

Sie berührt mein Bein unten am Knöchel. Es juckt ein bisschen, und als ich über die Schulter schaue, sehe ich, dass sie auf eine braune Schorfkruste tippt. Ich will mich umdrehen, aber sie hält meinen Knöchel fest.

»Das ist nichts«, sage ich, »da hab ich mich nur verbrannt.«

»Nur?«, sagt Tante Georgia, »wo zum Teufel hast du dich dermaßen verbrannt?«

»Es war meine eigene Schuld, ich bin zu nah an die Heizung gekommen«, sage ich. »Deb sagt, ich bin selber schuld.«

Ein Klopfen, und Onkel Charles streckt den Kopf zur Tür herein. »Wir haben ein Problem«, sagt er.

»Wieso?«, sage ich.

»Was haben Sie mit meinen Kindern gemacht?«, höre ich Deb schreien.

Im nächsten Moment ist im Hotelzimmer die Hölle los.

Deb brüllt Onkel Charles an, Tante Georgia brüllt Deb an, Deb brüllt Bryan und mich an, und dann zerrt sie mich am Arm auf den Gang raus. Carrie Sue weint, und Tante Georgia drückt sie an sich und brüllt immer weiter Deb an. Onkel Charles fuchtelt mit den Armen und sagt immer wieder: »Ganz ruhig, wir wollen alle ganz ruhig sein«, und Deb brüllt, er soll verdammt noch mal den Mund halten und sie zeigt sie alle wegen Kindesentführung an.

Dann schüttelt sie mich und sagt, ich soll gefälligst meine eigenen Kleider holen, und sie stößt mich wieder ins Zimmer. Ich renne ins Bad, greife mir meinen Rock und das T-Shirt und renne zurück zur Tür. Bryan ist schon draußen, und er schaut von Deb zu Onkel Charles und zu mir. Er sieht aus, als würde er gleich losweinen, und ich weine eh schon längst. Deb zerrt mich zu sich heraus.

Tante Georgia und Onkel Charles sind da drinnen, wir hier draußen, und zwischen uns ist Deb.

»Was versprechen Sie sich eigentlich von solchen miesen Tricks?«, schreit Deb.

»Welche miesen Tricks denn?«, sagt Onkel Charles. »Beruhigen Sie sich, dann können wir über alles reden.«

»Ich *bin* ruhig, du Wichser«, schreit Deb. »Kommt, Kinder, wir gehen.«

Das einzige Licht draußen ist das weiße Licht von dem Hotelschild, und unsere Schritte hallen laut auf dem Gehsteig. Deb hat die Arme fest um Bryans und meine Schultern gelegt, und so gehen wir durch die Dunkelheit.

»Ihr gehört zu mir«, sagt sie, »wir sind eine Familie.«

Ihr Gesicht ist kaum zu sehen vor lauter Haaren, die Spitzen flimmern mir vor den Augen, und ich schaue auf den Boden, damit ich nicht über die Wurzelhöcker auf dem Pflaster stolpere.

»Ich lasse mir meine Kinder nicht wegnehmen«, sagt Deb, »niemals.«

Es ist Unsinn, was sie redet, völliger Unsinn. Deb kann mich nicht ausstehen, und die meiste Zeit hat sie keine Ahnung, wo ich bin. Wie Bryan gesagt hat, wenn nicht jeden Monat die Schecks kommen würden, hätte sie uns längst zum Teufel gejagt. Trotzdem, es freut mich, dass jemand mich bei sich haben will, auch wenn es nicht für lange sein wird. Es freut mich, auch wenn es eine Lüge ist.

20

Zwei Wochen später ist Bryan weg. Kein Abschied, keine Begründung. Es ist einfach so. Noch mal zwei Wochen später sagt Deb, dass ich auch wegmuss. Ich bin eine Belastung für die Familiendynamik, sagt sie, und zur Strafe schickt sie mich weg. Sie gibt mir einen alten Seesack und sagt, den und meine rosa Truhe kann ich voll packen. Den Rest will sie mir nachsenden.

Ich weiß nicht mal, wo ich hinkomme, vielleicht zu Onkel Charles und Tante Georgia, vielleicht auch nicht. Deb sagt nur, dass ich nach Reno fahre, mehr kriege ich aus ihr nicht raus.

Als ich wieder allein bin, ziehe ich meinen Schuh aus und öffne die rosa Truhe. Da sind meine ganzen Sachen: *Schneewittchen und die sieben Zwerge,* das Bild von Keith, das Hochzeitsalbum, das schwarze Samtsäckchen mit Mommas Perlenkette und ihrem Trauring. Jahrmillionen scheint das alles entfernt, und trotzdem liegt es hier vor mir, wie ein Weg, der nach Hause führt. Ich weiß von jedem Stück genau, wann ich es bekommen habe und welche Bedeutung es hat. Und ich weiß, dass es sicher verwahrt ist. Vielleicht ist es ja immer so, man hegt und pflegt kleine Gegenstände, weil die Menschen dazu kommen und gehen und man Andenken braucht, die einem beim Erinnern helfen.

Ganz egal, wo ich hinkomme, ich werde auf jeden Fall so viele von meinen Sachen mitnehmen, wie ich nur kann.

Ich stehe auf, reibe mir die Hände, und dann räume

ich meinen Prinzessinnenschreibtisch, meine Kommode und meine Regale aus und packe alles in die Truhe. Meine Bücher muss ich mitnehmen, mein Schmuckkästchen, die Schneewittchenlampe und den Radiowecker. Ich ziehe das Bett ab und falte meine rosa Tagesdecke zusammen, die Zudecke, das Bettzeug und den rosa Himmel über dem Bett. Sogar die Zierknäufe packe ich ein, mit denen der Betthimmel auf den Pfosten festgesteckt ist. Ich stopfe alles in die Truhe, was reinpasst, und am Schluss ist sie so voll, dass ich mich draufsetzen und auf dem Deckel auf und ab wippen muss, damit er zugeht.

Als ich fertig bin, sieht der Anbau völlig nackt aus mit der kahlen Matratze und den leeren Regalen. Vielleicht schickt Deb mir meine Sachen nach, vielleicht auch nicht. Eins ist bei Deb sicher: Bei ihr weiß man nie. Ich stehe da und schaue meine Möbel an wie zum letzten Mal, und es war schön, ein Prinzessinnenzimmer zu haben, auch wenn ich eigentlich gar keine Prinzessin bin.

Christopher, Kenny und Ronny verabschieden sich nicht von mir. Warum auch, wir haben uns sowieso nie gemocht. Deb hat sich von irgendwem ein Auto geliehen, und sie fährt mich zum Busbahnhof, beide Hände am Lenkrad, den Blick die ganze Fahrt geradeaus gerichtet. Durchs Fenster schaue ich hinaus auf Los Angeles. Es ist grau und dreckig wie immer.

Deb parkt am Busbahnhof, der voll silberner Busse steht. Sie steigt aus, macht den Kofferraum auf und packt meine Truhe mit beiden Händen. Sie kann sie kaum hochheben, und ich muss von der Seite darunter fassen, damit sie ihr nicht auf den Boden fällt.

»Was hast du da denn drin?«, fragt sie.

»Alles«, sage ich.

Deb holt tief Luft und verschränkt die Arme. »Ich hab doch gesagt, dass ich dir den Rest nachschicke«, sagt sie.

Wir sehen uns an, und dann schaue ich weg und rücke meinen Seesack zurecht, sodass er zwischen meinen Schultern liegt. Deb wirft beide Arme hoch, dreht sich um und geht zur Schalterhalle.

Ich schiebe meine rosa Truhe zum Randstein und hieve sie auf den Bürgersteig. Deb steht am Fahrkartenschalter an, also setze ich mich auf die Truhe und beobachte sie. Sie schaut durch die Glastür zu mir herüber, bevor sie ihren Geldbeutel aus der Handtasche nimmt, dann kehrt sie mir wieder den Rücken zu. Es riecht nach Öl und Benzin im Busbahnhof, Bremsen ächzen, schwere Motoren dröhnen.

Als Deb wieder herauskommt, hält sie ein schmales, weißes Papier in der Hand. Sie trägt ihre kurze Wildlederjacke mit dem Taillengürtel und eine schwarze Hose. Sie ist groß und dünn, lang und eckig, und unter ihren grünen Augen sind dunkle Ringe, als ob sie krank oder müde ist.

»So«, sagt sie, »das ist deine Fahrkarte, und hier sind zwanzig Dollar für unterwegs.«

Ich stehe auf und nehme die Fahrkarte und den Zwanzigdollarschein, den ich zu einem kleinen Würfel zusammenfalte und in die Hosentasche stecke.

Deb schnallt sich den Gürtel enger um die Taille, wirft ihre Haare nach hinten und sieht sich um. »Dein Bus steht da drüben«, sagt sie. »Du musst dich nur anstellen, dann laden sie deine Sachen ein.«

Sie zeigt auf einen der silbernen Busse. Ein Mann lädt Koffer in die Gepäckklappen, und eine Schlange von Leuten wartet an der Tür.

Ich werde Deb nicht wiedersehen, das weiß ich auch, ohne dass jemand es sagt. Wenn man einen Menschen zum letzten Mal sieht, werden alle bösen Gefühle freundlicher, und als ich Deb anschaue, wünsche ich mir fast, es hätte anders sein können.

»Wo komme ich hin?«, frage ich.

Deb beißt sich auf die Lippen. Vielleicht wünscht sie sich

auch, dass es anders gewesen wäre. Sie wirft sich noch einmal die Haare über die Schultern zurück. »Du fährst nach Reno«, sagt sie. »Deine Großeltern holen dich ab, glaube ich.«

»Glaubst du?«, frage ich.

Deb beißt sich wieder auf die Lippen und zuckt die Achseln. »Oder Georgia und Chuck. Ich weiß es nicht.«

Ich schaue zum Bus hinüber, zu dem Mann, der das Gepäck einlädt, und dann wieder zu Deb. »Ist Bryan bei ihnen?«, frage ich. »Bei Tante Georgia und Onkel Charles?«

Deb reibt an ihrem Auge herum und nickt. »Ja, er ist bei Charles, fürs Erste jedenfalls.«

Ich stelle mich so hin, dass mein Bein an die rosa Truhe stößt. Auf meiner Fahrkarte ist ein roter Stempel. *Einfache Fahrt.* »Warum ist er vorausgefahren?«, frage ich. »Warum musste ich noch dableiben?«

Deb holt tief Atem und starrt mir mitten ins Gesicht. »Du bohrst zu viel nach. Warum musst du immer so viel nachbohren?«

Ich ruckle den Seesack auf meinem Rücken zurecht und stecke die Fahrkarte in meine Sweatshirtjacke. Außer Fragen fällt mir nichts mehr ein, und so wie Deb mich mit ihren unheimlichen Katzenaugen ansieht, werde ich von ihr keine weiteren Antworten bekommen.

Ich schaue auf meine rosa Truhe und dann wieder zu Deb.

»Soll ich dir noch tragen helfen?«, fragt sie.

»Ich schaff's schon«, sage ich.

Deb schlägt die Arme über Kreuz und stellt einen Fuß vor, einen zurück. Schaufensterpuppenhaltung. Ich packe den schwarzen Griff mit beiden Händen und ziehe. Die Truhe ist mir nicht zu schwer. Ich lächle Deb an.

»Tschüss«, sage ich.

Hinter dem Lenkrad sitzt ein Mann mit blauer Mütze und

blauer Jacke. Er kontrolliert alle Fahrkarten, damit niemand falsch einsteigt. Als ich an der Reihe bin, schaut er erst mich an, und dann schaut er hinter mich.

»Ganz allein, junge Dame?«, fragt er.

Er hat ein freundliches Lächeln, weißes Haar und Augen wie ein alter Mann. Ich richte mich kerzengerade auf, Bauch rein, Brust raus, und halte ihm meinen Fahrschein direkt unter die Nase.

»Ganz allein«, sage ich.

Er schaut meinen Fahrschein an und dann wieder mich, und dann nickt er kurz und lässt mich durch.

Im Bus riecht es nach Zigaretten und kaltem Kaffee. Ich gehe an den ersten Reihen vorbei und setze mich auf den Platz am Gang. Meinen Seesack stelle ich auf den Fenstersitz. Ich mag niemanden neben mir haben, nicht, wenn es nicht unbedingt sein muss.

Zehn Leute gehen an mir vorbei, elf, zwölf. Niemand will den Platz neben mir. Meine rosa Truhe ist eingeladen, und ich habe einen Gepäckschein bekommen, den ich in Reno vorzeigen muss. Ich stecke die Fahrkarte und den Gepäckschein in die Tasche von meinem Sweatshirt und schaue durch das Fenster. Debs Auto ist schon weg. Natürlich.

Um mich herum unterhalten sich die Leute, irgendjemand lacht leise. Dann steigt lange Zeit niemand mehr ein, und der Busfahrer schaut in den langen Spiegel über der Windschutzscheibe. »Alles einsteigen«, ruft er.

Ich lasse die Tür nicht aus den Augen. Sie ist so weit offen. Jeder könnte durch sie hereinkommen, jeder.

Ich lasse die offene Tür nicht aus den Augen, und diesmal sehe ich ihn in Farbe, Daddy, Filmstar und idealer Schwiegersohn in einem, mit seinen zimtbraunen Augen und dem viereckigen Kinn. Er ist zu groß für den Bus, er muss den Kopf einziehen, damit er nicht an der Decke anstößt. Er redet mit dem Fahrer, und dann schaut er sich um, als ob er etwas sucht.

Ich stehe auf, sodass er mich sehen kann, und sein Blick bleibt an meinem Gesicht hängen. Er lächelt sein schönstes Lächeln und streckt die Hand aus. »Was machst du denn für Sachen, Juniper?«, sagt er.

Meine Hand ist klein in seiner, und er riecht nach That-Man-Rasierwasser und Zigaretten. Er hebt mich hoch und nimmt mich auf den Arm, er trägt mich aus dem Bus und weiter bis zum Strand, wo wir zusammen durch den Sand stapfen können und ich ihm alles erzählen kann.

»Nächster Halt Sacramento«, ruft der Busfahrer.

Ich blinzle, und mit einem Schlag ist Daddy verschwunden.

Die Tür schließt sich quietschend, Metall auf Metall, und der Bus rollt aus der Bahnhofshalle. Draußen ist heller Tag, und ich schiebe den Seesack auf den Sitz am Gang, um aus dem Fenster zu schauen.

21

Der silberne Bus fährt in den Bahnhof von Reno ein, und ich ziehe den schmuddeligen grauen Seesack auf meine Knie. Leute warten an der Haltestelle, so viele Gesichter, aber keines, das Ausschau nach mir hält.

In meiner Brust lauert schon wieder dieses Einsamkeitsgefühl. Was ist, wenn niemand mich abholt? Ich steige aus und schaue mich um, und da entdecke ich ihn plötzlich, Grandpa Ed, Daddys Vater.

»Da ist sie ja«, ruft Grandpa.

Ich packe den Riemen von meinem schmuddeligen Seesack fester und gehe los, bis wir direkt voreinander stehen, ich klein und er groß. Grandpa hat die Fäuste in die Hüften gestemmt wie zu einer Standpauke, aber er schaut mich nur an, und dann schüttelt er den Kopf.

»Na, dann komm mal her zu deinem alten Grandpa und lass dich drücken«, sagt er.

Ich lasse meinen Seesack fallen und schlinge die Arme um seinen Hals, rieche Kaffeeduft, Pfefferminzgeruch. Grandpa lacht sein tiefes, warmes Lachen dicht an meiner Backe, und er lässt als Erster los. »Meine Güte«, sagt er, »du bist ja eine junge Dame geworden!«

Meine Arme, mein Gesicht, mein ganzer Körper, alles spürt Grandpa noch, und ich lächle nur und nicke, weil ich nicht weiß, was ich sonst machen soll. Grandpa ist so, wie er immer war, runde Backen, breite Nase, weiße Haare und buschige weiße Augenbrauen. Und er ist hier.

Danksagung

Aller Dank beginnt und endet bei Steve, meinem Mann und bestem Freund, der wusste, dass ich diese Geschichte erzählen kann, und der mir die Mittel, den Freiraum und die Unterstützung dafür versprochen hat, solange ich sie brauchte.

Meine Lehrerinnen und Lehrer habe ich in Hannelore Hahn und all den hilfsbereiten Schriftstellerinnen der International Women's Writing Guild gefunden, in Suzan Hall und den Autorinnen und Autoren, die sie an ihrem Tisch versammelt, in Diana Abu Jaber und der Schreibwerkstatt der PSU, in Tom Spanbauer und seinen Dangerous Writers, in den Remedial Readers und natürlich auch in Ihnen, Howard Waskow.

Dazu hatte ich das Glück, auf Kimberly Kanner von Pocket Books zu treffen, die mir immer wieder bewiesen hat, dass das Gute auch in dieser zynischen Welt noch existiert, auf Rita Rosenkranz mit ihrer Fülle an klugen und besonnenen Ratschlägen und, zum guten Schluss, auf Molly Friedrich, deren Vertrauen in die Zukunft so viel größer war als mein eigenes. Danke, Kim, Rita und Molly.

Der Kreis schließt sich mit dem Dank an den einen Menschen, ohne den mein Buch niemals hätte entstehen können: meinen Sohn Spencer. Spencer, durch dich durfte ich das Glück bedingungsloser Liebe wiederfinden. Ich hätte nicht geglaubt, dass es so etwas noch gibt.